Katharina Peters

Klippenmord

atb aufbau taschenbuch

Katharina Peters, Jahrgang 1960, wurde in Wolfsburg geboren und lebt in Berlin. Ihre bisher erschienenen Rügen-Krimis »Hafenmord« und »Dünenmord« liegen bei Aufbau Taschenbuch vor.

Romy Beccare ist verliebt – ausgerechnet in ihren Kollegen Jan von der Stralsunder Polizei. Und mit ihm muss sie sich einem mysteriösen Todesfall zuwenden. Holger Bruhlstedt liegt tot im Nationalpark, als wäre er von den Klippen gestürzt. Was erst wie ein Unglücksfall aussieht, könnte der perfekte Mord sein. Wäre da nicht eine zurückgelassene Schleuder. Hat jemand Bruhlstedt den Schädel eingeschlagen? Lilly, die Schwester des Toten, scheint mehr zu wissen, doch sie schweigt und gilt als behindert. Dann findet Romy heraus, dass Bruhlstedt früher zu einer gewalttätigen rechtsradikalen Gruppe gehörte, bevor er ausgestiegen ist und für eine Weile spurlos verschwand. Hat sich jemand an ihm gerächt?

K

K
MORD

Ein Rügen-Krimi

atb aufbau taschenbuch

FSC
www.fsc.org
MIX
Papier aus verantwortungsvollen Quellen
FSC® C083411

ISBN 978-3-7466-3018-2

Aufbau Taschenbuch ist eine Marke
der Aufbau Verlag GmbH & Co. KG

2. Auflage 2014

Umschlaggestaltung capa design, Anke Fesel
unter Verwendung eines Motivs von
Chris Keller/bobsairport
Druck und Binden CPI – Clausen & Bosse, Leck
Printed in Germany

www.aufbau-verlag.de

Für Claudia

Prolog

Der See war von undurchdringlicher Tiefe, als gelte es, etwas zu verbergen und vor neugierigen Blicken zu schützen, so lange es ihm beliebte; fern aller Farben, Töne und Nuancen, die das Blau des Meeres, schattiges Waldgrün oder sattes Rapsgelb und die Röte des Mohns hervorbrachten, schimmerte er in teerigem Schwarz und verschlang alle Geschichten der Insel, um sie auf den Grund sinken zu lassen, wo sie sich nach und nach in Moor verwandelten. Davon war Lilly überzeugt.

Sie hockte sich an den Rand des Ufers tief ins Schilf und umschloss ihre spitzen Knie mit den Armen. Ihre Augen ruhten auf dem glatten schwarzen Spiegel, über dem milchiger Morgendunst gespenstergleich dahinwaberte.

»Schwarzer See, Schwarzer See, enthüll mir deine Geschichten«, murmelte sie lautlos. Ein leises Frösteln durchfuhr sie. Der Wald erwachte, obwohl er nie schlief. Wispern, zarte Vogelschreie, Rascheln. Sie hörte, wie die Äste der Buchen im Wind knarrten und sich das Wasser der Bäche seinen Weg suchte. Wenn ihr Herz ruhig schlug und ihr Geist aufmerksam und friedlich war und auch sonst alles stimmte – das Licht und der Wind, die vorbeihuschenden Farben und Geräusche, der Klang des Wassers, das Flüstern der großen und kleinen Tiere und tausend andere Bedingungen, die nur der See selbst kannte –, stiegen einzelne Geschichten an die Oberfläche, mit leisem Glucksen oder auch beschwerlichem Stöhnen, mit einem Aufschrei, den nur Lilly hören konnte, oder auch begleitet von einem tiefkehligen Lachen, das sich anhörte, als wäre es aus der Wurzel einer uralten Buche des Hallenwaldes oder dem Opferstein selbst entwichen. Manchmal entstanden Bilder von Ereignissen, die längst geschehen waren, während andere in naher oder auch ferner Zukunft Bedeutung erlangen würden.

Einmal hatte sie vier Wochen vor der Geburt gesehen, wie das Kind der Nachbarin zur Welt kam. Es hatte lockiges Haar und ein Muttermal am linken Ohr, und Lilly wunderte sich nicht, als das Kind einen Monat später auf die Welt kam und genau so aussah, wie sie es im Spiegel des Schwarzen Sees erblickt hatte. Es war ein Junge, und der See flüsterte ihr seinen Namen zu: Ore. Seinen anderen hatte sie sich nie gemerkt. Der Schwarze See hatte ihn Ore getauft. Das genügte.

Lilly redete grundsätzlich wenig, noch seltener sprach sie über ihre Erlebnisse am See oder am nahegelegenen Opferstein oder über das eindringliche Flüstern der Geister im Hallenwald. Kaum jemand wollte hören, was sie zu erzählen hatte, niemand mochte ihre Art, dem unsichtbaren Geschehen Leben einzuhauchen. Und die neugierigen Fremden, die ein paar Tage oder Wochen auf der Insel herumstreunten und auf der Suche nach allem Möglichen waren, mied Lilly. Die Leute guckten seltsam, wenn sie auch nur andeutete, welche Geheimnisse die Insel barg, falls man bereit war, genau hinzuschauen und alle Sinne zu öffnen. Die Mutter machte stets abwehrende Bewegungen, als fürchtete sie sich vor dem bösen Blick, und bedeutete ihr zu schweigen. Der Vater gab sich Mühe mit ihr, obwohl er gerne eine andere Tochter hätte oder eine andere Lilly, dieser heimliche Wunsch sprach aus seinen Augen, gemeinsam mit der Angst, er könnte ihn nicht vor ihr verbergen. Er wollte ihr nicht weh tun. Und Holger, der große Bruder, meinte immer mit einem kleinen Lächeln auf den Lippen, dass sie sich von den Klippen und Steiluferwegen fernhalten sollte. Das Meer war kein zuverlässiger Verbündeter, das hatte Lilly bereits als Kind begriffen – unüberschaubar, nicht zu berechnen, wild, bunt und von endloser Weite.

Lilly atmete tief durch. Der schwarze Spiegel begann sich plötzlich zu bewegen. Eine Gestalt bildete sich heraus. Holger, dachte sie, und zittrige Aufregung durchfuhr sie, während sich die Szene immer deutlicher herausbildete, wie ein bewegtes Relief. Er lief den Steilklippenweg hinauf in Richtung Wissower Klinken, wie er es am Abend zuvor angekündigt hatte, auch wenn es die Klinken nach den letzten Abbrüchen gar nicht mehr gab. Er bewegte sich ruhig und flink zugleich. Jeder Schritt schien wohlüberlegt. Das Bild verschwand, als die Wasseroberfläche sich unvermittelt kräuselte. Einen Moment später glättete sie sich wieder. Holger hatte seine Jacke auf einer Holzbank abgelegt und stand nun fast direkt am Abgrund. Er blickte übers Meer, dort, wo die Morgendämmerung den Horizont mit goldvioletten Farben zu erleuchten begann und man an klaren Tagen bis Mönchgut und Granitz sehen konnte; das Meer war in Ufernähe milchiggrün, kreidecremig gefärbt, Bäume krallten sich an die Steilhänge, Mehlschwalben schossen aus den Nistlöchern in der Kreide. Im Hintergrund erhob sich das vielstimmige Erwachen des Waldes und verschmolz mit dem Tosen des Meeres.

Holger liebte diesen Augenblick in aller Herrgottsfrühe und kostete ihn aus, sooft er auf Rügen war. Viele Jahre war er nicht hier gewesen. Diese Momente hatte er am meisten vermisst, dessen war sich Lilly sicher. Sie kannte ihn besser, als er ahnte.

Plötzlich drehte er sich um, und seine Augen wurden groß. Verwirrung spiegelte sich in ihnen, dann Angst. Sekundenlang schien die Szene wie eingefroren. Jäh riss er den Mund auf und trat zwei Schritte zurück. Entsetzen erfasste Lilly, als ihn aus dem Nichts heraus ein kantiger, schwerer Gegenstand am Kopf traf. Holger riss die Hände hoch, stolperte und stürzte in die Tiefe, bevor der See seine Geschichte in sich verbarg und zu spiegelblanker Stille erstarrte.

Lilly schrie entsetzt auf, ihr Herz raste und wand sich in ihrem Brustkorb wie ein Fisch im Netz. Sie presste die Hände vor den Mund, als der Wald um sie herum verstummte.

Nicht einen Moment zweifelte sie an der Wahrheit der Szene. Es gab keine Lügen im See. Die Frage lautete lediglich, ob das Unglück schon geschehen war oder ihr noch genug Zeit blieb, um quer durch die Stubnitz zu rennen, über die Kollicker und Fährnitzer Berge in Richtung Waldhalle und von dort zum Steilufer. Andererseits offenbarte der See keine Geschichten, die nicht wahrhaftig waren, also geschehen waren oder geschehen würden. Und wenn das, was sie gesehen hatte, erst in zwei Wochen oder drei Monaten passieren sollte? Niemand würde ihr glauben, auch Holger nicht.

Wieder presste sie die Hände vor den Mund, im nächsten Moment streifte sie mit einem Ruck die Erstarrung ab und rannte los. Der See erzählte niemals etwas ohne Grund.

Lilly hatte das Steilufer fast erreicht, als ein Geräusch sie innehalten ließ. Sie blickte hoch. Ein Vogel. Ein großer Vogel. Ein Seeadler. Holgers Lieblingsvogel. Er surrte. Ein seltsames Sirren. Doch Seeadler sirrten nicht. Lilly wich in den Schutz des Waldes zurück und kauerte sich hinter ein Gebüsch. Ihr Atem rasselte.

Zu spät, dachte sie plötzlich. Es ist geschehen. Holger ist tot.

1

Kommissarin Ramona Beccare, genannt Romy, hatte sich gerade den ersten Dienstkaffee eingegossen und wollte sich ans offene Fenster setzen, als Fine Rohlbart mit dem Telefon am Ohr in der Tür zum Gemeinschaftsraum stehenblieb und ihr einen vielsagenden Blick zuwarf. Ihre wuchtige Gestalt füllte den Rahmen mühelos aus, was durchaus beeindruckend wirkte, einschüchternd womöglich, aber Romy hielt es für keine gute Idee, eine diesbezügliche Bemerkung zu machen oder sich den Gedanken auch nur an der Nasenspitze von ihr ablesen zu lassen.

Fines Gesichtsausdruck verdüsterte sich, während sie ihrem Gesprächspartner lauschte und lediglich einige wenige und höchst knappe Kommentare abgab. Es war Samstag, und Romy hatte gehofft, einem ruhigen Wochenenddienst entgegenzusehen und später noch Zeit für einen langen Strandspaziergang zu finden - von Binz hoch in Richtung Mukran und wieder zurück oder auch durch den Wald am Schmachter See entlang. Der Juni hatte gerade begonnen, und sie nutzte jede freie Stunde für Ausflüge, meist am Wasser, oder fuhr mit ihrem Roller über die Insel, bevor die großen Ferien begannen und damit die Hochsaison auf Rügen. Dann waren Ausflüge keine so gute Idee, es sei denn, man arrangierte sich damit, dass Tausende den gleichen Einfall hatten, oder suchte die weniger bekannten Plätze auf.

»Ja, gut, ich leite das sofort weiter, und Sie melden sich gleich noch mal mit den Einzelheiten«, meinte Fine schließlich, beendete das Gespräch und ließ den Arm sinken. »Das war die Polizeiinspektion Stralsund. Es gibt einen ungeklärten Todesfall.« Sie runzelte die Stirn. »Ein junger Mann ist heute früh im Nationalpark Jasmund in der Nähe der Wissower Klinken - oder besser gesagt: der ehemaligen Klinken, denn nach den letzten Abbrüchen ist nicht mehr viel von ihnen übrig geblieben - vom Steiluferweg in die Tiefe gestürzt. Ein Ranger des Nationalparks hat ihn entdeckt.«

»Tragisch, aber was ist daran ungeklärt?«

»Die Sassnitzer Kollegen haben ein paar Merkwürdigkeiten am Unfallort entdeckt und Stralsund informiert. Nun ist die Leiche bereits auf dem Weg ins Rechtsmedizinische Institut in Greifswald, und die KTU wurde eingeschaltet, um das Geschehen zu rekonstruieren. Zum jetzigen Zeitpunkt ist jedenfalls nicht zweifelsfrei davon auszugehen, dass es sich lediglich um einen Unfall handelt. Demnach möge die Außenstelle Bergen sich bitte bereithalten, um Vorabermittlungen zu leiten. Details erfahren wir in Kürze.« Die Bezeichnung »Außenstelle Bergen« stieß Fine in unüberhörbar spitzem Ton hervor.

Es war ein offenes Geheimnis, dass Fine Rohlbart, seit Urzeiten zuständig für den reibungslosen Ablauf im Innendienst der Bergener Polizei, kein Fan der Gebietsreform war und sich schon mal gar nicht für die damit einhergehenden neu in Kraft gesetzten Zuständigkeiten erwärmen konnte. Dabei störte sie besonders, dass Bergens Kommissariat empörenderweise nur noch als eine von mehreren Außenstellen fungierte, während die Stralsunder Polizeiinspektion sowie das zuständige Kriminalkommissariat nun als leitende Ermittlungsbehörden im Landkreis Vorpommern-Rügen agierten und somit das Sagen hatten. Romy hatte kein Problem damit, denn schließlich saß ja die Staatsanwaltschaft auch in Stralsund, und wenn ein Fall auf Rügen zu lösen war, gab es genug für alle zu tun. Das Bergener Team war dann ohnehin stets gefragt. Doch derlei Argumente fegte

Fine mit schöner Regelmäßigkeit und durchaus schnippisch vom Tisch. »Du würdest anders reden, wenn du hier geboren wärst. Stralsund ist Stralsund, und Rügen ist Rügen, und Bergen ist Bergen. So einfach ist das.«

Auf gut Deutsch: Romy war die Zugezogene, die diese sensiblen Zusammenhänge gar nicht nachvollziehen konnte, und würde es wahrscheinlich noch eine halbe Ewigkeit bleiben. Dass der Kollege Kasper Schneider ähnlich entspannt blieb wie Romy, obwohl auch er Rüganer war, und stets verschmitzt lächelnd darauf hinwies, dass die Insel in den vergangenen Jahrhunderten viele Herren und Zuständigkeiten erduldet und überlebt hatte, ohne sich großartig davon beeinträchtigen zu lassen, fiel dabei genauso wenig ins Gewicht wie die Tatsache, dass Fines Lieblingskollege, der Daten- und Recherchefachmann Max Breder, quasi so etwas wie ihr Ziehsohn, eigentlich von den so kritisch beäugten Stralsundern ausgeliehen war. Hier ging es ums Prinzip, genauer gesagt: um Fines Prinzip. Und dem beugte man sich eilfertig oder hielt besser den Mund.

Romy, die gebürtige Münchnerin mit den italienischen Wurzeln, war nach Einsätzen in Köln, Schwerin und Rostock erst vor gut zweieinhalb Jahren ins Kommissariat nach Bergen gewechselt. Mit zwei aufsehenerregenden Mordermittlungen hatte Romy nicht nur das Vertrauen ihres Teams, sondern auch der Stralsunder Staatsanwaltschaft gewonnen. Dabei war sie lediglich auf der Suche nach einem Ort gewesen, an dem sie Frieden mit dem plötzlichen Tod ihres Geliebten schließen konnte. Und die Entscheidung für Rügen hatte einen ganz einfachen Grund gehabt: Moritz war vernarrt in die Insel gewesen und hatte Romy angesteckt.

»Soll ich Kasper und Max Bescheid sagen?«, fragte Fine in Romys Gedanken hinein. »Oder willst du noch warten, bis Riechter sich meldet?«

Jan Riechter hatte Anfang des Jahres den Posten des leitenden Hauptkommissars des Stralsunder Kriminalkommissariats übernommen – nachdem Romy das Angebot abgelehnt hatte. Sie hatte seinerzeit lediglich mit Kasper über die Offerte gesprochen und ihn gebeten, Stillschweigen zu bewahren. Eine Nacht hatte sie darüber geschlafen und sich am nächsten Morgen dagegen entschieden. Sie wollte auf der Insel bleiben. Bereut hatte sie ihren Entschluss noch keinen einzigen Moment, und zwar nicht nur, weil Fine ihr sonst den Kopf abgerissen hätte.

»Ich schlage vor, du warnst die beiden schon mal«, meinte Romy. »Falls die Kollegen gerade Wochenendpläne schmieden … Und ruf bitte auch in Sassnitz an. Vielleicht können die uns ja schon ein bisschen mehr verraten.«

Sie ging in ihr Büro und schloss die Tür hinter sich. Sie wollte allein und unbeobachtet sein, wenn Jan anrief. Romy und Kommissar Riechter waren sich erstmals anlässlich einer Fortbildung in Stralsund Ende des vergangenen Jahres begegnet und auf Anhieb sympathisch gewesen. Romy räusperte sich. Diese Beschreibung ging garantiert als schamloseste Untertreibung der Saison durch. Seitdem hatten sie sich hin und wieder bei Besprechungen gesehen, an deren Inhalt sie sich später nicht sonderlich gut erinnern konnte, dafür umso eindringlicher an seine tiefgrünen Augen und das Grübchen, das seinem schmalen Gesicht die Kantigkeit nahm, wenn er lächelte, und das tat er häufig, zumindest wenn ihre Blicke sich trafen.

Der Mann hatte nicht unbedingt den allerbesten Ruf – das war auch bis zu Romy durchgedrungen. Riechter galt als eigensinnig und undiplomatisch, ein Typ, der seine Linie verfolgte und auch mal den Staatsanwalt außen vor ließ; er gab mehr auf sein Gespür als auf die Ansichten von Vorgesetzten – Sonderrechte, die er sich als ehemaliger OK-Beamter meinte herausnehmen zu dürfen. Und wer sich wegen seines im Einsatz oftmals barschen Tons auf die Füße getreten fühlte, hatte selbst Schuld und sollte sich in einem Kosmetiksalon bewerben, wurde er zitiert.

Vor einigen Jahren war ein Verfahren wegen Körperverletzung gegen ihn eingeleitet worden, nachdem Riechter bei der Vernehmung eines Kindermörders die Nerven verloren und ordentlich hingelangt hatte, wusste Kasper zu berichten. Der Vorgang machte sich in seiner Personalakte nicht besonders gut, aber kein Kollege hatte gegen ihn aussagen wollen – aus Respekt und Loyalität oder weil Kindermörder ohnehin keine ausgeprägte Lobby hatten –, und so verlief das Verfahren schließlich im Sande. Dass man dem eigenwilligen Kommissar die Stralsunder Stelle nach Romys Absage dennoch angeboten hatte, hing nach Kaspers Einschätzung mit seinem Engagement, seiner Erfolgsquote und seinem guten *Riecher* zusammen. Außerdem verstand er es bei aller Ruppigkeit, die Kollegen zu motivieren, und ließ niemals jemanden im Stich. Das wog schwerer als seine alles andere als saubere Akte.

Romy hatte Jan noch nicht barsch erlebt, eher durchgängig charmant, was abseits vom stressigen Ermittleralltag jedoch nicht ganz so viel heißen musste, und sie wusste selbst ein Lied davon zu singen, wie schwierig es oftmals war, angesichts scheußlichster Verbrechen gelassen zu bleiben. Wie sollte sie es ausdrücken? Der Mann beflügelte ihre Phantasie, ihre Träume, zum ersten Mal seit Moritz' Tod, doch sie waren Kollegen, die häufig zusammenarbeiten würden, und sollten sich privat besser aus dem Weg gehen. So einfach war das. Ihr Handy klingelte.

»Hallo, Romy. Ich fürchte, ich muss euch das Wochenende verderben«, erklang Jans Stimme.

»Kollegin Rohlbart hat mich gerade informiert. Wisst ihr schon Genaueres?«, erwiderte sie betont nüchtern.

»Bei dem Opfer handelt es sich um Holger Bruhlstedt, ein gebürtiger Sassnitzer, alleinstehend, der in einer Anwaltskanzlei in Stralsund als Rechtsfachwirt arbeitete. Der Mann war noch nicht mal dreißig«, stieg Jan sofort ins Thema ein. »Er hatte ein paar Tage frei und besuchte seine Eltern in Sassnitz. Gefunden hat man ihn heute früh unterhalb der Wanderstation fünf, in der Nähe der Wissower Klinken – wenn ich mich nicht täusche, ist das in etwa dort, wo viele Caspar David Friedrichs Motiv für sein berühmtes Kreidefelsen-Gemälde vermuten, aber …«

»Aber die Kreidefelsen, wie Friedrich sie malte, gab's damals noch gar nicht in dieser Form«, glänzte Romy mit ihren Inselkenntnissen.

»Richtig.« Seiner Stimme war das Lächeln anzuhören. »Die sind erst später entstanden.«

»Und seit den wiederholten Abbrüchen sieht es da inzwischen auch schon wieder ganz anders aus – die Klinken vom Postkartenmotiv gibt's jedenfalls gar nicht mehr, und soweit ich weiß, hat die Nationalpark-Verwaltung inzwischen auch das Hinweisschild entfernt.«

»Na ja, wie dem auch sei – Rettungskräfte und Polizei gingen zunächst davon aus, dass mal wieder ein Wanderer unvorsichtig war, sich nicht an die Absperrungen hielt, unglücklich stürzte, wie häufig an den Steilufern, und sich das Genick brach«, fuhr Jan fort.

»Und was genau hat die Sassnitzer Kollegen stutzig gemacht?«, fragte Romy.

»Die Lage der Leiche und die mutmaßliche Absturzstelle. Außerdem fanden sie in der Nähe einen einzelnen Stein mit Blutspuren und eine Schleuder.«

Einen Moment lang dachte Romy, sie hätte sich verhört.

»Eine Schleuder?« Sie setzte sich an ihren Schreibtisch und schlug ein Bein über das andere.

»Ganz genau, und damit ist nicht das niedliche Spielzeug gemeint, mit dem man nasse Kügelchen durch die Gegend schießt, um einen Klassenkameraden oder eine Nachbarin auf dem Balkon zu ärgern. Das Teil ist eine sogenannte Katapultschleuder – die Dinger sind richtig gefährlich und kommen immer mal wieder in allen möglichen Kreisen in Mode. Damit kann man Mensch und Tier erhebliche Verletzungen zufügen, und wenn man es darauf anlegt: töten.«

Romy nickte langsam. »Jemand könnte den Stein …«

»Könnte«, fiel Jan ihr energisch ins Wort. »Der Verdacht drängt sich natürlich sofort auf, aber warum lässt der Täter die Schleuder dann dort unten liegen? Nicht weit entfernt gibt es einen Abstieg.«

»Sie könnte heruntergefallen sein. Vielleicht gab es einen Kampf, und der Täter ist anschließend in Panik geflüchtet.«

»Hm – könnte, vielleicht, unter Umständen … es ist zu früh für Spekulationen«, wandte Jan ein. »Aber wir müssen uns auf jeden Fall mit der Möglichkeit beschäftigen, dass die Schleuder als Waffe benutzt wurde und der Absturz alles andere als zufällig erfolgte. Ich bin gespannt, was die Rechtsmedizin zu den Verletzungen sagen wird, doch es dauert wohl noch eine Weile, bis die sich melden.«

»Falls Doktor Möller Wochenenddienst hat, könnte es schnell gehen«, wandte Romy ein. »Der ist richtig fix und kooperativ.«

»Umso besser. Fotomaterial und weitere Infos sind bereits per Mail unterwegs zu euch. Habe ich was vergessen?«

»Ist die Familie benachrichtigt?«

»Ja, aber du solltest gleich noch mal bei den Eltern vorbeifahren und dich bei der Gelegenheit auch nach dem Handy erkundigen – ich weiß nicht, ob die Kollegen heute früh eindringlich genug danach gefragt haben. An der Unglücksstelle wurde nämlich keins gefunden, der Mann hatte jedoch Schlüssel und Papiere bei sich, die steckten in seiner Jacke, die er oben auf einer Bank abgelegt hatte«, berichtete Jan weiter. »Und die Ortung hat bisher nichts ergeben.«

»Vielleicht hat er es beim Sturz verloren.«

»Dann werden es die Techniker finden.«

»Könnte es ins Wasser gefallen sein?«

»Unwahrscheinlich. Ich frage trotzdem mal nach. Der Vater erzählte jedenfalls, dass sein Sohn eine Morgenwanderung unternommen und sich bereits kurz nach halb vier auf den Weg gemacht habe – um den Sonnenaufgang mitzubekommen.«

»Hat der so was häufiger gemacht?«

»Ja, regelmäßig. Holger Bruhlstedt war ein Naturfreund und geübter Wanderer, so betont sein Vater – kein waghalsiger Kletterer oder einer von diesen Idioten, die ständig ihre Fähigkeiten überschätzen und das Abenteuer an der falschen Stelle suchen.«

»Sagt das auch der Vater?«

»Ja.«

»Verstehe.«

»Gut.«

Romy lächelte. »Ich schicke Kasper Schneider raus zu den Klinken, während Max Breder so schnell wie möglich mit den internen Recherchen beginnt und ich die Familie befrage. Ist dir das recht so?«

»Ja, so ungefähr habe ich mir das vorgestellt. Ist der Breder immer noch so verrückt, was seine Datensammelei angeht?«

»O ja. Wir sind heilfroh, dass er uns diesen Kram abnimmt – auf seine verrückte Art.«

»Und er ist heilfroh, dass niemand auf die Idee kommt,

ihn bei der Zeugenbefragung einzusetzen oder gar als Partner mitzunehmen, nicht wahr?«

Romy lachte. »So ist es. Outdoor-Einsätze sind nicht seine Welt.«

Einen Moment blieb es still in der Leitung. »Gut, ich sehe mich inzwischen in Bruhlstedts Wohnung um«, hob Jan dann wieder an. »Und ich werde mit dem Kanzleichef sprechen. Wir bleiben in Kontakt.«

»Natürlich.« Gerne. Sie räusperte sich, unterbrach dann rasch die Verbindung und starrte einen Moment ins Leere, bevor sie Fine informierte und mit Kasper telefonierte. Eine halbe Stunde später befand sie sich auf dem Weg nach Sassnitz.

Jan hatte einen jungen Kollegen aus dem Innendienst damit beauftragt, sich um den Papierkram für die Wohnungsdurchsuchung zu kümmern sowie den Kanzleichef zwecks Terminabsprache anzurufen und sich mit dem Bergener Kommissariat abzustimmen, und war alleine losgefahren, nachdem er sich Bruhlstedts Schlüssel besorgt hatte. Er war viel zu unruhig, um mit den Füßen wippend in seinem Büro sitzen zu bleiben und abzuwarten, bis die nötigen Genehmigungen und Beschlüsse vorlagen. Außerdem war er davon überzeugt, dass die Unfalltheorie in Kürze kippen würde. Die Sache mit der Schleuder gefiel ihm gar nicht, auch wenn ein Zusammenhang mit dem Sturz bislang nichts als graue Theorie war. Im Moment könnte die sonst wer dort verloren haben, aber Jan glaubte nicht an einen Zufall.

Holger Bruhlstedt war in einer schlichten Junggesellenwohnung in einem vierstöckigen Wohnhaus am Knieperdamm im Norden Stralsunds zu Hause gewesen – zwei Zimmer, Küche, Bad, ein kleiner Balkon mit zwei Korbstühlen und einem winzigen Tisch, unter dem ein Aschenbecher stand. Die Wohnung wirkte nicht sonderlich aufgeräumt, doch auch keineswegs auffällig unordentlich – einige Tassen, Gläser und Teller türmten sich in der Spüle, Klamotten lagen auf dem Boden im Schlafzimmer, die Türen des Kleiderschranks standen auf, CDs waren auf dem Couchtisch vor dem Fernseher verteilt; im Bad roch es muffig, fand Jan, aber seine Nase war ziemlich empfindlich. Keine Hinweise auf eine Frau, jedenfalls nicht bei oberflächlicher Sichtung. In einer Ecke des Wohnzimmers stand ein schmaler Schreibtisch, darüber war ein Bord angebracht, auf dem Aktenordner mit dem üblichen Behörden- und Versicherungskram aufgereiht waren. Was fehlte, war ein Computer.

Jan hatte sich Handschuhe übergestreift und ging von Raum zu Raum. Er ließ die Atmosphäre auf sich wirken. Sollte sich bestätigen, dass Holger Bruhlstedt einem Verbrechen zum Opfer gefallen war, würde jeder Winkel der Wohnung in der gebotenen Gründlichkeit von Technikern durchsucht werden. Worum es ihm im Moment ging, war der erste Eindruck – wie hatte der Mann gelebt? Gab es Hinweise auf Besucher? Womöglich jemand, mit dem es Streit gegeben hatte? Letzte Anrufe, letzte Mahlzeit, vielleicht fanden sich aussagekräftige Notizen neben dem Telefon. Hinweise auf Alkohol und Drogen, ungewöhnliche Post. Welches TV-Programm war eingeschaltet gewesen? Was hatte er gelesen? Auf dem Nachttisch lag ein E-Book-Reader – Bruhlstedt war offensichtlich ein Fan englischer Spionagethriller gewesen, wie Jan mit zwei Klicks feststellte. Welchen Hobbys ging der Mann nach? Auf einem großen Wandkalender waren Handballspiele eines Stralsunder Vereins eingetragen.

Jans Handy klingelte, als er gerade den Kühlschrank inspizierte, in dem lediglich einige länger haltbare Lebensmittel ihr Dasein fristeten – Hartkäse, eine Flasche Wasser, Gurken, einige scharfe Saucen. Bruhlstedt hatte offensichtlich verderbliche Ware vor seiner Abreise aufgebraucht, oder es sah in seinem Kühlschrank immer so aus, weil er auswärts aß. Jan schloss die Tür und nahm das Gespräch nach kurzem Blick aufs Display an. »Was gibt's, Simon?«

»Bruhlstedt hat in der Kanzlei von Benjamin Schölter gearbeitet. Die befindet sich am Frankendamm, in der Nähe des Landgerichts.«

»Das weiß ich längst. Was mich interessiert, ist ...«

»Schölter sitzt da seit heute früh an seinem Schreibtisch, Aktenstapel abarbeiten, wie er sagt. Er ist selbstverständlich jederzeit bereit, Fragen zu beantworten.«

»Na bitte«, knurrte Jan.

»Wollen wir uns gleich dort treffen?«

»Meinetwegen. Bis später.« Jan legte wieder auf, bevor Simon antworten konnte. Der junge Kollege hatte es oftmals nicht leicht mit ihm, das war Jan klar. Simon war so wissbegierig, eifrig und zuvorkommend, manchmal auch vorwitzig, wie man es als Polizist Mitte zwanzig nur sein konnte, wohingegen Jan als behutsamer und erfahrener Lehrmeister nicht unbedingt erste Wahl sein dürfte. Doch Jungkommissar Simon Dühl ließ sich nicht abschrecken. Das sprach unbedingt für ihn.

Jan ließ sich noch ungefähr zehn Minuten Zeit für seinen Streifzug durch die Wohnung. Keine Anrufe auf dem Anrufbeantworter, kein PC, keine Fotos, nicht mal von der letzten Freundin, wenig Persönliches, resümierte er, als er im Wagen saß und sich auf den Weg zum Frankendamm machte. Aber das musste nichts heißen. Heutzutage trug man seine Fotos im Handy bei sich, und der PC befand sich wahrscheinlich in der Kanzlei oder würde sich doch bei den Eltern anfinden, die ihn in der ersten Aufregung nach der schrecklichen Nachricht übersehen hatten.

Simon wartete bereits vor dem sanierten Altbaugebäude in sattem Dunkelrot, ungefähr zehn Minuten vom Landgericht entfernt, wo zahlreiche Baustellen die Parkplatzsuche erschwerten. Jan quetschte sich schließlich in eine Minilücke zwischen einem Baufahrzeug und einem aufgemotzten Audi. Simon warf ihm einen skeptischen Blick zu, als er sich aus der Tür herausschlängelte, verkniff sich jedoch eine Bemerkung. Dein Glück, dachte Jan. Er hob die Nase. Es roch nach frischem Zement.

»Hast du schon Infos zu diesem Schölter?«, fragte er, während sie den Flur betraten. Die Kanzlei befand sich im Erdgeschoss, in den darüberliegenden beiden Stockwerken residierten zwei Wirtschaftsprüfer, ein Steuerberater und ein Architekturbüro. Ihre Schritte hallten auf dem Steinboden wider. »Irgendwas Besonderes, das ich wissen sollte?«

»Nö. Schölter ist Strafrechtler und hat einen guten Namen«, führte Simon aus, während er den Klingelknopf betätigte. Im Innern erklang ein sanfter Glockenschlag. »Er hat die Kanzlei vor acht Jahren übernommen, zurzeit arbeiten hier vier Anwälte und etliche Gehilfen beziehungsweise Fachwirte und Auszubildende.«

»Alter?«

»Demnächst vierzig.«

Der Türsummer ertönte. Am Empfangstresen und im Wartebereich herrschte gähnende Leere. Kein Wunder an einem Samstagmittag. Jan ließ das helle und unaufdringliche Ambiente auf sich wirken – warme Farben, Holz und Leder, einige Schwarzweißfotos an den Wänden. Jan erkannte Dänholm, den Borgwaldsee und, natürlich, den Strelasund und die Rügenbrücke. Alles war blitzsauber, die Zeitschriften auf dem Beistelltisch waren geordnet, die Pflanzen wirkten frisch gegossen, nirgendwo stand benutztes Geschirr herum, und das dezente Aroma eines Raumsprays lag in der Luft. Am Ende eines langgestreckten Flures, von dem mehrere Büros abgingen, öffnete sich eine Tür.

Benjamin Schölter war auf den ersten Blick ein biederer Buchhaltertyp mit glattgezogenem Seitenscheitel, der sein blasses, durchschnittliches Gesicht hinter einer modischen Brille versteckte und älter wirkte als neununddreißig oder auch demnächst vierzig. Jan hätte ihm auch zehn Jahre mehr sofort abgenommen. Er war mittelgroß und neigte zum Bauchansatz, verfügte jedoch über eine volltönende, sehr angenehme Stimme. Wenigstens das, dachte Jan fast erleichtert. Ein Mann mit einer Ausstrahlung wie Schölter ging in jeder Gruppe komplett unter, oder aber er war derjenige, auf dessen Kosten Witze gerissen wurden – in privatem Rahmen natürlich, in seinem Job verstand er es ja offenbar, zu überzeugen. Schölters Erschütterung wirkte echt, doch er war bemüht, seine Gefühle zu kontrollieren.

»Holger war einer meiner besten und zuverlässigsten Mitarbeiter«, sagte er, kaum dass Jan und Simon Platz genommen hatten. »Außerdem ein freundlicher und aufmerksamer Kollege, den alle schätzten. Ich weiß gar nicht …« Er schüttelte den Kopf, blickte Jan einen Moment starr an und wich dann seinem Blick aus. »Unvorstellbar. Sind Sie wirklich sicher, dass es kein Unfall war? Es passiert doch so viel an Rügens Steilküsten.«

Jan wiegte den Kopf. »Nein, wir sind noch nicht hundertprozentig sicher, aber wir müssen der Möglichkeit nachgehen, dass Ihr Mitarbeiter heute Morgen nicht alleine unterwegs war. Einige Aspekte sprechen dafür.«

»Dürfen Sie deutlicher werden?«

»Nein. Er hatte Urlaub, nicht wahr?«

»Ja, seit gestern. Holger wollte ein paar Tage auf Rügen

verbringen, auftanken – das machte er häufig – und Mittwoch zurückkommen.«

»Ist Ihnen in den letzten Tagen etwas Besonderes an ihm aufgefallen?«

»Nein, es war alles wie immer.« Schölter nahm einen Kuli zur Hand.

»Kein Stress, keine aufgeregten Telefonate, die Ihnen jetzt zu denken geben?«

»Nein, nichts dergleichen. Holger war kein Typ, der aufgeregte Telefonate führte.«

»Würden Sie das erläutern?«

Schölter überlegte kurz und rückte seine Brille zurecht. »Er war ausgeglichen. Stress war ein Fremdwort für ihn.«

Wie schön, dachte Jan, und das mit Ende zwanzig. Aber geholfen hatte es letztlich auch nicht. »Seit wann kennen Sie Bruhlstedt?«

»Seit drei Jahren. Er war vorher in einer Kanzlei in Greifswald beschäftigt, wo er auch seine Ausbildung absolviert hatte. Letztes Jahr hat er seinen Fachwirt gemacht.«

»Und warum der Wechsel?«

»Meine Kanzlei ist größer, und wir bearbeiten hauptsächlich Strafrechtsfälle. Das hat ihn sehr interessiert. Womöglich ist auch die Nähe zu Rügen mitentscheidend gewesen.«

»Wissen Sie etwas von einer Beziehung?«

»Nein. Holger war sehr zurückhaltend in Bezug auf Privates, fast verschlossen.«

»Ist nie der Name einer Freundin gefallen?«

Schölter schüttelte den Kopf. »Vielleicht wissen die Kollegen mehr dazu, aber ich möchte es fast bezweifeln.«

Jan nickte, ließ den Blick schweifen und bedeutete Simon mit einer Handbewegung, das Gespräch fortzusetzen und die üblichen Routinen abzufragen, während er Schölter unauffällig im Auge behielt. Irgendetwas nervte ihn an dem

Juristen, machte ihn unruhig, er konnte jedoch nicht sagen was. Dass der Typ ein leidenschaftliches Plädoyer hielt, mit dem er einen Angeklagten raushaute, war schwer vorstellbar, aber stille Wasser waren ja bekanntlich tief.

»Wir müssen uns seinen Arbeitsplatz und vor allen Dingen den PC ansehen«, meinte Simon schließlich. »Ein Beschluss liegt zwar noch nicht vor, aber vielleicht ...«

»Na klar, kein Problem.« Schölter winkte mit großzügiger Geste ab, und ein winziges Lächeln erhellte für einen Moment sein Gesicht. »Am Wochenende dauert ja alles immer ein bisschen länger ... Aber womöglich werden Sie enttäuscht sein, denn an Holgers Arbeitsplatz gibt es nicht wirklich etwas Aufregendes zu entdecken. Und das Entscheidende, nämlich der Laptop, fehlt. Den hat er mitgenommen.«

Jan suchte den Blick des Anwalts. »Sind Sie sicher?«

»Selbstverständlich. Die Mitarbeiter dürfen ihre Laptops sowohl unterwegs als auch privat nutzen, sofern sie unsere Sicherheitsregeln beachten.«

»Die da wären?«

»Sie müssen ein Backup auf einer externen Festplatte speichern, bevor sie das Büro verlassen, und natürlich dafür Sorge tragen, dass kein Zugriff auf Kanzleiinterna möglich ist, was beispielsweise bei Diebstahl immens wichtig ist. Alle Mitarbeiter benutzen sowohl ein Festplattenpasswort als auch ein sehr gutes Verschlüsselungsprogramm für sensible Dokumente«, referierte Schölter weitschweifig. Das Thema schien ihm zu liegen. »Und wer einen längeren Urlaub antritt, ist ohnehin gehalten, keine Fälle mitzunehmen, wenn es nicht unbedingt sein muss.«

»Haben Sie überprüft, ob Bruhlstedt ...«

»Ich stand quasi daneben, als Holger am Freitag eine Sicherheitskopie gemacht hat.«

»Demnach wollte er den Laptop auf jeden Fall mitnehmen?«

»So ist es. Er hatte die Tasche unterm Arm, als er das Büro verließ, daran erinnere ich mich noch sehr gut.«

»Woran arbeitete er aktuell?«

Schölter hob die Hände. »Holger war reihum für alle Anwälte tätig, je nachdem wie aufwendig die Fälle waren.«

Jan lehnte sich zurück und stützte das Kinn in die Hände. »Herr Schölter, falls sich die Hinweise auf ein Verbrechen verdichten, müssen wir uns im Einzelnen damit befassen, woran Holger in der letzten Zeit gearbeitet hat.«

»Natürlich. Ich kann mir allerdings überhaupt nicht vorstellen …«

»Ich kann mir so manches nicht vorstellen, Herr Schölter«, fiel Jan ihm ins Wort und versuchte erst gar nicht, seine Bemerkung durch ein Lächeln abzumildern. »Und noch weniger möchte ich mir so manches vorstellen, aber wie das so ist in unserem Job – wir müssen zunächst einmal alle Möglichkeiten in Betracht ziehen und überall suchen, ob uns das gefällt oder vorstellbar erscheint oder nicht.«

»Selbstverständlich.« Schölter nickte ernst. »Ich schlage jedoch vor, dass zunächst ich mir Holgers Fallbearbeitungen in aller Ruhe ansehe, und wenn mir etwas auffällt, melde ich mich bei Ihnen. Wir warten allerdings mit der polizeilichen Sichtung der Fälle ab, an denen er mitgewirkt hat, bis tatsächlich feststeht, dass mein Mitarbeiter einem Verbrechen zum Opfer gefallen ist.«

Das klang alles andere als nach einem Vorschlag. Auf gut Deutsch: Ich rücke hier im Moment ohne Not, sprich ohne Beschluss, gar nichts raus, fuhr es Jan durch den Kopf. Du kannst ja richtig selbstbewusst auftreten.

»Möchten Sie einen Blick in Holgers Schreibtisch werfen, Herr Kommissar?«

Jan überlegte nur kurz, stand dann abrupt auf und strich seine Jeans glatt. »Nicht nötig, danke erst mal, Herr Anwalt, wir melden uns.« Er verzichtete darauf, ihm die Hand zu geben.

»Der ist schlauer, als er tut«, brachte Simon wenige Minuten später Jans Eindruck auf den Punkt. »Zurück in die PI?«

2

Als sie aufwachte, war es später Mittag, und sie brauchte einen Moment, um sich zu orientieren. Hundegebell, Kinderstimmen. Jana schälte sich aus dem Schlafsack und zog den Vorhang des Seitenfensters ihres VW-Bullis auf. Der Strelasund lag in hellem Blau vor ihr, dahinter verschwamm die Silhouette von Rügen. Es herrschte friedliches frühsommerliches Campingidyll, das einige Dauerzelter und erste Touris in Stahlbrode suchten und meist auch fanden. Zwischen Greifswald und Stralsund gelegen, war der Ort ideal, um dem Touristenansturm auf der Insel zu entkommen und doch den Charme der Ostsee zu genießen. Oder um sich zu verstecken und dabei Stralsund nicht aus den Augen zu verlieren. Weil sie nicht loslassen konnte, noch nicht.

Jana sah auf ihr Handy – keine Antwort von Holger, also war alles so weit in Ordnung. Sie griff nach einer Flasche Wasser und trank durstig, dann öffnete sie die Seitentür, um frische Luft hereinzulassen. Sie hatte im Schutz einer Baumgruppe einen abseits gelegenen Platz ergattert, als sie in der Nacht eingetroffen war – fast an der gleichen Stelle wie vor rund einem Monat, als sie bei fürchterlicher Kälte vierzehn Tage in Stahlbrode verbracht oder besser gesagt ausgeharrt hatte, bevor sie in die Stadt zurückgekehrt war, um ein paar Wochen zu jobben. Sie war alles andere als eine typische Camperin, aber niemand hatte Fragen gestellt oder ihr hinterhergeschnüffelt. Mehr als den einen oder anderen skeptischen Blick hatte sie nicht ertragen müssen. Darum war sie hierher zurückgekehrt.

Der Mann am Empfang war neu, jedenfalls kannte Jana

ihn nicht. Er hatte sie trotz der nächtlichen Stunde gähnend durchgewinkt, nachdem er einen flüchtigen Blick auf ihren Ausweis geworfen und sie für drei Tage im Voraus bar bezahlt hatte. »Die Formalitäten können Sie später erledigen, wenn der Chef da ist«, hatte er ihr zugemurmelt. »Kommen Sie im Laufe des Tages ins Büro.«

»Mach ich.« Oder auch nicht. Jana würde niemandem die Bude einrennen, um Formulare auszufüllen. Nur keine unnötigen Spuren hinterlassen, gerade jetzt nicht.

»Geh eine Weile weg aus Stralsund, aus dem Norden«, hatte Holger erst letzte Woche wieder zu ihr gesagt. Sein Ton war eindringlich und sanft zugleich gewesen. »Abstand gewinnen, neu orientieren, Fuß fassen. Ich helfe dir mit den entsprechenden Kontakten. Ein, zwei Jahre, dann kannst du ja zurückkehren, wenn du immer noch unbedingt willst.«

Sie hatte genickt. Klang alles vernünftig, gut durchdacht, abgeklärt. Holger sprach aus Erfahrung, das spürte man sofort. Er war überhaupt ein cooler Typ. Sie hatten einige Male richtig guten Sex gehabt, doch Holger wollte darüber hinaus nichts von ihr. Das war okay, auch wenn es ein bisschen weh tat. Sie hätte sich mehr zwischen ihnen vorstellen können, doch das lag wohl hauptsächlich daran, dass sie Angst hatte und nach dem Fels in der Brandung suchte und nach ein bisschen Liebe. Mit Liebe ging alles leichter. Holger war ein guter Freund, ein Helfer, der plötzlich da gewesen war und sich um sie kümmerte, nicht mehr, aber auch nicht weniger. »Ich kann dir den Weg aus der Szene zeigen, aber gehen musst du ihn alleine.«

Klang banal und nach Großmutterspruch, stimmte jedoch. Und Holger beließ es nicht bei Sprüchen – erst unlängst hatte er ihr einen Wohnungsschlüssel anvertraut. Das rechnete sie ihm hoch an. »Falls du mal ganz schnell unterkriechen musst und nicht weißt, wohin, aber pass auf, dass dich niemand sieht, wenn du das Haus betrittst. Es wäre fatal, wenn man die Verbindung zwischen uns entdecken würde.« Das wäre nicht nur fatal, sondern eine Katastrophe.

Am Abend zuvor hatte sie ihn besuchen wollen – vielmehr überraschen. Es war schon spät gewesen, und sie hatte Trost gesucht, außerdem eine warme Mahlzeit und ein Bett. Auf Dauer war das Campen oder Übernachten im Bus, so viel Unabhängigkeit und Sicherheit es auch in ihrer speziellen Situation mit sich brachte, ermüdend, unbequem und einsam. Erst als sie vor dem Haus stand, fiel ihr ein, dass Holger erzählt hatte, er würde für einige Tage verreisen. Nach kurzem Zögern entschied sie sich, trotzdem bei ihm zu schlafen. Er würde sicher nichts dagegen haben, wenn sie sich eine Dosensuppe warm machte und dann in sein Bett kuschelte. Sie stand vor seiner Wohnungstür im obersten Stock und kramte den Schlüssel heraus, als sie in der kühlen Stille des nächtlichen Flures plötzlich Geräusche hörte – direkt aus der Wohnung: ein Hüsteln.

Im Bruchteil einer Sekunde erstarrte Jana, um sich dann blitzschnell umzudrehen und die halbe Treppe zum Dachboden hinaufzuhetzen und hinter dem Geländer auf den Boden zu kauern. Die Flucht war ihr wie ein Reflex in Fleisch und Blut übergegangen. Sie reagierte, bevor ihr ein Gedanke dazwischenfunken und die Bewegung verlangsamen konnte. Flach atmend beobachtete sie, wie sich die Tür öffnete und ein Mann mit geschulterter Tasche die Wohnung verließ. Einen Moment blieb er lauschend stehen – seine scherenschnittartige Silhouette hob sich von der hellen Wand ab –, dann betätigte er den Lichtschalter und schloss die Wohnungstür ab. Holger hatte ein zweites stabiles Riegelschloss angebracht, für das ein zusätzlicher Schlüssel nötig war. Der Mann blickte auf den Schlüsselbund in seiner Hand, und während er das Riegelschloss sorgfältig zusperrte, aktivierte Jana ihre Handykamera und schaltete das Blitzlicht aus. Ihr Puls ging schnell und unregelmäßig; sie wartete, bis der Mann sich zur Treppe umdrehte, dann betätigte sie zweimal hintereinander den Auslöser, bevor sie sich an die hintere Wand presste und kaum zu atmen wagte. Ein einziger Gedanke kreiste unablässig in ihr: Sie haben uns entdeckt - wir sind aufgeflogen. Sie haben uns entdeckt - wir sind aufgeflogen.

Sie hörte, wie seine Schritte verklangen und die Haustür ins Schloss fiel, wartete zehn Minuten in der Dunkelheit und machte sich schließlich mit zitternden Knien auf den Weg nach unten. Sie verließ das Haus nach kurzem Zögern durch den Hintereingang, hetzte zu ihrem Bulli und fuhr los - zu schnell, zu hektisch schaltend, ohne Ziel, quer durch Stralsund, Richtung Westen, Richtung Süden, wieder nach Norden, nur darauf aus, in Bewegung zu bleiben, wen auch immer abzuschütteln, der sich längst an ihre Fersen geheftet hatte. Sie hätte doch den vorderen Ausgang benutzen sollen oder noch länger warten, sich im Keller verstecken … Das pochende Herz bestimmte den Rhythmus ihrer umherstiebenden Gedanken. Den Einfall, Holger anzurufen, verwarf sie, kaum dass er durch das Wirrwarr ihrer Überlegungen zu ihr vorgedrungen war - vielleicht hatte sie längst eine fiese Spyware auf dem Handy. Davor hatte Holger sie immer gewarnt.

Als das Benzin zur Neige ging, begann sie, gleichmäßiger zu atmen und ihre Umgebung mit anderen Augen wahrzunehmen. Der Schleier der Panik lichtete sich. Sie steuerte eine Tankstelle an und stellte staunend fest, dass seit ihrem Aufbruch vom Knieperdamm gerade einmal eine gute halbe Stunde vergangen war. Niemand hatte sie verfolgt oder sich auffällig verhalten. Der Verblüffung folgte allmählich eintretende Ruhe und ein gleichmäßig fließender Atem. Jana bezahlte am Nachtschalter der Tanke – der junge Typ sah aus wie Robbie Williams –, sie nahm noch einen Kaffee, ein Päckchen Tabak und zwei Schokoriegel mit und hatte auf einmal das Gefühl, wieder in die Wirklichkeit einzutauchen. Stück für Stück. Die Angst ebbte vollständig ab, Erleichterung machte sich breit, gefolgt von Verlegenheit, als sie die Situation erneut und sehr nüchtern analysierte. Der Mann war kein Typ aus der Szene gewesen, das Outfit hatte nicht gepasst, das Alter auch nicht, und – entscheidend – sein Verhalten entsprach nicht dem eines Einbrechers oder Verfolgers. Ganz und gar nicht. Welcher Einbrecher benutzte Schlüssel, noch dazu zwei, und nahm sich die Zeit, die Wohnungstür wieder sorgfältig abzusperren und sogar das Licht im Hausflur einzuschalten? Der Mann hatte eine Tasche dabeigehabt. Vielleicht handelte es sich um einen Arbeitskollegen, der auch einen Schlüssel zur Wohnung besaß und Unterlagen benötigte, die Holger vergessen hatte, ihm auszuhändigen – zu einer ungewöhnlichen Zeit, zugegeben, aber warum nicht? Ein Nachtmensch, wie es viele gab.

Jana atmete tief durch. Sie hatte überreagiert, wieder einmal. Gut, dass sie Holger nicht angerufen und womöglich aus dem Schlaf gerissen hatte. Einen Moment lang nahm sie sich ihre Hysterie übel, dann tröstete sie sich mit dem Gedanken, dass es schlauer war, eine Flucht anzutreten, die sich im Nachhinein als überflüssig erwies, statt eine Situation zu verharmlosen und sich in Gefahr zu begeben. In ihrer Situation durfte sie sich nicht das geringste Risiko leisten.

Sie setzte sich wieder hinters Steuer, drehte sich eine Zigarette und fuhr langsam zurück an den Knieperdamm. Trotz aller Gelassenheit, die wohltuend Besitz von ihr ergriffen hatte, wusste sie, dass sie erst ruhig schlafen würde, wenn sie sich mit eigenen Augen vergewissert hatte, dass in Holgers Wohnung alles in Ordnung war. Die Typen, vor denen sie und auch er Angst hatten, hinterließen in der Regel ein Schlachtfeld oder gaben sich zumindest keinerlei Mühe, ihren Besuch zu verheimlichen.

Fünfzehn Minuten später stellte sie fest, dass Holgers Wohnung alles war – nur kein Schlachtfeld. Sie sah aus wie immer, lediglich der Laptop fehlte, aber den hatte er sehr wahrscheinlich selbst mitgenommen.

»Es ist alles in Ordnung«, flüsterte sie. Dennoch ließ sich der wenn auch winzige Rest eines unguten Gefühls nicht vertreiben, und sie verspürte keine Sehnsucht mehr, in Holgers Bett zu schlafen.

Sie schloss sorgfältig ab und fuhr nach kurzem Überlegen raus nach Stahlbrode. Dort saß sie, in einen dicken Pullover gehüllt, lange vor ihrem Bulli. Auf dem Gaskocher brodelte eine Dosensuppe, dazu aß sie ein Käsebrot, zum Nachtisch gab es einen Schokoriegel und eine weitere Zigarette. Sie rauchte nicht viel, meist hielt ihr Tabakbeutel eine gute Woche. Hundert Meter rechts von ihr saßen ein paar junge Leute um einen Grill herum. Würstchengeruch, Ferien, Frieden, ein Joint und ein Lachen machten die Runde. Kurz nach vier kuschelte sie sich in ihren Schlafsack, konnte aber immer noch nicht einschlafen. Erst als sie Holger eine gute halbe Stunde später eine SMS geschickt hatte, der sie das Foto von dem Mann anhängte, machte sich endlich das Gefühl in ihr breit, alles getan zu haben.

Paul Bruhlstedt war der Einzige aus der Familie, der in der Lage war, mit Romy zu reden. Er bat sie mit stummer Geste in die Küche des kleinen Reetdachhauses am nordwestlichen Rand von Sassnitz, in der Nähe der Steinbrüche. Sein

Gesicht war grau, die Augen wirkten unnatürlich groß. Romy spürte, wie sich ihr Herz zusammenzog. Der Mann war groß und kräftig und dürfte normalerweise stark wie ein Bär sein, auch mit Ende sechzig. Jetzt wirkte er wie ein Halm im Wind. Die Familie lebte seit Jahrzehnten von zwei Fischimbisslokalen in Sassnitz und Lohme, soviel hatte Fine noch in Erfahrung gebracht. Reich war sie damit nicht geworden, aber für ein Häuschen, unter dessen Dach bis vor einigen Jahren auch die Großeltern gelebt hatten, hatte es gereicht. Holgers zwanzigjährige Schwester Lilly wohnte noch zu Hause. Es war still im Haus, der Gong einer alten Standuhr füllte den Raum.

Bruhlstedt ließ sich auf die Küchenbank fallen, Romy nahm gegenüber Platz. Ein paar Tassen und Gläser standen auf dem Tisch. Es roch nach Kaffee und Tabak. Die Tür einer blauweißen Anrichte stand ein Stück auf und gab den Blick auf ordentlich zusammengestelltes Geschirr frei.

»Es war kein Unfall, nicht wahr?«

»Wir können es noch nicht mit Bestimmtheit sagen«, antwortete Romy. »Aber es ist gut möglich, dass da etwas nicht mit rechten Dingen zuging.«

Bruhlstedt drehte sich um und fischte eine Pfeife vom Fensterbrett, die er sorgfältig zu stopfen begann. »Holger wäre nie abgestürzt, das habe ich heute früh schon gesagt.«

»Ich weiß, und ich verspreche Ihnen, dass wir die Umstände sehr genau untersuchen werden.«

Er zündete die Pfeife an und nahm einige Züge. »Niemals wäre mein Junge abgestürzt«, wiederholte er leise. »Der kannte sich da aus, und er war immer vorsichtig. An der Steilküste muss man jeden Augenblick wachsam sein, hat er gesagt, noch gestern Abend. Jeder Schritt ist wichtig. So einer stürzt nicht ab.«

Sehe ich auch so, dachte Romy und atmete das strenge

Tabakaroma ein. »Erzählen Sie doch mal – Holger ist also gestern eingetroffen?«

»Ja, am späten Nachmittag, mit dem Zug.«

»Fährt er sonst mit dem Wagen?«

»Nein. Er hat gar kein Auto. Er fährt nicht gerne. Fuhr nicht gerne …«

»Er kam allein?«

»Ja. Er kommt fast immer allein. Und eine Freundin gibt es zurzeit auch nicht, falls Sie das meinen, jedenfalls keine, von der ich weiß.«

»Wissen Sie, wie lange seine letzte feste Beziehung zurückliegt?«, griff Romy das Thema auf.

»Nicht genau, aber das ist bestimmt schon ein Jahr her, vielleicht länger. Die Frau ist ins Ausland gegangen – mehr weiß ich nicht. Und über so was haben wir nicht geredet.«

»Können Sie uns einen Namen nennen?«

Holgers Vater rieb sich übers Gesicht. »Ich weiß nicht … Kati oder so ähnlich. Ist das jetzt wichtig?«

Romy schüttelte den Kopf. Dafür war später noch Zeit.

»Er hatte einige Tage frei und wollte am nächsten Morgen ganz früh raus – die Sonne beobachten, wie sie aus der See auftaucht«, fuhr Bruhlstedt fort. »Er ist mit dem Rad bis zur Weddingstraße gefahren, um von dort auf dem Höhenweg weiter zu wandern. Das macht er fast immer, wenn er hier ist …« Bruhlstedts Stimme verstummte abrupt. Er nahm die Pfeife in die andere Hand. Sie zitterte. Er wedelte den Rauch beiseite und wich ihrem Blick aus. »Meine Frau hat geschrien, als die beiden Polizisten vor der Tür standen und die Nachricht überbrachten«, fuhr er schließlich tonlos fort. »Lilly wollte sie trösten, aber Maria hat sie weggestoßen – warum er, warum nur er? Sie kann es nicht fassen. Das wird sie nie.«

Romy ließ einen langen Augenblick verstreichen – das

war oftmals das Schwierigste bei solchen Befragungen, die schmerzvolle Stille auszuhalten, das fassungslose Schweigen, in dem sich der Abgrund der Leere offenbarte, die so ein Tod hinterließ. Diese Leere war das Schlimmste gewesen nach Moritz' Tod. »Ihre Tochter war auch zu Hause?«, fuhr sie schließlich fort.

»Lilly ist immer zu Hause oder im Wald.« Er wandte ihr das Gesicht zu und verzog den Mund. »Sie ist ein sonderbares Mädchen – ich sag das lieber gleich, damit Sie Bescheid wissen, falls die Leute dummes Zeug erzählen. Sie redet nicht viel und ist zu nichts zu gebrauchen – im herkömmlichen Sinne jedenfalls.«

Romy runzelte die Stirn. »Wie meinen Sie das?«

»Sie ist zurückgeblieben, sagen einige, aber was heißt das schon? Sie kommt im Wald zurecht, da verläuft sie sich nie, und im Haushalt packt sie mit an, aber sie kann kein Fischbrötchen verkaufen, hasst das Autofahren, und viele Menschen auf einem Fleck verwirren sie. Das kann sie nur schwer ertragen.« Er stopfte die Pfeife nach und warf Romy einen müden Blick zu. »Meine Frau hatte die Mitte vierzig schon überschritten, als Lilly zur Welt kam, eine späte und komplizierte Schwangerschaft. Das Mädchen war von Anfang an sonderbar. Manche halten sie für eine Hexe und gehen ihr aus dem Weg oder machen das Zeichen gegen den bösen Blick.«

Bruhlstedt machte eine wegwerfende Handbewegung. »Dummer Aberglaube, aber der hält sich länger als alles andere. Sie ist ein bisschen verrückt, würde ich sagen, sie nimmt andere Dinge wahr, doch wir können damit leben. Wenn es weiter nichts ist.«

»Und wie war das Verhältnis zwischen Holger und Lilly?«

»Warum fragen Sie danach?«

»Ich versuche, mir nur ein Bild zu machen«, erklärte

Romy. »Und dazu muss ich alle möglichen Fragen stellen, auch wenn sie mit dem Geschehen zunächst mal gar nichts zu tun haben.«

»Nun gut.« Bruhlstedt zog die Schultern hoch. »Lilly hat sehr an ihrem Bruder gehangen. Sie hat sich immer gefreut, wenn er uns besuchte, das hat man gemerkt. Er hat nie über sie gelacht. Aber es gab Zeiten, in denen er ihr aus dem Weg gegangen ist, als junger Kerl. Na ja, ist ja auch verständlich, mit so einer Schwester kann man nicht viel anfangen und noch weniger Staat machen.«

Er hat sich womöglich geschämt, überlegte Romy. »Ich würde gerne mit ihr reden.«

»Das ist sinnlos, glauben Sie mir. Sie kann Ihnen nichts Vernünftiges sagen.«

»Ich könnte es versuchen.«

Bruhlstedt schüttelte den Kopf. »Sie ist wieder in den Wald gegangen. Sie findet dort Trost, auf ihre Art.«

»Ich verstehe, aber vielleicht war sie ja heute früh auch unterwegs – so wie ihr Bruder – und hat möglicherweise etwas beobachtet, was wichtig für die Ermittlungen sein könnte.«

»Sie ist häufig in aller Frühe unterwegs, aber Lilly wagt sich kaum bis an die Steilküste. Sie hat dort Angst – vor den Klippen und der Tiefe und Weite des Meeres. Sie läuft meistens durch den Wald, kilometerweit, spricht mit den Bäumen und den Vögeln, viele Stunden zu jeder Tages- und Nachtzeit, bei jedem Wetter. Manchmal folgt sie unbemerkt den Wanderern durch den Jasmund … und erzählt später, was sie beobachtet hat, auf ihre Weise, die nicht viele verstehen.«

Er räusperte sich und starrte für Augenblicke schweigend ins Leere. »Wir dachten, dass Holger irgendwann die Imbissläden übernimmt, und sei es nur als Geschäftsführer.

Aber er hatte immer anderes im Sinn. Und nun ist er tot.« Er schüttelte den Kopf und schreckte plötzlich hoch. »Verrückte Gedanken gehen einem durch den Kopf, wenn so was passiert. Mein Sohn ist tot ...«

Romy spürte, dass der Mann kurz vor dem Zusammenbruch stand und nicht mehr viel Zeit blieb, ihn zu befragen. »Herr Bruhlstedt - würden Sie mir einen Blick in Holgers Zimmer erlauben?«

»Was wollen Sie da?«

»Wir haben sein Handy nicht gefunden. Vielleicht ...«

»Normalerweise lässt er das Handy hier, wenn er einen Morgenspaziergang macht, aber in seinem Zimmer ist es nicht. Die Sassnitzer Polizisten haben auch schon danach gefragt.«

Normalerweise wäre Holger wohl auch nicht abgestürzt, dachte Romy. »Darf ich mich vergewissern?«

Er sah sie einen Moment stumm an. »Na schön. Die Flurtreppe hoch bis unters Dach, in dem kleinen Zimmer auf der rechten Seite hat Holger immer geschlafen, wenn er hier war.«

Der Raum war klein und spartanisch eingerichtet - Bett, Schrank, Tisch, Stuhl, ein schmales Regal. Die Dielen knarrten. Romy entdeckte kein Handy, aber ein Akkuladekabel in der Steckdose hinter dem Bett; im Schrank war Wäsche für einige Tage gestapelt, ein Fotoband über Seeadler lag auf dem Nachtschrank. Auch die Reisetasche enthielt nichts Auffälliges. Romy blickte zum Fenster hinaus, wo das Grün der Wälder und Wiesen in unzähligen Farbnuancen leuchtete, unterbrochen von Hügeln mit buttergelbem Raps. Nach der frostigen Starre des Winters und langen Regenphasen voller Nebeltrübnis im Frühjahr eine Wohltat auch fürs Auge.

Ihr Handy klingelte, als sie das Haus der Bruhlstedts verlassen hatte und gerade den Roller starten wollte.

»Nichts«, sagte Kasper ohne Einleitung. »Keine Hinweise auf einen zweiten Wanderer, der heute Morgen zur selben Zeit wie Bruhlstedt unterwegs war. Dem Ranger, der das Opfer gegen sieben Uhr gefunden hat, ist auch nichts aufgefallen, und die Befragungen in der Weddingsstraße, wo er sein Rad abgestellt hatte, haben auch nichts ergeben, bisher jedenfalls.«

»Kein Wunder bei der Uhrzeit, zu der der Mann unterwegs war.«

»Du sagst es«, brummte Kasper. »Kollege Buhl bleibt allerdings dabei: Der Mann hätte bei einem selbstverschuldeten Sturz anders liegen müssen – das hat er mir ausdrücklich versichert. Seiner Einschätzung nach stand er mit dem Rücken zur Klippe und ist auch so abgestürzt. Na ja, warten wir ab, was die Analyse der Blutspuren auf dem Stein ergibt und Doktor Möller zu berichten hat. Ich fahre jetzt nach Bergen zurück. Riechter stößt nachher auch zu uns. Sehen wir uns gleich?«

Romys Herz machte einen kleinen Hüpfer. »Ja. Bin auch auf dem Weg. Mutter und Schwester müssen wir später befragen.«

Fine hatte Kuchen besorgt und zwei Kannen Kaffee gekocht. Max saß mit dem Laptop auf den Knien am Besprechungstisch und bearbeitete mit konzentrierter Miene seine Datensätze, während Kasper ihm über die Schulter blickte. Romy verteilte Tassen, als sich die Tür öffnete und hinter Fines breitem Rücken Jan Riechter auftauchte. Sie lächelte und setzte sich, der Hauptkommissar grüßte lässig in die Runde und nahm sich erst mal ein Stück Kuchen, bevor er sich neben Romy setzte. »Haben wir einen Fall oder nicht?« Er biss ab und kaute genussvoll.

»Ich glaube schon.« Sie nickte in Breders Richtung. »Da

ohnehin grundsätzlich alle Infos bei Max zusammenlaufen und von ihm geordnet werden, sollten wir ihn referieren lassen. Dann sind wir alle auf dem neuesten Stand.«

»Gute Idee - Breder kann es sicher kaum abwarten, uns sämtliche Details und die nötigen Hintergrunderklärungen aufzutischen.« Jan grinste in Max' Richtung, was der aber gar nicht registrierte, und biss ein zweites Mal ab. »Der Kuchen ist übrigens hervorragend«, wandte er sich an Fine. »Selbst gebacken?«

»Die Vorgehensweise hat sich sehr gut bewährt«, überging Fine Jans Kompliment in spitzem Ton. »Ich weiß ja nicht, wie Stralsund diesbezüglich vorgeht oder neuerdings vorgehen will, aber ...«

Jan wischte sich über den Mund. »Ganz ähnlich, Kollegin. Wir wissen auch, was wir an Breder haben, nur keinen unnötigen Stress.« Er wandte sich an Max. »Leg los, Kollege!«

»Das Blut auf dem Stein stammt zweifellos vom Opfer, und ebenso eindeutig ist es erwiesen, dass Bruhlstedt vom Stein getroffen wurde und die Kopfverletzung nicht etwa beim Sturz beziehungsweise Aufprall entstand«, begann Max zu berichten und blickte einen Augenblick hoch. Den kleinen Disput schien er gar nicht mitbekommen zu haben, oder er war nur souverän genug, ihn zu ignorieren, überlegte Romy. »Greifswald hat natürlich noch keinen detaillierten Untersuchungsbericht für uns, sondern lediglich einige vorläufige Zwischenergebnisse, aber so weit können und wollen sie sich schon mal aus dem Fenster lehnen - für eine erste Orientierung sozusagen«, fuhr er fort und warf Romy ein Lächeln zu. Es hatte sich inzwischen herumgesprochen, dass der leitende Kriminaltechniker Marco Buhl nach anfänglicher Reserviertheit nahezu als Romy-Fan bezeichnet werden konnte, und umgekehrt verhielt es sich ganz ähnlich.

»Demnach hat tatsächlich jemand mit der Schleuder auf Bruhlstedt geschossen«, meinte Romy verblüfft. »Mal was ganz anderes.«

»Das allerdings kann man so nicht stehenlassen«, entgegnete Max.

»Wie dürfen wir das verstehen?«

»Die Untersuchungen haben bislang ergeben, dass Holger Bruhlstedt zwar von dem Stein getroffen wurde und mit allergrößter Wahrscheinlichkeit daraufhin sofort rücklings in die Tiefe stürzte und sich das Genick brach – Kampfspuren finden sich am Steiluferweg nämlich nicht –, aber ob die Katapultschleuder benutzt wurde, ist bislang jedenfalls äußerst fraglich.«

»Und was genau spricht gegen diese These?«, fragte Jan und griff sich ein zweites Stück Kuchen. Fines Stirnrunzeln übersah er geflissentlich.

»Der Stein war viel zu groß, um ihn mit der Schleuder halbwegs wuchtig abschießen zu können, außerdem fehlen die entsprechenden Spuren auf der Waffe, und Fingerabdrücke gibt es auch nicht – soweit bis jetzt der Stand der Dinge. Möglicherweise finden sich noch andere Verletzungen, die einen Zusammenhang mit der Schleuder herstellen, aber wir sollten momentan davon ausgehen, dass das eine mit dem anderen nichts zu tun hat.«

Max wartete einen Moment auf weitere Zwischenfragen und Kommentare, doch niemand ergriff das Wort. »Wir können also als gesichert festhalten, dass Holger Bruhlstedt am Samstagmorgen nach einer kurzen Radtour und einer Wanderung auf dem Steiluferweg in der Nähe der Wissower Klinken von einem Stein getroffen wird und tödlich verunglückt, schätzungsweise zwischen vier und fünf Uhr heute früh«, fasste er dann zusammen. »Genauer lässt sich der Todeszeitpunkt noch nicht bestimmen. Um kurz nach sieben Uhr alarmiert der Ranger des Nationalparks Polizei und Rettungskräfte. Die Schleuder wird nur wenige Meter neben dem Opfer gefunden, dennoch gibt es im Moment keinen herstellbaren Zusammenhang mit der Tat. Bruhlstedt hatte zwar Schlüssel, Papiere und etwas Kleingeld in einer Jacke, die er oben am Steilufer abgelegt hatte, aber von seinem Handy fehlt auch nach einer zweiten gründlichen Suche jede Spur, und es kann nach wie vor nicht geortet werden. Auch der Laptop ist unauffindbar, weder in seiner Wohnung noch bei den Eltern und auch nicht in der Kanzlei, wo die Stralsunder Kollegen bereits heute Morgen waren.«

Max tauschte einen schnellen Blick mit Jan, der nickte. »So ist es. Sein Chef betont, dass Holger ihn am Freitag mitgenommen hat – nachdem er die entsprechenden Daten im Büro gesichert hatte. Außerdem betont er, dass alle Kanzleimitarbeiter grundsätzlich strenge Sicherheitsstandards zu befolgen haben – Passwörter und Verschlüsselungsprogramm. Und wer länger abwesend ist, soll selbstverständlich keine Akten mitnehmen.«

»Er wird den Laptop aber in der Frühe kaum dabei gehabt haben«, meldete Kasper sich zu Wort. »Im Gegensatz zu seinem Handy, schätze ich mal.«

»Der Vater berichtete, dass Holger bei seinen Wanderungen normalerweise ohne Handy unterwegs war«, wandte Romy ein. »Aber ich glaube auch, dass er es eingesteckt hat, vielleicht aus Gewohnheit. In seinem Zimmer bei den Eltern steckte jedenfalls noch das Ladekabel in der Steckdose.«

»Demnach hat ihm also jemand aufgelauert?«, überlegte Jan. »Jemand, der wusste, dass er um diese Zeit unterwegs war, und der das Handy an sich genommen hat, warum auch immer?«

Romy nickte nachdenklich. »Ja – womöglich gibt es eine verräterische SMS oder Ähnliches. Das halte ich jedenfalls für wahrscheinlicher als die Annahme einer zufälligen Begegnung morgens um vier oder fünf Uhr an den Klippen.«

Kasper räusperte sich. »Aber nicht auszuschließen«, gab er zu bedenken. »Es laufen eine Menge fieser Typen durch die Gegend, auch hier auf der Insel, und ein Handy ist schnell eingesteckt.«

»Zu der Annahme passt aber der verschwundene Laptop nicht.«

»Vielleicht ist der gar nicht verschwunden, sondern anderweitig verstaut, ausgeliehen, was auch immer. Wir wissen noch viel zu wenig, um uns bereits jetzt auf einen Tathergang festzulegen, bei dem Laptop und Handy eine gemeinsame und zentrale Rolle spielen«, beharrte Kasper und goss sich Kaffee nach. »Im Übrigen kann natürlich auch zwischen fünf und sieben Uhr früh ein gänzlich Unbeteiligter da oben rumgelaufen sein, der zufällig die Jacke entdeckte und das Handy einsteckte … vielleicht ohne mitzukriegen, dass ein Toter unten lag.«

»Und der Unbeteiligte ist so schlau, sofort die SIM-Karte zu entfernen?«

»Nicht auszuschließen.«

Romy setzte eine skeptische Miene auf. »Nun gut, die Telefonverbindungsdaten und der E-Mail-Verkehr werden aber hoffentlich mehr hergeben – wann können wir damit rechnen?«, fragte sie.

Max sah Jan an. »Wenn wir schnell einen Beschluss kriegen, vielleicht noch am Wochenende, oder?«

»Das hoffe ich sehr. Damit kann ich dann auch gleich beim Kanzleichef auf der Matte stehen und mir ansehen, woran Bruhlstedt in letzter Zeit gearbeitet hat.« Jan rieb sich die Hände und schielte zum Kuchenteller hinüber, auf dem noch zwei einsame Stücke übrig waren. »Wie geht es ansonsten weiter, Kollegen?«

»Solange wir noch gar nicht wissen, aus welcher Ecke hier der Wind weht, schlage ich vor, dass wir uns mit dem biographischen und familiären Hintergrund beschäftigen«, meinte Romy. »Was hat der Bruhlstedt sonst noch so gemacht, außer als Rechtsfachwirt zu arbeiten? Wofür hat er sich interessiert? Freundeskreis, Beziehungen und so weiter und so fort …«

Jan runzelte die Stirn. »Über Privates hat der Knabe im Job übrigens so gut wie nichts verlauten lassen, zumindest nicht seinem Chef gegenüber. Aber dem würde ich auch nichts erzählen – merkwürdiger Typ, doch das nur so nebenbei. Unter Umständen wissen die anderen Mitarbeiter mehr.«

»Hoffentlich, denn der Vater war in diesem Punkt im ersten Gespräch auch nicht sehr hilfreich«, berichtete Romy. »Holger kam meist allein nach Rügen, und die letzte Beziehung liegt wohl schon länger zurück. Die Frau heißt Kati – oder so ähnlich –, lebt inzwischen im Ausland, und von anderen Freundinnen weiß er nichts. Da müssen wir natürlich noch mal genauer nachhaken, mehr war aber vorhin nicht drin. Erwähnenswert finde ich hingegen Holgers Schwester Lilly – sie ist wesentlich jünger und gilt als sonderbar, um es mal zurückhaltend zu formulieren. Einige halten sie für eine Hexe, so schildert es der Vater, andere führen ihre Persönlichkeit auf die späte Schwangerschaft von Maria Bruhlstedt zurück. Wie dem auch sei – sie lebt noch zu Hause, verbringt Tage und Nächte damit, durch die Wälder zu streifen, wobei sie sich nicht in die Nähe der Klippen wagt.« Romy unterbrach kurz und sah in die Runde. »Ich hoffe, dass ich mit ihr ins Gespräch komme, auch wenn der Vater meint, dass das sinnlos sei.«

»Und wahrscheinlich nicht zu verwerten«, stellte Jan fest. »Was heißt denn sonderbar? Ist sie krank, geistig zurückgeblieben?«

Romy zuckte mit den Achseln. »Vielleicht eine Autistin, so klingen die Beschreibungen für mich. Wir werden sehen. Darüber hinaus findet Max sicherlich einiges, sobald wir ihn in Ruhe recherchieren lassen. Kasper und ich könnten uns auch noch in den Imbissgeschäften umhören. Dabei fällt sicher das eine oder andere Stichwort.«

»Okay, dann fahre ich erst mal wieder zurück nach Stralsund und kümmere mich um den Beschluss, damit wir dem Anwalt auf die Bude rücken können«, erklärte Jan und erhob sich. »Und ich schicke so schnell wie möglich die Techniker in die Wohnung. Ihr hört von uns.«

»Gute Idee.« Fine strahlte ihn an, und einen Augenblick lang befürchtete Romy, dass sie aufspringen und ihm die Tür aufhalten würde.

3

Es hatte früh begonnen, noch in der Grundschule, vielleicht sogar schon im Kindergarten, aber an die Zeit erinnerte er sich kaum noch. Irgendeiner hatte immer mitgekriegt, dass Benjamin Angst hatte, sich zu wehren. Er schubste nicht zurück, wenn ihn jemand stieß, er hob kaum seine Hände, wenn er geschlagen wurde, es sei denn, um sein Gesicht zu schützen, und auf Beschimpfungen reagierte er hilflos, meist schweigend. Falls er sich doch mal traute, seinen Unmut zu äußern oder nach Hilfe zu schreien, weil die Angst seine Zunge ausnahmsweise lockerte, statt zu lähmen, kam garantiert ein zweiter oder sogar dritter Widersacher dazu, und er hatte gar keine Chance mehr. So empfand er es jedenfalls. Er verstand schnell, dass ihn die anderen nicht mochten und zugleich verachteten, obwohl er nicht wusste, warum, und er lernte, am Rand zu bleiben, sich im Außen zu verbergen und keinen Blickkontakt zu suchen, schon gar nicht zu denen, die das Sagen hatten, Gruppen auszuweichen und Konfliktstoff zu spüren, bevor es ernst wurde. Aber das war ein langer Prozess, und es klappte natürlich nicht immer.

Zu Hause wusste niemand, dass er regelmäßig Prügel bezog und immer wieder im Mittelpunkt von Hänseleien und bösen Streichen stand. Falls die Lehrer etwas ahnten oder mitbekamen, griffen sie nur halbherzig ein oder übersahen es geflissentlich. Außerdem war Benjamin ein guter Schüler – so schlecht konnte es ihm also gar nicht gehen. Der Ausdruck »Mobbing« war noch nicht modern, und den Status des Prügelknaben gab es in vielen Gruppen, sogar unter

Tieren, das konnte und sollte man gar nicht verhindern. Bei Wölfen hieß der, den alle beißen und vertreiben durften, Omega. Darüber hatte Benjamin sehr viel später einiges gelesen. Der Omega besetzte im Gruppengefüge eine wichtige Stellung als Außenseiter, denn bei ihm durften sich alle stark fühlen und ihren Status behaupten, und das wiederum festigte die Gemeinschaft und erzeugte sozialen Frieden. Manchmal kam es im Wolfsrudel zu einem Wechsel, und ein anderes Tier, das seine ursprüngliche Rolle in der Gruppe nicht mehr ausfüllen konnte, übernahm den Omega-Status, während der alte Prügelknabe nun in die Mitte der Gemeinschaft zurückkehrte und toleriert wurde. Aber so ein Aufstieg war selten. Noch seltener geschah es, dass ein Omega aus eigenem Antrieb um die Rückkehr ins Rudel kämpfte und erfolgreich war.

Die Eltern freuten sich über seine hervorragenden Zensuren, seine zurückhaltende Art und sein gutes Benehmen, und sie waren stolz darauf, dass ihr Sohn keine Flausen im Kopf hatte wie so viele andere in seinem Alter; seine Teenagerjahre vergingen nahezu problemlos. Dass er auf Klassenfahrten regelmäßig nachts im Klo eingesperrt wurde, erfuhren sie genauso wenig, wie sie mit der Maßnahme des »Arschklatschens« etwas anzufangen wussten, bei der Benjamin mit heruntergelassener Hose von zwei oder drei Mitschülern festgehalten wurde und der Rest der Meute zuschlagen durfte – mit Gürteln oder Stöcken zum Beispiel. Und manchmal steckte man ihm etwas in den Hintern.

Als Lars Tenna in der elften Klasse an die Schule kam und das Kommando übernahm, erreichten die Quälereien ein neues Niveau. Lars war gefährlich, weil ihm der Spaß an der Erniedrigung wenig bedeutete und er im Gegensatz zu anderen nicht die Stärke und den Rückhalt der Gruppe suchte, um sich an ihrer Macht gegenüber einem einzelnen

Schwächeren zu berauschen, sondern weil er daran verzweifelte, dass keine noch so perfide Quälerei Benjamins Gegenwehr nachhaltig provozieren konnte. Das war neu und von gefährlicher Intensität. Lars hasste Benjamin und seine weinerliche Schwäche, seine Bereitschaft, sich mit der Opferrolle abzufinden, egal was man ihm antat. Und er hasste ihn noch mehr dafür, dass er Aggressionen in ihm hervorbrachte und schürte, die er nicht kontrollieren konnte, und so die Macht des Opfers immer wieder gegen ihn ausspielte.

Lars musste die Schule nach verschiedenen Vergehen ein Jahr vor dem Abitur wieder verlassen, und Benjamin weinte eine halbe Nacht vor Erleichterung. Als sie sich knapp zwei Jahre später bei der Bundeswehr wiedersahen, schien es zunächst, als hätten sich die Vorzeichen grundlegend geändert. Lars wirkte erwachsener und ruhiger, Benjamin hatte in der Oberstufe Ruhe gefunden und ein Einser-Abitur hingelegt, das ihn zuversichtlich gestimmt hatte. Zum Bund war er gegangen, weil sein Vater dafür war, dass er etwas Schliff bekam. »Oder willst du als Zivi in irgendeinem Altenheim Omas den Hintern abwischen?« Natürlich nicht.

Eine Woche lang berauschte Benjamin sich an der Gewissheit, die alten Strukturen mit der Schulzeit hinter sich gelassen zu haben. Er war nicht mehr der Omega, es war ihm gelungen, die Rolle des Omega abzustreifen. Arschklatschen und Anpinkeln lagen hundert Jahre zurück, die Fausthiebe aufs Ohr auch, und von Lars' glühender Wut auf einen, der sein Heil im Kuschen suchte und ihn damit noch hasserfüllter zurückließ, war nichts mehr zu spüren. Auch er hatte sich verändert.

Eines Tages brachte jemand eine Schleuder mit. Kleine Steine wurden durch die Gegend geschossen, zwei Tage später gab es fünf Schleudern. Zielschießen auf Bierdosen avancierte zum neuen Pausenrenner, manchmal brachte jemand eine halbtote Ratte mit oder eine Katze, die zum Abschuss freigegeben wurden. An einem wunderschönen Herbstmorgen bekam Benjamin einen Stein ab. Er lächelte unsicher und schluckte den Schmerz hinunter, ohne etwas zu sagen; ein flaues Gefühl machte sich in ihm breit, als es plötzlich still wurde. Er spürte Lars' Blick wie ein feines Schneiden im Gesicht. Ein zweiter Stein traf seine Schulter, Lachen brandete auf. Benjamin wandte den Kopf ab, und kurz darauf schmetterte ein drittes Geschoss an sein Ohr. Einen Moment lang hörte er nur das Echo des Aufpralls, so heftig war der Schmerz. Er schnappte nach Luft und blieb wie erstarrt sitzen. Ein Panzer aus Regungslosigkeit umklammerte seinen Körper. Alles war wieder da. Das Lachen wurde allmählich lauter und hämischer, zwei, drei Männer verließen die Gruppe, weil sie keine Lust hatten mitzumachen, die anderen rückten näher.

»He, wehr dich doch mal, Alter!«, schrie jemand. »Willst du meine Schleuder haben?«

Das war so etwas wie eine Chance. Benjamins Unterlippe zitterte. Er war in der Lage, eine solche Chance zu erkennen, aber unfähig, sie zu ergreifen. Lars' dunkler Blick bohrte sich in seinen. »Du machst mich fertig, du elender Schwächling«, flüsterte er. »Das wirst du büßen.« Ja, dachte Benjamin.

Die nächsten Monate sollten die schlimmsten seines Lebens werden. Drei, vier, fünf Soldaten schlossen sich Lars an, und Benjamin hatte für lange Zeit außerhalb des Dienstes keine ruhige Minute mehr. Sie schossen mit Steinen und Farbbeuteln auf ihn oder verwendeten mit Urin und Kot getränkte Tuchfetzen, sein Spind wurde in ein Schlachtfeld verwandelt, auch das Arschklatschen musste er wieder erdulden, und irgendeiner fand sich immer, der das Ganze fotografierte und die Bilder dann johlend herumgehen ließ. Als Lars versetzt wurde, ließ die Gruppe nach und nach von ihm ab, und dann rückten die neuen Wehrdienstler in die Kaserne ein, unter denen sie bald ein anderes Opfer fanden.

Benjamin bekam von weitem mit, wie der frischgekürte Omega nachts geweckt wurde und Ähnliches zu erdulden hatte wie er, und er war zutiefst erschüttert, dass er nichts anderes als Erleichterung empfand. Keine Kraft für Mitgefühl.

Nach dem Wehrdienst schrieb er sich für Jura ein und tendierte überraschenderweise schon zu Beginn des Studiums zum Strafrecht. Was trieb ausgerechnet ihn dazu, die bösen Jungs zu verteidigen, darunter Schläger, Mörder, Gewalttäter jeder Art? Auf die Antwort stieß er während eines Praktikums in einer großen Berliner Kanzlei, und sie mutete fast simpel und nahezu folgerichtig an, als er sie erst einmal gefunden hatte. Unschuldig war kein einziger Mensch auf Erden, aber Benjamin verfügte über ein Gespür für die weniger Schuldigen, die Gescheiterten, Verführten, Angestifteten und Gequälten, deren Triebfeder Furcht war und die seinen vollständigen Einsatz verdienten.

Der zweite Aspekt war sein persönlicher Triumph und das eigentlich Entscheidende bei seiner Berufswahl: Er genoss es, Macht über die wahren Schuldigen zu gewinnen. Er kannte kein schöneres Gefühl, als einen wirklich miesen Schläger oder einen Mörder aus Habgier und Neid im juristischen Wirrwarr zu begleiten, ihn zu lenken und zu führen und neben sich klein zu erleben - ängstlich, geschwächt, verwundbar. Und sei es nur für einige wundervolle Momente, in denen er seine eigene Größe erleben durfte neben einem, der ihn in einer anderen Welt und zu einer anderen Zeit wahrscheinlich mit Lust schikaniert oder mit Alphatier-Gehabe auf ihn herabgeblickt hätte. Ob er für den Mann dann schließlich ein Jahr weniger herausholte, als theoretisch möglich gewesen wäre, oder nur sechs Monate oder ob er lieber gleich mit dem Staatsanwalt kooperierte, war dabei völlig zweitrangig, weil das eine mit dem anderen kaum etwas zu tun hatte.

Benjamin baute eine gutgehende Kanzlei auf, heiratete eine Kollegin, aber die Ehe interessierte ihn nur am Rande, und sie ließen sich wenige Jahre später wieder scheiden. Er vermisste Marion nicht eine einzige Stunde und war verblüfft, wie wenig Spuren die Zeit mit ihr hinterlassen hatte. Überkam ihn die Lust auf Sex, bestellte er sich eine exklusive Dame eines noch exklusiveren Begleitservices. Hin und wieder ging er ins Theater oder ins Kino, und seine Urlaube verbrachte er mit Vorliebe in den Staaten oder auf einer Südseeinsel. Mit knapp vierzig hatte er sich einen Status erarbeitet, auf den er stolz war. Er war zufrieden mit seinem Leben, und er liebte seinen Beruf.

Im Herbst des vergangenen Jahres begegnete er Lars Tenna wieder, fast zwanzig Jahre nachdem er zur Bundeswehr eingezogen worden war. Lars wurde in Handschellen von einem Beamten an ihm vorbeigeführt, als Benjamin gerade in der Polizeiinspektion Stralsund eingetroffen war, um einen Mandanten zu treffen. Er erkannte ihn auf Anhieb wieder. Obwohl er müde wirkte, hatten ihm die Jahre nicht viel anhaben können – immer noch dieses markige Kinn, dunkle Augen, ein drahtiger Typ, einer, der bei den Frauen ankam. Lars wandte den Kopf, als Benjamin stehenblieb und ihn ansah. Als ihre Blicke sich trafen, verstummten alle Geräusche zu einem zärtlichen Wispern, und die Zeit gefror im Stundenglas.

Lars runzelte die Stirn. »Ben? Benjamin Schölter?« Auch er war stehengeblieben, und der Polizist blickte unschlüssig von einem zum anderen.

»Lars Tenna?«

»Genau der. Was machst du denn hier?«

»Ich habe einen Termin mit einem Mandanten.«

»Mit einem Mandanten?«

»Ich bin Anwalt.« Benjamin nickte dem Polizisten freundlich zu, der daraufhin höflicherweise einen Schritt zur Seite trat und den Blick abwandte.

Lars starrte ihn perplex an. »Ich habe mich nicht verhört, oder? Du bist tatsächlich Anwalt?«

»Ja, ich bin spezialisiert auf Strafrecht.« Benjamin schaute kurz auf Tennas Handschellen. »Hast du etwa Probleme?« Das klang eher neugierig und keineswegs süffisant, geschweige denn höhnisch.

»Könnte man so formulieren … Sag mal, bist du gut? Ich meine …« Er schüttelte den Kopf und lächelte plötzlich amüsiert. »In der Schule und beim Bund warst du nicht unbedingt der Gewinnertyp, wenn ich mich recht erinnere, aber es scheint sich ja einiges in deinem Leben verändert zu haben.«

Benjamins Herzschlag hatte sich deutlich beschleunigt. Andere Männer würden sich an seiner Stelle vielleicht ein Grinsen erlauben und wenigstens in Gedanken mit einer Faust in die andere Hand schlagen. Benjamin erwiderte lediglich das Lächeln – höflich und selbstbewusst. »Um was geht es bei dir?«

Lars hob eine Braue. »Nun, es gab ein bisschen Ärger in meinen Läden … Ich bin Besitzer einiger Bars und Cafés in Stralsund und auf Rügen. Kannst du mir deine Visitenkarte geben? Kann sein, dass ich einen Anwalt brauche.«

Benjamin zog ein Kärtchen aus seiner Aktentasche und steckte sie Lars in die Brusttasche seiner Jacke. »Meine Kanzlei beschäftigt noch drei weitere Juristen – ruf an, wenn du Hilfe brauchst.« Er lächelte sanft. »Ich muss jetzt weiter – alles Gute, Lars.« Damit wandte er sich um und eilte den Gang hinunter ins Kommissariat, wohl wissend, dass Tenna ihm konsterniert hinterherstarren würde.

Später am Tag recherchierte er, dass Lars nicht nur ein bisschen Ärger hatte, sondern ein Ermittlungsverfahren gegen ihn eingeleitet worden war – die Staatsanwaltschaft warf ihm Glücksspiel und Drogenhandel in Tateinheit mit schwerer Körperverletzung vor. Tenna kam in Untersuchungshaft, und keine Woche später hatte Benjamin das Mandat übernommen. Er konnte sich nicht erinnern, wann ihn zum letzten Mal ein derart intensives Glücksgefühl durchströmt hatte.

Obwohl eine frische Brise herrschte, lag eine Ahnung von Frühsommer in der Luft; vielleicht war es auch nur das Licht, das Anfang Juni diesen ganz eigenen, vielversprechenden Schimmer bekam. Der Imbiss am Hafen war gut besucht. Eine Gruppe von Spaziergängern kehrte gerade eifrig diskutierend und mit vom Seewind zerzausten Haaren von der Mole zurück und steuerte das Geschäft an. Offensichtlich war man sich aber noch nicht ganz einig, ob sofort eine Stärkung nötig war oder zunächst noch das Museum für Unterwasserarchäologie besucht werden sollte. Zwei Kinder quengelten nach einem Eis, jemand schlug vor, den Museumsbesuch gegen eine Hafenrundfahrt auf einem Fischkutter zu tauschen, wogegen zwei ältere Damen energisch Einspruch erhoben; ein Schnauzbartträger winkte entnervt ab.

Kasper schob sich an der Touristengruppe vorbei und bestellte ein Makrelenbrötchen. Drei Frauen arbeiteten hinterm Tresen; die älteste dürfte um die sechzig sein und hieß Siglinde Weber, wie ihr Namensschild Auskunft gab. Sie trug eine völlig unerschütterliche Miene zur Schau, während sie eine Bestellung nach der anderen seelenruhig abarbeitete und zwischendurch den Nachschub aus der Küche mit flinken Händen einsortierte. Ein Lächeln konnte man ihr nicht so schnell entlocken, wie Kasper von früheren Besuchen bereits wusste, schon gar nicht, wenn der Laden voll war. Sie reichte ihm sein üppig belegtes Brötchen in einer Serviette und kassierte schweigend.

»Was meinen Sie – wann ist der Ansturm vorüber?«, fragte Kasper und wies mit dem Daumen über die Schulter, als sie ihm das Wechselgeld bereitlegte, das nun für eine sehr lange Zeit ein kräftiges Fischaroma mit sich herumtragen würde.

»Wenn der Letzte versorgt ist.«

»Kann man das zeitlich ausdrücken?«

»Kann man«, erwiderte sie lapidar und warf ihm einen forschenden Blick zu. »Wenn es unbedingt sein muss. Warum?«

Er zückte mit der freien Hand seine Dienstmarke. »Ich habe ein paar Fragen. Wäre hilfreich, wenn Sie zwischendurch ein bisschen Zeit für mich hätten.«

Sie stutzte nur kurz. »Geht es um Holger?«

»Ja.«

»Machen Sie einen Spaziergang – in einer halben Stunde ist das Schlimmste vorbei, und ich habe Pause.«

Na bitte, dachte Kasper. Er spazierte über die Mole und lauschte dem Kreischen der Möwen, die ihn hungrig umkreisten, während er sein Brötchen verzehrte. Romy war nach Lohme gefahren, um sich im dortigen Hafenimbiss umzuhören. Sie glaubten beide nicht daran, dass bei den Befragungen viel herauskommen würde, insbesondere weil Holger seit Jahren lediglich Rügenbesucher war. Aber natürlich durften sie keine Möglichkeit auslassen, den familiären Hintergrund zu beleuchten. Manchmal waren es die kleinen, scheinbar nebensächlichen Bemerkungen, die im Laufe einer Ermittlung plötzlich Bedeutung erlangten.

Als Kasper ziemlich genau dreißig Minuten später zum Imbiss zurückkehrte, erwartete ihn Siglinde am Nebeneingang mit einem Becher Kaffee in der einen und einer Zigarette in der anderen Hand. Ihre Schürze hatte sie abgelegt. Kasper deutete ein Nicken an, das sie fast noch knapper erwiderte.

»Sie arbeiten schon lange für Bruhlstedt, nicht wahr?«

»Seit der Wende. Damals war der alte Bruhlstedt noch mit von der Partie und seine Frau auch. Die mussten sich dann nicht nur aus gesundheitlichen und Altersgründen zurückziehen. Es wurde ja alles neu geordnet, sag ich mal – aber auch sonst ...« Sie hob eine Braue. »Sie verstehen?«

»Genossen?«

»So ist es. Er war sogar ein ziemlich großer Genosse mit Dreck am Stecken, ein Stinkstiefel dazu, was noch schlimmer war. Der Rüganer vergisst nicht so schnell, der Sassnitzer schon mal gar nicht. Nun ja ...« Sie winkte ab, und die Asche ihrer Zigarette machte sich selbständig. »Die beiden Läden kamen schließlich ganz gut in Schwung, und die letzten Jahre haben richtig was eingebracht. In der Hochsaison haben wir hier kaum eine ruhige Minute.« Sie trank einen Schluck Kaffee.

Kasper hätte ebenfalls nichts gegen eine Tasse einzuwenden gehabt, aber er verkniff sich die Frage, nachdem Siglinde Weber wider Erwarten eine bemerkenswerte Plauderlaune an den Tag gelegt hatte, die er keinesfalls unterbrechen wollte. »Kannten Sie Holger näher?«

»Nein. War eben der Sohn vom Chef. Eigentlich sollte er ja mal alles übernehmen, aber der hatte kein Interesse an Fischen und an Touristen.«

»Gab's Ärger deswegen?«

»Der Alte war ziemlich sauer darüber, später nur noch traurig, zumal die Tochter überhaupt nicht geeignet ist … Die ist nicht ganz richtig im Oberstübchen, wissen Sie«, fügte sie in leisem Ton hinzu, während sie sich vielsagend an den Kopf tippte. »Maria war schon über Mitte vierzig, als sie noch mal guter Hoffnung war – ist nicht gut, so spät noch Kinder zu kriegen.« Sie schüttelte energisch den Kopf. »Ist eher die Zeit für Enkel.«

Kasper nickte. »Ja, wir haben davon gehört.«

»Holger hat sich ja dann auch erst mal aus dem Staub gemacht – weg von der Insel. Der war als junger Kerl ein paar Jahre unterwegs. Hat ihm wohl ganz gutgetan. Jetzt kommt er immer …« Sie brach ab. »In den letzten Jahren kam er regelmäßig nach Rügen«, verbesserte sie sich dann. »Und er sah zufrieden aus. Seine Mutter erzählte ganz stolz, dass er als Assistent in einer Anwaltskanzlei arbeitet … Die Steilküste kannte er wie seine Hosentasche.« Sie zwinkerte und atmete tief aus. »Ich kann mir nicht vorstellen, dass er gestürzt ist, und Sie auch nicht – sonst wären Sie kaum hier, oder?«

»Wir sind skeptisch, und darum hören wir uns ein bisschen um. Haben Sie mal was mitgekriegt – Streit in der Familie, Auseinandersetzungen, die mit Holger zu tun haben könnten?«

Siglinde schüttelte den Kopf. »Der hatte eine etwas wilde Jugend, wie so viele in der neuen Zeit, aber danach … Nö. Viel haben die Eltern auch nicht erzählt, und Sorgen bereitet jedes Kind irgendwann einmal.«

»Können Sie etwas zu seinen Freunden und Bekannten sagen?«

Siglinde zündete sich die nächste Zigarette an. »Nein. Wie gesagt, der kam ja nur noch zu Besuch und war zwischendurch lange Zeit gar nicht hier.«

Kasper beendete kurz darauf das Gespräch, genehmigte sich noch ein weiteres Fischbrötchen und setzte sich ins Auto, um mit Romy zu telefonieren. Die Kollegin hatte in Lohme Ähnliches in Erfahrung gebracht wie er.

»Das hilft uns nicht gerade weiter«, meinte sie. »Und solange keine anderen Infos vorliegen ...«

»Hat Max sich schon gemeldet?«

»Nein. Und Jan wartet zähneknirschend auf den Durchsuchungsbeschluss. An der Stelle kommen wir also sehr wahrscheinlich heute auch nicht mehr weiter.«

»Dann sehen wir uns morgen früh?«

»Ja, mach Feierabend, Kasper. Ich fahre noch mal ins Kommissariat. Vielleicht kann Max Unterstützung gebrauchen.«

»Aber das kann ich doch auch übernehmen«, bot Kasper an. »Dann musst du nicht noch mal nach Bergen rein, sondern kannst gleich nach Binz durchfahren.«

»Kein Problem, wirklich nicht.«

»Nun gut, wenn noch was sein sollte, meldet ihr euch einfach, und ich steh auf der Matte.«

»Machen wir. Schönen Abend.«

»Dir auch.«

Romy wohnte im südlichen Binz - zwischen Schmachter See, Ostsee, Wald und abseits großer Hotelanlagen und touristischer Anziehungspunkte. Sie fühlte sich so wohl dort, dass sie ihr Vorhaben, in ein kleines, möglichst einsam und idyllisch gelegenes Fischerhaus zu ziehen, immer wieder auf die lange Bank schob. Vielleicht war das ja auch ein Vorhaben, das man eher zu zweit realisierte.

Als sie in Bergen eintraf, hatte Fine sich gerade verabschiedet, und Max saß vor dem Computer. Wo auch sonst?

»Über den Knaben gibt es nicht viel im Netz«, erklärte er.

»Kein Typ, der sich in sozialen Netzwerken herumgetrieben und dabei Spuren hinterlassen hat. Fast schon verwunderlich – über junge Männer seiner Altersgruppe gibt es eigentlich grundsätzlich mehr, als man wissen möchte.« Max klang verwundert.

»Vielleicht hat er sich berufsbedingt zurückgehalten.«

»Die Juristen haben ihre eigenen Netzwerke.«

»Aha.«

»Ja«, bekräftigte Max. »Und was habt ihr herausgefunden?«

Romy erstattete Bericht, und der junge Kollege tippte die Infos umgehend ein.

»Holger war als junger Mann einige Zeit unterwegs, das wird von mehreren Seiten betont, aber niemand weiß Genaueres«, schloss Romy ihre Erläuterungen.

»Das deckt sich mit meinen bisherigen Recherchen. Seine Biographie weist eine recht große Lücke auf, und zwar zwischen 2003 und 2006. In diesem Zeitraum findet sich nichts in den üblichen Datenbanken, die ich auf die Schnelle durchforstet habe. 2007, mit immerhin bereits vierundzwanzig Jahren, begann er schließlich in Greifswald mit der Ausbildung zum Rechtsanwaltsfachgehilfen, um 2010 in die Kanzlei von Schölter zu wechseln. Dort hat er dann seinen Rechtsfachwirt gemacht.«

»Eine ziemlich lange Selbstfindungsphase, oder?«, fragte Romy.

»In der er noch dazu nirgendwo gemeldet war – jahrelang.«

»Vielleicht war er im Ausland, hatte Beziehungsstress und so weiter.«

Max seufzte. »Also, da müssen wir genauer nachforschen.«

»Machen wir.« Romy sah auf die Uhr. »Aber ob das heute noch viel Sinn hat, möchte ich bezweifeln.«

»Ich auch.«

Wenig später fuhr Romy am »Koloss von Prora« entlang in Richtung Norden bis zur Höhe der seinerzeit geplanten Kaianlage innerhalb des gigantischen Gebäudekomplexes, wo sie sich in den Sand setzte und ihre Füße umspülen ließ. Es war kühl, was an einem Abend Anfang Juni zumindest auf Rügen nicht weiter verwundern durfte, selbst wenn ein sonniger Frühsommertag ausklang. Ein leises Schaudern durchfuhr sie. Vor gut einem Jahr hatten die Ermittlungen zu dem Mord an der Kindergärtnerin Monika Sänger das Baumonstrum der Nazis und seine Nutzung zurzeit der Bausoldaten in der DDR, der sogenannten Spatis, wenigstens vorübergehend in den Mittelpunkt der Recherchen gerückt. Romy staunte immer wieder über den gespenstischen Nachhall der kilometerlangen Bauruinen, deren Zerfall mit jedem Jahr langsamer voranzuschreiten schien, so kam es ihr jedenfalls manchmal vor. Nur einige Gebäudeteile wurden genutzt – touristisch, als Gedenkstätte und Ausstellungsort. Mecklenburg-Vorpommerns größte Jugendherberge hatte im Sommer vor zwei Jahren ihre Tore geöffnet und warb mit Erlebnisurlaub der besonderen Art an einem höchst geschichtsträchtigen Ort.

Romy trocknete ihre Füße notdürftig, streifte sich die Socken wieder über und war gerade in die Schuhe geschlüpft, als Jan anrief. »Bergen hat Feierabend gemacht, und ich bin auf dem Heimweg«, sagte sie statt einer Begrüßung. »Sag nicht, dass ihr …«

»Ehrlich gesagt – ich komme gar nicht dazu, irgendetwas zu sagen!«, unterbrach er sie mit leisem Lachen in der Stimme. »Musst dich nicht aufregen, Kollegin. Es ist alles im grünen Bereich. Ich will dich nur informieren, dass ich noch mal in Bruhlstedts Wohnung gefahren bin, diesmal mit einem kleinen Technikteam.«

Du kennst mich nicht, wenn ich mich tatsächlich aufrege, dachte Romy, sparte sich aber diesen Einwand. »Ach so. Liegt der Beschluss inzwischen doch schon vor?«

Jan räusperte sich. »Sozusagen … Aber in Papierform eigentlich erst morgen früh. Na ja, ich musste einfach noch was tun.«

»Verstehe.«

»Gut zu wissen. Wir schauen uns sehr gründlich um, und der erste Eindruck bestätigt sich – der Mann hat kaum Freundschaften gepflegt oder Kontakte gehabt, es finden sich auch keine Hinweise auf eine Geliebte, geschweige denn eine feste Beziehung, zerbrochen oder nicht, namens Kati oder so ähnlich, zumindest nicht in seiner Wohnung. Nirgendwo gibt es Adressen, Briefe, Einladungen – das kann natürlich alles auf dem Laptop geparkt sein, womöglich in irgendeiner Cloud mit sehr gutem Passwort, aber … Das Ganze wirkt ein bisschen, ja: einsam. Zumindest spiegelt die Wohnung ein überaus zurückgezogenes Leben wider. Ich glaube, mein Großvater hat mehr private Termine und Leben in der Bude als er, und der Gute hat die neunzig deutlich überschritten.«

»Hm, Max hat inzwischen festgestellt, dass Holger Bruhlstedt einige Jahre offenbar nirgendwo gemeldet war, zumindest nicht mit Hauptwohnsitz, bevor er 2007 mit der Ausbildung in Greifswald begann.«

»Merkwürdig, oder?«

»Tja, ich werde morgen mit dem Leiter der Kanzlei in Greifswald sprechen, soweit ich den am Sonntag erreiche«, fuhr Romy fort. »Und der Familie kann ich weitere Nachfragen auch nicht ersparen.«

»Wohl nicht, nein. Ich habe einen Termin mit dem Schölter vereinbart, um ihm den Beschluss unter die Nase zu halten. Er meint, dass die Fälle, mit denen Holger beschäftigt war, keinerlei Auffälligkeiten zeigen, doch davon möchte ich mich persönlich überzeugen. Außerdem will ich mir das Backup ansehen. Vielleicht sind auch Mails erfasst. Dann könnten wir uns damit schon mal befassen.«

»Gut.« Romy scharrte mit den Füßen im Sand. »Im Moment sehe ich weit und breit kein Motiv. Was ist eigentlich mit seinen Finanzen? Liegt dazu schon etwas vor?«

»Bruhlstedt hat ein paar tausend Euro bei seiner Hausbank angelegt, nichts Großartiges«, fuhr Jan fort. »Dazu haben wir Unterlagen gefunden, ebenso wie über eine kleine Lebensversicherung, die er vor einigen Jahren abgeschlossen hat, zugunsten seiner Schwester übrigens.«

»Aha. Na gut.«

Einen Moment blieb es still. Romy malte mit der Schuhspitze Kreise in den Sand. Die Strahlen der Abendsonne krochen über die verwitterte Kaimauer. Am Ende des Horizonts verschwand ein Schiff im Nebel. »Bis morgen, Romy. Einen schönen Feierabend.«

»Wünsch ich dir auch.«

4

Sie war noch mal eingedöst, bis der Hunger sie raustrieb. Nach einer flüchtigen Dusche machte sie sich auf den Weg nach Reinberg, um etwas zu essen und gleichzeitig einen Blick ins Internet zu werfen. In einem kleinen Café am Ortsrand, das sie auch vor einem Monat mehrfach besucht hatte und in dem gerade eine angenehme Flaute herrschte, bestellte sie Baguette mit Kochschinken und Käse, Kaffee und Käsekuchen und wanderte damit an einen der beiden PC-Plätze im rückwärtigen Bereich des Lokals. Sie besuchte verschiedene Webseiten, vertilgte dabei ihr Baguette und genoss das wohlige Sättigungsgefühl. Dann rief sie eine lokale Nachrichtenseite auf. Die Meldung über den tödlichen Unfall auf Rügen stach ihr sofort ins Auge. Holger B. aus Stralsund, gebürtiger Sassnitzer, der seine Eltern besucht hatte und in der Frühe bei einer Morgenwanderung am Hochuferweg in der Nähe der ehemaligen Wissower Klinken abgestürzt war. Die Polizei ermittelte, um eindeutig zu klären, was geschehen war.

Jana schnappte nach Luft und schob den Kuchenteller mit einer abrupten Bewegung beiseite, bevor sie den Bericht ein zweites, dann ein drittes Mal las. Ein Unfall, die Polizei ermittelte, ein Unfall, die Polizei ermittelte … Sie sprang auf und verließ das Lokal mit steifen Schritten, um eine zu rauchen. Das kann alles und nichts bedeuten, dachte sie. Ein Unfall oder doch kein zufälliges Geschehen. Man hatte ihn sehr wohl im Visier gehabt, oder aber ihre Panik übernahm wie so häufig die Regie. Wer war der Mann, der mitten in der Nacht bei Holger aufgetaucht war? Hatte das eine mit dem anderen überhaupt etwas zu tun? Sie trat ihre Zigarette aus und ging zurück in den Gastraum. Aber egal, was warum geschehen war – Holger war tot.

»Wollen Sie noch einen Kaffee?«, fragte der Wirt, ein baumlanger Kerl mit Vollbart, als sie an der Theke vorbeieilte.

Sie zögerte, blieb stehen, gewährte ihm einen Blick auf ihr verwirrtes Gesicht.

»Geht aufs Haus. Den Rest aus der Kanne verkaufe ich jetzt ohnehin nicht mehr, und bevor ich ihn wegschütte …« Er lächelte. »Wenn Sie noch mögen.«

»Hm, klingt gut, danke.«

»Alles okay bei Ihnen?«, fragte er, während er ihr eine Tasse eingoss und über die Theke reichte.

»Ja, wieso?«

»Sie sind ein bisschen bleich.«

»Bin ich oft. Gehört zu meinem Typ.«

Sie zuckte mit den Achseln und wandte sich ab, bevor er auf die Idee kam, sie noch genauer zu betrachten und nachzufragen, ob sie nicht vor einigen Wochen schon mal in der Gegend war. Bloß nicht zu viel reden. Die Leute merken sich so was. Die junge Frau, die plötzlich so bleich war und sich einen Kaffee spendieren ließ. Überhaupt wirkte die etwas seltsam, verloren, hager … Wieder am PC sitzend, versuchte sie ihre Gedanken zu sortieren. Holger war tot. Ihr Beschützer und Helfer, der Mann, der eine wundervolle Ruhe ausgestrahlt und sie in sein Bett gelassen hatte. Ihr Herz flatterte wie ein verletzter Vogel, der sich im Moment der größten Gefahr plötzlich seiner Existenz bewusst wurde und zu kämpfen begann. Später, flüsterte sie lautlos, nicht in diesem Augenblick, nicht hier losheulen, schluchzen, zusammenbrechen. Reiß dich zusammen! Was ist jetzt zu tun? Die SIM-Karte wechseln, schoss es ihr durch den Kopf. Falls man ihm auf die Schliche gekommen war, würde man auch ihr auf die Schliche kommen – Telefonate, Kurznachrichten, das Foto, das sie versendet hatte. Zumindest war die Gefahr präsent, sollte Holgers Tod kein Unfall gewesen sein. Und falls sich später herausstellen sollte, dass ihre Maßnahme wieder einmal unter vorschnellen Aktionismus gefallen war, konnte sie damit leben. Es war nicht schädlich, eine andere SIM-Karte einzusetzen, zumal Holger ihr einen Ersatz zur Verfügung gestellt hatte und er der Einzige gewesen war, mit dem sie über das Handy kommuniziert hatte. »Für den Fall der Fälle«, hatte er betont. »Wenn du das Gefühl hast, dass man dir auf den Fersen ist. Oder falls etwas Ungewöhnliches geschehen ist.«

Der Fall der Fälle. Es war etwas Ungewöhnliches geschehen. So oder so.

Als sie das Café verließ, war es kühl geworden. Sie kehrte zurück auf den Campingplatz. Das Gefühl der Leere verdrängte plötzlich mit atemloser Wucht jede andere Regung.

Max hatte sich am Sonntagmorgen, als endlich der Durchsuchungsbeschluss aus Stralsund vorlag, gut zwei Stunden ans Telefon gehängt, um ein bisschen Druck zu machen, wie er es ausdrückte. Romy konnte sich alles Mögliche vorstellen, aber dass der zarte, höfliche Max mit dem langen seidigen Haar, der meist einen gutsitzenden Anzug und in der Regel Krawatte trug, energisch und zielgerichtet seinen Willen durchzusetzen vermochte, entzog sich ihrer Phantasie. Sie verkniff sich jedoch eine Bemerkung. Kasper, dessen Gesichtsausdruck eine ähnliche Skepsis widerspiegelte, schwieg ebenfalls und steckte seine Nase in die bislang noch äußerst dünne Akte, während Romy den Greifswalder Rechtsanwalt zu erreichen versuchte – ohne Erfolg – und ihm schließlich eine Nachricht auf den Anrufbeantworter sprach.

Umso größer war ihre Verblüffung, als Max später nicht nur eine ausgewertete Liste mit Holgers Festnetz- und Handyverbindungen, sondern auch den sortierten Mailverkehr unter seiner Kanzleiadresse präsentierte. Doch die Ausbeute war denkbar unspektakulär, wie er Romy und Kasper sofort erklärte. Es handelte sich hauptsächlich um Telefonate und Mails mit Mandanten und Kollegen, Anrufe bei der Familie, beim Pizzaservice, der Kinokasse und Ähnliches.

»Ich erspare euch in diesem Fall die Details«, meinte Max. »Zum Gähnen langweilig und passend zu Bruhlstedts drögem Privatleben - wäre da nicht eine Mobilnummer, die sich nicht zuordnen lässt. Ein Prepaidhandy, mit dem Holger häufig Kontakt hatte.«

»Keine Chance, etwas herauszukriegen?«, fragte Romy.

Max schüttelte den Kopf. »Nein, ohne weitergehende Infos nicht, aber ich habe eine Ortung in Auftrag gegeben und hoffe, dass die Techniker sich schnell melden. Wenn wir Glück haben …« Er hob den Blick und fasste Romy und Kasper abwechselnd ins Auge. »Der letzte Kontakt war interessanterweise gestern Morgen. Es wurde eine SMS von der Nummer verschickt, und zwar um vier Uhr vierzig, also zu dem Zeitpunkt, als Holger noch unterwegs oder aber gerade tot war.«

»Oh«, meinte Romy. »Das klingt interessant. Reich das bitte gleich an Jan weiter.«

»Längst passiert. Ich gebe Informationen selbstverständlich immer so schnell wie möglich an alle beteiligten Ermittler weiter.«

Romy lächelte entschuldigend. »Ich vergesse manchmal, wie fix du bist.«

Max nickte verlegen. Kasper kratzte sich am Hinterkopf. »Interessant ja, das muss allerdings nichts bedeuten …«

»Kann es aber«, vervollständigte Romy den Satz. »Das ist

sogar sehr wahrscheinlich! Ich kann ja verstehen, dass du unnötigen Spekulationen keinen Vorschub leisten möchtest, aber dass ausgerechnet von einer Nummer, die wir nicht personalisieren können, die letzte Nachricht eintrifft, kurz vor oder nach Holgers Tod, wird wohl kaum ein Zufall sein – noch dazu um diese Zeit.«

»Na ja ...«

»Und es ist auch kein Zufall, dass sein Handy verschwunden ist und nicht geortet werden kann und der Laptop zumindest im Moment nicht auffindbar scheint!«, erklärte sie in lebhaftem Ton. »Ich jedenfalls glaube nicht an einen anderen Frühwanderer, einen Außenstehenden, der das Handy mitgehen ließ.« Manchmal ging ihr Kaspers bedächtige Art gehörig auf die Nerven. »Darüber hinaus möchte ich fast eine Wette darauf abschließen, dass Bruhlstedt garantiert noch eine andere, höchstwahrscheinlich anonymisierte Mailadresse hatte, über die wir ohne den Laptop leider nichts erfahren werden.«

Kasper schwieg, und Max setzte eine nachdenkliche Miene auf, während in Romys Büro das Telefon zu klingeln begann. Rechtsmedizin oder Buhl, dachte sie und eilte nach nebenan. Vielleicht auch ...

»Jürgen Winter«, meldete sich eine tiefe Männerstimme. »Ich bin Anwalt in Greifswald. Sie hatten mir auf den Anrufbeantworter gesprochen.«

Romy spürte einen winzigen Moment lang dem leisen Hauch der Enttäuschung nach. »Oh, danke, dass Sie zurückrufen.«

»Dafür nicht, keine Ursache.«

»Aber sicher – immerhin ist heute Sonntag.«

»Für mich ein Tag wie jeder andere, zumindest wenn ich mir meinen Schreibtisch und den hohen Aktenstapel ansehe. Aber andere müssen ja auch arbeiten, wie ich gerade feststellen darf. Was kann ich für Sie tun, Frau Kommissarin?«

»Sagt Ihnen der Name Holger Bruhlstedt etwas?«, stieg Romy sofort ins Thema ein.

»Holger - natürlich. Er hat in meiner Kanzlei gelernt. Das ist jedoch schon ein paar Jahre her.«

»Ab 2007.«

»Richtig. Er war gut, ich hätte ihn gerne behalten, aber er ist nach Stralsund gegangen, vor drei Jahren ungefähr, in eine deutlich größere Kanzlei mit dem Schwerpunkt auf Strafrecht«, erklärte Winter bereitwillig. »Konnte ich ihm nicht verdenken.«

»Hatten Sie nach seinem Wechsel noch mal Kontakt mit ihm?«

»Nein ...« Winter zögerte plötzlich. »Sagen Sie mal - ist was passiert?«

»Leider ja.« Romy berichtete in knappen Sätzen, was geschehen war.

Der Anwalt reagierte fassungslos. »Das ist ja furchtbar«, bemerkte er mit gepresster Stimme. »Er war noch so jung und sehr begabt. Aus Ihren Fragen schließe ich, dass Sie der Unfalltheorie misstrauen.«

»In der Tat - je länger wir nachforschen, umso mehr Fragen ergeben sich.«

»Und was kann ausgerechnet ich in dem Zusammenhang für Sie tun?«

»Auch wenn wir noch ganz am Anfang unserer Ermittlungen stehen und es viel zu früh für eine Gesamteinschätzung ist, fällt uns auf, dass Holger für einen jungen Mann ungewöhnlich zurückgezogen gelebt hat. Wir sind bisher kaum auf nennenswerte Freundschaften und Sozialkontakte gestoßen, die über den Familienkreis und seine Arbeit hinausgehen«, erläuterte Romy. »Zudem gibt es direkt vor seiner Ausbildung bei Ihnen einen längeren Zeitraum, in dem sich keinerlei Anhaltspunkte finden, weder über seinen Aufenthaltsort noch seine Tätigkeiten. Da klafft eine auffällig große Lücke, die wir uns nun zwangsläufig genauer ansehen müssen. Können Sie mir dazu vielleicht etwas sagen?«

»Ja«, erwiderte Winter schlicht. »Er war ganz offen und sprach von einer Phase der Orientierung.«

»Über drei, vier Jahre, die im Lebenslauf fehlen? Viel Zeit für einen Menschen Anfang zwanzig, finden Sie nicht?«

»Wir machen alle mal Fehler.«

Interessante Formulierung, fand Romy. »Wie meinen Sie das?«

»Er sagte mir damals, dass er auf dem falschen Weg gewesen sei und Zeit für sich selbst gebraucht habe«, erzählte Winter. »Zeit zum Nachdenken und Erweitern des Horizonts. Er hat gearbeitet, gelesen und sich auf die Suche gemacht. Zurückgezogen gelebt hat er übrigens auch während der Ausbildung, jedenfalls soweit ich das mitbekommen habe und beurteilen konnte. Da gab es wohl mal eine Freundin oder ein Bier mit Kollegen, hin und wieder hat er mal eine Sportveranstaltung besucht, aber das war es auch schon. Ich mochte seine stille, nachdenkliche Art, und seine Offenheit mir gegenüber hat mich beeindruckt – ich habe nicht nachgehakt und ihm eine Chance gegeben, die ich nie bereuen musste.«

Romy strich sich die Locken zurück. »Und Sie haben keine Ahnung, aus welcher Richtung der Wind wehte?«

»Nein. Bei einer routinemäßigen Überprüfung fand ich jedenfalls nichts über Holger Bruhlstedt. Vielleicht handelte es sich um eine sehr persönliche Geschichte. Jedenfalls brauchte er eine Chance, und die gab ich ihm. Jeder braucht eine Chance, finde ich, manchmal sogar eine zweite.«

»Wie kam es eigentlich zu der Bewerbung in Ihrer Kanzlei, Herr Winter?«

»Keine Ahnung. Eines Tages lagen seine Unterlagen in der Post, und wenige Wochen später fing er bei mir an.«

Winters Art war Romy sympathisch, und ihrer Einschätzung nach waren seine Schilderungen hochinteressant, dennoch wurde sie das Gefühl nicht los, dass er etwas zurückhielt. Vielleicht aus Respekt vor dem Toten. Ein Anwalt, der einen Auszubildenden mit Mitte zwanzig einstellt und respektiert, dass seine Biographie eine klaffende Lücke aufweist, dürfte jedoch alles andere als die Regel darstellen.

»Ich mochte ihn sehr gern«, fügte Winter nach kurzer Pause hinzu. »Er war gewissenhaft und richtig gut in seinem Job, wollte alles immer sehr genau wissen. Eigentlich hätte er das Zeug gehabt, selbst Anwalt zu werden.«

»Hat er mal was über seine Familie erzählt?«

»Nicht viel. Seine Eltern betrieben einen Fischimbiss auf Rügen, soweit ich mich erinnere. Und er erwähnte mal eine deutlich jüngere Schwester.«

»Lilly«, ergänzte Romy.

»Mag sein.«

»Wissen Sie mehr über sie?«

»Nein - wie gesagt, er erwähnte sie lediglich.«

Romy bedankte sich für die Auskünfte und entschied spontan, noch mal zu Holgers Eltern herauszufahren, diesmal in Begleitung von Kasper. Irgendein Geheimnis hatte der Mann mit sich herumgeschleppt, dessen war sie sicher. Ein Geheimnis, das möglicherweise plötzlich Bedeutung erlangt hatte.

Bei sechs Fällen hatte Holger Bruhlstedt in den letzten Wochen assistiert und nebenbei vier weitere Verfahren unterstützend begleitet, erklärte Benjamin Schölter, als Jan gegen

Mittag in der Kanzlei eintraf. Sie standen gemeinsam am Schreibtisch des Opfers. »Gewöhnliche Fälle – Körperverletzung, Betrug, Erpressung und so weiter und so fort. Unser täglich Brot«, führte Schölter mit ernster Miene aus.

»Ja, das sagten Sie bereits. Ich muss mir dennoch höchstpersönlich einen Überblick verschaffen«, wandte Jan ein.

Schölter nickte. »Selbstverständlich. Ich stelle Ihnen eine Auflistung zusammen ...«

»Ich brauche keine Auflistung, sondern die vollständigen Akten, meinetwegen in Kopie, damit Sie wie gewohnt weiterarbeiten können«, unterbrach Jan ihn unwirsch. »Darüber sprachen wir bereits. Und eine Kopie des Backups, das Holger am Freitag angefertigt hat, benötige ich auch. Sie wollten einen Beschluss sehen, und hier ist er!« Und nun komm endlich in die Pötte, fügte er lautlos hinzu.

Schölter trat mit abwehrend erhobenen Händen einen Schritt zurück. »Schon gut, Herr Kommissar. Kein Problem – Sie kriegen die Unterlagen selbstverständlich. Ich möchte nur betonen, dass ich einen Zusammenhang zwischen unseren Fällen und Holgers Tod für äußerst unwahrscheinlich halte. Das ist das eine.« Sein Blick huschte an Jan vorbei.

»Nehme ich zur Kenntnis, aber darüber sprachen wir schon. Und was ist das andere?«

»Ich hoffe, Sie gehen mit den personenbezogenen Daten verantwortungsbewusst um. Einige Fälle befinden sich noch in einem laufenden Verfahren. Sie können sich vielleicht vorstellen ...«

»Kann ich. Ich verfüge über eine blühende Phantasie, und ich ermittle nicht zum ersten Mal. Normalerweise nehme ich Akten, aus welchem Büro die auch stammen, nicht mit in den Supermarkt oder an den Strand.« Jan biss die Zähne zusammen. Der Kerl geht mir echt auf die Eier, dachte er. »Im

Übrigen kommt morgen ein Kollege von mir vorbei und befragt jeden einzelnen Mitarbeiter Ihrer Kanzlei.«

Schölter öffnete den Mund und schloss ihn rasch wieder.

»Das dürfte zeitsparender und bequemer sein, als wenn Ihre Leute zu uns kommen müssen«, fuhr Jan fort.

Er setzte sich, ohne Schölters Antwort abzuwarten, hinter den Schreibtisch, öffnete die Schublade und beide Unterschränke. Bürokram, Nachschlagewerke, Fachbücher zu bedeutsamen Fällen der Rechtsgeschichte, Stifte, Papier, Formulare, Ordner. Während er die beobachtenden Blicke des Anwalts zu ignorieren versuchte, traf eine Nachricht von Max ein. Jan seufzte – die bisherige Ausbeute war eher dürftig. Er warf Schölter einen Blick zu und notierte die Handynummer, auf die Max in seiner Mitteilung hinwies. »Wir haben eine Mobiltelefonnummer entdeckt, die ich Sie bitte zu überprüfen.«

Schölter nahm den Zettel an sich. »Mache ich gerne.«

Und lass dir Zeit, fügte Jan stumm hinzu, während der Anwalt in sein Büro ging. Jan atmete tief durch und zog die Schublade ein Stück weiter auf. Am hinteren Ende befand sich zwischen zwei leeren Notizheften ein schmales Lederetui mit einem ungewöhnlich schönen Kugelschreiber sowie einem dazu passenden Tintenroller. In einem Seitenfach steckte die abgewetzte Visitenkarte eines Blumenladens in Stralsund. Vielleicht hat er dort den ersten Strauß Rosen für eine große Liebe gekauft, dachte Jan. Romantiker heben so etwas auf, sie sammeln auch Restaurantrechnungen und vergessen keinen Jahrestag. War Holger ein Romantiker gewesen? Nicht auszuschließen. Immerhin hatte er Sonnenaufgänge an den Steilklippen geliebt. Und war dabei umgekommen. Jan strich das Kärtchen glatt und fotografierte es mit seinem Smartphone. Es konnte nicht schaden, wenn Max die Adresse überprüfte.

Wenig später stand Schölter wieder in der Tür – mit bedauerndem Kopfschütteln. Die Nummer tauche in keiner Adressdatei der Kanzlei auf, erklärte er höflich und übergab Jan einen Stapel kopierter Akten sowie einen USB-Stick der Kanzlei. Hätte mich jetzt auch gewundert, dachte Jan und machte sich umgehend auf den Weg ins Kommissariat, wo Simon ihn bereits erwartete. »Max soll sich um die Auswertung kümmern. Schick ihm erst mal die Daten vom Stick rüber, damit dürfte er eine Weile beschäftigt sein. Die Akten bringe ich später selbst nach Bergen.«

»Das kann ich auch übernehmen …«

»Nicht nötig. Ich muss ohnehin noch zur Lagebesprechung auf die Insel.«

Simon nickte. »Wie du meinst.«

Fine hatte Kartoffelsalat und Würstchen mitgebracht, und Max verdrückte die zweite Portion, während er im Netz nach einem Stralsunder Blumenladen mit dem klangvollen Namen »Zauberlilie« suchte – ohne fündig zu werden. Weder unter der angegebenen Adresse in der Innenstadt noch unter dem Firmennamen war der Laden verzeichnet, und es fand sich auch kein Hinweis auf eine Geschäftsaufgabe, weder vor zwölf Monaten noch vor zehn Jahren. Unter der verzeichneten Telefonnummer meldete sich lediglich ein Anrufbeantworter mit der sachlichen Aufforderung, Name und Rufnummer zu hinterlassen, man werde zurückrufen. Max legte wieder auf.

»Verstehst du das?«, fragte er verblüfft, als Fine mit einer Kanne frischem Kaffee eintrat.

»Zauberlilie? Klingt konspirativ.«

Max runzelte die Stirn und rief seine Datenbank auf den Monitor, in der er jedes Detail einer laufenden Ermittlung tabellarisch erfasste, so dass die einzelnen Aspekte mittels unterschiedlichster Abfragen zur Verfügung standen und untereinander in jede denkbare Beziehung gesetzt werden konnten. Holger Bruhlstedt war ein Jahr nach der Schule mit knapp zwanzig für mehrere Jahre förmlich abgetaucht – ein Zeitraum, in dem er kaum Spuren hinterlassen hatte, um dann nach seiner Rückkehr einen sehr gradlinigen und zugleich, wie es auf den ersten Blick schien, einsamen oder doch kontaktarmen Weg zu gehen. Hätte Holger seine Auszeit direkt nach dem Abitur auf einige Monate oder ein Jahr beschränkt, wären die bislang in diesem Zusammenhang angeführten allgemein klingenden Erklärungen wahrscheinlich gar nicht hinterfragt worden. Doch nun war der Mann tot, und was zurückblieb, war die Rückschau auf ein kurzes Leben, in dem eine mehrjährige Lücke wie ein Fragezeichen hervorstach, während eine Prepaidhandynummer sowie ein nichtexistierender Blumenladen in den Mittelpunkt der Ermittlungen rückten. Vielleicht lohnte sich ein Blick in seine Schulzeit, und das eine oder andere Gespräch mit ehemaligen Lehrern und Klassenkameraden konnte auch nicht schaden.

Max schob seinen Teller beiseite und tauchte erneut in die Tiefen des Netzes ein. Das Gymnasium hatte natürlich eine Homepage und veranstaltete regelmäßig Ehemaligentreffen. Max wusste aus eigener Erfahrung, dass es in jedem Jahrgang jeder Schule eine Handvoll Leute gab, manchmal auch nur ein oder zwei Exschüler, die sich mit großer Begeisterung und Akribie dafür einsetzten, ihre Schulzeit lange nach dem letzten Pausenklingeln immer wieder hochleben zu lassen, und keinen Aufwand scheuten, Fotos von Schulfesten und Klassenreisen, Artikel aus der letzten Ausgabe der Schülerzeitung, Insider-Geschichten sowie regelmäßig Neuigkeiten aus dem Schulalltag zu veröffentlichen.

Die Seite von Holgers Schule war reich an solchen Fundstücken, postete darüber hinaus jedoch auch Karrieresprünge Ehemaliger und ihrer Lehrer und widmete sich in einer Rubrik bemerkenswerten biographischen Abstürzen sowie einschneidenden Veränderungen. Das Mathe-Ass des Jahrgangs 2005 hatte es zu einer Anstellung an einer englischen Uni gebracht, hieß es beispielsweise in Verbindung mit vollmundigen Glückwünschen, während die Meldung über die einst begabteste Schauspielerin der Theater-AG, die inzwischen mit albernen Werbeclips für Deoroller auf sich aufmerksam machte, in unüberhörbar höhnischem Unterton verfasst war. Jede Wette, dass sich einige Schulkolleginnen, die bei Rollenbesetzungen seinerzeit leer ausgegangen waren, genüsslich die Hände rieben.

Es würde Max sehr wundern, wenn Holger in diesem bunten Sammelsurium nicht an der einen oder anderen Stelle auftauchte.

5

»Was hat Ihr Sohn nach dem Abitur gemacht?«, wiederholte Kasper seine Frage und blickte von Paul Bruhlstedt zu seiner Frau Maria und wieder zurück.

Sie saßen hinterm Haus im Garten. Zwei Apfelbäume standen in voller Blüte, erdig-salziger Geruch lag in der Luft. Die Atmosphäre hätte als friedlich beschrieben werden können.

Romy legte ihre Hände zusammen und atmete lautlos, aber tief aus. Holgers Mutter hatte ein starkes Beruhigungsmittel genommen. Die Ringe unter ihren Augen wirkten beinahe absurd schwarz, und ihr Schmerz war mit Händen greifbar. Sie selbst hatte darauf bestanden, diesmal bei der Befragung dabei zu sein, aber ob die Idee so gut war, bezweifelte Romy.

»Das ist zehn Jahre her«, entgegnete der Vater verblüfft. »Was interessiert Sie daran?«

»Wir forschen nach einem Motiv«, erklärte Kasper. Seine Stimme klang ruhig, fast sanft.

»Und dafür müssen Sie zehn Jahre zurückgehen?«

»Manchmal schon.«

»Aber damals war er ein ganz junger Kerl, noch völlig feucht hinter den Ohren.«

»Schon klar. Trotzdem – erzählen Sie doch einfach mal.«

Bruhlstedt wandte den Blick ab und sah seine Frau an, die ihn kaum wahrzunehmen schien. »Er wusste nicht so recht, was er machen sollte, beruflich, meine ich«, antwortete er schließlich zögernd. »Holger hat hier und da ein bisschen gearbeitet und sich rar gemacht.«

Romy schlug ein Bein über das andere. »Was heißt das – rargemacht?«

»Das heißt, dass er selten auf Rügen war. Holger war viel unterwegs und wusste noch nicht so recht, wie es weitergehen sollte. So ist das manchmal mit den jungen Leuten. Sie wollen die vorgezeichneten Bahnen verlassen, wissen aber gar nicht, was an ihre Stelle treten soll, weil viel zu viel auf sie einströmt. Das musste erst mal alles sortiert werden.«

»Durchaus nachvollziehbar, doch nach den Ergebnissen unserer bisher vorliegenden Recherchen war Holger zwischen 2003 und 2006 nirgendwo mit Wohnsitz gemeldet, und es finden sich auch keine Arbeitgeber. Er tauchte erst im Jahr 2007 wieder auf, als er die Ausbildungsstelle in der Kanzlei in Greifswald bekam«, wandte Romy ein. »Kann es sein, dass es Probleme gab und Ihr Sohn ... tja, vor irgendwas weggelaufen ist?«

»Was?« Bruhlstedt starrte sie entgeistert an. »Wie kommen Sie denn darauf? Der hat einfach Zeit für sich gebraucht. Und wahrscheinlich hat er – ja: schwarzgearbeitet. Und?«

»Uns interessiert, wo er warum war.«

»Meine Güte – der Junge war erwachsen, der musste sich die Hörner abstoßen und brauchte sich nicht zu rechtfertigen! Es war seine Entscheidung, wie er sein Leben lebte. Manchmal kam eine Postkarte ...«

»Aus welcher Gegend?«

»Daran erinnere ich mich nicht mehr.«

»Entsinnen Sie sich wenigstens, ob er im Ausland war?«

»War er nicht. Und falls doch, weiß ich es nicht.«

Toll, dachte Romy. Sie blickte die Mutter an. »Frau Bruhlstedt, haben Sie eine Vermutung, wo sich Holger damals aufgehalten hat und ob es einen tieferen Grund für seine Abwesenheit gab?«

Maria Bruhlstedt wandte Romy langsam das bleiche Gesicht zu. »Er rief manchmal an«, erwiderte sie leise. »Damit ich mir keine Sorgen mache, sagte er. Er hat gejobbt, mal hier, mal da ... Ich glaube, er war eine Zeitlang in Berlin, später auch im Ruhrpott - Dortmund, Bochum, glaube ich. Die Gegend hat ihn interessiert. Wissen Sie, der wollte mal was anderes sehen als die Insel, aber so richtig kam er nicht von uns los. Ich glaube, er hatte Heimweh. Die See, wissen Sie? Wer hier geboren ist ...«

Irgendwas stinkt hier ganz gewaltig, dachte Romy. »Ich möchte mit Lilly sprechen«, meinte sie schließlich.

»Sie ist irgendwo draußen im Wald, und sie kann Ihnen nichts sagen«, ergriff Paul Bruhlstedt wieder das Wort. »Das habe ich Ihnen schon erklärt, oder?«

»Ich muss trotzdem mit ihr sprechen - wenn nicht heute, dann morgen. Bitte sorgen Sie dafür, dass ich mit ihr zusammentreffen kann.«

»Aber ...«

Romy spürte ein Kribbeln im Nacken - ein deutliches Anzeichen dafür, dass ihre Geduld merklich nachließ. »Herr Bruhlstedt, bitte bedenken Sie, dass wir in einem Mordfall ermitteln und selbst entscheiden, wem wir Fragen stellen!«

»Keine Sorge, ich habe nicht vergessen, worum es hier geht«, blaffte der Vater zurück.

»Umso besser.«

»Ich werde all das für den Rest meines Lebens nicht vergessen.«

Romy spürte Kaspers mahnenden Seitenblick, und sie schluckte eine heftige Erwiderung herunter. »Bitte denken Sie noch einmal in Ruhe darüber nach, ob es möglicherweise einen Anlass gab, der Holger dazu veranlasste, Rügen zu meiden«, bat der Kollege die Eltern. »Wir müssen jedem Aspekt nachgehen.«

Das Ehepaar nickte schweigend, aber beiden Mienen war deutlich anzusehen, dass sie das Ansinnen der Kommissare für bloße Zeitverschwendung hielten und für eine rücksichtslose Zumutung obendrein.

»Du solltest etwas ruhiger agieren«, meinte Kasper einige Minuten später, als sie wieder in seinem Auto saßen. »Wenn du mir die Bemerkung erlaubst. Die haben erst gestern ihren Sohn verloren und sind ganz offensichtlich nicht in der Lage …«

»Ist mir bekannt, und wir suchen seinen Mörder! Die können mir doch nicht erzählen, dass Holger jahrelang …«

»Doch – können sie«, erwiderte Kasper ungewohnt energisch. »Vielleicht hatte er die Nase voll von seinen Eltern und deren Wunsch, er möge die Fisch-Geschäfte übernehmen. Und vielleicht hatte er überhaupt keine Lust, sich dauernd dafür zu rechtfertigen, dass er genau das nicht vorhatte.«

Romy schüttelte heftig den Kopf. »Ja, mag sein, und die Erklärung klingt sogar überzeugend – so was kenne ich auch aus meiner Familie –, aber weswegen meldet er sich nirgends an? Warum zieht er nicht einfach um und fängt etwas Neues an, sondern verschwindet nahezu vollständig in der Versenkung, noch dazu für einen so langen Zeitraum? Seine Eltern kann man sich doch auch anders vom Hals halten.«

Kasper strich sich durch den Bart und blickte einen Moment in die Ferne. »Ja, ich weiß. Da ist was krumm, in dem Punkt stimme ich dir zu.« Er startete den Motor und fuhr los.

»Danke.«

»Hm.«

Ein paar Minuten blieb es still im Wagen. Kasper bog Richtung Sagard ab, vorbei an einer Pferdeweide und einem Rapsfeld, dessen sattes Gelb kilometerweit zu leuchten schien.

Romy seufzte leise. »Na ja, und ansonsten hast du natürlich recht – ich bin manchmal ein bisschen …« Ihr Handy klingelte und unterbrach den Versuch einer Entschuldigung. Sie zog eine Grimasse und stellte nach einem Blick aufs Display die Verbindung her. »Hallo, Max. Hast du was für uns?«

»Ich glaube schon.«

Romy stellte auf Lautsprecher. »Wir sind ganz Ohr – leg los.«

»Vorneweg erst mal ein paar Kleinigkeiten: Jan ist auf die Adresse eines Blumenladens in Holgers Schreibtisch in der Kanzlei gestoßen, den ich überprüfen wollte. Doch das Geschäft gibt es nicht und gab es auch noch nie. Unter einer Telefonnummer kann man um Rückruf bitten. Der Laden nennt sich übrigens Zauberlilie.«

Romy hob eine Braue und wechselte einen raschen Blick mit Kasper. »Aha. Klingt ja merkwürdig, aber gut – weiter.«

»Zwischenzeitlich hat sich die Technik gemeldet. Die Ortung des Prepaidhandys ist leider fehlgeschlagen, aber wir wissen aus der Mobilfunkzellenauswertung, dass es in den letzten Tagen in Stralsund und Umkreis benutzt wurde.«

»Na immerhin – ich würde nicht gerade von einem Durchbruch in der Ermittlung sprechen, aber …«

»Aber immerhin war da jemand so schlau, die SIM-Karte nicht mehr zu benutzen, und ich halte das für einen wichtigen Hinweis.«

»Ich auch.«

»Doch kommen wir zum wichtigsten Punkt«, fuhr Max fort. »In Ermangelung anderer Quellen und Hinweise habe ich mich an Holgers Schule umgesehen. Die Ehemaligen treffen sich regelmäßig und häufig, und es gibt eine bunte Homepage, auf der man sich jahrelang tummeln kann, ohne alles gesehen und gelesen zu haben. Wirklich erstaunlich, was manche …«

»Max!«, unterbrach Romy den eifrigen Kollegen, dessen

ausschweifende Schilderungen ihre Geduld oftmals auf eine harte Probe stellten. »Komm endlich zum Punkt. Aus welcher Ecke weht der Wind?«

»Bin schon dabei, einen Augenblick noch.«

Romy verdrehte die Augen.

»Holger ist zwar auf dem einen oder anderen Foto vertreten und taucht natürlich auf Klassen- und Jahrgangslisten auf, aber auch in diesem Bereich wirkt seine Beteiligung eher zurückhaltend«, berichtete Max in munterem Ton weiter. »Er selbst hat noch nie etwas zu der Seite beigetragen, soweit ich das bisher feststellen konnte, und hat auch an keinem Ehemaligentreffen teilgenommen – zumindest findet sich sein Name in keiner Gästeliste. Daraufhin haben Fine und ich einige Leute aus seinem Abijahrgang abtelefoniert ...« Max brach ab. Es klang, als ob er etwas trank, und er ließ sich Zeit damit.

»Und? Hat es sich gelohnt, die Leute beim Sonntagskaffee zu stören?«, drängte Romy.

»Und ob. Mit einer Exschülerin solltet ihr unbedingt sprechen – Astrid Ullert«, riet Max. »Sie ist nicht nur die verantwortliche Webfrau für die Homepage, die sie mindestens einmal im Monat mit neuen Posts füttert, sondern engagiert sich auch für diesen ganzen Ehemaligenkram und war in einem Jahrgang mit Holger, obwohl sie zwei Jahre älter ist. Wenn mich nicht alles täuscht, waren die beiden sogar mal ein Paar ... Aber das nur so nebenbei.«

Wie beruhigend, kommentierte Romy stumm.

»Die Ullert ist inzwischen selbst Lehrerin und unterrichtet in Bergen in der Altstadt-Grundschule«, fuhr Max fort. »Ich schicke euch gleich ihre Adresse aufs Handy. Sie erwartet euch bereits. Am besten erzählt sie selbst ...«

»Max – zier dich nicht so! Womit haben wir es hier zu tun? Ein Stichwort bitte!«

Einen Moment blieb es still. »Der Wind weht aus der ganz rechten Ecke«, sagte der Kollege schließlich.

»Was?« Romy tauschte einen schnellen Blick mit Kasper.

»Holger war ein Neonazi, das berichtet die Ullert, und ich bin mir sicher, dass das Netz dazu noch einiges hergeben wird, wenn ich nur lange genug an den richtigen Stellen suche. Die Betonung liegt übrigens auf *war* – Holger ist ausgestiegen, mit Hilfe von EXIT. Und er hielt es für angebracht, Rügen für mehrere Jahre zu meiden und nirgendwo deutliche Spuren zu hinterlassen. Interessieren euch dazu noch ein paar Details?«

»Ja«, sagte Kasper schlicht. Er wirkte völlig konsterniert.

»Gut, also wenn wir mal das Jahr 2003 zugrunde legen, das Jahr, in dem sich Holger dünnegemacht hat, ergeben sich eindrucksvolle Bezüge. Sagt euch der Sassnitzer Club 18 etwas? Der Neonazi-Treff wurde 2003 geschlossen, nachdem es da mehrfach Ärger gegeben hatte. Und wisst ihr etwas über die in der Prora geplante Ausstellung über die Verbrechen der Wehrmacht?«

Romy schüttelte den Kopf, aber Kasper nickte sofort. »Allerdings.«

»Das Vorhaben scheiterte nach vielen Protesten, übrigens auch im Jahr 2003. Ratet mal, welche Gruppierung sich für eine Verlegung der Ausstellung besonders stark gemacht hat? Die zuständigen Behörden gaben damals aus Rücksicht auf den Tourismus nach, so die vollmundige offizielle Begründung.« Max hüstelte. »So weit erst mal meine Recherchen auf die Schnelle.«

»Wow«, meinte Romy. »Und diese Schulkollegin weiß genauer über Holger Bescheid?«

»Ja. Er hat ihr vertraut.«

»Okay, wir fahren sofort bei ihr vorbei. Danke, Max. Wirklich sehr gute Arbeit. Ich bin beeindruckt. Und …«

»Die Stralsunder kriegen die Infos auch umgehend, natürlich.«

Astrid Ullert wohnte in einem Mehrfamilienhaus in der Rotenseestraße. Sie war alleinerziehende Mutter eines vierjährigen Sohnes, der gerade seinen Freund im Nachbarhaus besuchte, wie sie ein wenig atemlos berichtete, während Romy und Kasper eintraten. Die junge Frau mit den mandelförmigen Augen und dem frechen Kurzhaarschnitt wirkte angestrengt und übernächtigt. Im Flur versperrten zwei Koffer den Weg, und diverse Reiseutensilien lagen herum, dazwischen war jede Menge Spielzeug verstreut. »Bitte entschuldigen Sie die Unordnung – ich bin erst gestern Abend von einer Klassenfahrt zurückgekehrt und hatte noch keine Zeit auszupacken.« Ein flüchtiges Lächeln flog über ihr Gesicht. »Mögen Sie etwas trinken?«

Kasper lehnte dankend ab, während Romy um ein Glas Wasser bat, bevor sie ins Wohnzimmer gingen. Auch in diesem Raum herrschte ein gewisses Grundchaos, wie es wohl nicht nur kleine Kinder verursachen, stellte Romy sachlich fest und schob einen Stapel Kinderwäsche beiseite, bevor sie sich aufs Sofa setzte.

Astrid Ullert war eine kleine, rundliche Frau, deren Jeans und Shirt auffallend eng saßen. Sie nahm in einem abgewetzten Cordsessel Platz und atmete zweimal tief durch, bevor sie berichtete, wie fassungslos sie sei. »Ich wusste ja gar nicht, was passiert war, bis die Polizei anrief.« Sie schluckte. »Wie gesagt – ich bin erst gestern Abend zurückgekommen, dann habe ich meinen Sohn von seinem Vater abgeholt und …« Sie hob kurz die Hände und blies die Wangen auf. »Tut mir leid, wenn ich Sie mit diesem ganzen Kram vollquatsche – ich bin etwas durcheinander und realisiere noch gar nicht richtig, was passiert ist.«

»Das macht nichts. Erzählen Sie einfach und am besten der Reihe nach – Sie waren mit Holger in einem Jahrgang?«, kam Romy zum Thema.

»Ja. Bis zum Abitur.« Sie nickte. »Wir waren fast mal zusammen und viele Jahre befreundet.« Ihre Stimme zitterte. »Und nun ist er tot. Ich kann das gar nicht glauben. Das ist so unwirklich …«

»Der Kollege, mit dem Sie vorhin telefoniert haben, berichtete uns, dass Sie sehr viel über Holgers Werdegang wissen.«

»Werdegang … Ja, so etwas in der Art war es wohl. Holger hat sich mit den falschen Leuten eingelassen«, entgegnete Astrid Ullert plötzlich prompt. »Ich rede übrigens zum ersten Mal darüber.«

»Was für Leute?«

»Das sagte ich bereits Ihrem Kollegen – Leute, die keine Dönerbuden und keine Fremden auf Rügen wollten und sehr wahrscheinlich immer noch nicht wollen …« Sie wandte das Gesicht ab und starrte in die Ferne. »Aber das ist alles so lange her.«

»Wir haben bislang nur sehr wenig über Holger in Erfahrung bringen können, dennoch – die Nähe zu braunem Gedankengut hätte ich ihm nicht zugetraut, wenn ich ehrlich bin«, wandte Romy ein. Um genau zu sein, hätte sie niemals auf einen solchen Zusammenhang getippt, und er irritierte sie.

Ullert sah Romy an und nickte. »Ich weiß, was Sie meinen, aber bitte bedenken Sie – er war ungefähr siebzehn, achtzehn damals, den Fischläden seiner Eltern ging es nicht besonders gut, zu Hause war dauernd dicke Luft, und es herrschte sehr viel Unsicherheit, überall. Holger war auf der Suche, war neugierig, wollte einfach mal was ausprobieren und vielleicht auch ein bisschen provozieren. So argumentierte er mir gegenüber und unterstrich, dass es ihm nicht darum gegangen sei, mit irgendwelchen grölenden Glatzen herumzuhängen, sich Hakenkreuze in die Haut zu ritzen und fremdenfeindliche Lieder zu singen.«

»Sondern?«

»Ihn habe der Gedanke fasziniert, in einer Gruppe ein gemeinsames Ziel zu entwickeln und dafür zu kämpfen. Gegen alle möglichen Widerstände.«

Also die übliche, fast banal klingende Geschichte – junger Mensch verirrt sich in die rechtsextremistische Szene, weil er dort Gehör und ein Zuhause findet? Einen Ort, an dem er sich angenommen fühlt, weil es zu viele andere Orte gibt, an denen er ausgegrenzt wird? Kameradschaft? Zusammengehörigkeitsgefühl?, grübelte Romy. Ist es wirklich so verstörend einfach? Aber ein gemeinsames Ziel kann auch darin bestehen, den Tischtennis-Kreisligapokal zu gewinnen oder sich für ein Schulprojekt starkzumachen.

»Man kann sich in allen möglichen Bereichen engagieren und findet zugleich Rückhalt in einer Gruppe«, wandte sie ein, als Ullert ihren Erklärungen nichts mehr hinzufügte. »Sport, Naturschutz, Kunst, Kinder – es gibt unendlich viele Möglichkeiten. Warum ausgerechnet die Nazis?«

»Es war nicht meine Entscheidung, Frau Kommissarin, und ich sympathisiere garantiert nicht mit denen. Ich gebe nur wieder …«

»Ich weiß, und ich möchte es lediglich besser verstehen.«

Ullert nickte nachdenklich. »Er betonte immer, dass die Szene bedeutend vielschichtiger sei, als es nach außen hin scheint«, fuhr sie mit plötzlich eindringlicher Stimme fort. »Holger war beeindruckt, und er wollte sich mit einem brisanten Thema auseinandersetzen. Es gab da einen jungen Mann, ein paar Jahre älter als er, mit dem er befreundet war, und der hatte auf den ersten Blick nichts, aber auch rein gar nichts mit dem landläufigen Bild zu tun, das man sich von Nazis macht …«

»Haben Sie einen Namen parat?«, schaltete Kasper sich ein.

»Nein, leider nicht.«

»Schade.«

Ullert nickte bedauernd. »Holger beschrieb ihn als klug und gepflegt, nachdenklich und besonnen. Jemand, der interessante Theorien entwickelte und mit dem man nächtelang über Gott und die Welt diskutieren konnte – zum Beispiel darüber, warum Menschen Vorurteile entwickeln und sich vor Fremdem schützen wollen und so weiter.«

Und ausgerechnet an diesen Namen konnte Astrid Ullert sich nicht erinnern? Romy zog eine Braue hoch. Das nehme ich dir nicht ab, dachte sie, legte sich aber – zumindest für den Moment – Zurückhaltung auf.

»Sie blieben jedoch, wenn ich es richtig deute, weiterhin mit Holger befreundet?«, schaltete Kasper sich ein.

»Unser Verhältnis kühlte sich merklich ab, das schon, aber – ja: Wir blieben in Kontakt. Ich mochte ihn immer noch, vielleicht wartete ich auch auf ihn …« Sie lächelte verlegen. »Auf jeden Fall hoffte ich, dass es sich nur um eine Phase handelte und er schließlich in die Mitte der Gesellschaft zurückfinden würde.«

»Ihre Hoffnung erfüllte sich ja auch, wenn ich meinen Kollegen richtig verstanden habe. Holger stieg wieder aus«, stellte Romy fest. »Hat er seine Meinung einfach so geändert? Oder gab es Ihrer Einschätzung nach einen besonderen Auslöser dafür?«

Ullerts Blick verdüsterte sich. »Ja, den gab es. Irgendetwas war passiert. Etwas Scheußliches. Holger hat keine Einzelheiten erzählt, keinen konkreten Hinweis gegeben, nicht mal ein Stichwort habe ich aus ihm herausbekommen. Aber er war zutiefst verstört und suchte auf einmal den Absprung. Ganz plötzlich. So kam es mir zumindest vor. Vielleicht hat er sich auch schon länger damit befasst, und mir schien der Entschluss nur spontan, aber …«

Romy beugte sich vor. »Und er hat nicht mal eine winzige Andeutung gemacht, aus der Sie sich etwas zusammenreimen konnten?«

Ullert schüttelte den Kopf. »Nein, wie gesagt – er weigerte sich, deutlicher zu werden, und meinte, es sei besser, wenn ich nichts darüber wisse. Ich habe ihm dann schließlich geraten, seinen Ausstieg professionell vorzubereiten, und zwar mit Hilfe von EXIT. Um genau zu sein – ich habe mich informiert und ihm die Kontaktdaten gegeben.«

Sie weiß mehr, jede Wette, dachte Romy. »Sie waren damals Anfang zwanzig und haben derart besonnen gehandelt?«

»Besonnenheit hat meiner Erfahrung nach nicht grundsätzlich etwas mit dem Alter zu tun.«

»Eins zu null für Sie. Woher wussten Sie eigentlich von EXIT?«

»Ich hatte über die Arbeit des Vereins für Aussteiger aus der rechtsextremen Szene gelesen und habe mich schlau gemacht.« Ullert hob das Kinn mit einer energischen Bewegung. »Das hat ebenfalls nichts mit dem Alter zu tun.«

Romy nickte. »Das habe ich auch schon häufiger festgestellt. Aber noch einmal: Sie haben keinen blassen Schimmer, was hinter Holgers Kehrtwendung gesteckt haben könnte? Ein Streit zum Beispiel? Eine Straftat? Drohungen?«

»Nein, keine Ahnung. Aber es muss etwas Schlimmes gewesen sein, sonst hätte er meinen Rat sicher nicht angenommen.«

Und wäre nicht mehrere Jahre auf Wanderschaft gewesen, dachte Romy. »Wann haben Sie ihn eigentlich das letzte Mal gesehen oder gesprochen?«

»Das dürfte mittlerweile fast zwei Jahre her sein. Wir haben telefoniert. Es ging ihm gut. Er klang zufrieden.«

»Nach unserem Eindruck lebte Holger sehr zurückgezogen. Es gibt kaum nachvollziehbare Hinweise auf Freunde, Beziehungen und so weiter. War er grundsätzlich ein introvertierter Typ oder ...«

»Es geht in Fleisch und Blut über, keine Spuren zu hinterlassen, hat er mal gesagt«, fiel Ullert Romy ins Wort. »Ein bisschen Angst bleibt immer zurück.«

»Holger hatte demnach konkrete Angst, von seinen Kameraden entdeckt und als Verräter bestraft zu werden? Auch noch nach Jahren. Sehe ich das richtig?«

»Das sehen Sie richtig.«

Was hat der Mann mitgekriegt oder woran war er beteiligt gewesen? Kasper schien einen ähnlichen Gedanken zu haben. Er stand auf und zog sein Handy hervor. »Max soll gleich mal nachforschen.« Damit wandte er sich um und ging in den Flur.

»Warum ist er überhaupt zurückgekommen?«, setzte Romy das Gespräch einen Moment später fort. »Mal abgesehen davon, dass er Heimweh hatte und das Meer brauchte, um sich wohl zu fühlen, wie uns seine Mutter sagte.«

»Ich glaube, seine Schwester spielte bei der Entscheidung eine Rolle. Er wollte ein Auge auf sie haben.«

»Hat er das so gesagt?«

»Nicht direkt, aber so ungefähr.«

Romy ließ die Information sacken. »Frau Ullert, es ist Ihnen schon klar, dass wir einen Straftäter suchen, der für Holgers Tod verantwortlich ist, oder?«

»Natürlich ist mir das klar.« Ullert runzelte die Stirn. »Warum betonen Sie das jetzt so?«

»Nun, falls Sie auch nur den Hauch einer Ahnung haben, was damals passiert ist und Holger derart in Bedrängnis brachte, müssen Sie mit uns darüber reden. Vielleicht ist er aufgeflogen, und jemand wollte ihn unbedingt zum Schweigen bringen. Ihren Schilderungen nach zu urteilen können wir einen solchen Hintergrund ganz und gar nicht ausschließen.«

»Nein, aber ich weiß nicht, was passiert ist – glauben Sie mir doch! Ich kann mir aber sehr gut vorstellen, dass ihn vielleicht jemand erkannt hat. Ich meine, so groß ist Stralsund nicht und Rügen auch nicht. Und diese Leute machen kurzen Prozess mit Verrätern.«

Vielleicht bringt sie sich selbst in Gefahr, wenn sie uns hilft, überlegte Romy, bevor sie aufstand und sich verabschiedete.

Hatte tatsächlich niemand etwas davon gewusst oder mitbekommen, in welche Kreise Holger damals geraten war? Spielte das bei den aktuellen Ermittlungen überhaupt eine Rolle? Als Romy und Kasper eine halbe Stunde später ins Kommissariat zurückkehrten, war Max längst damit beschäftigt, nach ungeklärten, ungefähr zehn Jahre zurückliegenden Straftaten zu forschen und zugleich zu überprüfen, ob Holger womöglich im Rahmen seiner Arbeit auf einen ehemaligen Kameraden getroffen war. Kasper telefonierte mit Stralsund – nach Lage der Dinge musste der Verfassungsschutz eingeschaltet werden. Und auch darüber war niemand begeistert.

6

Sie war auf Umwegen nach Greifswald gefahren. Das Internetcafé in der Mühlenstraße war zwar gut besucht, dafür hatte sie am hinteren Ende des langgestreckten Raumes neben einem Enddreißiger mit ungepflegtem Haar unter überdimensionalen Kopfhörern, der mit verschlossener Miene seine Mails checkte, ihre Ruhe. Jana stellte ihren Kaffeebecher ab und drehte den Monitor so weit es ging zu sich herum.

Natürlich ließ ihr die Sache mit dem Mann in der Wohnung doch keine Ruhe. Er hatte einen Schlüssel benutzt, und er hatte eine Tasche bei sich gehabt, und bis auf die Uhrzeit war die Situation in keiner Weise beunruhigend gewesen. Jana hätte die Erklärung mit dem Arbeitskollegen höchstwahrscheinlich nicht zum wiederholten Male in Zweifel gezogen, wenn Holger noch lebte, im Zusammenhang mit seinem Tod keine Rede von polizeilichen Ermittlungen gewesen wäre und ihr Lebenslauf Anlass gegeben hätte, an das Gute und Harmlose zu glauben. Dann hätte sie mit einem Lachen aufatmen und sich endlich von jeglicher Zwanghaftigkeit freimachen können. Aber so … Ihre nächtliche, vielmehr frühmorgendliche SMS hatte er unter Umständen gar nicht mehr gelesen, und sie wollte es genau wissen – nein: Sie musste es genau wissen.

Jana rief die Website von Holgers Kanzlei auf, und wenige Augenblicke später durchströmte Erleichterung sie wie eine mächtige warme Welle. Alles ist gut, dachte sie. Das eine hat mit dem anderen nichts zu tun. Es war genau so, wie sie vermutet hatte – Holger hatte dringend benötigte

Unterlagen vor seinem Urlaub nicht mehr ins Büro gebracht.

Eine Viertelstunde später verließ Jana das Café und fuhr Richtung Norden über Reinberg zurück. Die freudige Erlösung verflog so schnell, wie sie gekommen war, als sie darüber nachzudenken begann, wie es nun weitergehen sollte. Weiterhin im Bulli durch die Lande ziehen? Ohne den kleinsten Anker? Ohne Orientierung und zumindest zeitweisem Schutz?

Ihr Gesicht war plötzlich feucht. Sie hielt an einem Rapsfeld und drehte sich eine Zigarette. Der Wind zerzauste ihr Haar. Alles zerstört, kaputt, tot, dachte sie. Ihre erste Familie war zerbrochen, als ihr kleiner Bruder Nils verschwand und wieder auftauchte, körperlich malträtiert, innerlich leblos und zerbrochen, und sich herausstellte, was mit ihm geschehen war; ihre zweite war gar keine Familie gewesen, sondern ein Haufen grausamer, aber gut organisierter Hetzer, aber das hatte sie erst sehr spät, fast zu spät verstanden. Und kaum hatte sie es begriffen und einen anderen Weg eingeschlagen, gab es niemanden mehr, mit dem sie ihre Erkenntnisse teilen oder einfach nur zur Ruhe kommen konnte.

Und EXIT war keine Lösung für sie. Dazu hatte sie zu viel auf dem Kerbholz. Das hatte Holger gut nachvollziehen können.

Nils war zwölf Jahre alt gewesen, als er eines Nachmittags nicht von der Schule nach Hause kam, vor fast genau acht Jahren. Zwei Tage später fand ihn ein Fischer in einem alten Bootshaus am Strelasund, hoch im Norden, Richtung Kramerhof. Er saß zitternd in einer Ecke und sprach kein einziges Wort. Nie wieder. Dafür schrie die Mutter, als wollte sie niemals damit aufhören. Irgendwann hielt ihr Jana den Mund zu.

Sie war damals siebzehn, und obwohl niemand mit ihr über die Einzelheiten des Geschehens sprach, war ihr natürlich klar, dass Nils das Opfer eines grausamen Sexualstraftäters geworden war. Dass der Junge überlebt hatte, grenzte an ein Wunder, schnappte sie irgendwann mal eine Bemerkung auf – vielleicht war es der Onkel gewesen oder die Nachbarin, egal. Aber niemand ertrug das Wunder, am wenigsten Nils. Er nahm sich zwei Jahre später das Leben, als die Eltern längst getrennt waren und Jana sich ein anderes Zuhause gesucht hatte, nachdem von ihrer Familie nicht mehr viel übrig geblieben war als die Erinnerung an eine unfassbar böse Gewalttat, die ein Kind hatte ertragen müssen.

Zwei Tage nach Nils' Rückkehr wurden zwei einschlägig vorbestrafte Männer verhaftet, von denen Spuren im Bootshaus identifiziert worden waren. Jana konnte sich gut daran erinnern, wie die Familie mit Freunden, Bekannten und Nachbarn zusammensaß und die Festnahme wie eine Wut-und-Hass-Orgie feierte. Es wurde viel getrunken, viel zu viel, und fast genauso viel geredet, geschrien, gedroht. Es gab niemanden in der Runde, der nicht in der Vorstellung schwelgte, was man den beiden antun könnte, ja müsste, damit sie nie wieder zu solchen Verbrechen fähig wären. Schwanz ab, Kopf ab. Das war das Mindeste.

Der Prozess endete in einem Fiasko, denn die DNA-Spuren im Bootshaus reichten nicht aus, um die Männer eindeutig zu überführen, und Nils war nicht in der Lage auszusagen. Außerdem hatten beide ein Alibi, so dass sie mangels Beweisen freigesprochen werden mussten – so betonte es der vorsitzende Richter, und sein ernstes Gesicht bezeugte unmissverständlich, wie sehr er mit dem Urteil des Gerichts haderte. Im Zweifel für den Angeklagten.

Jana wusste später nicht mehr, auf welchem Weg sie aus

dem Gerichtssaal gestürzt war. Sie taumelte mit blinden Augen durch eine beachtliche Menschenmenge, die sich vor dem Gebäude versammelt hatte, und der Hass, so würde sie später sagen, der hochlodernde Hass in Verbindung mit der verzweifelten Sehnsucht danach, ihm einen Raum zu geben, war das intensivste Gefühl, das sie je erlebt hatte. Hätte sie ein Messer gehabt, wäre sie in diesem Moment in der Lage gewesen, es zu benutzen und die beiden Freigesprochenen niederzustechen.

Einige Meter weiter standen drei Männer und eine Frau etwas abseits in einer Gruppe zusammen, einer hielt ein Plakat hoch: *Keine Gnade für Kinderschänder!* Jana verlangsamte den Schritt, ihr Herz raste immer noch. Sie musterte die vier. Der älteste der Männer, sie schätzte ihn auf Ende zwanzig, vielleicht dreißig, war ein attraktiver großgewachsener Typ, der ihr direkt ins Gesicht sah. Sein Blick war ruhig und ernst.

»Was genau meint ihr damit eigentlich?« Jana war erschöpft stehengeblieben; die Frage war ihr unbeabsichtigt entschlüpft. Sie hörte selbst, wie ihre Stimme zwischen Weinerlichkeit, Schwäche und Zorn hin und her schwankte. Es wäre besser gewesen zu schweigen, dachte sie. Andererseits hatte sie das bedrohliche Gefühl, für den Rest ihres Lebens in einen Zustand der Lähmung zu verfallen – so wie Nils, der seine Stimme nicht mehr fand –, wenn sie ihre Gedanken unter dem Mantel des Schweigens erstickte. »Woher wollt ihr wissen, was richtig ist?«

»Jeder Mensch weiß und fühlt, dass es nichts Schlimmeres gibt als Verbrechen an Kindern«, antwortete der Großgewachsene mit dem ernsten Blick. »Und wir sind der Meinung, dass sich das auch in unserer Rechtsprechung widerspiegeln muss.«

Rechtsprechung. Was für ein großes schickes Wort, gerade jetzt und hier. Jana starrte ihn einen Moment schweigend an. »Das Kind, um das es hier geht, ist mein kleiner Bruder«, flüsterte sie dann. »Diese Ungeheuer haben alles zerstört.«

Der Mann nickte. »Ich weiß. Aber man hat sie freigesprochen. Sie hatten gute Anwälte, und unser Rechtssystem schützt sie. Im Zweifel für den Angeklagten – und was ist mit dem Opfer und den Angehörigen und all dem Leid, dass sie ertragen mussten? Welche Zweifel? Sieht so Gerechtigkeit aus?«

»Nein«, flüsterte Jana. Was für eine absurde Frage! »Natürlich nicht.«

Der Mann beugte sich vor. »Und damit nicht genug – es könnte weitere Opfer geben.«

Die junge Frau neben ihm nickte.

»Und wenn sie schlau sind, werden sie wieder nicht belangt. Und wieder und wieder ...«

Jana presste die Hände auf den Mund.

»Aber das muss man nicht so hinnehmen«, fuhr der Mann fort. »Man kann etwas dagegen tun.«

Jana ließ die Hände sinken. »Ach ja?«

»Wir engagieren uns aktiv gegen Missstände in der Politik und in unserem Rechtssystem. Komm doch mal zu einem Gruppenabend. Vielleicht gefällt dir unsere Arbeit.« Er zog eine Visitenkarte aus seiner Brusttasche und reichte sie ihr. »Ich heiße übrigens Stefan Klant.«

Jana streckte langsam eine Hand aus und schob das Kärtchen in die Gesäßtasche ihrer Jeans, ohne einen Blick darauf zu werfen. Am nächsten Mülleimer würde sie es entsorgen. »Gruppenabend? Politik? Meine Güte, das ist wirklich das Allerletzte, wofür ich mich gerade interessiere.«

»Bist du sicher?«

»Natürlich bin ich sicher.«

»Was mit deinem Bruder geschehen ist, was die Familie ertragen muss und wofür niemand die Verantwortung übernehmen will, das ist auch Politik.«

»Aha.«

»Wir wollen, dass so etwas nicht geschieht, und wir machen uns stark dafür«, erwiderte Stefan.

»Und wie?«

»Komm zu einem Gruppenabend«, wiederholte er.

»Uns kann niemand mehr helfen – es sei denn …«

Stefan warf ihr ein leises Lächeln zu. »Komm zu einem Gruppenabend. Dann erfährst du mehr.«

Sie nannten sich »Die Aktiven«, und es dauerte nicht allzu lange, bis Jana begriff, dass die Gruppe der meist jungen Leute, die Stefan Klant um sich versammelt hatte, Teil einer Bewegung war, die sich politisch am äußersten rechten Spektrum bewegte und darüber hinaus das Bindeglied zu mehreren Neonazi-Gruppen darstellte. Dazu gehörten auch Kameraden, die sich im Einsatz für die gemeinsame Sache strafbar gemacht hatten und abgetaucht waren, wie sie später erfuhr. Klants Lieblingsthema war, wie er es gerne beschrieb, das brüchige Rechtssystem, das Verbrechern und Schmarotzern jede Möglichkeit des Missbrauchs ließ, und die sich daraus ergebende Aufgabe einer umfassenden Korrektur. Seiner Auffassung nach war es unabdingbar, hin und wieder auch rigorose Maßnahmen zu ergreifen, um die Öffentlichkeit auf Missstände aufmerksam zu machen oder schlicht wahrhafte Gerechtigkeit walten zu lassen – so seine Worte.

Auch in Janas Familien- und Bekanntenkreis gab es Menschen, die es für völlig absurd hielten, Asylanten aus aller Welt ins Land zu holen, während öffentliche Gelder und Arbeitsplätze immer knapper wurden und die eigenen

Landsleute kaum noch ihre Mieten bezahlen konnten. Doch die wirtschaftlichen und gesellschaftspolitischen Aspekte dieses Themas, zu dem Stefan stets einiges beizutragen hatte, interessierten sie höchstens am Rande, zumal Politik ohnehin noch nie ihr Steckenpferd gewesen war.

Bis vor einigen Monaten hatte sie das ganz normale Leben einer Siebzehnjährigen geführt – Schule, hier und da ein Flirt mit einem netten Typen, mit Freundinnen abhängen, im Internet surfen, ein bisschen Sport, Fernsehen, am Wochenende zum Tanzen in den Club. Politik fand im Fernsehen statt und war was für Leute, die sich gerne quatschen hörten oder korrupt waren oder beides. Doch plötzlich war von einem Tag auf den anderen nichts mehr wie zuvor. Ihre bisherige Welt war auseinandergebrochen, und die Einzelteile ließen sich nicht mehr zusammensetzen, in hundert Jahren nicht. Falls nur der Hauch einer Chance existierte, den Schmerz zu lindern, Trost zu finden oder auch nur Ablenkung, ein bisschen Wärme und Zuspruch, dann würde Jana sie ergreifen. Selbst wenn sie dazu stundenlang politischen Diskussionen lauschen musste, die oftmals lediglich dazu dienten, Hetzparolen zu vertiefen und die Gruppe mit Hilfe eines Feindbildes zusammenzuschweißen. Doch das kapierte sie erst sehr viel später.

»Die Aktiven« vertraten eine klare Haltung zu Straftätern, die sich an Kindern vergangen hatten, und die kam nicht allein durch vollmundige Sprüche auf Plakaten zum Ausdruck. Als Jana einige Tage nach ihrer ersten Begegnung mit Stefan zum ersten Mal einen Gruppenabend besuchte, wusste bereits jeder der ungefähr zwanzig Anwesenden, was Nils widerfahren und wie der Prozess verlaufen war. Mitgefühl und Zorn spiegelte sich auf den meisten Gesichtern.

»Das werden wir so nicht stehen lassen«, meinte eine junge Frau zu Jana und drückte unvermittelt ihre Hand. »Verlass dich drauf.«

»Wie meinst du das?«

»Ganz einfach – die kriegen ihre gerechte Strafe. Wenn du erst mal zu uns gehörst, werden wir uns darum kümmern.«

»Der Prozess ist gelaufen. Da gibt es nichts mehr zu kümmern«, wiegelte Jana ab, und doch war sie plötzlich hellwach.

»Sprich mit Stefan darüber. Der hat immer eine Idee.«

Die Idee war ganz einfach. Sie lag förmlich auf der Hand, ohne dass Stefan eine Art von Bedingung überhaupt aussprechen musste. Jana wurde Teil der Bewegung, was anfangs mit harmlosen Aktivitäten verbunden war, die ihr zunehmend mehr Spaß machten – sie besuchte regelmäßig die Gruppenabende, verteilte Handzettel, marschierte auf Demos mit, verkaufte Zeitschriften, Bücher, T-Shirts, Schmuck und CDs über einen lukrativen Onlineshop und stellte sich sehr geschickt dabei an, schob Thekendienst in einem kleinen Vereinscafé –, und im Gegenzug rückte das Verbrechen an Nils in der Tagesordnung ganz weit nach oben. Zu Hause interessierte es ohnehin niemanden mehr, wie, wo und mit wem sie ihre Zeit verbrachte, warum schon mal gar nicht, und die Schule und ihre alten Freundschaften rückten völlig in den Hintergrund. Für ihre Mitschüler war Jana ohnehin nur noch die Schwester des Kinderschänder-Opfers. Das las sie täglich in ihren Augen. Was war das überhaupt für ein Wort: Kinderschänder? Klebte an den Kindern für den Rest ihres Lebens und auch über den Tod hinaus die Schande einer unaussprechlichen Tat? War es somit ihre Schande? Ein unerträglicher Gedanke.

Sie war ungefähr zwei Monate lang aktives Gruppenmitglied, als Stefan sie an einem späten Nachmittag in dem

Café besuchte, in dem sie Thekendienst schob. Sie goss ihm einen Kaffee ein und legte zwei Kekse auf den Unterteller. Plötzlich lächelte er. »Gute Nachrichten, Jana.«

Sie schwieg mit unbewegter Miene, aber ihr Puls beschleunigte sich.

Er trank einen Schluck, stützte dann die Ellenbogen auf den Tresen und legte das Kinn auf die gefalteten Hände. »Wir wissen, wo die beiden sich aufhalten.«

Ihr Herz machte einen jähen Sprung. Sie schluckte. »Und woher wisst ihr das?«

Er winkte lässig ab. »Ich habe ein paar sehr gute Kontakte. Mehr musst du nicht wissen.«

»Und nun?«

Sein Lächeln verflog. »Ganz einfach: Wir werden sie uns schnappen. Das ist es doch, was auch du willst, oder?«

Jana tauchte in seinen Blick ein und nickte. »Und dann?«, fragte sie leise. »Was geschieht dann?«

»Es wird eine zweite Gerichtsverhandlung geben.«

»Bitte?«

»Es wird eine zweite Gerichtsverhandlung geben«, wiederholte er geduldig.

»Aber das ist doch …«

»Nach unseren Regeln und Gesetzen. Und sie werden uns sagen, was sie gemacht haben.« Stefans Kiefer verhärteten sich. »Verlass dich darauf – es kommt etwas anderes dabei heraus als beim ersten Prozess, etwas ganz anderes.«

Sie zuckte zusammen, als sie plötzlich seine Hand auf ihrer spürte. »Vertrau mir – die bekommen ihre gerechte Strafe.«

Davon war Jana zutiefst überzeugt.

Die Leichen der beiden Männer wurden ein gutes Jahr später auf einer Großbaustelle in Sassnitz in einem abgelegenen Baucontainer entdeckt. Nach der Identifizierung sowie der rechtsmedizinischen Untersuchung der fast vollständig skelettierten Körper wiesen zahlreiche Indizien auf ein brutales Verbrechen hin – unzählige Knochenbrüche zeugten von massiver Gewalteinwirkung, und der Zustand der Kehlköpfe ließ den Schluss zu, dass beide Männer nach einer längeren Tortur den Tod durch Erhängen gefunden hatten.

Doch nach so langer Zeit war die sonstige Spurenlage äußerst dünn, und die Polizei musste die Ermittlungen mangels Hinweisen und aussagekräftigen Indizien bald wieder einstellen. Erschwerend kam hinzu, dass niemand die beiden als vermisst gemeldet hatte, oder um genau zu sein: Niemand hatte sie vermisst, und kaum jemand drückte angesichts ihres gewaltsamen Todes auch nur Bedauern aus, geschweige denn die Notwendigkeit, die Täter ausfindig zu machen. Oder wie es ein Bekannter von Janas und Nils' Familie unmissverständlich ausdrückte: »Ich wüsste schon gerne, wer das war – um ihm zu gratulieren!«

Drei Jahre nach Nils' Martyrium und ein Jahr nach seinem Suizid gelang in Rostock die Festnahme eines Kindermörders aus Stralsund, der ein umfassendes Geständnis ablegte. Während der tagelangen Vernehmungen gab er auch zu, sich an Nils vergangen zu haben – gemeinsam mit einem anderen Mann. Die Beschreibung passte auf einen der beiden in Sassnitz ermordeten Männer. Somit hatte der andere mit dem Verbrechen an Nils nichts zu tun gehabt, sondern lediglich zufälligerweise in dem Bootshaus seinen Rausch ausgeschlafen und dabei seine Spuren hinterlassen.

Im Zweifel für den Angeklagten.

7

Jan hatte den Besprechungstermin um mehrere Stunden nach hinten verlegt und traf erst am späten Abend im Bergener Kommissariat ein. Er wirkte abgehetzt, sein Hemd war zerknittert, und ein zarter Bartschatten lag auf seinem Gesicht. Er drückte Fine den Aktenstapel aus der Kanzlei Schölter wortlos in die Hände, bevor er in die Runde grüßte und am großen Tisch gegenüber von Romy und neben Kasper Platz nahm. Fine blies die Wangen auf, packte den Stapel dann schwungvoll auf Max' Schreibtisch, sparte sich aber einen Kommentar, was Romy ihr hoch anrechnete.

»Tut mir leid, dass es so spät geworden ist, Kollegen«, ergriff er nach kurzem Blickwechsel mit Romy sofort das Wort. »Nach der neuesten Entwicklung war einiges zu organisieren, und ich habe ewig am Telefon gehangen.« Er sah Max an. »Du hattest mal wieder den richtigen Riecher, aber, um im Bild zu bleiben – die Richtung, die der Fall nimmt, stinkt mir gewaltig.«

»Uns auch. Hast du den Verfassungsschützern schon was entlocken können?«, fragte Romy gespannt. »Obwohl heute Sonntag ist«, schob sie hinterher.

»Nur soviel bislang: Holger war, wenn überhaupt, ein kleines, unbedeutendes Licht. Er hatte keine Akte und stand nicht unter spezieller Beobachtung. Morgen erfahre ich hoffentlich mehr. Vielleicht gibt es einen V-Mann, der etwas zu berichten weiß.«

»Aber sein Name taucht auf?«

»Ja, im Zusammenhang mit der Schließung des Sassnitzer Clubs und anlässlich einer Demo gegen die Wehrmachtsausstellung in der Prora …« Jan brach ab und suchte Fines Blick. »Gibt es eigentlich noch was zu essen? Zum Beispiel ein Stück Kuchen? Ich bin am Verhungern, und die Sorte, die ihr letztens hier hattet, war wirklich einsame Spitze. In ganz Stralsund findet sich so was nicht …«

»Wundert mich nicht«, brummte Fine. »Aber ja, ich kümmere mich.« Sie verschwand mit schnellen Schritten in Richtung Teeküche.

»Danke. Ich lege nachher einen Schein in eure Kaffeekasse.«

»Ich werde dich daran erinnern«, rief Fine von weitem.

»Nur zu.« Jan griente.

Seine durchaus charmante Methode, bei Fine Punkte zu sammeln, verfing ziemlich gut, stellte Romy fest, selbst bei einer alteingesessenen Rüganer Beamtin ihres Schlages, die von Stralsund nicht allzu viel hielt, schon gar nicht als vorgesetzte Dienststelle. Aber wenn sie nicht alles täuschte, würde Jan in absehbarer Zeit nicht mehr um jedes Stück Kuchen betteln müssen.

»Wenn Holger ein kleines unbedeutendes Licht war, aber zehn Jahre nach seinem Ausstieg von einem Kameraden getötet wird, kann das eigentlich nur zweierlei bedeuten«, unterbrach Kasper das Geplänkel. »Er war gar kein unbedeutendes Licht, und die zuständigen Behörden haben es nicht gemerkt – was bei den Fahndungserfolgen dieser sagenumwobenen Behörde kaum jemanden verwundern dürfte. Oder aber es gibt trotz allem einen völlig anderen Hintergrund.«

Romy schüttelte den Kopf. »Ob er nun ein kleines oder auch unbemerkt ein größeres Licht war oder gar keines – ich glaube, dass die Tat dennoch in jedem Fall mit dieser Phase seines Lebens zusammenhängt. Astrid Ullert sprach von einem einschneidenden Ereignis, das Holger seinerzeit völlig verstört hat. Wer weiß, was er mitbekommen hat … Immerhin hat es ihn dazu veranlasst, auszusteigen und zu verschwinden. Im Übrigen bin ich davon überzeugt, dass die Ullert mehr weiß. Vielleicht erfahren wir Genaueres, wenn wir sie hier noch einmal befragen.«

Kasper wiegte den Kopf. »Alles richtig, aber bisher haben wir lediglich in Erfahrung gebracht, dass Holger eine Zeitlang bei den Nazis mitmischte und später abtauchte, um schließlich ein völlig neues Leben anzufangen, in dem der Fokus auf seinem Beruf lag – als Rechtsfachwirt. Wenn das keine Kehrtwendung ist! Es ist nichts als eine Vermutung, dass …«

»Er war ständig bemüht, keinerlei Spuren zu hinterlassen, um niemanden auf sich aufmerksam zu machen«, fiel Romy ihm ins Wort. »Er hoffte, dass drei, vier Jahre Abstand genug sind, und ist zurückgekehrt – Heimweh, Familie –, aber das war eine trügerische Hoffnung. Irgendein alter Kamerad hat mitbekommen, dass Holger wieder in der Gegend ist …«

»Ja, ich denke auch, dass der Wind aus dieser Richtung weht«, stimmte Jan zu. »Es gibt keinerlei Hinweise auf andere Konflikte und Motive.«

»Unter Umständen haben wir nur noch nichts gefunden – immerhin beschäftigen wir uns gerade mal zwei Tage mit diesem Fall«, beharrte Kasper auf seinem Standpunkt.

»Wir werden die Augen nach wie vor in alle Richtungen offenhalten«, bemerkte Jan. »Wir sollten im Hinterkopf behalten, dass Handy und Laptop nicht auffindbar sind. Dieser Aspekt passt nicht unbedingt zu einem reinen Racheakt, der mit alten Geschichten zusammenhängt.«

»Und wenn Holger etwas recherchiert hat?«, wandte Romy ein.

»Wenn das Wörtchen wenn nicht wäre …« Jan winkte ab. »Gibt es eigentlich schon eine Reaktion von EXIT?« Er blickte zur Tür, als Fine mit Kaffee und Kuchen auftauchte, und bedachte sie mit einem strahlenden Lächeln. »Wunderbar, danke, Kollegin.«

»Schon gut.«

»Die melden sich morgen. Nach erster Durchsicht einiger Fälle, um die Holger sich in letzter Zeit gekümmert hat, findet sich übrigens kein Mandant aus dem rechtsextremistischen Umfeld, aber da muss ich natürlich noch mal genauer nachschauen und Daten abgleichen«, antwortete Max, während Jan dem ersten Kuchenstück mit drei Bissen zu Leibe rückte und kauend nickte.

»Mein Assistent Simon unterstützt dich«, sagte er, und seine Aussprache klang etwas undeutlich. »Du weißt schon – vier Augen sehen mehr als zwei.«

Fine hob eine Braue. »Das wird kaum nötig sein. Wenn jemand was findet, dann sicherlich Max.«

»Mag sein, aber Simon ist auch ein ziemlich pfiffiger Kollege, und das Aktenstudium muss niemand alleine bewältigen – so spaßig ist das nämlich gar nicht«, entgegnete Jan. »Idealerweise ergänzen die beiden sich.« Er blickte Romy an. »Oder?«

»Ergänzung klingt gut.«

»Finde ich auch.« Jan zwinkerte Fine zu. »Und keine Angst – Simon bleibt im Stralsunder Kommissariat und vergreift sich nicht an eurem Kuchen.« Er griff sich ein zweites Stück. »Lasst uns mal eine zumindest grobe Tagesplanung für morgen anvisieren – wir müssen jeden einzelnen Kanzlei-Mitarbeiter befragen, das machen meine Leute vor Ort, sowie ausführliche Gespräche mit EXIT und Verfassungsschutz führen.«

»Und ein weiteres Mal mit den Eltern«, ergänzte Romy. »Ich weiß, dass die am Ende sind, aber ich halte es für wichtig, auch dort noch einmal nachzuhaken. Sie müssten doch mitbekommen haben, wo ihr Sohn sich damals herumgetrieben hat, welchen Einflüssen er ausgesetzt war und dass er nach rechts außen abdriftete. So was muss man doch merken! Und vielleicht haben sie den einen oder anderen Namen parat.«

Kaspers Miene spiegelte Skepsis wider. »Selbst wenn – das sind zehn Jahre zurückliegende Geschichten, die niemanden mehr interessieren, schon gar nicht nach dem, was jetzt passiert ist.«

»Warum nicht?«, fragte Romy. »Wenn doch der Mörder ihres Sohnes möglicherweise aus diesem Dunstkreis stammt? Meinst du nicht, dass das ihrem Gedächtnis auf die Sprünge helfen könnte?«

Kasper zuckte mit den Achseln. »Vielleicht dann erst recht nicht.«

Romy atmete laut aus. »Ist das dein Ernst? Na gut, wir werden sehen. Aber vielleicht können wir auch ohne ihre Hilfe etwas über diesen Typen herausfinden, den Ullert als Holgers Freund bezeichnete. Ein smarter, gebildeter, einflussreicher Mann – so klingt es jedenfalls –, mit dem er diskutierte und sich gut verstand, den er sehr wahrscheinlich bewunderte. Wenn Holger damals einen Halt suchte und sich an diesem Mann orientierte, hat der möglicherweise eine bedeutendere Rolle im rechten Milieu gespielt. Es müsste demnach, falls der VS in Sassnitz aufgepasst hat, Infos und Fotos zu ihm geben.« Romy bekam aus den Augenwinkeln mit, dass Max sich mit gespitzten Lippen Notizen machte, und fasste Jan ins Auge.

Er nickte. »Guter Hinweis. Das spreche ich auf jeden Fall an. Klingt nach einem ziemlich vollen Arbeitstag, wenn ich das richtig einschätze. Haben wir noch was vergessen?«

»Lilly«, sagte Romy leise. »Ich muss unbedingt versuchen, mit der Schwester ins Gespräch zu kommen.«

»Vergesst den ominösen Blumenladen nicht«, fügte Max hinzu. »Zauberlilie.«

Sein Wagen hielt mit leisem Quietschen direkt neben ihr. Er kurbelte die Scheibe herunter. »Hast du noch ein Stündchen Zeit?«

Romy legte den Helm auf den Rollersitz. »Es ist schon ziemlich spät«, meinte sie unschlüssig. Das ist die richtige Antwort, dachte sie, aber sie fühlte sich nicht gut an – behäbig, vernünftig, einsam. Nichts davon passte zu dem schnellen Rhythmus ihres Herzschlags und zum grün schimmernden Blick seiner neugierigen Augen.

Er lächelte. »Ich hätte Lust auf Pizza.«

»Du hast gerade Fines Kuchenproviant für die ganze nächste Woche vertilgt! Und überhaupt – wo packst du das eigentlich alles hin?«

»Ich habe einen schnellen Stoffwechsel und bin meistens hungrig«, gab er amüsiert zurück. »Finde ich ja bemerkenswert, dass du einen prüfenden Blick auf meine Figur hast.«

Romy öffnete den Mund und schloss ihn wieder.

»Und den Kuchen esse ich nicht nur, weil er wirklich lecker ist ...«

»Du schleimst dich bei Fine ein.«

Jan feixte. »Genau.«

Romy hob grüßend eine Hand, als Kasper vom Parkplatz fuhr. Sie strich sich eine Locke zurück. Jans Blick lag auf ihr. »Nun?«

»Muss es denn unbedingt Pizza sein?«

»Natürlich nicht. Ich dachte nur ...«

Sie schüttelte den Kopf. »O nein, sag es lieber nicht – eine Rüganerin mit italienischen Wurzeln muss natürlich ständig Pizza essen, oder was? Wahlweise Nudeln?«

»Schon gut. Kennst du hier in Bergen ein nettes Lokal?«

»Den Ratskeller zum Beispiel. Der Hering ist sehr gut dort – ich liebe Hering in allen Variationen. Außerdem können wir zu Fuß gehen – es ist gleich um die Ecke am Markt.«

Jan kurbelte seine Scheibe wieder hoch und parkte rückwärts neben Romys Roller ein. Eine Viertelstunde später saßen sie an einem schmalen Tisch im hinteren Bereich des Gastraumes.

»Du hast dich gut hier oben eingelebt«, meinte Jan, nachdem sie beide Hering mit Kartoffeln und Salat bestellt hatten. »Das hat sich jedenfalls herumgesprochen, auch bei uns in Stralsund. Der Staatsanwalt findet häufig lobende Worte, und das ist bei Staatsanwälten, wie du weißt, nicht unbedingt die Regel.«

»Schwedtner ist in Ordung.«

»Ist er, und er hat was auf dem Kasten.«

Sie schwiegen, als die Getränke serviert wurden. »Ich kannte Moritz vom Hörensagen«, bemerkte Jan unvermittelt, als der Kellner ihren Tisch verließ. »Wie lange ist das jetzt her?«

Romy war unmerklich zusammengezuckt. »Im Spätsommer drei Jahre«, erwiderte sie mit leisem Zögern. Drei Jahre schon? Es tat immer noch weh. Wahrscheinlich würde es in zehn Jahren noch schmerzen.

Jan betrachtete sie forschend. »Hätte ich lieber nicht nachfragen sollen?«

»Sein Tod war so sinnlos, so unerwartet … damit kann ich mich wohl immer noch nicht abfinden. Ich hatte das Gefühl, vollkommen ungerecht vom Schicksal behandelt worden zu sein«, antwortete sie und war verblüfft über ihre Offenheit. »Er war innerhalb von wenigen Sekunden tot, und mein Leben war auch – ja: zerstört. In der ersten Zeit empfand ich es jedenfalls so. Dann wollte ich ihm irgendwie nahe sein – darum Rügen. Wir hatten schöne Zeiten hier, die schönsten überhaupt …« Sie schluckte und war erleichtert, als der Kellner erneut an den Tisch trat und das Essen servierte.

Eine Weile aßen sie schweigend. Jan bewies, wie angekündigt, einen gesunden Appetit. »Man hat dir die leitende Stelle in Stralsund zuerst angeboten«, hob er plötzlich wieder an. »Erst nach deiner Absage kam ich ins Spiel, aber das ist wohl kaum neu für dich.« Ein zartes Lächeln flog über sein Gesicht. »Die Zusammenarbeit klappt bisher ganz gut. Und ich schätze, es wird auch bei unserem ersten großen und gemeinsamen Fall keine Probleme geben, die nicht lösbar sind, oder?«

»Stichwort Ergänzung?«

»Genau. Viele Patzer darf ich mir allerdings nicht erlauben.« Er schabte die Reste einer Kartoffel zusammen und legte schließlich das Besteck auf den Teller. »Meine Personalakte hat einige Schwachstellen, und die Kollegen haben es nicht immer leicht mit mir. Aber das weißt du wahrscheinlich auch schon längst, oder?«

»Ich habe davon gehört, ja.«

»So was spricht sich herum, und ich gehe relativ offen damit um. Jeder macht Fehler, in jedem Job der Welt. Ich habe allerdings einen sehr gravierenden gemacht.«

Romy schob ihren Teller beiseite. »Willst du darüber reden?«

Jan sah sie lange an. Kurz bevor sie verlegen wurde, wandte er den Blick ab und bestellte zwei Espressos. »Selbstbeherrschung ist nicht meine Stärke«, meinte er schließlich. »Ich lasse mich häufig von Gefühlen leiten. Außerdem bin ich oft viel zu parteiisch, gelte im Umgang als ruppig, und böse Zungen behaupten, dass ich zur Selbstherrlichkeit neige … Na ja, geschenkt.«

Ähnliches könnte man von mir auch behaupten, dachte Romy mit leisem Amüsement.

Jan legte die Hände auf den Tisch. »Weißt du, das eigentlich Gefährliche ist, dass man mit emotionaler Wucht tatsächlich sehr weit kommt und unglaublich viel Energie entwickelt – die Gefühle tragen einen durch den Fall, ohne dass man ständig die Anstrengung spürt, was gerade auch im OK-Bereich ein großer Vorteil sein kann. Einmal auf der richtigen Spur, gibt es kein Halten mehr, bis die Lösung auf dem Tisch liegt, die Tatverdächtigen gefasst sind, das Geständnis unterschrieben ist. Erst dann hat man Ruhe und kann abschalten.«

»Ich weiß, was du meinst.«

»Das ist mir klar. Du bist auch nicht unbedingt ein kühler abwägender Kopf, nicht wahr?«

»Nein, für das Abwägende und Ausgleichende habe ich Kasper, und mein Boxtraining bringt mich wieder runter. Ein paar Runden im Ring kühlen sehr gut ab.«

»Kann ich mir vorstellen. Wenn wir beide mal einen Konflikt miteinander haben, sollten wir in den Ring steigen, was meinst du?«

Romy räusperte sich. Die Vorstellung klang für sie alles andere als nach Abkühlung. »Was genau ist passiert?«, wich sie ihm aus und schob die eindringlichen Bilder beiseite, die in ihr aufgestiegen waren. »Es heißt, du hättest die Nerven bei einer Vernehmung verloren.«

Die Kellnerin näherte sich, und Jan wartete, bis sie den Espresso serviert hatte.

»Soll ich die Frage lieber wieder zurückziehen?«

»Nein.« Er rührte zwei Löffel Zucker in den Kaffee und sah langsam wieder hoch. »Ganz und gar nicht. Ich hätte das Thema nicht angeschnitten, wenn ich keine Fragen zulassen wollte.« Er trank einen Schluck. »Wir hatten einen mehrfachen Kindermörder gefasst, besser gesagt – er ging den Rostocker Kollegen zufällig wegen irgendeiner anderen Kleinigkeit ins Netz, und sie überstellten ihn gerne an uns. Friedemann Leim. Sagt dir der Name was?«

»Nicht auf Anhieb.« Romy lehnte sich zurück und atmete tief aus. Gewalttaten gegen Kinder brachten auch sie an ihre Grenze, und sie war ganz und gar nicht erpicht darauf, sich an derartige Fälle jederzeit erinnern zu können. Bei den Ermittlungen im Zusammenhang mit dem Mord an der Bergener Kindergärtnerin zu Beginn letzten Jahres hatten Romy und ihr Team sich unter anderem mit massiver Gewalt an den wehrlosesten Opfern überhaupt beschäftigen müssen, und sie war froh, dass die Einzelheiten nach und nach ihre Schärfe verloren hatten.

»Liegt auch schon etliche Jahre zurück. Der Kerl war ein richtig mieses Schwein, und er hat mich geschafft«, fuhr Jan fort und schob ein gequältes Lächeln nach. »Anders kann man es nicht ausdrücken. Dieses kleine, dünne Männchen mit den unschuldigen braunen Augen und der sanften Stimme hat sechs Morde gestanden, und zwar genüsslich. Dabei hat er ziemlich schnell mitgekriegt, welche Horrorszenarien seine Schilderungen in mir auslösten. Von da an spielte er mit mir und beschrieb haarklein, was er warum mit welchem Kind getan hatte und wie seine Opfer reagierten – mir stellen sich heute noch die Nackenhaare auf, und ich erspare uns beiden die Details.«

»Unbedingt. Meine Phantasie ist schon lebhaft genug.«

Jan nickte. »In der zweiten Vernehmungsnacht bin ich schlicht und ergreifend ausgerastet und habe mich blindlings auf ihn gestürzt. Ich habe ihn übel zugerichtet, und in diesem Moment keinen einzigen Schlag bereut, ganz im Gegenteil. Irgendwann rissen mich zwei Kollegen von ihm fort …«

»Hat er die Geständnisse widerrufen?«

Jan winkte ab. »Ich konnte wirklich von Glück sagen,

dass Leim bei seiner Aussage blieb – er gehört ja zu den Typen, die stolz sind auf ihre Handlungen. Der hatte einfach nur Spaß, mich zu provozieren, und dafür war ihm jedes Mittel recht. ›Tut gut, mir so richtig weh zu tun, oder? Verstehst du mich nicht doch ein bisschen‹, flüsterte er mir mit blutüberströmtem Gesicht zu, als es vorbei war, und er lächelte dabei.« Jan strich sich mit beiden Händen über die Wangen.

»Ach du Scheiße.«

»Genau. Der Staatsanwalt war stinksauer und hat mir die Hölle heißgemacht, unter anderem weil wir es diesem Monster sogar noch zu verdanken hatten, dass ein weiterer ungeklärter Fall zu den Akten gelegt werden konnte, für den Leim mal so ganz nebenbei auch die Hauptverantwortung übernahm. Ziemlich üble Geschichte, bei der einige Jahre zuvor zwei Tatverdächtige vom Vorwurf der Kindesentführung und Vergewaltigung freigesprochen worden waren, trotz umfassender Beweislage, die aber letztlich nicht ausreichte. Die Öffentlichkeit reagierte seinerzeit ziemlich empört. Die beiden sind übrigens einige Zeit später spurlos verschwunden – man fand sie gut ein Jahr nach ihrem Freispruch tot in einer Baugrube in Sassnitz. Sie waren schwer gefoltert und dann erhängt worden.«

»Lynchjustiz?«

»Genau das. Und nun sagte Leim aus, dass er und einer der beiden Angeklagten die Tat begangen hatten, während der andere nichts damit zu tun gehabt hatte. Bei der Überprüfung von Leims Geständnis stellte sich heraus, dass es nicht den geringsten Zweifel an seiner Darstellung gab. Erschütternd, was?«

»Hat man die Mörder der beiden denn je gefasst?«

»Nein. Keinerlei verwertbare Spuren, keine Hinweise. Und kein Mitgefühl. Sie galten als Kindermörder und Vergewaltiger, die leider das Glück gehabt hatten, dass das Gericht ihre Schuld nicht eindeutig hatte beweisen können. Hinzu kam, dass das Opfer, ein zwölfjähriger Junge, später Suizid beging. Ein echtes Drama war das. Die Familie dürfte daran zerbrochen sein.«

Ich bin dafür, dass wir das Thema wechseln, dachte Romy plötzlich. Tote Kinder, Folter, Gewalt, zerstörte Familien …

Einen Moment blieb es still. »Nachtisch?«, fragte Jan dann. Er lächelte plötzlich. »Habe ich eigentlich schon mal erwähnt, dass du wunderschöne Augen hast? Zum Eintauchen schön.« Er griff über den Tisch nach ihrer Hand.

»Was für ein Themenwechsel«, erwiderte sie verblüfft. Der Druck seiner Finger fühlte sich gut an. »Aber …«

»Ich weiß, was du sagen willst.«

»Tatsächlich? Dann weißt du mehr als ich.«

Er zwinkerte. Fast drei Jahre, dachte Romy. Ich habe Sehnsucht. Kein Techtelmechtel mit Kollegen … Wieso eigentlich Techtelmechtel?

Max war froh, als endlich alle gegangen waren und Ruhe herrschte. Der Fall entwickelte sich zu einer facettenreichen Aufgabe mit schwergewichtigen Einzelaspekten. Um den Überblick zu behalten und sich nicht zu verzetteln, schwor Max auf chronologische Parameter. Es war stark anzunehmen, dass Holgers Tod mit seiner Neonazi-Vergangenheit zusammenhing, wenn auch nicht grundsätzlich andere Hintergründe auszuschließen waren, und darüber hinaus dem Zeitpunkt seines Untertauchens gewichtige Ursachen zugrunde lagen, die möglicherweise nun zum Tragen kommen würden.

Fine hatte Max einen Stapel Akten mit ungeklärten Gewaltdelikten auf Rügen aus dem Archiv geholt, Tatzeitpunkt: zwischen 2002 und 2003, während er selbst die Datenbanken durchforstete und dabei Stralsund und Greifswald einbezog. Abgesehen vom Zeitrahmen organisierte er seine Suche in Abhängigkeit von einem rechtsextremistischen Hintergrund, oder besser gesagt: Er versuchte eine klare Abgrenzung zu erreichen, um festzustellen, dass er an diesem Punkt häufig ins Leere lief. Gewalttaten, bei denen ausländische Mitbürger betroffen waren, gehörten nicht automatisch in einen Neonazi-Zusammenhang, und umgekehrt musste Max davon ausgehen, dass es Fälle gab, bei denen sich ein rassistischer Hintergrund nicht erschloss, erst recht wenn die Ermittlungen im Sande verlaufen waren.

Auch seine Hoffnung, bei Recherchen zu den Vorgängen im Zusammenhang mit der Schließung des Sassnitzer Clubs und bezüglich der Widerstände gegen die geplante Wehrmachtsausstellung in der Prora, die schließlich nach Peenemünde verlegt worden war, auf erfolgversprechende Anhaltspunkte zu stoßen, erfüllte sich nicht.

Es gibt Verbrechen, die niemals an irgendeine Öffentlichkeit dringen, überlegte Max. Menschen verschwinden, Menschen sterben, und niemand kümmert sich darum. Einen Fall haben wir erst, wenn die Leiche auftaucht, manchmal nach Jahren, und dann wird er häufig sehr schnell wieder zu den Akten gelegt, weil die wesentlichen Spuren längst unbrauchbar sind und Beweise nicht erbracht werden können. Manchmal jedoch schließt sich wenigstens ein Kreis.

Holger war nicht nach Rügen zurückgekehrt, aber nach Greifswald und später nach Stralsund. In die Nähe der Insel und seiner Schwester, auf die er ein Auge haben wollte – was genau bedeutete das eigentlich? Konnte man überhaupt von einer tieferen Bedeutung sprechen? Eine Lebensversicherung würde Lilly zugutekommen. Hatte Holger seinen Eltern nicht zugetraut, sich angemessen um die sonderbare, womöglich autistische Schwester zu kümmern? Oder war er schlicht ein verantwortungsbewusster Bruder gewesen, der Vorsorge getroffen hatte?

Gegen zwei Uhr früh stieß Max bei der Durchsicht ungeklärter Vermisstenakten auf den Fall der vor elf Jahren verschwundenen Rieke Somerberg, deren Spur sich auf dem Sassnitzer Hafenfest verloren hatte. Rieke war damals achtzehn gewesen, geistig behindert und hatte zu Hause bei ihren Eltern gelebt. Die Polizei fand keinerlei Hinweise auf ihren Verbleib, und die Akte war bemerkenswert dünn geblieben.

Max wusste selbst, dass sein dumpfes Gefühl allein nicht ausreichte, um Riekes Schicksal in einen möglichen Zusammenhang mit Holger zu stellen – trotzdem waren seiner Überzeugung nach einsame nächtliche Gedankenspielereien und auch zunächst tollkühn anmutende Fallkonstruktionen erlaubt. Denn falls Holgers Gesinnungskameraden etwas mit Riekes Verschwinden zu tun gehabt hatten und er Zeuge gewesen war, könnte sein Verhalten schlüssig erklärt werden.

Vielleicht ist er aufgewacht, dachte Max. Angst um Lilly.

8

Jan war am frühen Morgen nach Stralsund zurückgefahren und saß nach einer ausgiebigen Dusche und einem kräftigen Frühstück an seinem Schreibtisch im Kommissariat. Seine Lippen waren wund, sein Herz schlug in einem schnellen Rhythmus, und das breite Lächeln passte so gar nicht zu den vor ihm liegenden Aufgaben. Er hatte kaum eine Stunde geschlafen, war aber hellwach.

Kollege Simon war in Begleitung einer Kollegin bereits auf dem Weg zur Befragung in die Kanzlei, unterdessen war Jan für ein weiteres Telefonat mit dem Kontaktmann vom Verfassungsschutz verabredet. Während er auf den Rückruf von Klemens Mittwald wartete, telefonierte er auf einer anderen Leitung mit dem Staatsanwalt und brachte ihn auf den neuesten Stand. Mit einem Seitenblick auf den Posteingang seines PCs stellte Jan fest, dass Max Breder bereits eine Rundmail mit dem Protokoll der gestrigen Besprechung rausgeschickt hatte. Der Junge war wirklich schnell.

Jan trank seinen zweiten Espresso, als Klemens Mittwald in der Leitung war.

»Wie gestern bereits angedeutet – wir haben über den Jungen nichts«, erklärte er nach kurzem Eingangsgeplänkel. »Ich habe da noch mal genauer nachgehakt. Bruhlstedt war ein jugendlicher Mitläufer, nicht mehr, aber auch nicht weniger. Dass strafrechtlich nichts gegen ihn vorlag, muss ich nicht erörtern. Das werdet ihr bereits selbst in Erfahrung gebracht haben.«

»Hm, ja, haben wir.«

»Okay, und wo genau ist euer Problem?«

»Der Junge muss irgendeinen Dreck am Stecken haben – sonst wäre er nicht mit Hilfe von EXIT ausgestiegen und gleich für mehrere Jahre abgetaucht. Auch gut möglich, dass er lediglich was mitgekriegt hat und verschwinden musste, weil ihm die Sache zu heiß wurde«, erläuterte Jan.

»Das trifft es wohl eher – EXIT berät und unterstützt Aussteigewillige und auch Opfer rechtsradikaler Gewalt, hilft aber keinesfalls beim Verschleiern von Straftaten, das dürfen die gar nicht«, warf Mittwald ein.

»Wie auch immer, Genaueres erfahren wir hoffentlich heute noch – wir brauchen nach Möglichkeit einen führenden Kopf aus der damaligen rechten Szene in Sassnitz. Eine Schulfreundin von Bruhlstedt erwähnt einen Typen, der wohl nicht nur Einfluss auf ihn hatte – einer, der nicht dumm herumbrüllt oder glatzköpfig durch die Gegend läuft und Hakenkreuze auf Hauswände schmiert, sondern diskutiert, polemisiert und den Rattenfänger spielt … Na, du weißt schon, welche Kategorie ich meine.«

»Ja, weiß ich«, stimmte Mittwald zu. »Ich schicke euch gleich mal ein paar Fotos, auf denen Bruhlstedt ganz gut zu erkennen ist – von einer Party aus dem Club, bei irgendeiner Gruppenversammlung in Stralsund und auf einer Demo vor der Prora. Stets in seiner Nähe ist der Mann, von dem du gerade gesprochen haben dürftest: Stefan Klant, achtunddreißig, gelernter Kaufmann und die Hälfte seines Lebens am rechten Rand unterwegs. Den haben wir schon seit langem im Visier. Agiert seit Jahren auf Rügen und in Stralsund und leitet eine Gruppe, die sich ›Die Aktiven‹ nennt, der wir aber noch nichts nachweisen konnten. Verbindungen zur gewaltbereiten Szene halten wir für mehr als wahrscheinlich, aber wem nützt das schon, solange wir nichts in der Hand haben?«

»Was macht der sonst so?«

»Verdient seine Brötchen mit mehreren Internetshops, die sehr gut laufen. Offiziell verkauft er hochwertige Klamotten, antiquarische Bücher und ähnliches Zeug. Wir sind aber davon überzeugt, dass er darüber hinaus auch Nazi-Liedgut, Kleidung mit entsprechenden Verzierungen und so weiter vertickt, möglicherweise sogar Waffen, aber das ist nur ein noch dazu vager Verdacht. Klant ist verdammt gerissen. Ein souveräner Geschäftsmann, der seine Steuererklärung immer pünktlich abgibt und lieber drei Euro zu viel zahlt als einen Cent zu wenig.«

Jan machte sich eifrig Notizen. Die Ausbeute war dankenswerterweise wesentlich größer, als er, noch dazu in der Kürze der Zeit, zu hoffen gewagt hatte, und Mittwalds Hinweise klangen nicht nur interessant, sondern zeugten von engagierter Recherche, für die der VS nicht immer bekannt war.

»Welchen Schwerpunkt hat der Knabe? Ich meine – so rein politisch?«, fragte Jan. »Gibt es Standardsätze von ihm? Begnügt er sich mit den üblichen Parolen und schwört auf A. H.?«

»Keineswegs. Er ist viel geschickter, zumal in der Öffentlichkeit«, widersprach Mittwald. »Sein Steckenpferd ist unser Rechtssystem, das er für fehlerhaft und lasch hält, zu kriminellen Straftaten förmlich einladend und damit gefährlich für die Gemeinschaft und deren Aufgaben. Er ist garantiert ein Verfechter der Todesstrafe – zum Beispiel bei Kindesmissbrauch und Kindstötungen.«

O Scheiße, dachte Jan, nicht schon wieder.

»Damit kriegt man die Leute, auf welche Seite auch immer.«

»Ja, ich weiß.«

»Vor ein, zwei Jahren gab es mal ein Ermittlungs- und Gerichtsverfahren gegen ihn«, fuhr Mittwald fort. »Da war es am Rande eines Konzerts zu einer Schlägerei gekommen. Zwei schwule Männer sind krankenhausreif geschlagen worden, einer von ihnen lag vier Wochen im Koma, und es stand eine Zeitlang ziemlich schlecht um ihn. Klant wurde beschuldigt, zu massiver Gewalt gegen die beiden aufgerufen, sprich: gehetzt zu haben.«

»Und? Ist was dabei herausgekommen?«

»Vor Gericht sind die Zeugen eingeknickt. Außerdem konnte sein Anwalt sehr gute Entlastungszeugen präsentieren. Na ja, da kam nichts Großartiges hinterher …«

Jan kniff die Augen zusammen. »Sag mal, hast du den Namen der Anwaltskanzlei parat?«

»Ich kann nachgucken, wenn es wichtig ist.«

»Ist es.«

Mittwald war einige Minuten später wieder am Apparat. »Das Verfahren lief Anfang letzten Jahres, und der Anwalt hieß Gregor Hobrecht aus der Kanzlei Schölter. Hilft dir das weiter?«

»Und ob. Danke, Kollege.«

Jan schrieb in aller Eile ein Memo für beide Dienststellen und machte sich anschließend auf den Weg in die Kanzlei. Im Auto stülpte er sein Headset über und wählte Romys Nummer. Es rauschte in der Leitung, als die Verbindung zustande gekommen war. »Hallo«, sagte er. »Alles okay bei dir?«

»Ja. Und bei dir?«

»Doch, klar.« O Mann, dachte Jan, wir führen uns auf wie zwei Sechzehnjährige, die zum ersten Mal Sex miteinander hatten und vor Verlegenheit hinterher nicht die richtigen Worte fanden … Oder wie zwei Erwachsene, die unschlüssig waren, ob es sehr schlau gewesen war, ihren Gefühlen und Bedürfnissen nachzugeben – als Kollegen mitten in einer Mordermittlung. Schlau wahrscheinlich nicht, aber sehr schön. Jan lächelte.

»Mir geht es gut«, fügte er rasch hinzu. »Ich bin munter und aufgekratzt, obwohl ich kaum geschlafen habe.«

»So ähnlich würde ich meinen Zustand auch beschreiben.«

Er hörte ihrer Stimme an, dass sie ebenfalls lächelte. Pause. Jan kratzte sich am Hinterkopf. Wärme stieg in ihm auf.

»Wollen wir dienstlich werden?«, schob sie schließlich nach.

»Ja, klar.«

»Ich bin gerade auf dem Weg in den Nationalpark. Das Gespräch mit den Eltern war sehr kurz«, berichtete sie zunehmend sachlicher. »Sie stellen sich dumm oder wissen tatsächlich nicht, was ihren Sohn seinerzeit beschäftigt hat. Darüber hinaus weigern sie sich schlicht, ein bisschen in ihren Erinnerungen zu kramen ... Na ja, Kasper deutete ja schon an, dass er eine solche Reaktion durchaus für möglich hält. Immerhin haben sie mir erzählt, dass Lilly sehr wahrscheinlich in der Nähe des Herthasees anzutreffen ist. Das ist ihre Lieblingsstelle im Jasmund.«

»Und da fährst du jetzt auch hin?«

»Genau. Ich muss mir das Mädchen ansehen und versuchen, mit ihr ins Gespräch zu kommen, auch wenn wir ihre Aussage nicht verwenden können ... Hast du eigentlich Max' Mail bekommen?«

»Sie war im Posteingang, aber ich bin noch nicht dazu gekommen, sie zu lesen – es geht um das Protokoll von gestern, oder?«

»Keineswegs«, entgegnete Romy. »Max hat noch ein bisschen gearbeitet, wie er es gerne untertreibend ausdrückt, und während seiner nächtlichen Recherchen eine interessante Entdeckung gemacht sowie eine Theorie entwickelt, über die noch im Einzelnen zu reden sein wird, sofern sich Indizien finden, die zu unserem Fall passen. Es geht um ein junges Mädchen, das 2002 am Rande des Sassnitzer Hafenfestes spurlos verschwand – ein geistig behindertes Mädchen. Max schlägt vor, den Fall genauer unter die Lupe zu nehmen. Ich stimme ihm zu. Es kann nicht schaden, da noch mal nachzuhaken. Kasper wird sich dahinterklemmen.«

»Okay.« Jan fuhr auf den Parkplatz der Kanzlei und stellte den Motor ab. »Ich habe auch Neuigkeiten.« Er schilderte die Ergebnisse seines Gesprächs mit Mittwald.

»Das klingt nach einer richtigen Spur«, meinte Romy beeindruckt. »Wenn die beiden sich im Rahmen der Verteidigung begegnet sind oder dieser Klant die Kanzlei sogar bewusst ausgesucht hat …«

»Ja, das war auch mein erster Gedanke. Allerdings liegt das Ganze schon eine Weile zurück, anderthalb Jahre, um genau zu sein. Klant kam seinerzeit frei … Warum lässt er sich so viel Zeit für einen Racheakt? Wie hat Holger sich verhalten, als er von dem Mandat erfuhr? Und so weiter. Also, ich denke, da gibt es noch einige offene Fragen zu klären.«

»Klingt so – wir reden später wieder?«

»Unbedingt.«

Romy fuhr weiter in Richtung Hagen. Die Straße führte mitten durch den Jasmunder Hallenwald, und sie tauchte ein in die grünschimmernde Abgeschiedenheit der dichtstehenden Buchen der Stubnitz. Es wurde still, das sanfte Rattern ihrer Vespa klang gedämpft, als verfinge es sich in den Wipfeln. Im Herbst waren die Baumstämme häufig in Nebelschwaden gehüllt, und die Atmosphäre wirkte noch geheimnisvoller und abgeschiedener.

Jans Stimme hatte sich in ihr Ohr eingenistet, und die Erinnerung an seine Hände, seinen drahtigen Körper und die Lust, die sie erlebt hatten, durchflutete ihr Herz. Sie stellte den Roller auf dem Parkplatz ab, verbannte Jan zumindest für den Moment aus ihren Gedanken und schritt zügig voran, vorbei am Alten Torfmoor in Richtung Nationalparkzentrum Königsstuhl.

Lillys bevorzugter Aufenthaltsort war mit einem alten Germanenglauben verknüpft, in dessen Mittelpunkt die Göttin Hertha stand, die alljährlich zur Erntezeit in einem von Stieren gezogenen Wagen über die Insel fuhr und mit den Fischern und Bauern ein rauschendes Erntedankfest feierte. Nach ihrer Rückkehr nahm sie ein Bad im elf Meter tiefen See, und alle Dienerinnen, die ihr halfen, mussten anschließend ertränkt werden, um niemals über das Aussehen der Göttin berichten zu können. Wie es hieß, konnte man noch heute um Mitternacht den Klageliedern der verstorbenen Seelen lauschen. Romy wusste, dass Frösche und Unken für die nächtliche Geräuschkulisse verantwortlich waren, aber die Wahrnehmung spielte einem mitten in der Nacht am Schwarzen See, wie er auch hieß, umgeben vom Flüstern des Waldes, den Opfersteinen und Wällen der Hertha-Burg, in denen sich angeblich der Göttinnentempel befand, gerne einen Streich und verschob sich in Richtung furchteinflößender Klänge, die einen frösteln ließen.

Romy erreichte den See nach einem ruhigen Spaziergang eine knappe halbe Stunde später. Einige Wanderer standen auf dem schmalen Holzsteg und waren in die Betrachtung des dunklen Sees versunken oder schossen Fotos, zwei kleine Kinder flüsterten miteinander, ein großer Schäferhundmischling hob mit gespitzten Ohren die Nase. Romy suchte die Umgebung nach einem prüfenden Rundblick mit dem Fernglas ab.

Lilly saß versteckt unter den tief herabhängenden Zweigen eines Baumes direkt am Ufer. Romy hätte sie nicht wahrgenommen, wenn sie nicht nach ihr Ausschau gehalten hätte, zumal die junge Frau in den Farben des Waldes gekleidet war und sich nicht rührte. Sie näherte sich langsam. Der Vater hatte ihr noch in brummigem Tonfall erklärt, dass Lilly selbst entschied, ob sie mit jemandem sprach oder nicht. Und falls sie sich entschloss, ihr Gegenüber zu ignorieren, würde keine Macht der Welt das ändern können.

»Sie schaut durch Sie hindurch«, hatte er betont. »Und läuft weg, wenn es ihr zu bunt wird. Quer durch den Wald, und selbst wenn Sie gut in Form sind – Lilly ist schneller verschwunden, als Sie gucken können.«

Romy war durch ihr Boxtraining gut in Form und schaffte einige Kilometer in flottem Tempo, aber sie hoffte, dass es nicht zu einem Laufwettbewerb kommen würde. Im Wald hatte sie sehr wahrscheinlich das Nachsehen. Als sie sich ungefähr bis auf dreißig Meter genähert hatte, drehte Lilly den Kopf und sah ihr entgegen. Ihr Blick blieb im Gesicht der Kommissarin haften – ein scheues, aber gründliches Taxieren, das fast körperlich zu spüren war. Romy verlangsamte ihren Schritt und blieb stehen, als sie die junge Frau fast erreicht hatte. Lilly sah aus wie eine zarte Sechzehnjährige; die tiefbraunen Augen wirkten übergroß in dem kleinen Gesicht, das von dunkelblondem strähnigem Haar umrahmt wurde.

»Hallo, Lilly«, sagte Romy. »Können wir miteinander reden?«

Lilly wandte sich wieder ab und starrte über den See.

»Es ist wichtig.«

Schweigen.

»Darf ich mich dazusetzen?«

Keine Reaktion.

»Es geht um Holger.«

Lillys Kopf schnellte herum, die Hände krallten sich in den Boden, aber ebenso plötzlich entspannte Lilly sich wieder. »Holger ist tot«, sagte sie leise. Der Klang ihrer Stimme war alles andere als mädchenhaft zart - eher dunkel und erstaunlich kraftvoll, trotz des erkennbaren Zögerns und einer verträumten Note.

»Ich weiß. Die Polizei untersucht die Umstände seines Todes.«

»Bist du von der Polizei?«

»Ja. Ich heiße Romy und komme aus Bergen.«

»Du kommst nicht aus Bergen.«

»Ich arbeite in Bergen«, korrigierte Romy. »Mein Vater ist gebürtiger Italiener. Aufgewachsen bin ich in München.«

»Und warum lebst du hier?«

»Es ist schön hier, ich mag die Insel. Darf ich mich zu dir setzen?«

Lilly rückte fast unmerklich ein Stück zur Seite.

»Du bist oft hier, nicht wahr?« Romy verschränkte die Beine zum Schneidersitz. Der Boden war kühl, aber sie trug ihre Motorradhose und war gut geschützt.

»Hier und überall im Wald. Dieser See ist der geheimnisvollste Ort. Er ist voller Geschichten.«

»Holger war auch im Nationalpark unterwegs.«

»Ja, aber Holger geht immer an die Steilufer. Ich nicht. Er braucht den Blick in die Ferne. Ich gucke in die Schwärze des Sees.«

»Vor zwei Tagen war Holger ganz früh morgens auf dem Weg zu den Klinken. Hast du etwas davon mitbekommen?«

»Nein.« Sie schüttelte energisch den Kopf. »Ich laufe immer durch den Wald. Und was ich mitbekomme, erzählt mir der See, meistens der See. Das will aber niemand wissen ...« Sie brach ab.

Romy unterdrückte ein Seufzen. Der alte Bruhlstedt dürfte recht behalten. Lilly war als Zeugin, selbst wenn sie etwas beobachtet hatte, denkbar ungeeignet.

»Der See erzählt seine Geschichten. Sie sind immer wahr – heute, morgen oder gestern«, fuhr die junge Frau plötzlich fort. »Das ist ganz egal. Dem See ist die Zeit egal. Zeit ist nur für die Menschen wichtig.«

»Du hast nichts gesehen oder bist Holger vielleicht ein Stück gefolgt?«, beharrte Romy.

Lilly schwieg eine volle Minute. »Da war Gefahr, der See erzählte von Holgers Sturz, und ein Sirren lag in der Luft.«

Romy runzelte die Stirn. »Was für ein Sirren? Wie meinst du das?«

Lilly machte eine ungeduldige Handbewegung. »Gefahr und Sturz, aber wann? Jetzt? Später? Nächstes Jahr? Ich bin über die Kollicker Berge gerannt und immer weiter … Und auf einmal war ein großer Vogel in der Luft und ein lautes Sirren, ein eigenartiger Vogel, aber kein Seeadler, wie Holger sie mag. Aber es war schon geschehen, in diesem oder einem der letzten Momente …« Sie flüsterte nur noch. »Er fiel und fiel … und zurück blieb der Tod.«

Ein See, der Geschichten erzählte und Gefahr verkündete, ein eigenartiger Vogel, der sich in die Lüfte erhob – womöglich hatte Lilly eine Art Vorahnung erlebt, das wollte Romy gar nicht ausschließen, aber nichts davon konnte ihnen bei der Aufklärung der Hintergründe weiterhelfen, falls sie nicht jemanden beobachtet hatte und beschreiben konnte. Romy beugte sich zu Lilly hinüber. »Hast du jemanden gesehen – außer deinem Bruder?«

Sie erwiderte den Blick und schüttelte langsam den Kopf. »Nur den großen Vogel.«

»Einen Wanderer vielleicht?«

»Nein.« Das klang ungeduldig. »Das sagte ich schon.«

»Gut.« Romy atmete tief aus. »Als Holger am Tag vorher aus Stralsund eintraf, hat er sich anders verhalten als sonst?«

Lilly zuckte mit den Achseln.

»Hast du mit ihm gesprochen?«

»Nicht viel.«

»Ging es ihm gut?«

Wieder das Achselzucken.

»Lilly, du hast deinen Bruder sehr gern gehabt, oder?«, fragte Romy mit eindringlicher Stimme.

»Ja.«

»Er hat dich auch sehr gern gehabt.«

»Ich weiß.«

»Es ist wichtig, dass wir in Erfahrung bringen, womit Holger sich beschäftigt hat, ob er Sorgen hatte, womöglich Ärger mit jemandem«, fuhr Romy fort. »Kannst du dich an irgendwas erinnern? Alles kann wichtig sein für unsere Ermittlungen.«

»Viel Arbeit, sagte er. Stress. Er guckt sich immer das Seeadlerbuch an, wenn er sich beruhigen will. Aber er hat nichts erzählt.«

»Verstehe.« Romy wandte den Kopf und folgte Lillys Blick über das Wasser. »Kannst du dich eigentlich an Holgers Schulzeit erinnern?«

»Wie meinst du das?«

»Wie war Holger, als er noch zur Schule ging und kurz nachdem er Abitur gemacht hatte?«

Lilly schüttelte den Kopf. »Er war wenig zu Hause, immer unterwegs.«

»Hat er mal Freunde mitgebracht?«

Ein verwunderter Seitenblick streifte Romy. »Da waren mal welche, die mochten mich nicht ...«

»Warum nicht?«

»Mich mögen viele nicht.«

»Haben sie etwas gesagt?«

Achselzucken. »Weiß ich nicht mehr. Holger hat mich weggeschickt. Später blieb er dann auch lange Zeit weg. Wanderschaft, fern der Insel.« Sie scharrte mit den Füßen in der Erde. »Aber es ist gut jetzt. Ich will nicht mehr reden.«

Romy nickte. »Okay. Ich danke dir, Lilly.«

Holgers Schwester erhob sich unvermittelt und war Augenblicke später zwischen den Bäumen verschwunden. Romy blieb noch einen Moment sitzen und notierte sich eilig Stichpunkte des Gesprächs, bevor sie den Rückweg zum Parkplatz einschlug.

EXIT hatte Holger ermuntert, möglichst lautlos aus der Szene auszusteigen und Abstand zu suchen, ohne Spuren zu hinterlassen, und dann seine Zeit bei den Rechten aufzuarbeiten – nicht mehr, aber auch nicht weniger. Kasper ließ das Telefongespräch mit der jungen Mitarbeiterin nachklingen, während er sich einen Kaffee genehmigte und Max einen Notizzettel mit den wichtigsten Infos auf den Tisch legte.

Über eine Beteiligung an Straftaten war nichts bekannt geworden – ihre Offenlegung war Bestandteil der Aufarbeitung, aber Holger hatte ganz offensichtlich unter großer Furcht gelitten, wie in einem Aktenvermerk nachzulesen war. Er hatte traumatisiert gewirkt, hatte sich jedoch geweigert, über die Hintergründe zu sprechen – wahrscheinlich um sich nicht selbst zu belasten und/oder aus Angst, mit entsprechenden Hinweisen den Zorn der Gruppe auf sich zu ziehen. Über eine anonymisierte Telefonnummer hatte er die Möglichkeit gehabt, jederzeit mit EXIT in Verbindung zu treten – Stichwort »Zauberlilie«. Ob und in welcher Weise er dieses Angebot genutzt hatte, war jedoch nicht bekannt – um den Aussteiger zu schützen, wurden Einzelheiten nicht dokumentiert, wie Kasper gut nachvollziehen konnte. Hätte Holger den Kontakt allerdings aufgrund einer konkreten Gefahr oder eines Straftatbestandes gesucht, gäbe es einen Vermerk.

Vor gut einem Jahr habe er sich dann erneut an den Verein gewandt, wie die Mitarbeiterin zum Ende des Telefonats erwähnte. Er benötigte Unterstützung, um jemanden auf seinem Weg aus der Szene zu begleiten. Namen, konkrete Einzelheiten und Hintergründe waren ebenfalls nicht bekannt, oder besser formuliert: Holger hatte sich auch hierzu ausgeschwiegen, was durchaus problematisch war, denn das Engagement von EXIT beinhaltete keineswegs eine Verschleierung von strafrechtlich relevanten Vorgängen, und umfangreiche Hilfe und Unterstützung wurde normalerweise erst gewährleistet, wenn der Aussteiger seine Beteiligung an Taten offenlegte.

Kasper rührte ein zweites Stück Zucker in den Kaffee. Womöglich lag Max richtig mit seiner wenn auch vagen Vermutung, dass der Fall der seinerzeit verschwundenen Rieke Somerberg mit Holgers Abtauchen zu tun haben könnte. Reine Spekulation, intervenierte die umsichtige, abwiegelnde Stimme in ihm, die Romy so oft auf die Palme brachte; nicht ganz, entgegnete der hellhörige Skeptiker. Er konnte sich noch gut an den Vorgang erinnern, wie er sich an so viele alte Fälle entsann, und das seltsame Gefühl, das ihn seinerzeit beschlichen hatte, als er erfuhr, dass die Suche ergebnislos eingestellt worden war. Ein Kollege hatte ihm hinter vorgehaltener Hand zugeraunt, dass die Eltern nicht gerade am Boden zerstört wirkten. Der Verdacht ihrer Beteiligung an einer Straftat hatte sich jedoch nur kurzfristig aufgedrängt, da er mit keinem einzigen Indiz bestätigt werden konnte und die Alibis der Familienangehörigen überzeugend waren.

»Weißt du was? Jede Wette, die sind heilfroh, dass sie das Mädchen los sind«, hatte der Beamte einige Tage später bei einem Bier hinzugefügt. »Rieke war sehr schwierig und wäre ihr Leben lang auf die Unterstützung der Eltern angewiesen gewesen. Die konnten das Mädchen kaum einmal zwei Stunden alleine lassen. Ich meine, ganz ehrlich, Kollege, so einfach ist das alles nicht, wenn du für so einen Behinderten die Verantwortung hast, ein Leben lang …«

Kasper hatte nichts dazu gesagt, sein Glas geleert, sich den Schaum von den Lippen gewischt und war nach Hause gegangen, von irritierender Unruhe erfüllt.

Und genau diese Unruhe von damals war wieder in ihm hochgestiegen. Er schlug die Akte auf, die Max ihm bereitgelegt hatte. Vier Wochen nach Riekes Verschwinden war ein anonymer Anruf bei der Polizei in Sassnitz eingegangen. »Es geht um Rieke Somerberg. Fragt nach ihrer Kette«, hatte jemand mit verstellter Stimme geflüstert und wieder aufgelegt. Der Hinweis war überprüft worden, aber ohne Ergebnis geblieben.

Kasper trank seinen Kaffee aus, schnappte sich die Akte und machte sich auf den Weg nach Sassnitz. Riekes Mutter, Anita Somerberg, arbeitete in einem Blumenladen in der Seestraße. Früher hatte er dort so manchen Strauß gekauft – damals, als er und Anna noch eine glückliche Ehe führten und es zum guten Ton zwischen ihnen gehörte, dass er sie hin und wieder mit ihren Lieblingsblumen überraschte. Das letzte Mal eine Woche bevor sie ihm offenbarte, dass sie nach fünfundzwanzig gemeinsamen Jahren in ein neues Leben aufbrechen wollte – ohne ihn und abseits der altbekannten Routinen und Behaglichkeiten, fern der Insel und so vieler Erinnerungen, deren helles Leuchten Kasper so manches Mal verfluchte.

9

Rechtsanwalt Schölter hatte den beiden Stralsunder Kommissaren ein kleines Besprechungszimmer zur Verfügung gestellt, wo sie die Kanzleimitarbeiter nacheinander befragten. Jan steckte den Kopf zur Tür herein und begrüßte Simon und seine Kollegin Frauke Kohler, eine dreißigjährige Beamtin, die erst vor kurzem aus dem Mutterschutz zurückgekehrt war und oft erschöpft wirkte - kein Wunder: Sie hatte Zwillinge zur Welt gebracht.

»Alles klar bei euch?«

»Ja.« Simon nickte und gähnte hinter vorgehaltener Hand. »Drei Mitarbeiter haben wir bislang befragt - die sind völlig perplex, niemand weiß nichts Genaues, geschweige denn dass irgendwas von einem politischen oder gar rechten Hintergrund, Konflikten, Beziehungen, Frauen und so weiter bekannt war. Insofern also das gleiche Bild wie zu Beginn - Bruhlstedt, der ruhige, nette, kompetente Kollege, der jedoch bis auf Alltagskram kaum etwas über sich verlauten ließ.«

»Aber alle wussten, dass er für ein paar Tage nach Rügen wollte«, wandte Frauke ein. »Und dass er gerne am frühen Morgen auf dem Hochuferweg in Richtung der Klinken wanderte.«

»Ja, das ist ein wichtiger Aspekt.« Jan trat ein und schloss die Tür hinter sich, blieb aber stehen. »Das sollten wir nicht aus den Augen verlieren. Habt ihr Anwalt Hobrecht schon befragt?«

»Nö. Der hat einen Termin bei Gericht, wird aber in Kürze zurückerwartet.«

»Gut. Mit dem will ich selbst sprechen.«

»Okay, Chef.« Simon deutete ein Grinsen an. »Warum?«

»Hobrecht hat vor anderthalb Jahren einen auf Rügen und in Stralsund agierenden Neonazi vertreten, der sehr wahrscheinlich seinerzeit mit dem jugendlichen Holger zu tun hatte – Name: Stefan Klant. Die beiden könnten sich durchaus im Zusammenhang mit dem Fall erneut begegnet sein. Das würde ich jedenfalls gerne überprüfen.«

»Oh. Und woher stammt die Info?«

»Der VS hat ziemlich flott was ausgegraben. Es gibt Fotos, auf denen beide gemeinsam zu erkennen sind. Klant ist ein überaus geschickter Agitator und Organisator, nach wie vor, er leitet eine Gruppe, die sich vollmundig ›Die Aktiven‹ nennt – und man kommt ihm nicht bei, leider«, erläuterte Jan.

»Wow – die Kollegen Staatsschützer scheinen Überstunden gemacht zu haben, und ausnahmsweise finden sich sogar relevante Akten an.« Frauke zog eine Braue hoch; sie sah aus, als wollte sie in die Hände klatschen, entschied sich aber im letzten Moment dagegen, als Jan ihr einen scharfen Blick zuwarf.

»In dem Fall bin ich sehr zufrieden, wie reibungslos die Zusammenarbeit geklappt hat, und für die dummen Sprüche bin grundsätzlich ich zuständig, okay?«

Die Kollegin nickte eilig und räusperte sich verlegen, während Simon angelegentlich seine Fingernägel betrachtete.

»Apropos alte Geschichten«, fuhr Jan einen Augenblick später fort. »Die Bergener gehen einem elf Jahre zurückliegenden Vermisstenfall nach, der zeitlich mit Holgers Ausstieg zu tun haben könnte – Kasper Schneider, der damals zumindest am Rande von der Fahndung mitbekommen hatte, kümmert sich um die Einzelheiten und versucht, mit der Mutter des Mädchens, von dem bis heute jede Spur fehlt, ins Gespräch zu kommen.«

»Und wo ist, abgesehen vom zeitlichen Faktor, der Zusammenhang?«, fragte Simon.

»Der wird im Moment lediglich vermutet – das Mädchen war geistig behindert, die Suche nach ihr wurde recht zügig eingestellt, weil sich nicht der geringste Anhaltspunkt fand. Ein Gewaltverbrechen konnte nie bewiesen, aber auch nicht entkräftet werden.«

»Willst du andeuten, die Nazis könnten dem Mädchen etwas getan haben?«, fragte Frauke nach kurzem Schweigen. »Einer geistig Behinderten?«

Jan hob die Schultern. »Das ist der im Raum stehende Verdacht, im Moment eher eine Theorie, die darüber hinaus davon ausgeht, dass Holger involviert gewesen sein könnte – und diesen Aspekten wird Kasper nun nachgehen. Vielleicht fällt doch noch irgendein Name. Warten wir es ab. Möglicherweise findet sich kein einziger Anhaltspunkt, aber irgendwie …«

»Klingt es nach miesen Geschichten«, vervollständigte Simon den Satz. »Und was lag gegen diesen Klant vor?«

»Auch eine miese Geschichte. Er soll im Zusammenhang mit einer Schlägerei, bei der zwei Schwule übel zugerichtet wurden, gehetzt und zu massiver Gewalt aufgerufen haben.«

»Schwule, Behinderte …«

Jan nickte und legte die Hand auf die Klinke. »Wir reden später weiter. Ich gehe jetzt rüber zum Kanzleichef.«

»Alles klar.«

Schölters Büro lag am entgegengesetzten Ende des Flures. Jan klopfte und trat ein, ohne die Aufforderung dazu abzuwarten.

»Was hat Sie eigentlich bewogen, Holger einzustellen?«,

kam er zur Sache, kaum dass er sich mit beiläufigem Gruß einen Stuhl gegriffen hatte. Er platzierte ihn schwungvoll vor dem Schreibtisch des Anwalts und setzte sich.

»Machen Sie es sich bequem«, meinte Schölter. Der ironische Unterton flackerte nur kurz auf.

»Danke, gerne.« Jan sah ihn auffordernd an.

»Ich brauchte Verstärkung, und der Greifswalder Kollege hatte nur Gutes zu berichten«, antwortete Schölter zögernd.

Jan verschränkte die Hände im Nacken. »Ist Ihnen aufgefallen, dass sein Lebenslauf eine deutliche Lücke hatte?«

»Ja, natürlich.«

»Und?«

»Sie störte mich genauso wenig wie seinen letzten Arbeitgeber, und ich habe meine Entscheidung nie bereut.« Er zwinkerte.

Jan nickte. »Verstehe. Könnten Sie einen Kaffee für mich organisieren?«

Schölter griff sofort zum Telefon. »Natürlich.«

Zwei Minuten später brachte die Empfangssekretärin, deren Bluse eine Nuance zu knapp saß, zwei Tassen Kaffee. Jan trank langsam und schweigend, er war unschlüssig, wie detailliert er Holgers Vergangenheit vor dem Anwalt ausbreiten musste.

Schölters Blick lag abwartend auf ihm. »Herr Kommissar, was genau führt Sie eigentlich …«

»Vor ungefähr anderthalb Jahren vertrat Ihre Kanzlei einen Neonazi«, fiel Jan ihm ins Wort. »Einen seit Jahren führenden Kopf, dem man bislang nicht beikommen konnte.«

»Möglich. Die Klientel gehört nicht unbedingt zu unseren bevorzugten Mandanten, aber manchmal …«

»Ihr Mitarbeiter Gregor Hobrecht übernahm das Mandat eines gewissen Stefan Klant«, fuhr Jan unbeirrt fort. »Er wurde im Zusammenhang mit einer grausamen Gewalttat an zwei Schwulen der massiven Hetze beschuldigt, aber vor Gericht hatten die Belastungszeugen plötzlich nicht mehr viel zu sagen – warum auch immer.«

Schölter hob beide Hände. »Mag sein. Und was hat das mit Holgers Tod zu tun?«

»Genau das wollen wir herausfinden. Ich muss wissen, inwieweit Holger an dem Fall mitarbeitete. Ich werde dazu natürlich auch mit Hobrecht sprechen, sobald der wieder hier ist, doch vielleicht können Sie im Vorfeld schon mal einen Blick in die Akte werfen.«

Schölter stützte die Ellenbogen auf den Tisch und legte die Fingerspitzen aneinander. »Kann ich, selbstverständlich, aber das beantwortet meine Frage nicht. Was hat Holgers gewaltsamer Tod mit diesem Mandat zu tun?«

Jan unterdrückte ein entnervtes Stöhnen. »Wir gehen inzwischen davon aus, dass der damalige Beschuldigte und Holger sich kannten und womöglich eine alte Rechnung aus gemeinsamen kameradschaftlichen Zeiten offen hatten.«

»Bitte? Wie darf ich das verstehen?« Schölter runzelte die Stirn.

Meinetwegen gar nicht, dachte Jan und war erneut erstaunt, wie unangenehm ihm dieser Mann war und wie sehr er sich von seiner Antipathie beeinflussen ließ. Das sprach nicht unbedingt für eine professionell sachliche Haltung, sondern bestätigte die Meinung seiner Kritiker, dass emotionaler Gleichmut und wertfreie Ermittlungen in alle Richtungen nicht unbedingt zu seinen Stärken gehörten. »So wie es klingt – vielleicht irren wir uns, aber eine abschließende Beurteilung ist erst möglich, wenn wir die Einzelheiten kennen«, gab er betont höflich zurück.

»Gemeinsame kameradschaftliche Zeiten?«, zitierte Schölter entgeistert. »Gehen Sie tatsächlich davon aus, dass Holger etwas mit diesen Kreisen zu tun hatte?«

»Möchte ich – beziehungsweise muss ich.«

»Das ist nicht Ihr Ernst!«

»Doch – als Jugendlicher. Eine lange zurückliegende Phase der, sagen wir: Fehlorientierung«, erklärte Jan. »Er hatte der Szene längst den Rücken gekehrt und sich jahrelang kaum hier in der Gegend blicken lassen, bevor er in Greifswald bei Ihrem Kollegen völlig neu durchstartete. Aber soweit ich weiß, verzeihen die Kameraden Untreue nicht, und das ist, zumindest im Moment, der entscheidende Ansatz bei unseren Ermittlungen.«

Schölter atmete laut aus und ließ sich in die Lehne seines Lederstuhls sinken. Dann griff er nach dem Telefon und forderte eine Mitarbeiterin auf, die Akte herauszusuchen.

Na bitte, dachte Jan. Endlich kommst du in die Pötte. Warum nicht gleich so?

Die Akte gab zunächst nicht viel her, wie Schölter kurz darauf referierte – Holger stand nicht auf der Liste der Mitarbeiter, die an dem Mandat mitgewirkt hatten. Ein Blick in die entsprechenden abgespeicherten Fall-Dokumente bestätigte dies ebenfalls, doch als sich wenig später Gregor Hobrecht – ein grauhaariger dürrer Endfünfziger mit dichtem Oberlippenbart, der auffallend stark nach Zigaretten roch – zu ihnen setzte, entstand ein anderer Eindruck.

»Ich entsinne mich, dass ich Holger gebeten hatte, mich bei diesem Mandat zu unterstützen«, berichtete er, nachdem er seiner Bestürzung über die Geschehnisse Ausdruck verliehen und auf Jans Hintergrundschilderung zur aktuellen Entwicklung zunächst völlig perplex reagiert hatte. »Ich mochte Holger«, sagte er leise. »Er war so anders als viele in seinem Alter – deutlich reifer, ruhiger … Heutzutage freut man sich ja schon, wenn die jungen Leute mit Mitte zwanzig endlich anfangen, erwachsen zu werden.«

Hobrecht brach ab, wischte sich über den Bart und warf

zunächst Schölter, dann Jan einen ernsten Blick zu. »Der und Nazis? Sind Sie da wirklich sicher? Ich kann mir das überhaupt nicht vorstellen, auch nicht mit sehr viel Phantasie.«

»Wie erläutert – bislang spricht alles dafür, dass er für einige Zeit in die falschen Kreise geriet, und möglicherweise musste er seinen Ausstieg aus der Szene jetzt mit dem Tod bezahlen. Soweit zumindest ein denkbarer Ermittlungsansatz nach zwei Tagen Polizeiarbeit.«

Hobrecht sah aus, als benötigte er dringend eine Zigarette, aber Schölter übersah geflissentlich, wie der Mann seine Taschen abklopfte und schließlich die unruhigen Hände faltete.

»Holger hat Ihnen bei dem Klant-Fall also nicht assistiert«, griff Jan den Faden wieder auf.

»Richtig. Er hatte zu viel anderes zu tun, meinte er.«

»Überzeugte Sie das Argument?«

»Ja, unbedingt. Holger war niemand, der sich drückte, egal, worum es ging.« Hobrecht schlug ein Bein über das andere und runzelte die Stirn.

»Aber?«

»Etwas war merkwürdig ...«

Jan beugte sich vor.

»Als der Prozess lief – es waren zwei Verhandlungstage angesetzt –, hatte ich zwischenzeitlich mehrfach das Gefühl, Holger im Gericht gesehen zu haben, von weitem. Als ich ihn später darauf ansprach, verneinte er – er sei krankgeschrieben gewesen. Grippe.« Hobrecht verzog den Mund. »Ich habe dem seinerzeit keinerlei Bedeutung beigemessen, doch jetzt könnte das möglicherweise ein Hinweis für Sie sein, oder?«

»Ja, durchaus. Vielleicht wollte er den alten Kameraden genauer unter die Lupe nehmen«, grübelte Jan halblaut.

Aber wäre der über viele Jahre so vorsichtig agierende Holger, der kaum einen Hinweis auf sein Leben, seine Vergangenheit und persönliche Beziehungen hinterlassen hatte, ein derartiges Wagnis eingegangen? Vielleicht war es ihm wichtig, von Angesicht zu Angesicht zu erleben, wie der einstige Kamerad sich verteidigen musste. Jan kniff die Augen zusammen. Er könnte sich verkleidet haben – eine Perücke, eine Brille ... Aber Klant hat ihn erkannt oder schlicht gewusst beziehungsweise im Laufe der Ermittlungen erfahren, dass Holger in der Kanzlei beschäftigt war.

»Sie haben betont, Sie hätten das Gefühl gehabt, Holger im Gericht gesehen zu haben«, wandte er sich wieder an Hobrecht. »Was heißt das konkret?«

»Irgendjemand oder irgendwas hat mich von weitem an Holger erinnert. Vielleicht eine Geste, ein Blick, eine vertraute Silhouette, so etwas in der Art.«

»Verstehe. Und Sie haben Klant freigekriegt, stimmt's?«

Hobrecht nickte.

»Warum?«

»Der Staatsanwalt hat geschludert.«

»Aha.«

»So muss man es ausdrücken: Seine Belastungszeugen waren alles andere als überzeugend, und die Aussagen der beiden Opfer waren auch nicht konkret genug.«

Jan hob eine Braue. Hobrecht zuckte mit den Achseln. »Tja, so war es nun einmal. Hinzu kam, dass Klants Entlastungszeugen souveräne Aussagen hinlegten – unter Eid und ohne auch nur mit einer Wimper zu zucken –, so dass das Gericht ihm nichts nachweisen konnte. Da man die Schläger nicht gefasst hatte, stand das Ganze ja ohnehin auf sehr wackligen Füßen.«

»Einer der Männer ist fast gestorben nach der Attacke.«

»Ich weiß.«

»Welchen Eindruck hat Klant bei Ihnen hinterlassen? Wie würden Sie ihn beschreiben?«

Hobrecht rümpfte die Nase. »Ein selbstbewusster, kluger Kopf, ein Mann mit Überzeugungen, der sich nicht ans Bein pinkeln lässt und mit großer Gelassenheit den Überblick behält.«

Jan ließ die Einschätzung nachklingen, dann blickte er Schölter an. »Würden Sie mir eine Kopie der Akte sowie der gespeicherten Dokumente überlassen?«

Diesmal zögerte der Kanzleichef nicht eine einzige Sekunde. »Selbstverständlich.«

»Und bitte bewahren Sie Stillschweigen über unsere Erkenntnisse und den Stand der Ermittlungen.«

Schölter lächelte kühl. »Sie reden mit einem Anwalt, Herr Riechter.«

Eben, dachte Jan.

Kasper wartete, bis die beiden Frauen das Blumengeschäft verlassen hatten.

»Und was darf es für Sie sein?«, fragte Anita Somerberg freundlich. »Ein bunter Frühlingsstrauß für Ihre Frau?« Dem Geplauder mit den Kundinnen hatte Kasper entnommen, dass er Riekes Mutter vor sich hatte. Die Sechzigjährige war klein und füllig, ihr Gesicht war sonnengebräunt, und ihre Stimme klang warm und melodisch. Vielleicht singt sie in einem Chor, dachte Kasper und verwarf diese Vermutung gleich wieder.

»Hätten Sie ein paar Minuten Zeit für mich?«, fragte er schließlich und zückte seinen Ausweis.

»Polizei? Oh … Ja, natürlich. Worum geht es denn?« Sie sah ihn mit klaren Augen an und atmete plötzlich scharf ein. »Rieke?«, flüsterte sie und hob eine Hand zum Mund. »Geht es um sie?«

»Ja, aber …«

»Haben Sie sie gefunden?«

»Nein, Frau Somerberg, wir haben Ihre Tochter nicht gefunden«, erklärte Kasper rasch. »Aber es haben sich im Zusammenhang mit einer aktuellen Ermittlung einige Fragen ergeben, und ich erhoffe mir Ihre Unterstützung.«

Somerberg ließ die Hand sinken. »Wie meinen Sie das? Ist wieder jemand verschwunden?«

»Nein. Die Dinge liegen etwas anders bei unserem aktuellen Fall, dennoch möchten wir einem Hinweis nachgehen.«

»Was für ein Hinweis? Könnten Sie vielleicht etwas deutlicher werden?« Riekes Mutter schlüpfte hinter den Kassentisch und schob einen Stapel Einwickelpapier von rechts nach links.

»Im Moment kann ich Ihnen nur sagen, dass wir mehrere alte Fälle überprüfen«, entgegnete Kasper und trat zwei Schritte näher. »Ob etwas dabei herauskommt, können wir naturgemäß erst hinterher feststellen.« Er lächelte herzlich, doch Riekes Mutter reagierte nicht darauf.

Sie sah rasch zur Tür, als eine Gruppe junger Leute vorbeischlenderte. Niemand machte Anstalten, das Geschäft zu betreten. »Wissen Sie, Herr Kommissar, ich bin froh, wenn ich nicht an die alte Geschichte zurückdenken muss«, entgegnete sie dann leise. »Es war eine schlimme Zeit, wie Sie sich denken können. Meine Ehe ist daran zerbrochen …«

»Die Suche nach Rieke wurde schnell eingestellt.«

»Ja, es gab keinerlei Spuren. Niemand hatte sie gesehen, alle waren völlig ratlos. Wir waren zusammen aufs Hafenfest gegangen, und zwei Stunden später war Rieke verschwunden …«

»Wie genau?«

»Bitte?«

»Was genau ist passiert? Ihre letzte Erinnerung an Rieke – wie sieht die aus?«

Somerberg schob den Papierstapel wieder an seine ursprüngliche Stelle. »Steht das nicht alles in der Akte?«

»Die Akte gibt nicht viel her, und mir ist der persönliche Eindruck wichtig«, beharrte Kasper.

Sie schluckte. »Na schön. Wir haben etwas gegessen, und Rieke musste zur Toilette. Sie ist in ein Lokal gegangen, etwa zwanzig, dreißig Meter weiter«, begann sie stockend zu erzählen. »Ich habe ihr nachgesehen, wie sie die Tür aufzog …« Somerberg blickte zu Boden. Als sie wieder hochsah, schimmerten ihre Augen. »Das ist das Letzte gewesen, was ich von ihr sah. Ich mache mir bis heute Vorwürfe, dass ich sie alleine gehen ließ.«

In der Akte war vermerkt, dass das Lokal vom Keller bis unters Dach durchsucht worden war – ohne jedes Ergebnis. Den Wirtsleuten und ihren Gästen, die zum Zeitpunkt von Riekes Verschwinden ermittelt werden konnten, war nichts aufgefallen – weder das junge Mädchen noch etwas Ungewöhnliches. Gut möglich, dass Rieke die Toilette unbemerkt benutzt und dort entführt worden war oder aber die Gaststätte durch den Hinterausgang verlassen hatte. Möglicherweise war sie klammheimlich alleine weiter übers Hafenfest geschlendert und zu einem späteren Zeitpunkt verschwunden. Eventuell war sie bei einem Unfall im Hafenbecken, der vertuscht worden war, ums Leben gekommen.

»Können Sie sich daran erinnern, welche Kleidung Rieke an dem Tag trug?«, hob Kasper wieder an.

»Ja – Jeans, Bluse, bequeme Schuhe.«

»Trug sie Schmuck?«

Somerberg stutzte.

»Eine Kette zum Beispiel.«

»Ich weiß nicht ...« Riekes Mutter verschränkte die Arme. »Nein, ich glaube nicht.«

Die Ladenglocke erklang, und ein älteres Ehepaar trat ein – sehr zu Somerbergs Erleichterung, wie Kasper feststellte. Obwohl sich die Auswahl der geeigneten Blumen und die fachgerechte Zusammenstellung eine Weile hinzogen, blieb Kasper völlig entspannt und inspizierte mit zufriedenem Kennerblick das üppige Angebot des kleinen Geschäfts. Er war sicher, dass er einen wunden Punkt getroffen hatte. Als das Ehepaar den Laden verlassen hatte, sah Somerberg ihn abwartend an. »Worauf wollen Sie hinaus?«

»Es hat damals einen anonymen Anruf bei der Polizei gegeben, den wir nicht aufklären konnten. Jemand forderte uns auf, nach Riekes Kette zu fragen. Haben Sie eine Erklärung dafür?«

»Nein.«

Kasper nickte höflich und kratzte sich dann nachdenklich am Hinterkopf. »Wissen Sie, was ich glaube?«

Somerberg erweckte nicht den Eindruck, als würde sie das sonderlich interessieren.

»Ich glaube, dass Rieke eine sehr hübsche Kette trug, die wieder aufgetaucht ist. Vielleicht lag sie eines Morgens bei Ihnen im Briefkasten oder vor der Haustür ... wie auch immer.«

»Selbst wenn – was hätte das denn heute noch für eine Bedeutung?«, erwiderte Somerberg barsch.

»Das wäre damals von großer Bedeutung gewesen, weil die Ermittler von einem Verbrechen ausgegangen wären, zu dem es endlich eine Spur gegeben hätte! Und das gewinnt heute eine Bedeutung, die womöglich im Zusammenhang mit einem anderen Fall steht«, erklärte Kasper energisch. »Also? Wie war das mit der Kette?«

»Und wenn ich mich nicht erinnern kann?«

Schicke ich Romy her, die dir dann in ihrer altbekannt stürmischen Art den Marsch blasen wird, grollte Kasper stumm. »Dann muss ich wohl mit einem Durchsuchungsbeschluss wiederkommen«, erklärte er stattdessen lässig. »Irgendwas werden wir bei Ihnen finden – die Kette vielleicht, ein Foto von Rieke mit der Kette, so was in der Art.« Er war ganz und gar nicht davon überzeugt, dass der Staatsanwalt diese Aktion mittragen würde, aber das musste er ja Somerberg nicht auf die Nase binden.

Die Frau starrte ihn mit großen Augen an. »Na schön«, sagte sie plötzlich leise. »Sie haben recht – die Kette lag eines Tages, ungefähr zwei Wochen nach Riekes Verschwinden, in unserem Briefkasten.«

Kasper atmete tief aus.

»Nur die Kette, nichts weiter – kein Umschlag war dabei, kein Notizzettel, nichts. Mein Mann meinte, dass die jemand gefunden haben müsste.«

»Jemand?«

»Ja, irgendwer.«

Kasper verschränkte die Arme vor der Brust. »Irgendwer, der zufälligerweise wusste, was geschehen war und wundersamerweise darüber hinaus die Kette auch noch Rieke zuordnen konnte und Ihnen einen Gefallen tun wollte? Meinen Sie so einen Zufall?«

Somerberg wandte den Blick ab. »Mein Mann meinte …«

»Ja?«

»Er vermutete, dass ein tragisches Unglück geschehen war, eines, das nicht mehr rückgängig zu machen war, und einer der Beteiligten hat vielleicht an uns gedacht. Wir sollten die Sache ruhenlassen, sagte er, Rieke würde es sowieso nicht mehr helfen, und damit hatte er wohl recht …«

»Wieso gehen Sie automatisch von mehreren aus?«

»Bitte?«

»Sie sagten: einer der Beteiligten«, erklärte Kasper. »Wie kommen Sie darauf?«

»Keine Ahnung … war nur so eine Redensart.«

Einen Moment herrschte Stille. »Hatten Sie mal Ärger?«, fuhr Kasper dann fort. »Mit irgendwelchen Idioten, die Rieke beschimpften?«

»Idioten gibt es überall.«

»Geht es etwas genauer?«

Somerberg sah auf ihre Hände. »Das ist so lange her …«

»Ist es nicht.«

Riekes Mutter sah auf. »Ja. Das Mädchen ist häufiger mal beschimpft worden, wenn wir unterwegs waren. Sie kam mal von einem Einkauf zurück – mit blutender Nase und zerrissenen Sachen. Seitdem hatte ich sie nirgendwo mehr alleine hingelassen.«

»Was waren das für Leute?«

Sie schüttelte den Kopf.

»Neonazis?«

»Ich weiß nicht.«

»Und Sie haben nie daran gedacht, die Polizei einzuschalten?«

»Es ist nicht einfach mit so einem Kind …«

Das Argument habe ich schon mal gehört, dachte Kasper. Er griff in die Akte und zog ein Foto von Holger hervor. »Ist Ihnen dieser junge Mann seinerzeit mal über den Weg gelaufen?«

Somerberg sah sich das Bild lange an. Schließlich schüttelte sie den Kopf, aber Kasper war davon überzeugt, dass sie log.

So könnte es gewesen sein, überlegte Romy und legte ihr Handy beiseite. Holger war Zeuge oder sogar Mittäter bei einer Gewalttat gewesen, bei der Rieke starb und die seinen Ausstieg zur Folge hatte. Und die Kette sollte nicht nur eine Erinnerung an die Tochter darstellen, sondern zugleich die Polizei veranlassen, die Suche nicht aufzugeben – darum der anonyme Anruf. Doch die Somerbergs hatten nicht reagiert, vielleicht aus Angst, vielleicht aus Resignation. Ändern konnte man ohnehin nichts mehr, und die Eltern waren nicht daran interessiert, die Einzelheiten einer Gräueltat aufzudecken, die ihnen zusätzlichen Schmerz und Alpträume bereiten würden. Das Kapitel Rieke sollte endgültig abgeschlossen werden.

Kasper hatte bei ihrem Telefonat bedrückt und wütend zugleich geklungen. »Diese Nazis oder Neonazis sind doch gar nicht das Problem«, hatte er aufgebracht festgestellt. »Das Problem ist die Reaktion auf diese Typen, ihr Auftreten, ihre Taten, ihre Parolen. Warum lassen die Leute sich immer wieder einschüchtern? Warum hat man damals nachgegeben und die Ausstellung zu den Verbrechen der Wehrmacht in Prora abgeblasen? Meine Güte, das wäre der richtige Ort gewesen, oder?«

»Kasper …«

»Schon gut. Bin jetzt auf dem Rückweg. Bis gleich.«

Romy war immer noch verblüfft über die ungewohnte Heftigkeit des Kollegen, als ihr Handy erneut klingelte – Jan. Sie atmete einmal tief durch. »Ja?«

»Kommt ihr voran?«

»Kann man sagen.« Sie berichtete ihm in Kurzform von Kaspers Ermittlungen.

»Ja, das passt gut ins Gesamtbild, wenn wir auch keine gerichtsverwertbaren Beweise haben«, kommentierte Jan. »Ich möchte den Klant zunächst nur befragen. Gut möglich, dass es im Gericht zu einer Begegnung oder einem Wiedererkennen gekommen ist«, fuhr er fort und schilderte sein Gespräch mit Hobrecht. »Ich habe Max schon gebeten, so schnell und viel wie möglich über den Kerl herauszufinden, befürchte allerdings, dass das nicht allzu viel sein wird. Der Typ ist gewieft.«

»Ich möchte dabei sein.«

»Wobei?«

»Na, bei Klants Befragung.«

»Gut, okay. Dann machen wir das zusammen. Klant hat sein Büro in der Frankensiedlung.« In seiner Stimme lag ein Lächeln. »Mal gucken, wie wir beide uns als Befragungsteam machen.«

Das interessiert mich auch, dachte Romy.

»Wie lief es eigentlich mit Lilly?«

»Schwer zu sagen. Sie ist ein besonderes Mädchen, ohne Zweifel. Mehr lässt sich im Augenblick nicht feststellen.«

»Keine verwertbaren Aussagen?«

»Ich fürchte nicht.«

»Gut. Dann sehen wir uns gleich. Ich gehe in der Zwischenzeit die Akte im Detail durch und schicke Max eine Kopie.«

Wenig später machte Romy sich auf den Weg nach Stralsund. Fines kritischen Seitenblick steckte sie kommentarlos weg.

10

Stefan Klant war groß und hager. Er trug Segelschuhe zum Anzug, und er machte weder Umstände, als Romy und Jan vor der Tür standen, noch zeigte er auch nur einen Anflug von Unsicherheit. Sein Büro wirkte nüchtern und unauffällig – Schreibtisch, Aktenschränke, einige Regale mit Ordnern, eine bescheidene Sitzecke, keinerlei Hinweise auf seine rechten Aktivitäten; in einem Nebenraum saßen zwei junge Frauen vor ihren Monitoren.

Klant bot ihnen einen Sitzplatz an, nahm sich selbst ein Wasser, als Romy und Jan Getränke dankend abgelehnt hatten, und setzte sich zu ihnen. »Was kann ich für Sie tun?«

Sanfte, aufmerksame Augen, dachte Romy. Er kann gut zuhören. Durchaus ein Frauentyp, der um seine Wirkung weiß.

»Wir haben einige Fragen zu einem alten, längst abgeschlossenen Fall«, ergriff Jan das Wort. »Liegt anderthalb Jahre zurück. Sie waren damals der Hetze angeklagt und standen vor Gericht.«

»Ja, ich erinnere mich«, sagte Klant. »Ich bin freigesprochen worden. Aber das werden Sie auch wissen.« Kein Lächeln, keine hochgezogene Braue, keine Ironie in den Augenwinkeln. Eine ruhige Klarstellung.

»Selbstverständlich. Sie haben sich von der Kanzlei Schölter vertreten lassen. Gregor Hobrecht hat Ihr Mandat übernommen.«

»Auch das ist richtig.« Klant trank einen Schluck Wasser.

»Wie sind Sie auf Schölter gekommen? Wenn ich fragen darf.«

»Sie dürfen – ich brauchte einen Anwalt, und Schölters

Kanzlei hat einen guten Ruf.« Er stellte das Glas ab und blickte Romy an. Ein winziges Lächeln zupfte an seinen Mundwinkeln. »Worum geht es eigentlich? Wenn ich fragen darf.«

»Sie dürfen«, ergriff Romy das Wort, bevor Jan reagieren konnte. »Hatten Sie zuvor schon einmal mit der Kanzlei Schölter zu tun?«

»Nein.« Sein Lächeln vertiefte sich. »Ich bin sehr gespannt, worauf Sie hinauswollen.«

»Das glaube ich Ihnen gerne.« Romy erwiderte das Lächeln. »Sagt Ihnen der Name Holger etwas? Holger Bruhlstedt?«

Klant überlegte nur einen Moment. »Ja, durchaus. Wir waren früher befreundet – das liegt aber schon eine ganze Weile zurück.«

»Befreundet«, wiederholte Jan in deutlich süffisantem Tonfall und beugte sich vor. »Sie waren Kameraden, wollten Sie sagen – Stichwort Sassnitz, Club 18 und so weiter.«

Klant ignorierte Jans Provokationsversuch. »Ich habe Holger etliche Jahre nicht mehr gesehen. Warum fragen Sie nach ihm?«

»Etliche Jahre? Sind Sie sicher?«

»Durchaus. Worum geht es, Kommissar Riechter?«

»Nun, wir denken, dass Sie Holger im Verlaufe Ihres Prozesses wiedergesehen haben – und zwar im Gerichtssaal«, stellte Jan klar.

Klant runzelte die Stirn. »Aha. Nun, Sie täuschen sich. Ich habe Holger vor über zehn Jahren das letzte Mal gesehen, doch selbst wenn Sie mit Ihrer Annahme richtig lägen – und? Was hätte das zu bedeuten?«

»Holger hat sich seinerzeit, vor zehn, elf Jahren, aus Ihrem *Verein* abgemeldet und ist seine eigenen Wege gegangen«, sagte Jan. »Das hat Ihnen nicht gefallen, oder?«

Klant sah von Jan zu Romy und wieder zurück zu Jan. Seine Haltung spiegelte in nahezu perfekter Weise Verwunderung wider. »Sie haben völlig recht – Holger hat sich damals entschlossen, sein Glück woanders zu suchen, warum nicht, jedem das Seine –, aber ich verstehe wirklich nicht, worauf Sie hinauswollen.«

Romy seufzte. Entweder hatte der Mann in der Tat keinen blassen Schimmer, was sie von ihm wollten, und gab den freundlich jovialen Geschäftsmann, weil er das stets tat, wenn er es mit der Polizei oder sonstigen Behörden zu tun hatte, oder er bewarb sich mit seiner Vorstellung für einen Platz am Max-Reinhardt-Seminar – und hatte gute Chancen, ihn zu ergattern.

»Keine Sorge, das werden Sie gleich«, meinte Jan. Seine Stimme klirrte plötzlich vor Anspannung. Für Romys Geschmack ging er ein wenig übermotiviert zur Sache. »Holger war Mitarbeiter in Schölters Kanzlei …«

»Wirklich?«

»Das wussten Sie nicht?«

»Nein – wie denn auch? Wie bereits erwähnt, brach unser Kontakt schon vor sehr langer Zeit ab.«

Jan verzog den Mund. »Ja, schon klar. Nur: Unsere Recherchen haben etwas anderes ergeben, was angesichts der Tatsache, dass Holger tot ist, eine ganz besondere Bedeutung bekommt. Er ist einem Mordanschlag zum Opfer gefallen, um genau zu sein.«

Klant hielt die Luft an. Das hat er nicht gewusst, dachte Romy. Der Kerl hat alles Mögliche auf dem Kerbholz, aber …

»Das ist ja schrecklich … Doch …« Er schüttelte den Kopf. Sein Blick klärte sich plötzlich. »Sagen Sie mal, was wollen Sie eigentlich in diesem Zusammenhang von mir?«

»Wir wüssten gerne, wann Sie Holger das letzte Mal gesehen und was Sie am Wochenende unternommen haben«, erklärte Jan.

»Wollen Sie damit andeuten, dass ich etwas mit Holgers Tod zu tun haben könnte? Das ist ja absurd. Im Übrigen ...«

»Nein, es besteht kein dringender Tatverdacht, Herr Klant«, unterbrach Romy ihn rasch und warf Jan einen warnenden Seitenblick zu. »Aber es haben sich einige Schnittstellen zwischen Bruhlstedt und Ihnen ergeben, denen wir nachgehen müssen, um den Fall und seine Hintergründe aufzuklären. Deswegen wäre es für alle Beteiligten hilfreich, wenn Sie ohne große Umstände kooperieren würden.«

»Natürlich, ich kooperiere gerne, Frau Kommissarin. Wenn es der Sache dient und eine polizeiliche Aufklärung vorantreibt.« Ein feines Lächeln glitt über sein Gesicht. »Also noch einmal: Ich habe Holger vor über zehn Jahren zum letzten Mal gesehen ...«

»Vielleicht anlässlich des Hafenfestes in Sassnitz, im Sommer 2002?«, fragte Romy. »Oder kurze Zeit darauf?«

Klant schüttelte den Kopf. »So genau weiß ich das nicht mehr.«

»Damals verschwand dieses junge Mädchen – Rieke Somerberg. Erinnern Sie sich vielleicht daran? Die Meldung ging durch die Presse. Sie ist bis heute nicht wieder aufgetaucht.«

Erneutes Kopfschütteln, doch Klants Blick war um eine Nuance schärfer und wacher geworden. »Nein, tut mir leid. Da klingelt gar nichts bei mir.«

»Und als Sie sich für die Kanzlei Schölter entschieden, klingelte da auch nichts bei Ihnen? Sie wussten tatsächlich nicht, dass Holger dort arbeitete?«, schaltete Jan sich wieder ein.

»Richtig. Ich hatte keine Ahnung – das war reiner Zufall.«

»Und Sie haben ihn auch nicht im Gericht gesehen?«

»Nein.«

»Na schön. Darf ich fragen, was Sie am letzten Wochenende gemacht haben?«

»Sie dürfen«, stimmte Klant höflich zu. »Ich war ab Freitagvormittag rund um die Uhr bei der Stralsunder Segelwoche eingespannt - wechselweise in meinem Yachtclub und im Organisationsteam des Regattabüros. Wenn Sie Wert darauf legen, stelle ich Ihnen einen Liste mit Namen zusammen - zur Überprüfung meines Alibis.«

»Klasse. Das wäre hilfreich.« Jan zog die Augen zu schmalen Schlitzen zusammen. »Sie sind Segler?«

»Ja, schon lange. Ein schöner Sport.«

»In der Tat, einer für die ganz Aktiven unter uns.«

Klant setzte ein nonchalantes Lächeln auf. Wenig später war die Unterredung beendet, und er brachte sie ohne Eile zum Ausgang.

»Danke«, sagte Romy im Hinausgehen.

»Aber gerne.«

»Die Namensliste ...«

»Schicke ich Ihnen.«

»Gut.«

Jan blieb in der Tür stehen, während Romy ein paar Schritte voranging, und drehte sich noch einmal zu Klant um. »Jedem das Seine, nicht wahr?«

»Wie bitte?«

»Sie verstehen mich sehr gut.«

»Tatsächlich? Ich glaube, dass Sie ein bisschen überreagieren, Herr Kommissar. Falls das mit meiner politischen Überzeugung zu tun hat, so darf ich Sie an Artikel 1 des Grundgesetzes erinnern.«

Wenn Blicke töten könnten, dachte Romy, als Jan Klant sekundenlang anstarrte, bevor er schließlich eine wegwerfende Handbewegung machte und sich abrupt in Bewegung setzte. Romy wartete, bis er zu ihr aufgeschlossen hatte. »Warum so heftig?«

Er riss die Wagentür auf und schlüpfte hinters Steuer. »Merkst du nicht, wie aalglatt der Typ ist und wie der uns verarscht? Ausgerechnet so einer weist aufs Grundgesetz hin. Ich könnte kotzen …«

»Natürlich, aber du …«

»Ja?«

»Du gehst ihm ordentlich auf den Leim«, entgegnete sie und stieg ebenfalls ein.

»Tatsächlich? Hörst du eigentlich nicht auf die Zwischentöne?«

»Selbstverständlich.«

»Und?«

»Meine Güte, was genau meinst du?« Romy spürte, dass sie sauer wurde.

»*Jedem das Seine* – war die Inschrift über dem Hauptportal zum KZ Buchenwald.«

Sie runzelte die Stirn. Das hatte sie in der Tat überhört beziehungsweise nicht zugeordnet. »Eine Redewendung …«

»Die der Knabe bestimmt nicht zufällig benutzt!«

»Mag sein«, erwiderte Romy aufgebracht. »Aber dass du so darauf abfährst, hilft uns auch nicht gerade weiter, ganz im Gegenteil.« Und das ausgerechnet von mir, schoss es ihr durch den Kopf. Kasper würde sich köstlich amüsieren.

»Was hilft uns sonst weiter?«

»Ruhe, Gleichmut und Souveränität«, blaffte sie.

Einen Moment blieb es still im Auto, dann räusperte sich Jan und sah zum Seitenfenster hinaus. »Kannst du das noch mal brüllen? Bitte – nur für mich.«

Romy verdrehte die Augen, dann sahen sie sich an. »O Mann, ein Dreamteam für Befragungen sind wir nicht, oder?«

Jan grinste. »Nö. Aber man kann ja nicht alles haben.«

»Und nun?«

»Gehen wir was essen. Und dann will ich mit den beiden Opfern sprechen.«

»Gute Idee. Ich rufe Max an, der sicherlich bereits die Kontaktdaten herausgesucht hat.«

Bernd Reisler und Oliver Goemer, Anfang und Mitte dreißig, betrieben gemeinsam eine kleine Pension mit Bistrobetrieb an der Putbuser Straße in Binz – zwischen Schmachter See und Ostseestrand idyllisch an einem Wäldchen gelegen. Das Haus war ganz im Stil der Bäderarchitektur saniert worden und hatte sich, so Max' Auskünfte, auf gutbetuchte homosexuelle Kunden spezialisiert. Nachdem Bernd Reisler bei dem Überfall schwer verletzt worden war und monatelang ausfiel, hatte sein Partner allein den Betrieb weitergeführt und auch halten können.

Als Romy und Jan eintrafen, war Oliver Goemer hinterm Tresen beschäftigt, während sein Partner unterwegs war, um Einkäufe zu erledigen. Im Bistro saßen einige Gäste bei Kaffee und süßen Snacks; leise Hintergrundmusik untermalte die entspannte Atmosphäre.

»Wie wäre es mit einem Espresso oder einem Latte macchiato?«, fragte Goemer, ein schlanker dunkelblonder Mann in Jeans und Polohemd, den Max über den Besuch der Kommissare vorab informiert hatte.

»Gegen einen Espresso hätte ich nichts einzuwenden«, sagte Romy.

»Ich hätte lieber einen ganz normalen Kaffee«, erwiderte Jan.

»Kein Problem.« Goemer lächelte. »Den haben wir auch. Sie kommen wegen der alten Geschichte«, fügte er wenig später hinzu, während er den Kaffee servierte. »Stefan Klant.« Das Lächeln wurde merklich dünner.

»Ja.« Romy kostete den Espresso und süßte etwas nach.

»Wir fassen den Mann im Zusammenhang mit einer anderen Ermittlung gerade genauer ins Auge. Jeder Hinweis ist hilfreich, auch was die Rolle der Entlastungszeugen angeht.«

Goemer zog sich einen Stuhl heran, nachdem er einen prüfenden Blick in den Gastraum geworfen hatte, wo offensichtlich alle wunschlos zufrieden waren. »Es gibt nicht viel zu sagen oder aus der Distanz nachzutragen. Eine Gruppe von mehreren Leuten hat Bernd und mich während des Konzerts abgedrängt. So richtig mitgekriegt haben wir das erst, als wir auf einmal mehrere Meter abseits standen und fünf, sechs Typen um uns herum waren, die immer näher rückten und plötzlich feindselig wurden, herumpöbelten und übergriffig wurden …«

»Typische Neonazis?«

»Vom Aussehen her nicht unbedingt, zumindest nicht auf den ersten Blick. Allerdings beschimpften sie uns mit den üblichen Parolen in Kombination mit brauner Hetze«, erklärte Goemer.

»Das heißt?«

»Schwule Sau, Arschficker, vergasen müsste man euch perversen Schweine, der Führer hat recht und so weiter.«

Romy verzog keine Miene.

»Doch bevor ich überhaupt registriert hatte, dass da was nicht mit rechten Dingen zuging … Hübsches Wortspiel, na ja … Also, bevor ich kapierte, wie bedrohlich die Situation war, und auf die Idee kommen konnte, mir die Leute genauer anzusehen, hatte man uns schon Mützen über den Kopf gezogen. Dann stießen sie uns zu einem Bauwagen. In dem Gedränge – es war laut, es wurde getanzt, gelacht, getrunken – fiel niemandem etwas auf, und die beiden Zeugen, denen doch was auffiel, waren später in ihren Aussagen viel zu schwammig, wie Sie sicherlich auch längst wissen.«

Romy nickte.

»Irgendeine Stimme mit sehr klarer autoritärer Ausstrahlung gab Anweisungen … Das war Klant, da war ich mir ziemlich sicher. Aber ziemlich sicher reicht nicht – ich konnte ihn nicht identifizieren, und Bernd schon mal gar nicht. Sie bugsierten uns in den Bauwagen, und die Typen prügelten auf uns ein … Und einiges mehr.« Goemer brach ab und schloss kurz die Augen. »Ich glaube nicht, dass Sie es genauer wissen möchten.«

»Wir sind Polizisten«, sagte Jan. »Wir müssen es genauer wissen, ob es uns gefällt oder nicht.«

Goemer lächelte traurig. »Bernd hatte schwere innere Verletzungen. Sie hatten ihm irgendwas in den Anus gerammt …«

Romy schluckte.

»Ich hatte in dieser Beziehung Glück – bevor sie mir Ähnliches antun konnten, war der Spuk plötzlich vorbei. Die Zeugen hatten Hilfe geholt. Plötzlich erklang eine Polizeisirene, und die Typen verschwanden. Bernd hatte Glück, dass er überlebte.«

»Wie stießen die Ermittler eigentlich auf Klant?« Romy sah Jan an, der auf die Akte tippte.

»Sein Name fiel beim Durchleuchten der rechten Szene, und beide Zeugen erkannten ihn wieder«, antwortete er und wandte sich dann an Goemer. »Sind Sie und Ihr Partner eigentlich schon mal bedroht worden?«

»Es gibt immer mal wieder ein paar blöde Anrufe und einige unfreundliche Mails. Als wir hier vor einigen Jahren die Pension eröffneten, war das ein paar Monate lang regelmäßig der Fall, aber …« Goemer zuckte mit den Achseln. »Nichts Dramatisches, die üblichen Sticheleien und Gehässigkeiten, und inzwischen ist es eher die Ausnahme. Wir hatten im schicken Binz durchaus mit der einen oder anderen Anfeindung gerechnet und darauf gebaut, dass das wieder nachlässt, wenn die Leute merken, dass wir hier einfach nur leben und unseren Job machen – nicht mehr, aber auch nicht weniger. Und irgendwelche Idioten gibt es ja immer, und zwar an jedem Ort der Welt.«

»Unbedingt. Sie sehen da also keinen Zusammenhang?«

»Auf gar keinen Fall.«

»Vor Gericht haben mehrere Entlastungszeugen zugunsten Klants ausgesagt. Kannten Sie die Leute? Oder haben Sie sie wiedererkannt?«, fragte Romy.

»Nein. Eine junge Frau hat Klant ein Alibi verschafft, zwei andere haben bestätigt, dass Klant überall war, nur nicht auf dem Konzert. Es gelang ihnen, das Gericht zu überzeugen.«

Und genauso wird es in Holgers Fall auch wieder ablaufen, dachte Romy. Klant wird ein hieb- und stichfestes Alibi vorweisen können, das möglicherweise sogar stimmt, weil er nicht selbst unterwegs war, sondern jemand losgeschickt hatte, der Holger beobachtete und schließlich in einem sehr günstigen Augenblick auflauerte. Wir können uns die Mühe sparen, die garantiert akkurat zusammengestellte Namensliste abzuarbeiten. Alles steht wieder auf Anfang, resümierte sie. Eine Viertelstunde später verließen sie das Bistro und fuhren über Zirkow zur Teambesprechung nach Bergen. Warmes Frühsommerlicht lag über den Feldern.

»Dein Roller steht noch in Stralsund«, unterbrach Jan plötzlich die Stille.

»Stimmt. Den muss ich nachher abholen.«

»Wir könnten noch eine Kleinigkeit trinken gehen.«

»Mal sehen.«

Jan lächelte.

Die Zeugin, die Klant entscheidend entlastet hatte, hieß Jana Berg. Jan hatte kurz gestutzt, als Max seine Hintergrundrecherche darlegte und der Name fiel, ihn dann aber wieder beiseitegeschoben. Seine Gedanken kreisten um die Ausrichtung der anstehenden Ermittlungen. Wie weit würden sie kommen, wenn sie weiter im rechten Sumpf herumstocherten und alte Geschichten ausgruben – eine hässlicher als die andere? Und würde selbst ein nachvollziehbarer Kontext tatsächlich zu der Spur führen, die sie dann zu Holgers Mörder brachte? Hatte das eine mit dem anderen gar nichts oder lediglich am Rande zu tun?

»Ich glaube, wir müssen noch mal neu ansetzen, was die Einkreisung des Täters angeht«, sprach Kasper ihm schließlich aus dem Herzen. »Egal, aus welchem Zusammenhang der stammt und welches Motiv ihn trieb, sofern es um keine Zufallstat geht – er muss gewusst haben, dass Holger Bruhlstedt am Samstagmorgen am Steilufer unterwegs sein würde. Ich kann mir nicht vorstellen, dass er rund um die Uhr observiert wurde, ohne auf seinem Weg von Stralsund nach Sassnitz und schließlich in aller Herrgottsfrühe hoch zu den Klippen etwas davon mitzubekommen. Dazu war Holger zu vorsichtig.«

Jan nickte. »In der Kanzlei war sein Vorhaben bekannt …«

»In der Familie auch«, ergänzte Romy und verschränkte die Hände im Nacken. »Irgendjemand könnte geplaudert haben – unbewusst, meine ich. Im Hintergrund wartete jemand auf seine Chance und lauerte ihm auf. Das ist aber alles nicht neu. Wir könnten uns mal die Telefonverbindungsliste der Kanzlei ansehen …«

Jan winkte ab. »Davon verspreche ich mir gar nichts, denn selbst wenn sich dabei herausstellt, dass ein alter Bekannter aus der rechten Szene nach Holger gefragt hat und von den Rügen-Plänen erfuhr – was haben wir davon?«

»Jede Einzelheit ist wichtig«, beharrte Romy.

»Ja, aber wenn wir uns zu sehr in Details verlieren, laufen

wir im Kreis und sind Weihnachten noch immer mit diesem Fall beschäftigt, ohne überzeugende Beweise zu finden. Und noch was«, Jan ließ den Blick schweifen, »Holger war regelmäßig bei seiner Familie und unternahm dann fast immer seine Morgenwanderungen. Warum, so der Täter aus dem Klant-Kreis stammt, erfolgt erst jetzt der Angriff? Nach anderthalb Jahren?«

»Der Typ hat sich einfach Zeit gelassen, damit der Zusammenhang eben nicht sofort klarwird«, schlug Romy vor. »Der ist geduldig und schlau. Und reagiert nicht über.« Sie schmunzelte, während Jan die Lippen spitzte und ihr einen langen Blick zuwarf, den sie ungerührt zurückwarf. Sie ist verdammt frech, dachte er. Darüber wird noch zu reden sein.

Kasper streckte die Beine aus. »Oder es steckt etwas ganz anderes dahinter, das bislang keine Rolle spielte – oder eine, die wir übersehen haben, weil wir auf den naheliegenden Nazi-Mist konzentriert waren.«

»Nun gut. Glaube ich zwar nicht, kann man aber nicht ausschließen«, meinte Romy. »Darum schlage ich vor, dass wir noch einmal alle Akten durchgehen, mit denen wir bisher zu tun hatten, sämtliche genannten Personen überprüfen sowie akribisch genau die Fälle studieren, an denen Holger in den letzten Monaten mitgewirkt hat«, schlug sie vor. »Und zwar völlig unabhängig von der Straftat, um die es ging. Viel Arbeit, aber irgendwo muss es eine Verknüpfung geben.«

Max nickte. »Ich hatte bereits mit dem Aktenstudium angefangen, aber …«

»Ich weiß, es war genug zu tun und dauernd etwas anderes zu recherchieren«, wiegelte Romy ab. Sie sah auf die Uhr. »Morgen in alter Frische?«

Jan fuhr langsam über die Rügenbrücke. Der Blick über den in der Abendsonne glitzernden Strelasund, auf dem kleine

Fischerboote lautlos dahinschaukelten, war wundervoll. Auch im Auto war es still. Romy hatte ihr Gesicht abgewandt, sie sah übers Wasser. Er hatte Lust, sie zu küssen … und noch einiges mehr, aber als sie an der PI eintrafen, verabschiedete sie sich mit großen Gesten, Kussmund und fliegenden Locken. Dann drehte sie sich abrupt um und hastete zu ihrem Roller. Sein Blick war an ihr hängengeblieben, an den hohen Wangenknochen, dem zarten Hals und den dunklen Augen, die bei allem Zögern vielversprechenden Lippen, aber er kam nicht mehr dazu, ihr zu sagen, dass er geschieden war und es keine andere gab und er sie ziemlich aufregend fand und frech und verführerisch – so was in der Art. Sie lächelte und verschwand in der Abendsonne.

Es war halb fünf in der Frühe, als er hochschreckte und plötzlich wusste, woher er den Namen Jana Berg kannte. Die Schwester von Nils hieß so, dem kleinen misshandelten Jungen, dessen Leben in dem Augenblick beendet war, als er Friedemann Leim und seinem Kompagnon begegnete, obwohl er erst zwei Jahre später Suizid beging. Jans Puls raste, er schloss die Augen und atmete langsam tief aus.

Das ist kein ungewöhnlicher Name, beschwichtigte er sich zwei Minuten später und ließ sich zurück in die Kissen sinken. Aber es war müßig, wieder einschlafen zu wollen – die Bilder rauschten durch seinen Kopf, vorneweg Leim und sein entrücktes Lächeln sowie die Bilder der toten Kinder, begleitet von den Aussagen der Familienangehörigen von Nils, die er im Zuge der Vernehmung nachgelesen hatte. Jans Unruhe wuchs mit jedem Augenblick. Um fünf Uhr stand er auf und fuhr ins Kommissariat.

11

Eine seltsame Parallele, überlegte er zum wiederholten Mal, als er am späten Abend das Büro verließ und in den Yachtclub fuhr. Zufall? Gab es solche Zufälle? Holger war einer von diesen Jungs gewesen, die einfach mal was Neues ausprobieren wollten – er hätte auch im Drogenmilieu landen können oder bei den Scientologen oder im Extremsport – Hauptsache, jemand übernahm das Kommando und gab ihm das Gefühl, mittendrin zu sein und einen wichtigen Part zu spielen; Hauptsache, es war etwas los, was sich vom Rest seines Lebens unterschied und ihm eine völlig neue Perspektive bot. Es hätte was aus ihm werden können. Holger war nicht dumm, er war neugierig und aufgeschlossen gewesen, und er hatte die Nase voll gehabt vom einseitig ausgerichteten Leben seiner Familie – Fischläden, Fischläden und nochmals Fischläden.

Ich habe damals einen Fehler gemacht, dachte Stefan, als er hinter dem alten Bootshaus parkte. Ich habe seine Anhänglichkeit überschätzt und seine Sehnsucht nach Führung ebenfalls, und, ganz entscheidend: Ich habe nicht verstanden, dass Holgers Angst vor Gewalt größer war als seine Furcht, bei einer Bewährungsprobe zu versagen – weil das Echo zu groß und schmerzhaft für ihn war, weil sie seine Träume beherrschte und seine Seele verkümmern ließ. Und statt an der Wichtigkeit der Aufgabe zu wachsen, hatte er begonnen, sie in Frage zu stellen und sich zu verwandeln.

Die Sache mit Rieke hatte den entscheidenden Anstoß gegeben. Holger war nicht in der Lage gewesen, ihr etwas zu tun; er hatte noch nicht einmal zusehen können, als es die anderen taten, sondern sich entsetzt abgewandt – ohne sich große Mühe zu geben, seine Angst und seine Abscheu zu verbergen. Stefan hatte sich nicht großartig gewundert, als Holger ein Abtrünniger wurde und schließlich von einem Tag auf den anderen, und ohne ein einziges Wort zu verlieren, verschwand. Keiner wusste, wann genau er aufgebrochen und wo er geblieben war. Stefan hatte ihn ziehen lassen und nicht mehr als ein paar halbherzige Nachforschungen eingeleitet, und zwar hauptsächlich, weil die Gruppe derartige Maßnahmen von ihm erwartete. Holger war klar, dass er Stillschweigen zu bewahren hatte und sich nicht mehr blicken lassen durfte. Wer die Gruppe verließ, war ein Verräter, und Verräter galten in der Szene als Freiwild.

Aber Holger war an die Küste zurückgekehrt und hatte bereits einige Jahre als Rechtsfachwirt – was für eine Wandlung! – in Greifswald und Stralsund gearbeitet, wie Stefan inzwischen nachgeforscht hatte, bevor seine und Klants Wege sich erneut kreuzten. Und das war der schiere Zufall gewesen, denn die Entscheidung für die Schölter-Kanzlei war ohne sonderliche Recherchen erfolgt – Stefan hätte auch einen anderen Anwalt beauftragen können. Die Überlegung, dass Holger ihm nachspioniert und den Prozess unabhängig davon, welche Kanzlei ihn vertrat, beobachtet hatte, hielt Stefan für genauso ausgeschlossen wie den Umstand, dass die Bearbeitung des Falls gänzlich an ihm vorübergegangen war.

Er hat alles von weitem im Auge behalten, resümierte Stefan. Vielleicht hat er gehofft, dass ich verknackt werde. Vielleicht sind die alten Geschichten wieder in ihm hochgestiegen, und er hat das Gefühl gehabt, etwas unternehmen zu müssen. Fest stand, dass Jana sich kurze Zeit später auf den Aussteiger-Weg machte. Sich von Stefan und der Gruppe zurückzog und förmlich in Luft auflöste. Natürlich hatte das eine mit dem anderen etwas zu tun, aber wie genau war es abgelaufen? Kannten die beiden sich von früher? Kaum realistisch, es existierte zumindest in der Gruppe kein zeitlicher Zusammenhang, der diese Annahme nahelegte, dazu war auch der Altersunterschied zu groß. Hatte Holger, wie auch immer, Kontakt zu ihr aufgenommen, zielstrebig seinen Einfluss geltend gemacht und seine Geschichte erzählt? Weil er trotz ihres überzeugenden Auftritts vor Gericht gespürt hatte, dass sie schon seit längerer Zeit nur auf den geeigneten Augenblick wartete, endlich den Aufbruch zu wagen? Hatte er gemerkt, dass eine Chance existierte, sie auf die andere Seite zu ziehen? Gut möglich.

Jana hatte Stefan viel zu verdanken. Er und die Gruppe hatten sie aufgefangen, ihr eine Familie, ein Zuhause gegeben und dafür gesorgt, dass das grausame Verbrechen an ihrem Bruder nicht in Vergessenheit geriet, sondern zu weitreichenden Konsequenzen führte, die mit der einzigen Strafe endete, die für solche Taten angemessen war – mit der Todesstrafe. Tod durch Erhängen. Und Jana war dabei gewesen, bis zum Schluss. Sie hatte nicht einmal den Blick abgewandt. Tapferes, starkes Mädchen.

Es war nicht sonderlich schwer gewesen, die beiden Freispruch-Kandidaten aufzuspüren, sie hatten Spezialisten für solche Aufgaben und gute Kontakte. Unter der Folter waren sie geständig. Später wurde bekannt, dass ein anderer Kindermörder die Verantwortung für die Tat an Janas Bruder übernommen hatte und somit einer der beiden Gehenkten unschuldig gewesen war, zumindest in diesem Fall. Unschuld war jedoch bei dieser Art von Menschen – Herumtreibern, Trinkern, Asylanten, Obdachlosen – ohnehin ein viel zu großes Wort, ein Schuh, der ihnen nie richtig passte. Das hatte Stefan immer wieder betont, dennoch war

Jana lange Zeit wie erstarrt gewesen und hatte dann zunehmend resigniert. »Einer ist der Falsche gewesen«, hatte sie ein ums andere Mal gesagt, wie ein Mantra gemurmelt. »Aber welcher? Um Gottes willen – wer war der Falsche?« Nur die Einsamkeit hatte sie davon abgehalten zu gehen, wohin auch immer. Und die Angst. Beides hatte sie offensichtlich nach Klants Freispruch überwinden können.

Stefan hatte ihre klare und unerschütterliche Aussage im Prozess um die Schwulenhatz im Nachhinein wie ein Abschiedsgeschenk an ihn bewertet. Oder anders formuliert: Sie hatte sich freikaufen und Stefan beschwichtigen wollen, damit er sie in Frieden, ohne Groll und Verfolgung ziehen ließ. Das hatte er in diesem Fall nicht getan. Die Enttäuschung war zu groß gewesen und auch die Sehnsucht nach ihr. Doch keiner seiner Leute hatte sie erwischt, auch wenn einer von ihnen ihr einige Male sehr nahe gekommen war und immer mal wieder die Fühler nach ihr ausstreckte. Sie sollte ruhig mitbekommen, dass die Szene wachsam war und über ein lückenloses Gedächtnis verfügte, und wenn sie in der Gegend war, würde sie früher oder später geschnappt werden. Und wo sollte sie auch hingehen? Sie war nicht stark genug, ganz auf sich allein gestellt irgendwo ein neues Leben zu beginnen – immer die Schatten der Vergangenheit hinter sich herschleppend.

Immerhin hatte sie sich sehr geschickt angestellt, ihre Verfolger ein ums andere Mal abzuschütteln, und auch das sprach dafür, dass Holger mit von der Partie gewesen war. Der erfolgreiche Aussteiger hatte die Neuaussteigerin beraten, beschützt, geleitet, gevögelt. Konnte es so gewesen sein? Durchaus möglich, mehr als wahrscheinlich. Nun war Holger tot, und die Frage nach seinem Mörder und die Umstände seines Todes interessierte Stefan weniger als die Schlussfolgerung, dass Jana nun wieder schutz- und führerlos durchs Leben irrte und es endgültig Zeit wurde, sie zurückzuholen.

Der Mann, der Stefan im Bootshaus erwartete, war ein alter Hase mit hervorragenden Verbindungen in alle möglichen Kreise, der Jana zu Beginn der Jagd zweimal fast erwischt hätte. Karl war klein, mager und unscheinbar, sein Alter ließ sich schwer schätzen - zwischen Anfang dreißig und Ende vierzig war alles möglich -, und kaum jemand kannte seinen Nachnamen oder seine Adresse. Er trug meist abgewetzte Jeans und dunkle Kapuzenjacken, und seine gebückte Haltung und sein schlurfender Gang ließen kaum darauf schließen, dass er ein wendiger, erfahrener Kampfsportler war und mit dem Messer umzugehen verstand. In der Regel arbeitete er allein, und wenn er Kameraden zur Unterstützung brauchte, hatten die ohne Wenn und Aber nach seiner Pfeife zu tanzen.

Karl saß im Halbdunkel in einem Korbsessel und rauchte einen Zigarillo, als Stefan eintrat. Er sah, wie die Glut aufflammte, und schloss die Tür hinter sich.

»Was gibt es so Eiliges?« Karl hielt sich nie mit langen Vorreden auf. Dazu war das Leben seiner Ansicht nach viel zu kurz.

Stefan schnappte sich einen Hocker und platzierte ihn neben Karl. »Jana.«

»Mal wieder?«

»Immer noch. Die Situation hat sich geändert.«

»Erzähl.«

»Sie hat keinen Beschützer mehr. Vielleicht wird sie unvorsichtig oder auffällig ängstlich und macht Fehler.«

»Ja, möglich. Ich wusste gar nicht, dass es einen Beschützer gab.«

»Ich bisher auch nicht.«

Karl strich die Asche ab. »Warum ist sie so wichtig?«

»Aus verschiedenen Gründen.«

»Verstehe. Und was ist mit ihrem Beschützer passiert?«

»Er ist tot. Wahrscheinlich ermordet. Das war auch mal einer von uns. Holger.«

Karl schnaubte durch die Nase. »Und wer hat ihn …«

»Keine Ahnung. Die Polizei ermittelt. Also sei vorsichtig.«

»Ich bin immer vorsichtig.«

»Stimmt. Anrufe nur von einem öffentlichen Telefon aus.«

»Auch nichts Neues.«

»Ich verlasse mich auf dich.«

»Tu das.«

Stefan verließ das Bootshaus durch den Hinterausgang und fuhr auf Schleichwegen nach Hause. Er war davon überzeugt, dass Karl nicht lange brauchen würde, um Jana diesmal zu erwischen. Warum war sie so wichtig? Eine gute Frage. Jana wusste zu viel, sie hatte ihn schändlich betrogen, sein Vertrauen und seine Hingabe missbraucht, und er musste unbedingt herausfinden, ob und in welcher Weise sie etwas mit Holger zu tun gehabt hatte.

Der Himmel hatte dieses kitschige Kinderhellblau, die Ostsee, drei Nuancen dunkler, breitete sich ohne Wellengang und voll trügerischer Ruhe wie ein straff gespanntes Tuch darunter aus. Erste Strandspaziergänger waren bereits unterwegs, als Romy in aller Frühe vor ihrem Aufbruch nach Bergen über die Seebrücke lief. Sie hatte nicht besonders gut geschlafen – der schwierige Fall ließ ihre Gedanken nicht zur Ruhe kommen, und die Beziehung zu Jan sorgte für zusätzliche Aufregung. Aber das war absehbar gewesen. Sie atmete mehrfach tief durch und ließ ihren Blick etliche Minuten über den Horizont schweifen, bevor sie umkehrte und ins Kommissariat fuhr.

Es war gerade mal sieben Uhr, und sie ging davon aus, die

erste im Büro zu sein, doch wider Erwarten duftete es bereits nach Kaffee, als sie eintrat, und Max saß schon vor seinem Monitor – oder immer noch. Nachtschichten waren in Phasen emsiger Ermittlungsarbeit nichts Ungewöhnliches für ihn.

»Moin, Max. Hast du mal wieder durchgemacht?«, fragte sie und goss sich einen Kaffee ein.

»Nein. Ich bin seit einer Stunde hier. Konnte nicht schlafen und hab schon mal mit dem Aktenstudium begonnen.«

»Was Neues?« Romy trat näher.

Max nickte. »Ich glaube schon. Simon hat mir gestern Abend noch eine Mail geschickt – ein Fall aus der Schölter-Kanzlei hat ihn stutzig gemacht. Er meinte, wir müssten da mal genauer nachhaken, war aber selbst unter Zeitdruck und …«

»Und so hast du dir die Akte genauer angesehen?«

»Ja, einschließlich Recherche zum Prozessverlauf.«

»Und? Erzähl, ich bin ganz Ohr.«

Max schob den Bürostuhl ein Stück zurück. »Die Kanzlei beziehungsweise Schölter höchstpersönlich hat Anfang des Jahres das Mandat von einem gewissen Lars Tenna übernommen, einem Geschäftsmann mit mehreren Bars und Cafés in Stralsund und auch auf Rügen. Der Mann war der schweren Körperverletzung in Tateinheit mit Glücksspiel und Drogenhandel angeklagt und wurde im Frühjahr für schuldig befunden. Er hat satte zehn Jahre gekriegt und sitzt inzwischen in der JVA Stralsund.«

»Ganz schön saftig. Demnach konnte Schölter wohl nicht allzu viel zu seiner Entlastung beitragen.«

»Das ist milde formuliert. Man sollte noch einen Schritt weitergehen: Er konnte sogar auffallend wenig für Tenna tun.« Max hob eine Braue. »Die Verteidigung lief ziemlich ins Leere.«

»Was heißt das genau?«

»Der Staatsanwalt zauberte Beweismittel aus dem Hut, auf die Schölter so gut wie gar nicht vorbereitet war, und das passt eigentlich nicht zu seinem guten Ruf.«

»Nun, das kann passieren«, wandte Romy ein. »Wenn die Beweise stichhaltig sind, haben die Ermittler wohl gute Vorarbeit geleistet, und dieser Tenna verdient das Strafmaß, auch wenn der Verteidiger sich ins Zeug gelegt hat.«

»Ja, mag sein …« Max setzte eine skeptische Miene auf.

»Okay, aber selbst wenn da was schief klingt – was hat das Ganze mit unseren Ermittlungen zu tun?«

Der Kollege lächelte. »Das ist die entscheidende Frage. Es gibt nämlich bei diesem Fall noch einen weiteren, hochinteressanten Aspekt, auf den ich bei weitergehender Recherche gestoßen bin und der dich sehr wahrscheinlich aufhorchen lassen wird.«

Max legte eine Kunstpause ein, und Romy hob kurz den Blick zur Decke. »Der da wäre?«

Max lächelte. »Dieser Tenna ist kein unbeschriebenes Blatt. Er hatte schon häufiger mit der Polizei zu tun, insbesondere wegen Glücksspiels und kleinerer Gewaltdelikte, kam aber bislang immer mit einem blauen Auge und ohne Knast davon.«

»Aha. Und weiter?«

»In einschlägigen Kreisen ist er bekannt als der Mann mit der Schleuder.«

Romy öffnete den Mund und schloss ihn wieder. »Das glaube ich jetzt nicht …«

»Solltest du aber.«

Romy zog sich einen Stuhl heran. »Das kann kein Zufall sein, oder?«

»Tja …«

»Versuch alles herauszufinden, was es zu diesem Typen, dem Fall und Prozessverlauf …«

»Holger hat laut Akteneinträgen an dem Mandat mitgearbeitet«, fiel Max Romy ins Wort. »Allerdings nicht von Anfang an, wie die Dokumente, die uns vorliegen, belegen. Ob das irgendeine Bedeutung hat, kann ich im Moment noch nicht sagen.«

Romy stand auf und schnappte sich ihre Kaffeetasse. »Ich telefoniere sofort mit Stralsund. Du informierst Kasper und Fine. Wo bleiben die überhaupt?« Damit drehte sie sich um und eilte in ihr Büro. Eine Minute später hatte sie Jan am Apparat und berichtete ihm in aufgeregtem Ton von den neuesten Erkenntnissen.

»Das sollten wir in der Tat genauer unter die Lupe nehmen«, entgegnete er verblüfft, sobald sie geendet hatte. »Es würde mich schon sehr wundern, wenn das eine nichts mit dem anderen zu tun hat.« Er klang interessiert, wirkte jedoch vergleichsweise sachlich und zurückhaltend. Romy hatte etwas mehr Begeisterung über die unverhoffte Entdeckung erwartet. Er ist sauer, weil ich mich gestern Abend zügig aus dem Staub gemacht habe, dachte sie. Oder ernüchtert, was uns beide angeht. Oder …

»Ich habe auch was entdeckt«, fuhr er leise fort. »Eine bedrückende Verbindung. Jana Berg, die entscheidende Entlastungszeugin im Stefan-Klant-Fall, ist die ältere Schwester von Nils Berg, der 2005 als Zwölfjähriger in die Hände von zwei Gewalttätern geriet. Ich habe dir kürzlich davon erzählt …«

Romy stutzte. »Ja, ich erinnere mich. Friedemann Leim.« Sie schluckte. »Du meine Güte!«

»Der Name ließ mir keine Ruhe. Ich sitze seit kurz nach fünf im Büro und recherchiere. Und es gibt noch eine weitere Parallele – Jana ist seit geraumer Zeit verschwunden, vielleicht untergetaucht. Es existieren keine Meldedaten, abgesehen von der letzten Adresse ihrer Eltern, wo sie seit ihrer Geburt angemeldet war, aber die Eltern sind inzwischen geschieden und umgezogen.«

Jan hielt es für möglich, dass sie nach der grausamen Gewalttat gegen ihren Bruder und dem Freispruch der beiden Verdächtigen in die radikale rechte Szene geraten war, und Romy teilte seine Ansicht. Die Nazis agierten und agitierten gerne und erfolgreich in diesem hochsensiblen Bereich.

»Holger hat sich für den Fall interessiert, das steht für mich außer Zweifel, und er könnte im Gericht oder bei einem Blick in die Akten auf Jana aufmerksam geworden sein«, fuhr er fort. »Vielleicht kannte er sogar den Namen und die Hintergründe, vielleicht fiel sie ihm auch lediglich während der Verhandlung auf, die er wegen Klant heimlich beobachtete, und er forschte nach. Wie auch immer … Das mag alles sehr spekulativ klingen, aber wenn ich den Faden an der Stelle aufnehme und weiterspinne und mit unseren bisherigen Ermittlungsergebnissen und den neuesten Infos abgleiche, würde ich glatt mal die These wagen, dass Jana diejenige ist, wegen der Holger erneut den Kontakt mit EXIT suchte. Zeitlich würde diese Annahme ins Raster passen.«

Romy nickte langsam, während sie Jans Erläuterungen sacken ließ. »Holger ist tot«, sagte sie leise. »Vielleicht lebt Jana auch nicht mehr. Beide sind bestraft worden, unter Umständen zu einem ähnlichen Zeitpunkt – möglicherweise war es sogar Jana, die Holger über die anonyme Prepaidkarte per SMS eine Warnung schickte.«

»Passt hervorragend ins Bild, nur eines stört dabei: die Schleuder.«

Romy stöhnte leise auf. »Stimmt.«

Sie schwiegen eine Weile. »Damals gab es doch die beiden Lynchmorde«, erinnerte Romy sich plötzlich. »Das waren Klant und seine Leute, oder?« Und Jana gehörte sehr wahrscheinlich auch dazu, fuhr es ihr durch den Kopf. Scheiße.

»Davon gehe ich aus«, erwiderte Jan. »Ich werde den Staatsanwalt informieren und mit dem Verfassungsschutz Kontakt aufnehmen«, entschied er. »Es ist keine schlechte Zeit, neu in solche Fälle einzusteigen. Vielleicht kriegen wir diesen Scheißkerl und seine Gruppe doch irgendwie dran.«

»Fände ich richtig gut. Doch abgesehen davon – den Tenna-Fall müssen wir auch überprüfen.«

»Tun wir«, versicherte Jan mit neuem Eifer in der Stimme. »Was hältst du davon, nach Stralsund zu kommen und mit Gregor Hobrecht zu reden, während ich mich erst mal um die Jana-Geschichte kümmere und die entsprechenden Maßnahmen einleite?«

»Du meinst den Klant-Anwalt aus der Kanzlei?«

»Ja, genau den. Befrag ihn ausführlich zu der Tenna-Geschichte, aber vielleicht solltest du ihn zu einem Kaffee einladen – am besten in eine Kneipe, in der man rauchen darf. Das ist ein echter Nikotin-Junkie. Außerdem redet er unter Umständen offener, wenn sein Chef nicht in der Nähe ist.«

»Gut, so machen wir es«, stimmte Romy zu. »Ich bringe nur noch mein Team hier auf den neuesten Stand.«

»Romy?«

»Ja?«

»Schön, deine Stimme zu hören.«

»Finde ich auch … ähm, ich meine …«

»Schon klar. Bis später. Grüß besonders Fine von mir.«

»Gerne. Sie wird begeistert sein.«

12

Der Anwalt hatte am Telefon nur zwei Sekunden gezögert und dann ein Café in der Altstadt vorgeschlagen, in dem er ohnehin zwischen zwei Terminen kurz verschnaufen und in Ruhe ein spätes Frühstück einnehmen wollte. Als Romy im Kaffeehaus am Apollonienmarkt eintraf, das nur wenige Minuten vom Meeresmuseum und Ozeaneum entfernt lag, saß Hobrecht an einem Tisch auf der Terrasse und rauchte. Auf einem Tablett stapelte sich das Geschirr samt armseliger Reste einer offensichtlich üppigen Frühstücksmahlzeit, die eine Kellnerin gerade abräumte.

Romy bestellte Espresso und Wasser und setzte sich zu Hobrecht, einem mageren Mann mit eingefallenen Wangen. Entweder hat er einen ähnlich schnellen Stoffwechsel wie Jan, oder er isst nur einmal am Tag, überlegte sie stumm. »Danke, dass Sie sich so spontan die Zeit genommen haben.«

Er nickte, drückte seine Kippe aus und zündete sich sofort die nächste Zigarette an. »Ich hoffe, das stört Sie nicht«, meinte er entschuldigend und blies den Rauch mit einem kraftvollen Stoß durch die Nase aus. »Ich muss meinen Nikotinpegel ein bisschen hochtreiben, denn im Büro herrscht selbstverständlich absolutes Rauchverbot.«

»Das ist kein Problem, hier draußen schon mal gar nicht.« Jedenfalls für mich nicht, fügte sie in Gedanken hinzu.

Hobrecht nickte und musterte sie einen Moment aufmerksam. »Sie waren bei den Befragungen in der Kanzlei nicht dabei, oder?«

»Nein. Ich bin die Bergener Kommissarin – mein Stralsunder Kollege Jan Riechter und ich teilen uns die Ermittlungsarbeit, und er und seine Leute sind heute anderweitig beschäftigt.«

»Verstehe. Und es haben sich neue Aspekte ergeben, wie Sie am Telefon sagten. Ich bin sehr gespannt, was der Tenna-Fall mit Ihren aktuellen Nachforschungen zu tun hat.«

»Nun ja, was die Einzelheiten angeht, so darf ich Ihnen natürlich nicht allzu viel erzählen …« Romy lächelte entschuldigend.

»Natürlich nicht.« Hobrecht ließ ein Schmunzeln erkennen, bevor er erneut an seiner Zigarette zog. »Nun gut. Tenna also – ich habe mir den Fall eben in der Kanzlei angesehen, weil ich seinerzeit nichts mit dem Mandat zu tun hatte und auch nur am Rande davon mitbekommen habe. Der Chef selbst hat den Fall fast komplett allein gemanagt – bis auf die üblichen Routine-Geschichten. Darin hat ihn Holger ein bisschen unterstützt.«

Romy lehnte sich zurück, als ihr Espresso serviert wurde, und genoss einen Moment mit geschlossenen Augen die warme Junisonne. Die Frage, warum sie nicht gleich mit Schölter sprach, stand im Raum, aber Hobrecht stellte sie bemerkenswerterweise nicht. Als sie den Blick plötzlich wieder hob, sah Hobrecht ihr für den Bruchteil einer Sekunde direkt in die Augen, bevor er sich verlegen über seinen Oberlippenbart strich. »Der Fall ist für die Verteidigung nicht gut gelaufen, oder?«, fragte sie und griff nach ihrer Tasse.

»Na ja, der Kerl hatte es wohl auch nicht anders verdient. Man kann und sollte nicht jeden auf Biegen und Brechen raushauen. Letztlich geht es darum, dass jedem Angeklagten eine juristische Unterstützung zusteht, die ihm einen fairen Prozess sichert, egal was er angestellt hat.«

Romy nickte und wartete ab. Bloß keine Eile. Hobrecht

hatte was in der Hinterhand, davon war sie überzeugt, sonst würde er nicht mit derartigen Allgemeinplätzen Zeit gewinnen wollen, aber Drängeln wäre wahrscheinlich kontraproduktiv. Immerhin ging es um die Arbeit seines Chefs und Brötchengebers, die er quasi begutachten sollte, und es war ihm ganz sicher auch klar, dass ein weiteres Gespräch mit Schölter stattfinden würde. Als Anschwärzer wollte er keinesfalls dastehen.

»Der Staatsanwalt hatte plötzlich erfreulich aussagekräftige Beweise, mit denen er richtig punkten konnte«, bemerkte Romy und griff nach der Akte. »Wie aus dem Nichts wird ein Zeuge präsentiert, von dem zuvor nie die Rede gewesen war und der bereitwillig aussagt, dass bei Tenna regelmäßig um viel Geld gespielt wird. Darüber hinaus findet sich in der Wohnung des Angeklagten ein Haufen Bargeld und jede Menge Drogen in einem sehr, sehr guten Versteck. Schölter dürfte doch wohl überrascht gewesen sein, von Tenna mal ganz zu schweigen, oder?«

»Ja, durchaus. Vielleicht hat ein pfiffiger Polizist, dem das Ganze keine Ruhe ließ, noch mal seine Fühler ausgestreckt«, mutmaßte er. »So was soll es ja geben.« Er lächelte.

»Möglich. Haben Sie einen Tipp für mich, wen ich fragen könnte, um diesbezüglich etwas mehr über die Hintergründe des Prozessverlaufs zu erfahren?«

Hobrecht öffnete erneut sein Zigarettenetui. »Gehen Sie zum Staatsanwalt«, sagte er leise. »Ich könnte mir vorstellen, dass die plötzlich derart günstige Position des Anklägers durch, sagen wir: unübliche Umstände zustande gekommen ist.«

Unübliche Umstände, wiederholte Romy stumm. Was soll das heißen? »Wenn ich ein Freund von Tenna wäre, könnte ich dann entrüstet behaupten, dass die Verteidigung geschlafen hat?«

»Zum Beispiel.«

»Darf ich also aus Ihren Worten schließen, dass Schölter sich in diesem Fall nicht gerade mit Ruhm bekleckert hat? Nur so – für meine ganz persönliche Meinungsbildung.«

Hobrecht nickte langsam – und paffte schon wieder. »Das ist alles ziemlich dumm gelaufen, finde ich. Auffällig dumm.« Er sprach sehr leise.

»Würden Sie mir darüber hinaus zustimmen, wenn ich behauptete, dass Lars Tenna ein intelligenter Mann ist, der über gute Verbindungen verfügt, eine mies gelaufene Verteidigung nicht so schnell vergisst und genauer in Erfahrung bringen möchte, warum es ihn so kalt erwischt hat beziehungsweise sein Anwalt keine Möglichkeit sah, zumindest am Strafmaß zu rütteln?«

»Der Mann hat jetzt viel Zeit zum Nachdenken. Ich an seiner Stelle würde das jedenfalls tun.«

Romy nickte. »Danke, Herr Hobrecht«, meinte sie abschließend. »Ich werde unser Gespräch Ihrem Chef gegenüber mit keiner Silbe erwähnen.«

Der Anwalt nickte, drückte seine Zigarette aus und machte sich auf den Weg. Romy blieb noch einen Moment sitzen, trank einen zweiten Espresso und schickte Stichpunkte des Gesprächs per Smartphone nach Bergen und in die PI.

Jan hatte fast eine Stunde mit dem Staatsanwalt verbracht oder besser gesagt: auf ihn eingeredet – mit Engelszungen, beschwörender Energie, wütend, schmeichelnd, verzweifelt … Ohne Erfolg. Doktor Schwedtners am häufigsten benutzter Ausdruck in dem Streitgespräch war *schwammig*, und sein Hauptargument bestand in der nüchternen Feststellung, dass es bezüglich Stefan Klant und seiner Rolle bei verschiedenen ungeklärten Verbrechen zugegebenermaßen eine ganze Reihe düsterer, womöglich realistischer Mutmaßungen, aber eben keine eindeutigen Indizien und Beweise gab. Einer offiziellen Ermittlung konnte er darum – zumindest im Moment – nicht zustimmen, und verdeckte Recherchen würden sehr wahrscheinlich ebenso ins Leere führen. Klant war nicht nur grundsätzlich hellhörig, sondern nun natürlich auch vorgewarnt, und jeder Versuch eines Außenstehenden, der Szene näher zu kommen, dürfte zurzeit kaum zu Ergebnissen führen. Und einen Alleingang duldete Schwedtner nicht. »Das ist viel zu gefährlich und außerdem nicht mehr Ihr Job. Sie leiten das Kommissariat, schon vergessen?«

»Nein.«

»Prima.«

»Aber wir können die doch nicht einfach damit durchkommen lassen.«

»Womit genau durchkommen lassen? Ich darf Sie daran erinnern, dass es um eine Theorie geht, die zugegebenermaßen überzeugend klingt, deren Basis jedoch aus Verdachtsmomenten besteht, die sich im Laufe einer anderen Ermittlung ergeben haben, Kommissar Riechter.«

»Und was mache ich nun mit diesen Verdachtsmomenten? Abhaken und in irgendeiner Akte vergammeln lassen, bis das nächste Verbrechen geschieht?«

»Der Verfassungsschutz kümmert sich darum, und wir machen weiter, wenn es klare Anhaltspunkte gibt, und so lange halten Sie die Füße still. Ende.«

Jan hatte das Büro im Eilschritt verlassen und eben noch verhindert, dass ihm die Tür nicht aus der Hand glitt und ins Schloss krachte. Schwedtner war nicht zimperlich, wenn es um lautstarke und engagierte Diskussionen ging, aber Türknallen würde er sich verbitten. Ich mir auch, dachte Jan, verlangsamte dann seinen Schritt und bemühte sich, ruhiger zu werden. In seinem Büro angelangt, rief er Mittwald an und erstattete ausführlich Bericht.

»Mir sind gerade die Hände gebunden, aber ich will, dass ihr mich auf dem Laufenden haltet«, meinte er abschließend.

»Tun wir. Und für dich gilt das Gleiche.«

»Na klar.«

Füße stillhalten … Schön und gut, aber sprach irgendwas dagegen, Janas Eltern zu treffen, um ihnen einige Fragen zu ihrer Tochter zu stellen?

Sie bewohnte zwei bescheidene Zimmer über einer kleinen Kfz-Werkstatt am Heinrich-Heine-Ring – mietfrei –, dafür übernahm sie alle anfallenden Büroarbeiten, kochte Kaffee, putzte. Dieses Leben erinnerte so wenig an die Vergangenheit, in der Glück oder doch Zufriedenheit und Geborgenheit sowie familiäres Zusammenleben existiert hatten, dass Jana die Entscheidung ihrer Mutter immer besser verstehen konnte. Vielleicht gab ihr das Gefühl der völligen Fremdheit, der Entwurzelung die Kraft, sich von ihren Erinnerungen zu distanzieren. Aber vielleicht war ihr Entschluss auch nur der Notwendigkeit geschuldet, irgendwie weiterzumachen, ein bisschen Geld zu verdienen und einer Aufgabe nachzugehen.

In unregelmäßigen Abständen steuerte Jana die Werkstatt an, manchmal in aller Herrgottsfrühe, manchmal spätabends, und hin und wieder fand sie den Mut, zu klingeln und eine halbe Stunde bei der Frau zu sitzen, deren Schrei sie nicht vergessen würde und die sich geschworen hatte, niemals wieder Gefühle für ein lebendiges Wesen zuzulassen, um jeden Verlust ertragen zu können. Den Hinweis, dass ihr Besuch mit keiner einzigen Silbe erwähnt werden und niemand erfahren dürfte, wo Jana sich aufhielt, wiederholte sie jedes Mal mit gleichbleibender Eindringlichkeit; und als sei es Bestandteil eines Rituals, antwortete ihre Mutter stets mit der eintönig klingenden Erwiderung, dass sie erstens tatsächlich nicht wüsste, wo Jana sich herumtrieb, und es zweitens niemanden gab, dem sie davon erzählen könnte oder wollte. In der Regel tranken sie einen Kaffee zusammen, Jana stellte ein paar Fragen, ihre Mutter gab die üblichen Antworten und verzichtete auf eigene Fragen, dann verschwand Jana wieder. Es waren Pflichtbesuche, die sie manchmal an das ungeliebte Aufsuchen von Grabstätten erinnerte. Ein Bild, das sie sich selbst übelnahm und das sich darum umso schärfer eingrub.

Der letzte Besuch lag ungefähr drei Monate zurück. Es war kalt gewesen, Jana hatte sich aufgewärmt und wäre in der überheizten Wohnküche beinahe eingeschlafen. Diesmal schien die Sonne, das Küchenfenster stand auf, und sie konnte hören, dass ihre Mutter am Herd werkelte. Mittagspause. Das Werkstatttor war geschlossen, die Männer saßen wahrscheinlich im Hinterhof und genossen die warmen Strahlen, während sie ihre Stullen vertilgten. Jana ging zur Haustür und wollte gerade klingeln, als ein Wagen von der Straße auf die Einfahrt fuhr. Instinktiv drehte sie das Gesicht zur Seite, trat in den Schatten der Hauswand und hastete um die Ecke, wo sie einen Moment mit klopfendem Herzen verharrte. Jemand näherte sich mit eiligen Schritten und bog um die entgegengesetzte Hausecke. Jana hockte sich auf den Boden. Ein Vertreter, dachte sie, oder ein Kunde, der seinen Wagen abgeben will und hinten niemanden angetroffen hat. Sie schob den Kopf nach vorne und linste mit einem Auge um die Ecke.

Ein kleiner magerer Mann inspizierte das Namensschild an der Tür. Jana riss den Kopf wieder zurück. Ihr Puls schnellte jäh in die Höhe. Sie kannte den Typen – das war einer von Stefans Leuten, dessen war sie sicher. Sie biss in ihre Fingerknöchel. In das Geräusch ihres hektischen Atems schrillte plötzlich die Klingel, und kurz darauf erklangen Stimmen an der Haustür. Jana verstand nicht jedes Wort, aber was sie deutlich mitbekam, war die Frage nach ihrem Verbleib, die ihre Mutter in dem für sie so typisch resignierten Tonfall beantwortete.

»Keine Ahnung, die lässt sich bei mir schon lange nicht mehr blicken.«

»Und Sie haben überhaupt keine Idee, wo Jana sein könnte? Bei Freunden vielleicht?«

»Ich sagte doch – keine Ahnung. Die treibt sich schon seit Jahren wer weiß wo herum. Interessiert mich auch nicht. Wir haben keinen Kontakt.«

»Schade. Darf ich Ihnen trotzdem meine Visitenkarte geben? Falls Ihnen doch noch etwas einfällt oder Jana zwischenzeitlich mal auftaucht.«

»Kann ich mir nicht vorstellen …«

»Nun, völlig ausschließen können Sie es nicht, oder? Ist ja immerhin Ihre Tochter.«

Offensichtlich war das Auftreten ihrer Mutter überzeugend abweisend, denn der Typ verabschiedete sich kaum eine Minute später. Jana blieb in Deckung, bis er vom Hof gefahren war, dann wischte sie sich den Schweiß von der Stirn, wartete, bis das Zittern ihrer Knie nachgelassen hatte, und hastete dann zu ihrem Wagen. Den Gedanken, kurz mit ihrer Mutter zu sprechen, hatte sie sofort wieder verworfen. Die hatte alles richtig gemacht mit ihrer rüden, unzugänglichen Art, und sehr wahrscheinlich entsprachen ihre Bemerkungen sogar der Wahrheit. Es war besser, nicht daran zu rütteln – in jeder Hinsicht.

Warum, dachte sie. Warum jetzt? Sie wuchtete den ersten Gang rein und fuhr mit aufheulendem Motor los. Weil Stefan nicht aufgibt? Weil er sie niemals in Ruhe lassen würde? Weil sie die Nächste sein würde – irgendwann? Weil sie bezahlen musste, wie man für alles bezahlen muss?

»Wenn du den Mut und die Klarheit findest, eines Tages vielleicht, versuch, etwas gutzumachen«, hatte Holger mal zu ihr gesagt. »Setz dich mit dem Unrecht auseinander, das du verursacht oder auch nur zugelassen hast; setz dich grundsätzlich mit der Entstehung von Unrecht auseinander. Das wird auch dir guttun und helfen, deine Schuld und deinen Schmerz zu lindern. Nur so erreichst du eine Veränderung, den Wandel, etwas Neues.«

Seine ernsten Worte waren ihr unangenehm gewesen; sie hatte nicht geantwortet, sondern ihn nur stumm angesehen und nicht gewagt, den Blick abzuwenden. Sie hatte keine Ahnung, was Holger verursacht oder zugelassen, wessen er sich schuldig gemacht hatte, darüber sprach er nicht, aber seinem Gesichtsausdruck nach zu urteilen war es schrecklich genug, ihn ein Leben lang daran zu erinnern, worin seine Aufgabe bestand. Plötzlich war sie hundertprozentig sicher, dass er in Konzentration auf dieses Ziel den Tod gefunden hatte und der Täter nicht geschickt genug gewesen war, die Polizei von einem Unfallhergang zu überzeugen, was eigentlich gegen Stefan sprach, denn der machte keine groben Fehler. Aber vielleicht einer seiner Leute. Und abgesehen davon: Der Mörder war noch nicht gefasst.

13

Kasper war gemeinsam mit Marco Buhl den Wanderweg über die Steilklippen in Richtung Wissower Klinken abgegangen, bevor er sich an der Wanderstation fünf mit dem wunderbaren Ausblick und den im Hang nistenden Mehlschwalben den wahrscheinlichen Angriff auf Holger hatte erläutern lassen, wie er Romy am Telefon schilderte.

»Ich kann mir übrigens immer weniger vorstellen, dass Holger von jemandem verfolgt wurde – am allerwenigsten da oben auf dem Hochuferweg«, berichtete Kasper weiter, während Romy, die soeben die Anwaltskanzlei hatte betreten wollen, einen Rundgang ums Haus machte.

»Ich kenne deine Einwände, aber gerade da oben gibt es doch genügend Möglichkeiten, unbemerkt …«

»Eben nicht. Bäume und Büsche stehen zwar relativ dicht, doch um dort hinter jemandem herzuschleichen, ohne dass der etwas davon mitgekriegt hat, noch dazu so früh am Morgen, wenn niemand sonst unterwegs ist, halte ich für eine unrealistische Variante. Ich denke, er ist erwartet worden.«

»Nun gut, die Überlegung ist ja nicht neu. Der Täter wusste also sehr genau, wann Holger da oben auftauchen würde.«

»Ja.« Kasper seufzte. »Er tritt aus seinem Versteck, Holger, der die Aussicht genießt, dreht sich um, wird von dem Stein am Kopf getroffen, stolpert und stürzt hinterrücks die Klippe hinab – Genickbruch, Ende. Dann schnappt der Täter sich das Handy, das sich in Holgers auf der Bank abgelegter Jacke befindet, schaltet es aus, nimmt es mit und macht die Biege. So weit ist alles klar.«

»Ja, und auch nichts Neues. Hat Buhl vielleicht noch eine Erklärung, was die Schleuder angeht – aus rein kriminaltechnischer Sicht?«

»Er schlägt die Variante vor, dass der Täter das Ding benutzen wollte, sich aber vor Ort anders entschied, weil er keinen geeigneten Stein fand.«

»Und dann ist sie ihm entglitten und runtergefallen?«, fragte Romy in deutlich ironischem Ton.

»Tja ...«

»Kampfspuren gab es nicht, also kein Handgemenge, bei dem ihm das Teil entglitten sein könnte. Außerdem hätte er es dann wieder hochholen können, das haben wir auch schon mal besprochen – ein Abstieg zum Strand ist zwar nicht direkt, aber doch in der Nähe möglich ...« Es sei denn, die Schleuder sollte gefunden werden, durchfuhr es Romy, und sie schlug sich vor die Stirn.

»Hast du gerade eine Idee?«

»Tja, diese Schleuder könnte auch ein Zeichen, eine Botschaft sein, die absichtlich hinterlassen wurde.«

»Du sprichst diese Tenna-Geschichte an?«

»Ja.«

»Dann fühlt sich der Täter aber verdammt sicher, was die Arbeit der Polizei angeht«, wandte Kasper ein.

»Bislang hat er allen Grund dazu, denn wir tappen mal hierhin, mal dorthin, ohne die letzte überzeugende Beweiskette zu finden, und wühlen uns durch alte Fälle und hässliche Geschichten, die allesamt einen Zusammenhang zu Holger herstellen und sogar gut sind für ein Motiv. Doch der Aspekt mit der Schleuder gerät ja erst jetzt wieder in unseren Fokus, nachdem Max und Simon den Tenna-Fall intensiver recherchiert haben und diese Parallele plötzlich und unvermutet auftaucht«, stellte Romy fest. »Nun wissen wir zwar, dass Lars Tenna als der Mann mit der Schleuder bezeichnet wird, er hat jedoch das beste Alibi, das es gibt, aber darüber hinaus ein recht gutes Motiv, wie sich gerade herauszukristallisieren beginnt – seine Verteidigung ist nämlich richtig in die Hose gegangen. Warum genau, versuche ich herauszufinden.«

»Wenn ich dich richtig verstehe, denkst du an eine Rache-Aktion aus dem Knast heraus?«

»Warum nicht? Der Mann hat die vielzitierten guten Verbindungen. Vielleicht hat ihm jemand einen Gefallen getan oder schlicht einen Auftrag übernommen. Und wenn sich erst mal die Einzelheiten des Geschehens herumgesprochen haben, was in Kürze der Fall sein dürfte, weiß jeder, der sich angesprochen fühlen sollte, dass Tenna ein Mann ist, der nicht vergisst beziehungsweise nicht verzeiht.«

Kasper atmete laut aus. »Tja, klingt ein bisschen vage und abenteuerlich …«

»Das bringt unser Job so mit sich«, fiel Romy ihm ins Wort.

»Auch richtig, aber ein paar Fragen drängen sich mir trotzdem sofort auf. Warum nimmt der Täter, der beauftragte Killer, das Handy mit? Wie passt das zu einer Rachegeschichte?«

»Vielleicht eine reine Sicherheitsmaßnahme, weil nicht hundertprozentig ausgeschlossen werden konnte, dass die Überprüfung zu Stichworten und Querverbindungen führen könnte«, entgegnete Romy prompt. »Das Gleiche gilt für den Laptop. Da haben Profis agiert, die es gewohnt sind, jede denkbare Fehlerquelle auszuschalten, und denen wir selbst bei hinreichendem Tatverdacht kaum etwas nachweisen können.«

»Aber weshalb musste Holger, der Assistent, dran glauben? Schölter ist der verantwortliche Anwalt gewesen«, wandte Kasper ein.

»Gute Frage, der ich jetzt gleich nachgehen werde. Ich rede mit ihm und versuche anschließend mal mein Glück in der Staatsanwaltschaft – das war übrigens der Tipp vom Anwaltskollegen Hobrecht, dem der Prozessverlauf und die auf einen Schlag so günstige Beweislage seinerzeit wohl auch nicht ganz geheuer schien. Und was steht bei dir noch so an?«

»Ich mache mich demnächst mit Fotos von diesem Klant und Jana Berg auf den Weg und halte sie allen bisher Befragten unter die Nase, also auch Bruhlstedts Eltern. Wer weiß …«

Eine undankbare Aufgabe, dachte Romy. Sie war froh, dass Kasper sie übernahm und nebenbei in Bergen die Stellung hielt.

»Gibt es eigentlich eine Chance, dass die alten Akten noch mal aufgeschlagen werden?«, fragte er.

»Wir haben zu wenig bisher, aber Jan bleibt in Kontakt mit dem Verfassungsschutz und wird darüber hinaus ein bisschen seine Fühler ausstrecken – ganz unauffällig übrigens. Ihm lässt das auch keine Ruhe.«

»Gut, bis später dann.«

Romy steckte ihr Handy ein und betrat die Kanzlei, während sie das Gespräch mit Kasper nachklingen ließ – warum Holger? Gute Frage, in der Tat. Wurde ihm speziell ein Versagen vorgeworfen? Oder spielte bei der Racheaktion, sofern es tatsächlich einen solchen Hintergrund gab, gar keine Rolle, wen es traf – Hauptsache, es handelte sich um einen Mitarbeiter der Kanzlei?

Schölter hatte hörbar entnervt geklungen, als sie ihn noch vom Kaffeehaus aus angerufen und um eine Unterredung gebeten hatte. Dass der Mann auch noch etwas anderes zu tun hatte, als die Fragen von Polizisten zu beantworten, war ihr klar – noch dazu, da jetzt ein wichtiger

Mitarbeiter wegfiel. Sie hatte umgehend und in sehr charmanter Art versprochen, sich kurzzufassen, und hinzugefügt, dass sie ihn keineswegs stören würde, wenn es nicht wichtig wäre.

Benjamin Schölter war nicht ihr Typ, das war auf den ersten Blick klar. Der Mann wirkte bieder und unsportlich, war blass, hatte schmale Schultern, doch seine Augen spiegelten lebhafte Intelligenz wider, und mit seiner kräftigen Stimme machte er einiges wett, was ihm an Attraktivität fehlte. Als Romy Tenna erwähnte, warf er ihr einen verblüfften Blick zu. »Wie kommen Sie ausgerechnet auf den Fall?«

»Ein Detail, das in unseren Ermittlungen eine Rolle spielt, taucht auch in Verbindung mit Tenna auf. Nicht auszuschließen, dass es sich um einen Zufall handelt, aber das müssen wir natürlich überprüfen. Mehr kann ich Ihnen leider nicht sagen, im Moment wenigstens nicht.«

Sie lächelte bedauernd. Schölter nickte verständnisvoll und sah sie aufmerksam an. »Was möchten Sie wissen?«

»Wenn ich die Akte und den Prozessverlauf richtig deute, dann hatte der Staatsanwalt bei diesem Fall die Nase um einige Längen vorn«, kam Romy sofort zum Thema.

Schölter lächelte amüsiert. »Saloppe Ausdrucksweise, aber ja: Das kann man wohl so sagen.«

Romy hob eine Braue. »Sie sehen das offensichtlich eher sportlich.«

»Ja, durchaus, und ich hoffe, Sie stören sich nicht daran. Mein Mandant hat einiges auf dem Kerbholz – das wird Ihnen nicht entgangen sein –, und die Ermittler haben ausgesprochen penibel und emsig recherchiert, sogar noch während des Prozesses. Was soll ich machen, wenn plötzlich ein Zeuge auftaucht, der Entscheidendes zu sagen hat, den mein Mandant aber bisher mir gegenüber nie zu erwähnen für nötig befand?«

»Dumm gelaufen, würde ich mal behaupten.«

»So ist es. Dieser Zeuge bestätigte nicht nur, dass regelmäßig um viel Geld gespielt wurde, sondern gab darüber hinaus an, dass Tenna zu Gewalt neigt. Außerdem machte er einen seriösen Eindruck im Zeugenstand.«

»Die Polizei entdeckte im späteren Verlauf sogar noch ein Versteck mit Geld und Drogen, das Tenna dann zusätzlich erheblich belastete«, fügte Romy hinzu.

Schölter nickte und zögerte einen Moment, bevor er die Hände mit einer bedauernden Geste hob. »Auch damit konnte ich nicht rechnen.«

»Wussten Sie von dem Versteck? Hatte Tenna sich Ihnen anvertraut?«

Erneutes Zögern. Romy war klar, dass Schölter nicht jedes Detail preisgeben würde. »Das nicht«, entgegnete er dann. »Aber ich dachte mir schon, dass ein Versteck existierte und mein Mandant mit einer gewissen Überheblichkeit davon ausging, auf der sicheren Seite zu sein – sprich: Er hielt es sehr wahrscheinlich für völlig sicher.«

Romy lehnte sich zurück. »Wie hat er eigentlich reagiert, als alles gelaufen war und klarwurde, was auf ihn zukommen würde?«

»Was genau meinen Sie?«

»Nun, er wird nicht begeistert gewesen sein.«

»Das war er nicht, nein.«

»Ich möchte es etwas genauer wissen. War er wütend oder empört? Oder hat er Ihnen gedroht?«

Schölter runzelte die Stirn. »Wie kommen Sie darauf?«

»Hat er, oder hat er nicht?«, beharrte Romy.

»Nein, ganz und gar nicht. Er war ziemlich perplex, so würde ich es ausdrücken, aber …«

»Wie groß war eigentlich Holgers Anteil bei der Verteidigung?«

Der Anwalt überlegte einen Moment. »Er war nicht von Anfang an dabei, weil die Kollegen seine Unterstützung benötigten, doch als es dann so richtig losging, übernahm er die Koordination – in gewohnter Art und Weise.«

»Es lief also alles wie immer?«

»Nun ja … Bis auf die Tatsache, dass die Staatsanwaltschaft völlig unvermutet zwei fette Joker ausspielte …« In seinen Augen blitzte es plötzlich auf. »Sagen Sie mal, worauf wollen Sie eigentlich hinaus?«

Ich wette, dass du längst eine Ahnung hast, dachte Romy. »Ich gehe der Frage nach, ob Tenna vielleicht den Eindruck gewinnen konnte, dass in seinem Fall nicht alles getan wurde, um ihn aus der Sache rauszuhauen«, erklärte sie. »Womöglich war das eine rein subjektive Empfindung, die seiner misslichen Situation geschuldet war und bei vielen verurteilten Kriminellen wenigstens zeitweise eine Rolle spielt. Aber unter Umständen vermutete er … sagen wir: einige Schludereien, die ihn wertvolle Jahre Freiheit kosteten. Und das wollte er nicht so stehenlassen. Ist ein solches Szenario völlig undenkbar?«

Schölter legte die Hände auf den Tisch. »Schludereien? Unterstellen Sie uns …«

»Gar nichts«, fiel Romy ihm sofort energisch ins Wort. »Wie käme ich dazu? Es geht um Vermutungen und Gedankenspiele, die Tenna angestellt haben könnte. Er hat ja viel Zeit für derartige Betätigungen und womöglich ein großes Ego, das nun ein bisschen nachpoliert werden muss.«

»Aha.« Schölter legte die Fingerspitzen aneinander. »Klingt gut – Sie liegen übrigens durchaus richtig mit Ihrer Einschätzung zu Tennas Ego, aber wollen Sie mir nicht doch verraten, was seinen Fall plötzlich so interessant macht? Es fiele mir erheblich leichter, mich in Ihre oder auch Tennas Gedankenspiele zu versetzen, wenn ich einen konkreten Anhaltspunkt hätte, der eine solche Vorgehensweise sinnvoll erklärt.«

Romy überlegte nur kurz, dann schob sie ihre Bedenken beiseite. »Wir haben in der Nähe der Leiche eine Schleuder gefunden, genauer gesagt: eine Katapultschleuder.«

Schölter starrte sie perplex an. »Interessant«, sagte er dann.

»Das sehe ich ähnlich. Der Aspekt hat zunächst nur eine untergeordnete Rolle gespielt, aber im Hinblick auf Ihren Mandanten und seine bevorzugt benutzte Waffe sowie den Prozessverlauf ergibt sich nun durchaus ein Motivzusammenhang, über den man nachdenken muss. Daran schließt sich natürlich die Frage an, warum es Holger erwischte.«

»Und nicht mich – das meinen Sie doch, oder?«

»Ja, das meine ich«, gab Romy unumwunden zu. »Sie sind der Anwalt gewesen, Holger fungierte lediglich als Assistent. Oder konnte Tenna den Eindruck gewinnen, dass Holger Mist gebaut hatte, unter Umständen bewusst?«

Schölter hob die Brauen.

»Oder dass Sie beide Mist gebaut hatten und Sie demnach auch in Gefahr wären, weil der Mann nicht lange fackelt und bald wieder einen seiner Leute losschickt, um sich zu rächen?«

Schölter atmete angestrengt aus und legte die Hände auf den Tisch. Er drehte den Kopf zur Seite und sah einen Moment zum Fenster hinaus, während Romy ihn nicht aus den Augen ließ. »Herr Schölter, wenn es in diesem Fall irgendetwas gibt, was Ihnen Bauchschmerzen bereitet, wäre jetzt der goldrichtige Zeitpunkt, mit der Sprache herauszurücken.«

Der Anwalt drehte Romy langsam wieder das Gesicht zu. »Wissen Sie, Holger war ein fachlich ganz hervorragender Mann, und ich möchte natürlich nicht, dass …«

Romy winkte ab. »Ich weiß, worauf Sie hinauswollen – Toten sagt man nichts Schlechtes nach. Aber hier geht es nicht darum, Holger posthum zu verunglimpfen, sondern einem Motiv nachzuforschen.«

»Das ist mir selbstverständlich klar, aber es fällt mir trotzdem schwer. Holger hielt nicht besonders viel von Tenna. Es war von Anfang an klar, dass wir uns bei diesem Fall um Schadensbegrenzung bemühen mussten, und natürlich geht es in der Zusammenarbeit mit einem Mandanten nicht um Sympathie oder moralische Vorverurteilungen … Aber, um ehrlich zu sein, im Nachhinein betrachtet wirkte Holger manchmal mehr als skeptisch. Ich hatte den Eindruck, dass Tenna für ihn ein aalglatter Krimineller war, der bislang verdammt viel Glück gehabt hatte, noch nicht im Knast gelandet zu sein, und genügend Geld und Einfluss besaß, um sich vor allen möglichen Widrigkeiten, die das Leben normalerweise für jeden für uns bereithält, zu schützen.«

»Gibt oder gab es eigentlich bei Tenna jemals einen rechten Hintergrund?«, warf Romy ein.

»Das weiß ich nicht. Das war kein Thema zwischen uns, und ich habe auch nichts Derartiges recherchiert.«

»Würde es Sie wundern, wenn Tenna sich entsprechend betätigt hätte oder über Verbindungen in die Szene verfügte?«

»Tut mir leid, dazu kann ich wirklich nichts sagen.«

»Okay. Wenn ich Sie also richtig verstehe, hatte Holger demnach ganz und gar nichts dagegen einzuwenden, dass Tenna zehn Jahre aufgebrummt bekam.«

»Nein, hatte er nicht, ganz im Gegenteil. Aber da ist noch etwas, was möglicherweise …«

Romy beugte sich vor. »Ja?«

»Vielleicht bewerte ich hier etwas über, doch mir ist eine Bemerkung von Holger in Erinnerung geblieben, die unter Umständen bedeutsam sein oder zumindest einen Anknüpfungspunkt darstellen könnte«, erklärte Schölter nun zunehmend flüssiger. »Ich berichtete ihm von einer Unterredung mit Tenna in der Untersuchungshaft, bei der es um die Durchsuchung seines Hauses gegangen war. Die Polizei hatte einen gut getarnten Tresor in seinem Wohnzimmer entdeckt …«

»Das erwähnte Versteck, das ihn so belastete?«

»Nein, eben nicht. Der Tresor enthielt zwar eine stattliche Summe Bargeld, Wertpapiere, Schmuck, ein bisschen Gras und ein paar andere Drogen, allerdings in kleinen Mengen, doch insgesamt war das nicht weiter aufregend, auch wenn die Ermittler natürlich alles sehr genau überprüften und viel Wind darum machten. Tenna blieb auffällig gelassen, als ich ihm davon erzählte, mehr noch – er lächelte lakonisch und meinte dann geheimnisvoll, das sei nicht weiter tragisch, seine wahren Schätze hätten sie dabei nicht entdeckt, denn die lägen nicht im Verborgenen, sondern im Offensichtlichen.«

Romy blies die Wangen auf. »An dem scheint ja ein wahrer Philosoph verlorengegangen zu sein.«

»Darüber habe ich mich auch amüsiert.« Schölter lächelte. »Als ich Holger davon erzählte, hat er gestutzt, eine Weile überlegt und meinte schließlich lachend, dass er jedenfalls nun ziemlich genau wüsste, wo er suchen würde.«

»Ach, interessant. Ist er konkreter geworden?«

»Nein, ist er nicht – Sie dürfen sich den Wortwechsel eher wie ein lockeres, nebensächliches Geplänkel vorstellen, dem ich keine großartige Bedeutung beimaß und an das ich erst wieder zurückdachte, als die Ermittler das eigentliche Versteck dann einige Zeit später tatsächlich präsentierten. Von einer Seitenwand des Tresors aus waren sie über einen aufwendigen Mechanismus zu einem zweiten, tief im Mauerwerk gelegenen Tresor gelangt.«

»Ein Versteck im Versteck«, meinte Romy. »Das Verborgene im Offensichtlichen. Pfiffig. Hat Holger sich noch mal geäußert, nachdem die Polizei es gefunden hatte?«

»Mit einem beiläufigen Schulterzucken meinte er, dass Tenna sich mit seinen schlauen Sprüchen wohl zu sehr gebrüstet hätte, allen möglichen Leuten gegenüber, und er nun mal nicht der Einzige sei, der eins und eins zusammenzählen könne. Womit ich ihm recht geben musste ...« Schölter schüttelte plötzlich den Kopf. »Und ich habe Holger zitiert – Tenna gegenüber.« Er schluckte und rieb sich über die Stirn.

»Wie darf ich das verstehen?«, fragte Romy, obwohl sie längst ahnte, wie die Geschichte weiterging.

»Natürlich schäumte Tenna, als die Staatsanwaltschaft das Versteck präsentierte, und regte sich über das Urteil auf«, fuhr Schölter leise fort. »Ich habe ihm dann entgegnet, dass er alleine schuld sei – selbst mein junger Assistent hätte sofort eine Ahnung gehabt, wie seine allenfalls oberflächlich rätselhafte Bemerkung gedeutet werden könnte.«

Romy runzelte die Stirn. Reichte das als Motiv für einen Rachemord? »Wenn wir diesen Faden weiterspinnen, bedeutet das zum einen, dass Tenna sich mit hintergründigen Bemerkungen oder mehr oder weniger schwer zu lösenden Rätseln bezüglich seines Verstecks wohl doch zurückhielt und sie lediglich Ihnen gegenüber machte, und dass er zum Zweiten davon ausging, dass Holger den Hinweis nicht nur verstand, sondern die Gelegenheit ergriff, ihn zu verpfeifen.«

Schölter hob die Hände und ließ sie wieder fallen.

»Sind die beiden sich je begegnet?«

»Nein. Holger kannte ihn lediglich aus den Akten und aufgrund seiner Recherchen. Und die haben ihm unter Umständen sehr zu denken gegeben.«

Holger könnte die Initiative ergriffen und, seine Vertrauensstellung missbrauchend, die Rolle des Ermittlers übernommen haben, der einen Kriminellen belasten und überführen will, statt sich auf seine Aufgabe als Mitarbeiter der Anwaltskanzlei zu beschränken und das Bestmögliche für den Mandanten zu tun, resümierte Romy stumm. Möglich, doch warum reagierte er ausgerechnet im Fall von Lars Tenna auf diese Weise? Was war bei ihm anders als bei vielen anderen Mandanten, die tatsächlich etwas auf dem Kerbholz hatten?

»Such ganz speziell nach einer Verbindung zwischen Lars Tenna und Holger«, bat Romy Max einige Minuten später, als sie die Kanzlei verlassen hatte und mit dem Kollegen telefonierte. »Ich glaube, dass da noch mehr dahintersteckt.«

»Mach ich.«

»Was Neues von Kasper?«

»Nein. Hätte ich dir sonst umgehend mitgeteilt.«

»Okay, bis später.«

Dieter Berg, Mitte fünfzig, gelernter Bauschlosser, war seit mehreren Jahren arbeitslos. Er trug Zeitungen aus, reparierte Fahrräder, renovierte Wohnungen und ließ sich volllaufen, sobald er genug Geld zusammenhatte. Als Jan ihn am Nachmittag in seiner Stammkneipe in der Fährstraße aufstöberte, auf die ihn ein Nachbar hingewiesen hatte, war sein Alkoholpegel bereits deutlich erhöht, er war aber noch ansprechbar. Der Mann sah zehn Jahre älter aus, mindestens, er war ungepflegt, sein dichtes, fettiges Haar war von Grau durchsetzt, und der letzte Zahnarztbesuch dürfte ewig zurückliegen. Jan setzte sich neben ihn und spendierte ihm ein Bier.

»Nehme ich gern, danke.«

»Keine Ursache – zum Wohl.«

»Wer bist du? Hab dich hier noch nie gesehen.«

Jan wischte sich den Schaum von den Lippen. »Ich brauche ein paar Informationen.«

»Aha. Bist du Bulle?«

»Ja.«

»Ach du Scheiße.«

»Es gibt Schlimmeres.«

»Ja? Was denn?«

»Mörder.«

Berg schluckte und wandte sich ab. Er leerte sein Glas zur Hälfte und starrte ins Leere.

»Ich suche deine Tochter«, hob Jan nach einer Weile wieder an.

Berg reagierte nicht.

»Könnte sein, dass sie in Gefahr ist.«

»Das ganze Leben ist gefährlich.«

»Mag sein. Wo ist sie?«

»Keine Ahnung. Ich hab sie schon ewig nicht mehr gesehen.«

»Warum nicht?«

Er zuckte mit den Achseln. Die Familie ist zerstört, dachte Jan. Sie können einander nicht ertragen, weil sich das tote Kind mit seinem unausweichlichen Blick in ihrer Mitte befindet und dort seinen Platz behauptet.

»Sie ist in Gefahr«, wiederholte Jan leise. »Ein Freund von ihr ist ermordet worden.« Er zog sein Smartphone aus der Tasche und rief das Foto von Stefan Klant auf. »Den schon mal gesehen?«

Berg wandte langsam den Kopf und starrte mit rotgeränderten Augen auf das Bild. »Ist das der ermordete Freund?«

»Nein, das ist jemand anders. Kennst du ihn?«

»Ich bin nicht sicher. Glaub nicht.«

»Hat mal jemand nach Jana gefragt in letzter Zeit – außer mir?«

Berg nickte langsam. »Hin und wieder taucht mal jemand auf und will wissen, wo sie abgeblieben ist. Ich sag immer das Gleiche. Kein Wunder – ist ja auch die Wahrheit.«

Jan verließ wenig später die Kneipe. Keine Hoffnung, dachte er. Nie wieder. Er kannte einige wenige Menschen, die nach einem solchen Trauma zurück ins Leben fanden, sogar in ein befriedigendes Leben, weil es ihnen irgendwann, auf welche Weise auch immer, gelang, das Geschehen nicht länger in Frage zu stellen. Sie trauerten, aber sie haderten nicht mehr, weil sie in ihrem Innersten verstanden hatten, dass sie nichts ändern konnten. Sie blickten nach vorne. Das waren Ausnahmen.

Jan strich sich das Haar zurück und rief Romy an, die auf dem Weg zu einem Treffen mit der Staatsanwältin war, die im Tenna-Fall einen ausgesprochen guten Job gemacht hatte.

»Sehen wir uns heute noch?«, schob er nach.

»Könnte ich mir gut vorstellen.«

Er lächelte. Wenigstens etwas.

14

Als Romy Staatsanwältin Sabine Nauth endlich telefonisch erreicht hatte, kam sie gerade aus dem Fitnessstudio und lehnte einen spontanen Termin zunächst rundheraus und in pikiertem Tonfall ab. Erst als sie den Tenna-Fall erwähnte, geriet Nauth ins Zögern und bot schließlich eine zehnminütige Turbobesprechung in ihrem Büro an – genau so drückte sie sich aus, und Romy nahm sich vor, den Begriff abzuspeichern.

Die Juristin war Ende dreißig und rein äußerlich so ziemlich das genaue Gegenteil von Romy – sehr groß, blond, betont modisch gekleidet, stark geschminkt, leicht übergewichtig. Sie thronte hinter ihrem Schreibtisch und löffelte mit verkniffenem Mund einen Magermilchjoghurt, der, ihrem Gesichtsausdruck nach zu urteilen, geschmacklich die reinste Zumutung darstellte. Ich wette, sie ist auf Diät und entsprechend mies gelaunt, dachte Romy, während sie sich setzte. Wäre ich auch. Magerjoghurt nach dem Fitnessstudio – du liebe Güte. Romy gönnte sich das reinste Festmahl, wenn sie vom Boxtraining kam, und zwar ohne einen Funken von Reue, aber es war sicherlich keine gute Idee, über ihre Essgewohnheiten nach anstrengendem Sport zu sprechen.

»Worum genau geht es?«, fragte Nauth, stellte den geleerten Becher beiseite und heftete den scharfen Blick ihrer hellblauen Augen auf Romy.

Sie schaltet den Turbo ein, dachte die Kommissarin und hoffte, dass sich der Gedanke nicht auf ihrem Gesicht widerspiegelte. »Der Fall lief richtig gut für Sie, nicht wahr?«

»Und ob. Tenna war reif für eine mehrjährige Gefängnisstrafe, und wir haben hervorragend gearbeitet«, erwiderte die Staatsanwältin. »So viel Eigenlob darf an dieser Stelle sein.« Ein winziges Lächeln erhellte ihr Gesicht.

»Unbedingt. Können wir über Details sprechen?«

Nauth hob eine Braue. »Warum sollten wir?« Sie klang belustigt. Dann warf sie einen dezent auffälligen Blick auf ihre Uhr.

Romy übersah den Hinweis und schlug ein Bein über das andere. »Aus zwei Gründen. Zum einen denke ich, dass die Staatsanwaltschaft nicht nur gut gearbeitet hat und auf die Weise endlich die Früchte ernten konnte, nämlich Tenna für sehr lange Zeit hinter Gitter zu bringen, sondern Hilfe von völlig unerwarteter Seite erhielt.«

»Wie bitte?«

Es war Romy klar gewesen, dass die Staatsanwältin zurückhaltend auf diesen Aspekt reagieren und ihn abstreiten würde, so lange es möglich war. Der Fall hatte ihr garantiert einige Karrierepunkte eingebracht, die angesichts eines Informanten, dessen Hinweise entscheidenden Anteil an der Prozessentwicklung gehabt hatten, an Leuchtkraft verlieren könnten. »Sie bekamen einen heißen Tipp, mit dem Sie Tenna und seinen Anwalt so richtig auflaufen lassen konnten. Die haben ganz schön dumm aus der Wäsche geguckt, schätze ich mal.« Romy hob das Kinn und lächelte herzlich. »Stimmt's?«

»Sagen Sie mal …«

»Wie ich darauf komme? Ganz einfach – unsere laufenden Ermittlungen zu einem Mord auf Rügen legen den Schluss nahe, dass das Opfer, ein gewisser Holger Bruhlstedt, derjenige war, der die Staatsanwaltschaft mit zusätzlichen Informationen zum Tenna-Fall versorgte. Bruhlstedt war Mitarbeiter in der Kanzlei Schölter, und wenn meine

Schlussfolgerungen den Tatsachen entsprechen, dürfte Tenna, und das ist mein zweiter Grund für unser Gespräch, bald die nächste Anklage an der Backe haben: Anstiftung zu einem Mord aus niederen Beweggründen, nämlich Rache.«

»Aber …«

»Tenna hat aus einem Gespräch mit seinem Anwalt eins und eins zusammengezählt und konnte ohne große Mühe nachvollziehen, dass Kanzlei-Assistent Bruhlstedt eine wichtige Info weitergab, nämlich die zu seinem Versteck.« Romy atmete tief aus. Ich kann auch Turbo, dachte sie.

Staatsanwältin Nauth schwieg. Sie war sichtlich beeindruckt. »Na schön«, meinte sie schließlich. »Sie haben recht, ich erhielt einen anonymen Anruf – von einem öffentlichen Telefon aus. Jemand sagte mit verfremdeter Stimme, dass wir uns Tennas Tresor noch einmal sehr genau ansehen sollten. Ich habe den Hinweis ernst genommen und ging von einem Konkurrenten aus, der Tenna kaltstellen wollte. Ein überaus gründlicher Kriminaltechniker entdeckte schließlich den zweiten Safe.«

»Und was ist mit dem Zeugen, der Tenna belastete?«

»Der hat mit der Informationsquelle nichts zu tun«, beteuerte Nauth kopfschüttelnd. »Wir haben uns bereits länger um einen Deal mit ihm bemüht, zu dem er sich schließlich bereit erklärte – gerade noch rechtzeitig.« Die Juristin kniff plötzlich die Augen zusammen. »Holger Bruhlstedt – ja, ich habe davon gehört. Wie tragisch! Aber darüber hinaus … Ich bin dem Mann in den letzten Jahren mehrfach begegnet oder hatte im Gericht mit ihm zu tun. Es fällt mir schwer zu glauben, dass er sich derart zweifelhaft verhielt. Auf mich wirkte er immer sehr standesbewusst.«

Romy zuckte mit den Achseln. »Wir überprüfen, ob es möglicherweise eine alte Verbindung zu Tenna gibt, die uns Aufschluss über seine Beweggründe geben könnte. Vielleicht hat der Mann noch viel mehr auf dem Kerbholz, was Bruhlstedt dazu verleitete, seine anwaltlichen Pflichten zu verletzen und die Initiative zu ergreifen.«

»Tja, das würde ich nicht ausschließen – Tenna ist verdammt gerissen und hinterhältig. Ich traue dem ohne weiteres einen Auftragsmord zu. Darf ich Ihnen einen Tipp für die Unterredung mit ihm geben?«

»Ja, natürlich.«

»Das ist ein sehr charmanter Typ – ein bisschen selbstgefällig und arrogant, aber er versteht es ganz hervorragend, sich zu verkaufen.«

»Ich werd's mir merken, danke.«

Romy machte sich wenig später auf den Weg nach Bergen. Sie war sicher, dass sie auf einer heißen Spur waren, und hoffte, dass Max bald Details zu Tennas Biographie ausgraben würde. Auf die Vernehmung des Mannes musste sie sich exquisit vorbereiten, und sie war mehr als gespannt, wie er reagieren würde.

Es war zunächst nur ein flüchtiger Gedanke gewesen, der aber zunehmend Gestalt annahm, je länger er ergebnislos unterwegs war. Seine Sassnitzer Fotorundreise hatte nichts ergeben. Die Befragten reagierten durchweg kopfschüttelnd oder achselzuckend, uninteressiert, ahnungslos. Riekes Mutter verweigerte die Zusammenarbeit und war nicht einmal bereit, sich Aufnahmen von Stefan Klant anzusehen. Der Vater, Walter Somerberg, war nicht zu erreichen – angeblich auf Montage. Kasper war kurz davor, erneut seine Haltung zu verlieren, als er sich schließlich auf den Weg zum Hafen machte. Die werden mir einen Vogel zeigen, dachte er, als er vor dem Lokal stand, in dem Rieke zum letzten Mal gesehen worden war. Aber spielte das noch eine Rolle? Seit wann bin ich eigentlich so melancholisch?

Der Gastraum war gut gefüllt. Es herrschten frühsommerliche Temperaturen, Touristen waren unterwegs, und Einheimische, die in der Gegend um den Hafen arbeiteten, gönnten sich ein frühes Feierabendbier oder einen Imbiss. Hinterm Tresen stand eine rothaarige Frau mit beeindruckend kräftigen Oberarmen und einer ebensolchen Stimme, deren Alter Kasper auf fünfzig schätzte, vielleicht war sie auch vier, fünf Jahre älter. Kein Zweifel, dachte er, sie ist die Wirtin und hat hier das Sagen.

Betty Sinder servierte ihm einen Kaffee und sah ihn erwartungsvoll an. »Kann ich sonst noch was für Sie tun?« Sie zwinkerte ihm zu und platzierte ihre Unterarme auf der Theke.

Kasper schmunzelte. »Können Sie, aber ich bezweifle, dass Sie Lust dazu haben.«

»Ach, wagen Sie doch einfach mal einen Versuch. Ich sag dann schon, was geht und was nicht geht. Und mit der Lust ist das ja ohnehin so eine Sache …«

Kasper seufzte. »Ich bin Polizist und würde Ihnen gerne einige Fragen zu einem alten Fall stellen, zu dem sich schon damals kaum jemand äußern wollte.«

Die Wirtin nickte. »Fragen Sie.«

»Es geht um die vor elf Jahren verschwundene Rieke Somerberg, damals achtzehn Jahre alt. Im Zusammenhang mit Ermittlungen zu einer anderen Straftat sind neue Aspekte aufgetaucht. Würden Sie sich ein paar Fotos ansehen?«

»Ja.«

Kasper warf ihr einen erleichterten Blick zu. Manchmal war alles ganz einfach, wie wunderbar. Konnte es nicht immer so sein? Nein, natürlich nicht.

»Ich erinnere mich natürlich. Wir konnten damals leider gar nichts dazu beitragen, dass das Mädchen gefunden wurde oder klarer wurde, was geschehen war. Ihre Spur verlor sich nach dem Besuch hier im Lokal«, erläuterte die Wirtin bereitwillig, während Kasper die Bilder von Holger, Jana Berg und Klant aus der Akte nahm. »Die meisten haben nicht mal mitgekriegt, dass sie überhaupt hier gewesen war. Ich übrigens auch nicht. Fürchterliche Geschichte.«

»Ist Ihnen schon mal eine dieser Personen begegnet?«, fragte Kasper.

Holger erkannte sie sofort wieder. »Der junge Bruhlstedt, ja, den kannte ich natürlich.« Sie sah hoch. »Meine Güte, weiß man schon genauer, was geschehen ist?«

»Wir ermitteln immer noch in verschiedene Richtungen«, erwiderte Kasper freundlich und ausweichend zugleich.

»Ich verstehe, Sie dürfen nicht darüber reden.«

Sie schob die Bilder von Jana nach kurzem Überlegen kopfschüttelnd beiseite und nahm zwei Fotos von Klant in die Hände - eines aus jüngeren Jahren und ein aktuelles. »Den kenne ich«, erklärte sie im Brustton der Überzeugung.

Kasper setzte die Tasse ab, die er gerade zum Mund führen wollte.

»Der war damals häufiger hier, meist mit einigen Freunden.«

»Und an dem Tag …«

»War er auch hier, ja.«

Kasper schluckte. »Sind Sie sicher? Ich meine …«

»Das ist lange her, ich weiß, aber ich bin trotzdem sicher. Den Namen habe ich nicht mehr parat, aber mein Sohn hat sich an dem Tag einige Zeit mit ihm unterhalten, darum erinnere ich mich auch so gut. Es ging um einen Aushilfsjob in seiner Firma in Stralsund, den er auch bekommen hat.«

Kasper atmete tief durch. »Welche Branche?«

»Computer, Internet, diesen ganzen Kram. Mein Sohn hat auch die Website unseres Lokals gestaltet. Inzwischen hat er eine eigene kleine Computerfirma in Bergen.« Das klang stolz.

»Würden Sie mir seine Adresse geben?«

»Ja, natürlich. Muss ich mir Sorgen machen?«

»Keineswegs. Es geht um eine Aussage zu dem Mann, bei dem er gejobbt hat«, wiegelte Kasper ab, doch er war keineswegs sicher, ob er diese Behauptung unterschreiben würde. Er nahm sich ein paar Minuten Zeit, um seinen Kaffee zu trinken, bevor er sich bei der Wirtin bedankte und das Lokal verließ.

Romy war auf dem Heimweg, wie er kurz darauf erfuhr. Er schickte ihr die Adresse aufs Handy und bat sie, direkt in das Gewerbegebiet Tilzower-Hof zu fahren, wo er eine gute halbe Stunde später eintraf und die Kollegin schon von weitem erkannte. Sie lehnte an ihrem Roller und hielt ihr Gesicht in die Sonne. Sie sieht trotz des Stresses relativ entspannt aus, dachte Kasper, während Romy ihr Gespräch mit der Staatsanwältin schilderte, bevor sie auf Norbert Sinder zu sprechen kamen. »Hat Max schon was zu ihm?«

»Ich habe ihn während der Fahrt um einen Kurzcheck gebeten – demnach liegt zu dem jungen Mann nichts vor. Sinder ist dreißig und seit vielen Jahren in der Computerbranche tätig, berät kleinere und mittlere Firmen, hat drei bis fünf Mitarbeiter, je nach aktueller Auftragslage. Ob es einen rechten Hintergrund gab oder gibt, ist natürlich auf die Schnelle nicht zu klären gewesen.«

»Schon klar, aber die Ausgangssituation klingt vielversprechend, was unsere Ermittlungen angeht: Er hat damals bei Klant gejobbt und dürfte zumindest das eine oder andere mitbekommen haben.«

Kasper nickte. »Das hoffe ich.«

»Hast du uns angekündigt?«

»Nein. Wir wissen nicht, was hinter dieser Bekanntschaft

steckt«, meinte Kasper. »Und ob sie vielleicht immer noch aktuell ist, können wir auch nicht ausschließen.«

Romy nickte nachdenklich.

»Möglich, dass seine Mutter ihn vorab informiert hat.«

»Wir werden sehen. Übernimmst du die Regie?«

»Mach ich.«

Die Computer- und Softwarefirma befand sich in einem zweistöckigen Bürogebäude, unter einem Dach mit einem Werbegrafiker und einem Modelltischler sowie einem Steuerberaterteam. Norbert Sinder hatte in der Werkstatt zu tun, wie eine junge Frau mit auffälligem Gesichtspiercing ihnen am Empfang mitteilte – einem kleinen Durchgangsbüro, in dem mehrere Telefone schrillten und lauter Technobeat gegen die Wände wummerte. »Ganz am Ende.« Dabei wies sie mit dem Daumen einen Gang hinunter, starrte wieder auf den Monitor und ließ die Telefone weiterbimmeln.

Kasper griff sich unvermittelt an den Mund – ungefähr an die Stelle, an der ein Ring die Oberlippe der jungen Frau durchbohrte – und warf Romy einen hilflos fragenden Blick zu, aber die griente, zuckte mit den Schultern und ging voran.

Die Werkstatt war ein großer, unübersichtlicher Raum, in dem auf langen Tischreihen und in hohen Regalen PCs und diverses Zubehör nach einem für Kasper nicht ersichtlichen Schema angeordnet waren. Ein Drucker ratterte, Monitore flackerten, und auch hier spielte Musik, allerdings leise und unaufdringlich. Norbert Sinder, ein schmaler, hellblonder Typ, saß im hinteren Bereich an einem u-förmigen Schreibtisch vor zwei Monitoren, die größer waren als Kaspers Fernseher – und der war neu und sehr modern. Sinder wäre Kasper gar nicht aufgefallen, wenn er nicht selbst das Wort ergriffen hätte.

»Maik ist schon los. Du kommst zu spät«, bemerkte er, ohne hochzublicken, und zog eine Tastatur zu sich heran. »Versuch es morgen wieder. Ich habe jetzt keine Zeit.«

»Schade«, sagte Kasper und trat näher.

»Wer sind Sie denn?« Sinder blickte von ihm zu Romy und wieder zurück. »Haben Sie einen Termin?« Freundlich ging anders.

Kasper zückte seinen Dienstausweis. »Ich hoffe, dass wir den nicht benötigen. Meine Kollegin Ramona Beccare und ich haben einige Fragen an Sie. Während einer laufenden Ermittlung sind wir auf Aspekte gestoßen, die mit länger zurückliegenden Fällen zu tun haben.«

»Aha.« Sinder nahm die Hände von der Tastatur und schob seinen Schreibtischstuhl ein Stück zurück. Sein Blick war hellwach. »Und was habe ich damit zu tun?«

Mit seiner Mutter hat er kaum Ähnlichkeit, dachte Kasper. Herzlichkeit kann er wahrscheinlich nicht mal buchstabieren. »Dürfen wir uns setzen?«

Sinder zögerte, und Romy warf ihm ein provozierend strahlendes Lächeln zu. »Zu gütig, danke.« Sie griff hinter sich nach zwei Stühlen und setzte sich.

»Können Sie ein bisschen deutlicher werden?«, entgegnete Sinder und beäugte Kasper misstrauisch.

»Machen wir. Sagt Ihnen der Name Stefan Klant etwas?«

Erneutes Zögern. »Klant … Um welche Ermittlung ging es gleich noch?«

Kasper erfasste mit einem winzigen Seitenblick, dass Romy ungnädig wurde und große Lust hatte, patzig zu werden. Das war eine Spezialität von ihr, die manchmal durchaus angebracht war und für Dynamik in einer Vernehmung sorgte. Doch ebenso häufig war es kontraproduktiv, mit Frechheit zu agieren, zum Beispiel in diesem Fall – sie hatten nichts gegen Sinder in der Hand, sondern benötigten seine Angaben. Er war nicht verpflichtet, ihnen Rede und Antwort zu stehen, und für flegelhaftes Benehmen gab es keinen Paragraphen.

»Erinnern Sie sich an Rieke Somerberg?«, fragte Kasper. »Sie verschwand vor elf Jahren.«

»Das ist aber verdammt lange her.«

»Sie ist bis heute nicht aufgetaucht.«

»Und Sie ermitteln jetzt noch einmal?«

»Ja.«

»Aber ...«

»Über die Details kann ich nicht sprechen – darf ich nicht.« Kasper lächelte und hob mit einer bedauernden Geste die Hände. »Das verstehen Sie sicher.«

»Und was hat dieser ... Klant damit zu tun?«

»Das wissen wir nicht. Wir wissen nur, dass Sie ihn kennen und an jenem Tag im Lokal Ihrer Eltern mit ihm über einen Job gesprochen oder auch verhandelt haben.«

»Tatsächlich? Das war an dem Tag?« Sinder schüttelte erstaunt den Kopf, aber Kasper nahm ihm die Überraschung nicht ab. Die Nähe zu Klant behagte ihm nicht, sie ließ sich jedoch nicht leugnen, nachdem seine Mutter freundlicherweise darauf hingewiesen hatte. »Aber gut, wenn Sie es sagen ...«

»Ihre Mutter hat das bestätigt. Sie kann sich sehr genau daran erinnern, dass Sie und Klant in eine eifrige Unterhaltung vertieft waren – an jenem besagten Tag.«

»Aha.«

»Haben Sie den Job gekriegt?«

»Das wissen Sie doch schon längst.«

»Stimmt. Und wie war er?«

»Gut. Ich habe einige Wochen für Klant gearbeitet – seine Onlineshops eingerichtet.« Er verzog den Mund.

»Welchen Eindruck hatten Sie von ihm?«

Sinder verzog das Gesicht. »Hören Sie mal – muss ich darauf antworten? Das ist alles hundert Jahre her ...«

»Wir können auch ins Kommissariat fahren«, ergriff Romy plötzlich das Wort, womit Kasper längst gerechnet hatte. Er unterdrückte ein Seufzen.

»Und was soll die Scheiße jetzt?«

Romy rückte mit ihrem Stuhl näher an Sinders Schreibtisch heran, ihre Augen funkelten wütend. »Die Scheiße erkläre ich Ihnen gerne. An diesem Tag ist ein junges Mädchen spurlos verschwunden, als hätte der Erdboden sie verschluckt. Das letzte Mal gesehen wurde sie, als sie das Lokal Ihrer Eltern betrat, und alle Gäste waren seinerzeit aufgefordert, sich bei der Polizei zu melden. Sie stehen nicht auf der Zeugenliste ...«

»Na und? Ich hatte nichts zu sagen, so einfach ist das, und Stefan auch nicht. Was gibt es da zu erzählen? Ich fahre doch nicht zur Polizei, um dort dann zu Protokoll zu geben, dass ich nichts gesehen habe! Wie blöd ist das denn?«

»Stefan also? Stefan und sein rechter Club ...« Romy sah Kasper an. »Gibst du mir mal ein Foto von Holger?«

»Klar.«

»Kennen Sie diesen jungen Mann?«

»Ja – Bruhlstedt ist am letzten Wochenende verunglückt. Das hat sich herumgesprochen.«

»So kann man es auch ausdrücken.«

Sinder zog die Augen zu schmalen Schlitzen zusammen. »Was wollen Sie damit sagen?«

»Wir ermitteln in alle Richtungen – das will ich damit sagen. Darüber hinaus möchte ich von Ihnen wissen, ob Holger an jenem Tag vor ungefähr elf Jahren auch im Lokal Ihrer Eltern war.«

»Ich habe mich mit Stefan unterhalten.«

»So weit waren wir schon, aber das eine schließt das andere ja nicht aus.«

»Wenn Sie meinen. Ich kann mich jedenfalls nicht erinnern«, entgegnete Sinder mürrisch.

»Wie kam es eigentlich zu dem Jobangebot?«

»Wir waren schon mal ins Gespräch gekommen. Er erzählte, dass er jemanden bräuchte und gut bezahlen würde.«

»Na, wenn das kein Angebot ist. Was haben Sie denn sonst noch so gemacht in Klants Laden?«

»Wie meinen Sie das?«

»Ach, Herr Sinder, nun tun Sie doch nicht so – es wird Ihnen kaum entgangen sein, welche Gesinnung Klant vertritt.«

»Das ist doch seine Sache, und die hat mit mir nichts zu tun.«

»Es ist nicht seine Sache, wenn es in dem Zusammenhang Tote und Verletzte gibt!«, herrschte Romy ihn an. »Und sie hat sehr viel auch mit Ihnen zu tun, sofern Sie strafrechtlich Relevantes zu berichten wüssten.«

Norbert Sinder wurde blass um die Nase. »Habe ich aber nicht. Ich habe meinen Job gemacht, und das war es dann.«

»Wissen Sie was – Ihre Darstellung überzeugt mich nicht«, entgegnete Romy. »Warum sind Sie derart abweisend und unkooperativ, wenn alles so einfach erklärt werden kann und wunderbar in Ordnung ist?«

»Vielleicht rede ich einfach nicht gerne mit der Polizei.« Sinder hob das Kinn.

»Aber vielleicht wäre genau das sehr sinnvoll«, übernahm Kasper wieder das Gespräch, das längst eine Vernehmung darstellte. »Was halten Sie davon, Ihre seltsame Abwehr aufzugeben und uns zu erzählen, was Sie wissen und/oder mitbekommen haben?«

»Wovon reden Sie eigentlich?« Sinder schüttelte entrüstet

den Kopf. »Es gibt nichts zu erzählen. Ich habe ein paar Wochen bei Klant gejobbt, gut dabei verdient, und danach trennten sich unsere Wege. Welche politischen Ansichten er vertrat und vertritt, interessierte mich nicht die Bohne. Politik ist nicht meins, wenn Sie verstehen, was ich meine.«

»Ja, so ungefähr.« Kasper nickte nachdenklich. »Mit dem Mann ist nicht zu spaßen, oder? Ich könnte mir vorstellen, dass der nicht lange fackelt, wenn jemand aus dem Nähkästchen plaudert.«

»Ich weiß nicht, worauf Sie hinauswollen.« Sinder verschränkte die mageren Arme vor der Brust und blies eine Haarsträhne aus dem Gesicht.

»Das glaube ich Ihnen nicht«, entgegnete Kasper.

»Ihr Problem.«

»Es könnte sehr schnell zu Ihrem werden, wie meine Kollegin eben bereits andeutete. Wenn Sie etwas wissen, sagen Sie es uns, und zwar am besten gleich, denn falls wir im weiteren Verlauf der Nachforschungen auf Beweise stoßen, die Ihre Beteiligung an Straftaten nahelegen, ist es zu spät. Dann sind Sie nämlich kein Zeuge mehr, sondern ein Tatverdächtiger, gegen den wir auch ermitteln.« Das war starker Tobak, aber der junge Mann war verunsichert und geriet möglicherweise noch mehr ins Wanken.

»Was für Beweise?« Sinder deutete eine wegwerfende Handbewegung an. »Sie sprechen in Rätseln.«

»Ach, wissen Sie, irgendwas taucht immer auf – irgendwelche Fotos, Bemerkungen, sonstige Indizien. Wenn es etwas gibt, wird unser Datenexperte es finden, oder die Kriminaltechnik wird fündig und der Rechtsmediziner kann DNA-Spuren nachweisen«, behauptete Kasper. »Es wäre nicht das erste Mal, dass intensive Recherchen auch bei einem lange zurückliegenden Fall Entscheidendes zutage fördern.«

»Ist ja toll – trotzdem ... Ich habe Ihnen nichts zu sagen«, behauptete Sinder. »Klant und ich haben über einen Job gesprochen, den ich zwei Wochen später angetreten und erledigt habe. Zu irgendwelchen Straftaten kann ich Ihnen nichts sagen.«

Kasper bekam aus den Augenwinkeln mit, dass Romy ihr Handy gezückt hatte. Er war sicher, dass sie nicht nur Max auf Trab bringen wollte, sondern Riechter informieren würde.

»Nun gut, wir möchten Sie aber trotzdem bitten, uns aufs Kommissariat zu begleiten, weil wir Ihre Aussage protokollieren müssen«, meinte Kasper schließlich in lakonischem Tonfall.

»Jetzt gleich?«

»Ja, es dauert auch nicht lange. Und vielleicht ändern Sie Ihre Meinung noch einmal.«

Das tat Norbert Sinder jedoch nicht. Er hatte sich gefangen und blieb bei seiner Aussage. Kasper beobachtete vom Fenster aus, wie er später das Kommissariat wieder verließ und kurz darauf ein Wagen mit Stralsunder Kennzeichen die Verfolgung aufnahm. Riechter, dachte er. Dem lassen die braunen Typen keine Ruhe. Er fragte Romy nicht, ob die Aktion abgesprochen, und vor allen Dingen, ob sie überhaupt genehmigt war.

15

Er biss sich auf die Unterlippe und entschied nach kurzem Überlegen, nicht zurück in die Firma zu fahren, obwohl ihm der neue Auftrag unter den Nägeln brannte und der Kunde seit Tagen auf das erste Konzept wartete. Aber es war schon spät, und in der Verfassung, in der er sich befand, konnte er ohnehin nicht mehr konzentriert weiterarbeiten. Kurzentschlossen schlug er den Weg zum Nonnensee ein.

Seit er in Bergen wohnte, fuhr er regelmäßig raus an den See, um dort abzuschalten und neue Kraft zu schöpfen oder einfach nur still zu genießen. Wenn ihm jemand vor fünf Jahren prophezeit hätte, dass er nach einem anstrengenden Arbeitstag um den See wandern und mit dem Fernglas unterwegs sein würde, um Vögel zu beobachten, hätte er lachend abgewinkt. Aber genau so war es. Sein Herz fühlte sich leicht und kraftvoll zugleich an, wenn er Kormorane, Seeadler und Eisvögel erspähte, und in der Stille des Beobachtens kam er völlig zur Ruhe. Obwohl Norbert am Hafen aufgewachsen war, bedeutete ihm das Meer wenig – mehr noch, er misstraute ihm; dafür spiegelte ihm der See Zuversicht, und das Vogelbrutgebiet faszinierte ihn immer wieder.

Vielleicht wäre es wirklich schlauer gewesen, nicht so abweisend und unfreundlich zu reagieren, sondern den Kommissaren zu erzählen, was er wusste und was er sich darüber hinaus längst zusammenreimen konnte. Andererseits lief er damit unter Umständen Gefahr, den größten Fehler seines Lebens zu machen. Immerhin war Holger tot, und ob das oben an den Klippen ein Unfall gewesen war, stand ganz und gar nicht fest. *Wir ermitteln in alle Richtungen.* Es klang zwar absurd, dass nach so vielen Jahren … Aber was hieß das schon? Nein, Stefan verstand keinen Spaß, davon war Norbert fest überzeugt. Es wäre ausgesprochen dumm, ihn zu provozieren oder auch nur sein Misstrauen zu wecken. Dessen war er ganz sicher, obwohl er nie in seinem Club mitgemacht hatte – im Gegensatz zu Holger.

Norbert kannte Holger nicht nur aus aktuellen Meldungen, in denen über den tödlichen Klippensturz berichtet worden war, sondern bereits seit der Schulzeit. Sie waren auf einer Schule, wenn auch nicht in einem Jahrgang gewesen, und Bruhlstedt hatte ihn seinerzeit angesprochen, ob er Zeit und Lust hätte, einen Computerjob zu übernehmen. Norbert war bereits damals ein ausgefuchster PC-Freak gewesen, und die Gerüchte um Holgers Zugehörigkeit zu einer rechten Gruppierung störten ihn nicht, weil er mit Politik nichts am Hut hatte und einen Job sehr gut gebrauchen konnte. Beim Treffen mit Stefan war Holger nicht mit von der Partie, aber abends sahen sie sich auf der Fete in der Prora, zu der Stefan auch Norbert ermuntert hatte zu kommen, nachdem sie sich einig geworden waren. Diese Zusage bereute er bis heute.

Die Feier fand mit zahlreichen Freunden, von denen Norbert außer Stefan und Holger niemanden näher kannte, in einer der abgelegenen baufälligen Ruinen statt. Es gab ein großes Lagerfeuer, es wurde gegrillt und sehr viel getrunken. Norbert aß zu wenig und trank zu viel und zu schnell. Als die ersten Reden geschwungen wurden, hatte er bereits Mühe, den Zusammenhang zu verstehen. Es ging um eine Ausstellung, die nicht stattfinden sollte, und um eine verdiente Armee, die in den Dreck gezogen wurde, um einen Club in Sassnitz, um Recht und Gesetz und ähnlich anstrengende Themen, die so gar nicht zu einem Grillabend am Lagerfeuer passten. Später blies irgendeiner zum Aufbruch, und eine Gruppe von Männern machte sich auf den Weg in die Ruinen, um jemanden zu suchen, wie Norbert aufschnappte.

Ein Spiel, hatte er verwundert gedacht, oder ein bizarrer Traum. Kurz darauf war er in einen tiefen Wodkaschlaf gesunken, aus dem er zeitweise hochschreckte - wenn einer der Typen zum Feuer zurückkam und sich stärkte oder eine neue Gruppe aufbrach. »Wir kriegen sie, die irre Hure«, grölte ein junger Kerl mit glänzenden Augen, und Norbert nickte, ohne zu verstehen, was überhaupt los war, bevor er wieder einnickte und in den nächsten Traum hinabstürzte. Woran er sich später sehr genau erinnern würde, waren die rauen Stimmen zweier Männer, die sich über Menschen unterhielten, deren geistige Fähigkeiten so verkümmert waren, dass auch der Körper keine Chance hatte - oder besser gesagt: keine verdient hatte.

Irgendwann weckte ihn der Schmerz, jemand hatte ihm in die Seite getreten. »Aufbruch. Party ist vorbei, Alter.«

Die Partyteilnehmer sahen genauso fertig aus, wie Norbert sich fühlte, der kaum geradeaus gehen, geschweige denn einen klaren Gedanken fassen konnte. Stefan hatte sich irgendwo verletzt, denn er trug einen Verband um die linke Hand und machte ein mürrisches Gesicht. Die irre Hure, dachte Norbert und wunderte sich in diesem Moment über den seltsamen Ausdruck. Vier, fünf Leute räumten schweigend auf. Das Lagerfeuer brannte herunter. Holger stand mit bleichem Gesicht und leerem Blick daneben. Die Sonne ging auf. Abmarsch.

Zwei Tage später hatte Norbert seinen Rausch ausgeschlafen. Die bruchstückhaften Erinnerungen flossen zu einer einzigen furchtbaren Geschichte zusammen, als Riekes Verschwinden bekannt und die Fahndung eingeleitet wurde. Und je weniger es Norbert gelang, die Bedeutung der nächtlichen Geschehnisse in den Ruinen der Prora zu einem alkoholisierten Wachtraum herunterzuspielen und aus seinem Kopf zu verbannen, desto klarer wurde ihm, in welcher Gefahr er schwebte, falls er aussagen oder der Polizei auch nur einen heimlichen Tipp geben würde.

Die Möglichkeit, den Job hinzuschmeißen, bevor er ihn überhaupt angetreten hatte, verbot sich von selbst – Stefan hätte den Braten sofort gerochen. Demnach blieb nur eines – so zu tun, als hätte er nichts, aber auch rein gar nichts mitbekommen, sondern die Nacht als Schnapsleiche am Lagerfeuer verpennt, seine Arbeit zu erledigen und dann ganz unauffällig zu verschwinden. Und sein Plan ging auf: Stefan stellte ihm in den ersten Tagen immer wieder Fangfragen, hakte das Thema aber ab, als Norbert keine Unsicherheit erkennen ließ; und das Angebot, in der Gruppe mitzumachen, lehnte er in genau der richtigen Mischung aus Desinteresse und Langeweile ab.

Ein weiterer Grund, die verstörende Erinnerung tief in sich zu vergraben und den Mund zu halten, war Holger. Er tauchte ein paar Tage nach den Geschehnissen in der Kneipe auf, als Norbert hinter der Theke aushalf, und war noch genauso bleich wie in jener Nacht in der Prora. Mit müden Augen bestellte er ein Bier. »Du musst dichthalten«, sagte er leise, als Norbert ihm das Glas auf den Deckel stellte. »Komm nicht auf die Idee, etwas zu sagen. Du bringst dich in Gefahr. Und mich auch.«

Norbert hatte sich ahnungslos gestellt, aber natürlich sofort gewusst, worum es ging, und Holger war klar gewesen, dass er verstanden hatte. Und den Nachsatz begriff er, als Stefan einige Zeit später plötzlich bei ihm auftauchte und sich nach Holger erkundigte, der verschwunden sei. Dass Holger vor Jahren heimgekehrt war, hatte Norbert erst nach seinem Tod erfahren. Warum war er zurückgekehrt? Um auf seine Schwester aufzupassen? Die zarte verrückte Lilly …

Norbert schrak zusammen, als in der Stille am See, in der nur seine Schritte zu hören waren und der hereinbrechende Abend seine Flügel sanft auszubreiten begann, sein Handy klingelte. Seine Mutter. Sie hatte schon mehrfach angerufen und eine Nachricht auf der Mailbox hinterlassen, die er noch nicht abgehört hatte.

»Ja?«, meldete er sich mit leiser Stimme.

»Warum rufst du nicht zurück?«

»Ich hatte keine Zeit.«

»Das ist eine dumme Ausrede.«

»Ist es nicht. Was gibt es denn?«

»Hat sich die Polizei bei dir gemeldet?«

»Ja, natürlich, du hattest sie ja freundlicherweise zu mir geschickt.«

»Nun, ein Kommissar war im Lokal und hat Fragen gestellt – die ermitteln noch mal wegen des verschwundenen Mädchens …«

»Ich weiß.«

»Meine Güte, nach so vielen Jahren – das ist schon merkwürdig, oder?«

»Das ist es. Was genau hast du dem Kommissar eigentlich erzählt, dass die auf die Idee kamen, auch mit mir zu sprechen?«

»Nichts weiter – er hat mir Fotos gezeigt, und ich habe diesen Mann wiedererkannt, mit dem du damals wegen des Jobs gequatscht hast, genau an jenem Unglückstag. Das ist irgendwie hängengeblieben. Wie hieß der noch gleich?«

»Stefan Klant.«

Ein langgezogener Vogelruf schnellte übers Wasser.

»Norbert?«

»Ja?«

»Was ist denn los mit dir?«

»Gar nichts. Was soll denn los sein?«

Stille.

»Hat dieser Klant etwas damit zu tun?«

»Ach Quatsch.«

»Und warum rennen die dann mit einem Foto von dem herum?«, beharrte seine Mutter. »Von ihm und von Holger Bruhlstedt? Das muss doch einen Grund haben.«

»Keine Ahnung«, entgegnete er gereizt. »Ich habe diesen Typen und Holger schon hundert Jahre nicht mehr gesehen und keine Ahnung, was da los ist oder los war.«

»Und warum bist du dann so entnervt?«

»Bin ich doch gar nicht. Vielleicht habe ich einfach keine Lust, mich mit alten Geschichten und irgendwelchen polizeilichen Ermittlungen zu beschäftigen. Als hätte man nichts anderes zu tun.«

Pause. In der Nähe setzte ein Froschkonzert ein.

»Wo warst du eigentlich damals an dem Abend?«

Einen Moment lang glaubte Norbert, sich verhört zu haben. »Wie bitte? Was wird das denn jetzt? Ein Verhör? Also, das muss ich echt nicht haben, nicht schon wieder.«

»Warum regst du dich eigentlich so auf?«, entgegnete seine Mutter ärgerlich. »Man wird doch wohl mal fragen dürfen! Die Polizei interessiert sich ganz offensichtlich erneut für diesen Fall und auch für deinen damaligen Chef, taucht im Lokal auf, will dies und jenes wissen, unter anderem auch von dir. Als Mutter kann man da schon mal hellhörig werden.«

»Musst du aber nicht«, gab er zurück und bemühte sich um einen ruhigeren Ton. Sie hatte ja recht – sein dünnes Nervenkostüm war verdammt auffällig. »Ich war damals auf einer Grillparty eingeladen, wie du dich vielleicht erinnerst. Und Klant war auch da.«

»Ach ja, dieser Klant hat dich sogar eingeladen.«

»Das hast du auch mitbekommen?«

»Ja.«

»Hast du das der Polizei ebenfalls erzählt?«

»Nein, das fiel mir gerade erst wieder ein«, gab sie nun deutlich entnervt zurück. »Du warst fürchterlich besoffen und tagelang kaum ansprechbar. Und deine Klamotten waren total verdreckt und haben drei Meilen gegen den Wind gestunken. Ich dachte, ihr hättet in einem Club in der Prora gefeiert.«

Norbert stockte der Atem. »Wie kommst du auf die Prora?« Er konnte nicht verhindern, dass seine Stimme schriller wurde.

»Der Klant hat erwähnt, dass ihr euch dort trefft.«

Er wechselte mit dem Handy ans andere Ohr. »Du erinnerst dich aber sehr gut.«

»Ja, plötzlich fallen mir diese ganzen Details ein.«

Vergiss sie am besten ganz schnell wieder, flatterte es durch seinen Kopf. »Ja, stimmt, wir haben uns dort getroffen und dann am Strand gefeiert - mit Lagerfeuer und so.«

»Und der Alkohol floss in Strömen.«

»O ja, das war 'ne lange Nacht.« Er räusperte sich. »Mutter, ich muss jetzt Schluss machen. Ich komme demnächst mal vorbei, und dann reden wir, okay?« Er verabschiedete sich und legte auf. Sein Herz klopfte viel zu schnell.

Romy war vor dem Fernseher eingeschlafen. Als sie hochschreckte, war der Film längst zu Ende, und Werbung mit vollbusigen, grellgeschminkten Frauen flackerte zu schmalzig-schmeichelnder Musik über den Bildschirm. Sie tastete nach ihrem Handy und brauchte ein paar Sekunden, bis sie die grüne Taste gefunden hatte und das Gespräch annehmen konnte.

»Schläfst du schon?«

»Schwer zu sagen. Als wach würde ich mich jedenfalls nicht bezeichnen«, erwiderte sie gähnend.

»Hier spricht Jan.«

Sie lächelte und schaltete den Fernseher aus. »Danke, dass du mir auf die Sprünge hilfst.«

»Oh, immer wieder gerne. Habe ich eigentlich schon erwähnt, dass ich vor deiner Tür stehe?«

»Nein, hast du nicht.« Sie setzte sich langsam auf.

»Lässt du mich rein?«

»Ich bin nicht geschminkt, und wenn ich das richtig nachvollziehe, bin ich vor der Kiste eingeschlafen. Und weißt du, wie ich aussehe, wenn das passiert?«

»Klar, zum Küssen.«

»Na ja ...«

»Lass es drauf ankommen. Allerdings habe ich auch noch ein paar Neuigkeiten, so rein beruflich, und ich behaupte, die lohnen, von meiner stets inspirierenden Gegenwart mal abgesehen, das endgültige Wachwerden.«

»Na dann.«

Wenig später saß Jan in Romys Küche und trank ein Bier, während sie sich mit Orangensaft begnügte und wieder hellwach war. Der Bericht von der Observierung Norbert Sinders und dem belauschten Telefonat hatte ihren Puls augenblicklich in die Höhe getrieben.

»Ich halte jede Wette, dass die da draußen nicht nur Party gemacht haben – warum sonst sollte Norbert Sinder so heftig reagieren?«, meinte Jan. »Er war regelrecht entsetzt, als seine Mutter die Prora erwähnte – soweit ich das seiner Stimme anmerken konnte.«

»Vielleicht gehörte er zeitweise mal zu Klants Leuten, ohne dass er großartig mit der radikalen Szene in Berührung kam – der Schnellcheck hat zumindest keinen strafrechtlich relevanten Hintergrund ergeben. Nun will er aber auf jeden Fall verhindern, dass die Nähe zu Klant ein Thema wird. Kann er sich als Geschäftsmann nicht leisten«, schlug Romy vor.

»Das ist so lange her, und wenn er nur am Rand ein bisschen zugeguckt hat, wofür es ja bisher keinen offiziellen Beweis gibt, sehe ich keinen Anlass, derart nervös zu reagieren«, wandte Jan ein. »Ich denke, er hat sehr wohl etwas mitbekommen – in jener Nacht oder auch später –, was er nicht preisgeben kann, ohne Gefahr zu laufen, dass Klant eins und eins zusammenzählt und dann sehr genau weiß, aus welcher Ecke der Tipp gekommen sein muss. Immerhin hat er einige Wochen für den Typen gearbeitet. Und wenn das alles so harmlos war, wie er euch gegenüber betonte, hätte er sich anders verhalten.« Jan hielt kurz inne, um einen Schluck zu trinken. »Zweite Möglichkeit: Er hat im Hinblick auf Rieke gewaltig Dreck am Stecken und ist völlig perplex, dass er aufgrund der Überschneidung mit Klant in den Fokus geraten ist.«

Romy nickte. »Was schlägst du vor?«

»Wir vernehmen ihn noch einmal. Sobald deutlich wird, dass er lediglich ein Mitwisser, aber kein aktiver Täter gewesen ist, bauen wir ihm eine Brücke, über die er gehen kann, ohne sich und auch seine Eltern in Gefahr zu bringen.« Er lächelte.

»Du siehst aus, als hättest du längst eine Idee.«

»Habe ich. Ich hoffe nur, dass der Staatsanwalt mitspielt.«

»Ich könnte ein bisschen mit ihm flirten.«

»Och, das kriege ich auch so hin.« Jan streckte die Arme aus und zog Romy auf seinen Schoß. »Ich hätte da noch eine Idee, was den Rest der Nacht angeht«, murmelte er.

Romy wachte um fünf Uhr auf. Im Hochsommer würde sie zum Strand hinunterlaufen und eine Runde schwimmen –

so lange sie es in der kalten Ostsee aushielt, in der Regel zu der frühen Stunde nur einige Minuten. Sie schob Jans Arm von ihrem Oberkörper, schlich sich aus dem Bett, setzte Kaffeewasser auf und trat hinaus auf den Balkon. Der Himmel räkelte sich in zartem Blau, und es roch nach einem vielversprechenden Sommer. Sie war verliebt. Egal, was mit Jan und mir passiert, dachte sie, ob es drei Wochen, sieben Tage oder vier Monate anhält oder länger, ich muss die Schönheit und Klarheit und die Intensität dieses Gefühls festhalten – um inmitten der Gewalt und des Hasses nicht das Gleichgewicht und den Mut zu verlieren.

Jan war ein Morgenstiller – kein Muffel, aber jemand, der früh um sechs langsamer oder aber nur für sich dachte und darum wenig sprach. Seine Miene spiegelte sanfte Verschlossenheit wider, aber er lächelte, wenn ihre Blicke sich trafen oder die Hände sich zufällig berührten. Sie brachen mit ihren jeweiligen Fahrzeugen nach Bergen auf, betraten aber gemeinsam das Kommissariat, wo Fine gerade für das Frühstück sorgte. Ihr Begrüßungsblick sprang mehrfach zwischen Romy und Jan hin und her, und er sprach schwergewichtige Bände. Sie öffnete den Mund und schloss ihn wieder. Romy setzte das unschuldigste Gesicht auf, das sie in petto hatte, während Jan sie herzlich begrüßte und sich sofort ein Brötchen schnappte. Fine wurde eines Kommentars enthoben, als Max und Kasper eintrafen und Jan die Kollegen über die Sinder-Observierung informierte sowie seine und Romys Schlussfolgerungen darlegte.

»Eine Party in der Prora«, murmelte Kasper düster. »Das passt ja zu dem rechten Haufen. Ihr meint, sie könnten das Mädchen entführt und ihm in der Nacht dort etwas angetan haben?« Er stellte seine Tasse ab. »Und Sinder war einer von ihnen?«

»Halte ich für eine denkbare Variante, die auch ins Muster

von Klants bevorzugten Opfern passt. Und Sinder weiß auf jeden Fall etwas«, meinte Jan.

»Und wenn das eine mit dem anderen nicht das Geringste zu tun hat?«, wandte Kasper ein. »Sinder hat die Kleine verschwinden lassen und war auf der Party.«

»Dann könnte es ihm völlig egal oder nach über zehn Jahren höchstens peinlich sein, dass irgendwer auf Klant und diese Feier in der Prora zu sprechen kommt.«

»Hm. Vielleicht weiß Klant etwas über Sinder, und der befürchtet, dass sein Ex-Chef den Mund aufmachen könnte, falls er selbst in die Schusslinie gerät.«

»Interessante Theorie«, stellte Romy fest. »Sollten wir nicht außer Acht lassen.«

»Okay.« Jan griff sich ein zweites Brötchen. »Dennoch bin ich davon überzeugt, dass wir Spuren von Rieke finden, wenn wir ...«

»Die Prora-Anlage durchwühlen?«, unterbrach Romy ihn amüsiert. »Du weißt schon, dass die sich ein bisschen zieht? Ungefähr viereinhalb Kilometer ... Wie viel Hundertschaften sollen dort wie lange suchen? Schwedtner wird begeistert sein, wenn du ihm diesen Vorschlag unterbreitest.«

Jan schüttelte den Kopf. »Das könnte man natürlich auf die abgelegenen Gebäudeteile beschränken.«

»Okay – blieben aber immer noch zirka drei Kilometer.«

»Na ja, aber ...«

»Ihr habt mitbekommen, dass Investoren zwei Blöcke erworben und mittlerweile angefangen haben, Ferienwohnungen zu bauen?«, mischte Max sich unvermittelt in den Disput ein und wies auf seinen Monitor, wo sich gerade eine Internetseite aufgebaut hatte, auf der die baulichen Aktivitäten und das Für und Wider des Projekts beschrieben wurden. »›Binzprora‹ nennen sie das Ganze, und demnächst ist Richtfest im ersten Abschnitt, den sie übrigens ›Aurum‹

getauft haben. Das werden feine Domizile in einem geschichtsträchtigen Umfeld, dazu Sonne, Strand und Meer. Was will man mehr?«

»Ja, das hat sich herumgesprochen«, antwortete Romy. »Willst du darauf hinaus, dass die Spurenlage alles andere als optimal ist, wenn da Baufahrzeuge und Scharen von Arbeitern unterwegs sind?«

Max nickte. »Würde ich mal zu bedenken geben – von allem anderen abgesehen.«

»Wenn Scharen von Bauleuten dort am Werkeln sind und dabei das Unterste zuoberst kehren, ist aber andererseits die Chance, zufällig einen grausigen Fund zu machen, gar nicht so schlecht«, meinte Jan leise und warf einen langen Blick in die Runde. »Also, wenn ich darüber in der Zeitung lesen würde, hielte ich so etwas durchaus für möglich. Ihr nicht?«

Einen Moment blieb es still. »Sag mal, wen willst du eigentlich reinlegen – Klant oder Sinder?«, fragte Kasper schließlich.

Jan lächelte.

Die Brücke für Sinder, dachte Romy. Ja, warum nicht? »Ich bin auf jeden Fall für eine zweite Vernehmung von Sinder. Und dann sehen wir weiter«, meinte sie.

»Und wenn er nicht zu einer weiteren Aussage bereit ist?«, wandte Kasper ein. »Er hat sich bereits gestern mächtig geziert.«

»Dann müssen wir ihn ein bisschen erschrecken und vor die Wahl stellen, ob er als Zeuge oder als Verdächtiger behandelt werden möchte. Und dabei lassen wir das Stichwort Prora so ganz beiläufig fallen. Ich könnte mir vorstellen, dass es ihn ziemlich schockiert, wenn wir das auch schon wissen.«

Kasper seufzte, während Fine nach vorne eilte und sich um einen Wagen und zwei Uniformierte kümmerte.

»Bevor ihr euch in alle Winde zerstreut – ich habe auch noch eine Neuigkeit«, sagte Max, und seine Stimme klang dezent brüskiert. »Es ist ja nicht so, dass wir es lediglich mit einem Fall zu tun hätten. Stellt euch vor: Tenna und Holger kannten sich tatsächlich.«

Romy strich sich mit einer fahrigen Bewegung die Locken aus der Stirn. »Und das sagst du erst jetzt?«

»Wann sonst? Wir reden die ganze Zeit über neue Ermittlungserkenntnisse, und gestern Nacht wollte ich nicht mehr anrufen. Oder wäre dir das lieber gewesen?«

Jan blickte sehr lange zum Fenster hinaus; Romy biss sich auf die Unterlippe. »Ja, schon gut – also, was hast du entdeckt?«

»Tennas geschäftliche Aktivitäten wurden im Zuge des Prozesses genauestens unter die Lupe genommen, und ich habe mir die Mühe gemacht, noch einen zusätzlichen Blick auf länger zurückliegende Transaktionen zu werfen. Der Mann hat eine Zeitlang gerne heruntergekommene Bars und Kneipen gekauft und modernisiert, und manchmal hat er sie anschließend wieder verkauft und einen satten Gewinn eingestrichen.«

»Bitte nicht beim Urschleim anfangen«, stöhnte Romy.

Max überhörte die Bemerkung schlicht. »Für die Sanierungsarbeiten hat er eine ganze Reihe von Aushilfen beschäftigt, und einige von ihnen arbeiteten später auch in den neu eröffneten Lokalen. Genau einmal dürft ihr raten, wer 2006 als Aushilfe in einem Stralsunder Café beschäftigt war, das Tenna zwei Jahre später wieder veräußerte? Um die Sache zu verkürzen, richtig: Holger.«

»Ich bin beeindruckt«, staunte Romy.

»Er war als zeitweise Aushilfe eingestellt und wurde bar bezahlt, hat also keine Sozialversicherungsbeiträge bezahlt …«

»Auf gut Deutsch – er hat da schwarzgearbeitet und lediglich hin und wieder mal eine Barquittung unterschrieben«, warf Jan ein.

»So ist es.«

»Irgendwelche Vorkommnisse seinerzeit im Zusammenhang mit diesem Lokal?«, wollte Romy wissen.

»Nichts.« Max hob die Hände. »Jedenfalls nichts, was der Polizeicomputer ausspucken könnte, aber ich gucke da noch mal genauer hin.«

»Wir müssen in die JVA und mit Tenna sprechen«, sagte Romy. »So schnell wie möglich. Kümmert ihr euch darum?«

»Selbstverständlich.«

»Apropos kümmern: Da fällt mir noch was zu unserem ersten Thema ein – vielleicht wäre es gar keine schlechte Idee, tatsächlich mal bei den Baufirmen, die in der Prora arbeiten, vorstellig zu werden …«

»Um nach ungewöhnlichen Funden zu fragen?«, riet Kasper. »Meinst du das?«

»Tja, warum eigentlich nicht? Du hast doch immer so einen guten Draht zu den Leuten vor Ort«, schob Romy hinterher. »Vielleicht erzählt dir der eine oder andere etwas, was er dem Bauleiter nicht berichten wollte oder was er sehr wohl berichtet hat, was aber in der Eile der Zeit keine Beachtung fand.«

»Schon verstanden.« Kasper stand auf. »Ich fahre raus, sobald ich Sinder hier abgeliefert habe.«

»Bestens.« Romy sah Max an. »Noch Zeit für einen Spezialauftrag? Durchforste das Netz doch mal nach Fotos und Berichten zu Partys in der Prora.«

»Mach ich. Facebook gab's zwar erst zwei Jahre später, aber das muss ja nichts heißen.«

Zwei Minuten später herrschte im Besprechungsraum gespenstische Stille.

16

»Gar nicht dumm, die Kleine.«

»Hast du sie?«

»Ich weiß, wo sie ist.«

Stefan lächelte. »Ich wusste, dass ich mich auf dich verlassen kann. Erzähl schon.«

»Sie hat sich in keiner der üblichen Billigunterkünfte in und um Stralsund herum blicken lassen, sondern sich auf einem Campingplatz in Stahlbrode verkrochen – in einem VW-Bus. Der Pächter hat mir einen Tipp gegeben, als ich ihm erzählte, dass ihr Vater in großer Sorge ist … Das Ganze garniert mit einem hübschen Schein, und schon hatte ich meine Info.«

»Sehr gut. Und warum bist du nicht schon früher darauf gekommen?«, setzte Stefan nach.

»War mir klar, dass du danach fragen würdest. Ganz einfach – in der kalten Jahreszeit habe ich über einen Campingplatz tatsächlich nicht nachgedacht, und im letzten Sommer gab es eine andere Spur. Außerdem hat sie den Wagen gewechselt. Wie ich schon sagte – nicht dumm, die Kleine. Sie ist immer in Bewegung geblieben. Ich hätte es nicht viel besser machen können. Sie hätte lediglich noch den Pächter schmieren müssen, dann wäre es perfekt gewesen.«

Die Tatsache, dass Karl so weitschweifig antwortete, war ein klares Indiz dafür, dass ihn die Sache ärgerte. Von einer jungen Frau derart vorgeführt zu werden, behagte ihm ganz und gar nicht, auch wenn er einen gelassenen Eindruck zu erwecken suchte.

»Wie geht es weiter?«, setzte er nach, als Stefan seine Begründung unkommentiert stehenließ.

»Es soll jemand aufpassen. Wenn sie das nächste Mal aufbricht, schnappen wir sie uns, aber die Situation muss günstig sein. Wir dürfen keinerlei Aufsehen erregen.«

»Gut. Ich melde mich.«

»Es darf nichts schiefgehen.«

»Verstanden.«

»Das hoffe ich sehr.«

Darauf antwortete Karl nicht mehr. Ich will alles wissen, dachte Stefan - wie du uns verarscht hast, wie Holger dir geholfen hat, warum er hier gewesen ist. Alles. Und du wirst mir alles sagen, dessen bin ich mir ganz sicher. Danach lassen wir dich verschwinden. Spurlos.

Norbert Sinder sah aus, als hätte er nicht gut geschlafen. Romy stellte ein Glas Wasser bereit, obwohl er auf ein entsprechendes Angebot nicht reagiert hatte. Sie setzte sich neben Jan, der zunächst als Beisitzer fungieren sollte - so hatten sie es zumindest vorab vereinbart -, und hoffte, dass sie diesmal ein besseres Vernehmungsteam abgeben würden.

»Ich verstehe das ganze Theater nicht«, erklärte Sinder, während Romy das Aufnahmegerät in Gang setzte. »Wir haben gestern ausführlich miteinander gesprochen. Ich habe meinen Aussagen nichts hinzuzufügen.«

»Sie können gerne einen Anwalt hinzuziehen«, erklärte Romy lapidar. Sie wies auf das Telefon.

»Warum sollte ich?«

»Nun gut, dann eben nicht. Wie mehrfach erläutert - es haben sich neue Aspekte ergeben, und wir müssen die ganze Geschichte noch einmal besprechen. Also: Sie haben Stefan Klant vor ungefähr elf Jahren kennengelernt, wo genau eigentlich?«

»Keine Ahnung – in der Kneipe meiner Eltern wahrscheinlich. Wir kamen ins Gespräch …«

»Worum ging es?«

»Das weiß ich doch heute nicht mehr«, regte Sinder sich auf.

»Um Politik vielleicht?«

»Ich interessiere mich nicht für Politik, das sagte ich bereits. Schon vergessen?«

»Eher für Computer?«

»So ist es – damals wie heute. Klant hatte einen Job zu vergeben, wir verhandelten darüber, ich erhielt den Zuschlag – Ende. Unser Treffen zur Besprechung der Einzelheiten fand zufälligerweise an dem Tag statt, an dem dieses Mädchen verschwand …«

»Richtig, und zwar nachdem sie das Lokal Ihrer Eltern aufgesucht hatte, in dem Klant und Sie verabredet und ins Gespräch vertieft waren.«

»Und zig andere Leute auch. Ich habe damals nichts bemerkt, weder dieses junge Mädchen noch irgendetwas Ungewöhnliches – auch wenn Sie mich noch hundert Mal danach fragen.«

Romy nickte. »Okay. Kannten Sie Rieke eigentlich – wussten Sie, um wen es ging?«

»Der Name war mir geläufig, ja.«

»Mehr nicht?«

»Was meinen Sie?«

Romy lächelte höflich. »Rieke war geistig behindert, oder anders und angemessener ausgedrückt: Sie gehörte zur Gruppe von Menschen mit Lernschwierigkeiten. War Ihnen das bekannt?«

»Damit habe ich mich nie befasst …«

»Das habe ich nicht gefragt.«

Sinder zog eine unwillige Miene. »Ja, gut, sie war nicht

normal – das wusste ich. Sassnitz ist keine Großstadt. Man kriegt schon das eine oder andere mit.«

»Wie schön. Was ist eigentlich danach passiert?«

»Wie danach?«

»Nun, Sie hatten die Zusage für den Job und haben sich gefreut und dann?«

»Ich verstehe nicht, worauf Sie hinauswollen«, wehrte Sinder ab und griff nun doch zum Wasserglas. Seine Fingerspitzen zitterten. Er trank schnell und stellte das Glas abrupt wieder ab. Mit einem flüchtigen Blick streifte er Jan.

»Also, ich habe solche guten Nachrichten immer begossen – Sie hatten einen gutbezahlten Job ergattert, auf den andere sicherlich auch ganz erpicht waren, und das mit ...« Sie warf einen Blick in die Akte. »gerade mal zwanzig Jahren. Darauf muss man doch anstoßen«, betonte Romy. »Oder sogar feiern gehen, mit allem Drum und Dran.«

»Ich bin kein großartiger Partygänger – noch nie gewesen, auch nicht mit zwanzig«, behauptete Sinder. »Nicht meine Welt.«

»Ach?« Romy schüttelte verdutzt den Kopf. »Dazu haben wir aber andere Informationen vorliegen.«

»Echt? Ich weiß nicht, was Sie meinen.«

»Nein? Nun, wie Sie wissen, ermitteln wir die näheren Umstände von Holger Bruhlstedts Tod, und inzwischen spricht sehr viel dafür, dass er getötet wurde ... Die Einzelheiten und ihre Gewichtung im Kontext mit anderen Straftaten zu erörtern würde jetzt zu weit führen, aber wir wissen zum Beispiel, dass Holger für einige Zeit zu Klants Leuten gehörte, und wir haben darüber hinaus in Erfahrung gebracht, dass Sie an jenem Abend zu einer großen Party im Kreise von Klant und seinen Leuten eingeladen waren. Holger war auch dort.« Die letzte Aussage stellte eine reine Spekulation dar, aber Sinder biss an.

Er fuhr zusammen und bemühte sich zugleich, seine Reaktion zu kaschieren. »Nun, dann habe ich mich in dem Punkt vielleicht geirrt«, meinte er betont locker und zuckte lässig mit den Achseln. »Oder das Ganze schlicht vergessen.«

»Das wäre schön, nicht wahr?«

»Bitte?«

»Wenn man manches einfach für immer und ewig vergessen könnte und sich nie mehr damit beschäftigen müsste. Das Leben wäre leichter, unbeschwerter, vergnügter, oder?«

Sinders Adamsapfel hüpfte auf und ab. Er trank erneut.

»Sie haben auf dem Proragelände gefeiert«, fuhr Romy in freundlichem Tonfall fort. »Und es wäre richtig klasse, wenn ich Ihnen nun nicht weiterhin jedes Wort aus der Nase ziehen müsste. Das ist nämlich verdammt öde.«

Er starrte sie mit offenem Mund an. »Von wem haben Sie das? Von meiner Mutter?«, flüsterte er.

Romy schüttelte den Kopf. »Aber nein. Wir haben andere Quellen, darauf können Sie wetten. Und jetzt würde ich gerne etwas von Ihnen hören. Was ist mit Rieke Somerberg passiert?«

Sinder klatschte beide Hände flach auf den Tisch. »Ich weiß es nicht!«, brüllte er sie mit aufgerissenen Augen an. »Ich habe nicht die geringste Ahnung.«

Romy zuckte mit keiner Wimper. »Schreien Sie nicht so«, entgegnete sie ruhig. »In der Disziplin bin ich nämlich auch ziemlich gut, eigentlich hier auf der Bergener Dienststelle ungeschlagen, um genau zu sein.«

»Ach ja? Ist mir …«

»Scheißegal?«, fiel sie ihm heftig ins Wort und beugte sich über den Tisch zu ihm vor. »Gut – und mir ist scheißegal, wie es mit Ihnen und Ihrem Leben weitergeht, ehrlich, das kratzt mich nicht die Bohne, um es mal ganz salopp auf den Punkt zu bringen. Wissen Sie, wir sind längst dabei, all diese alten miesen Geschichten auszugraben, und recherchieren uns einen Wolf. Da kommt einiges zusammen. Und ob wir nun noch einen weiteren Lebenslauf von hinten bis vorne aufrollen oder nicht, spielt überhaupt keine Rolle. Das Team ist eingespielt und sehr erfahren.«

»Was wollen Sie damit andeuten?«

»Ich deute nichts an«, gab Romy zurück. »Da verwechseln Sie etwas. Ich sage Ihnen, wie es ist und wie es kommen wird. Wir werden alles umkrempeln, was wir zu Ihnen finden, und dazu gehören natürlich auch Dutzende von Befragungen, einschließlich Ihrer Kunden und Mitarbeiter, Familie, Freunde und …«

»Hören Sie auf!« Sinder stützte den Kopf in die Hände und starrte auf die Tischplatte. »So glauben Sie mir doch endlich, dass ich Ihnen nichts sagen kann«, flüsterte er.

»Waren Sie dabei, als das Mädchen fertiggemacht wurde?«, schaltete Jan sich plötzlich mit ruhiger Stimme ein.

»Nein. Ich habe kein Mädchen gesehen.« Sinder sah langsam hoch. »Das ist die Wahrheit.« Seine Unterlippe zitterte.

»Höchstens ein Teil von ihr.«

Sinder schluckte. »Ich werde nichts sagen. Ich kann Ihnen nichts sagen.«

»Weil Holger tot ist und Sie Angst um Ihr Leben haben?«, fragte Jan. »Weil Klant ahnen könnte, von wem die entscheidenden Hinweise gekommen sein könnten, wenn die Geschichte hochkocht?«

Sinder schüttelte den Kopf. Jan musterte ihn eine Weile, dann streckte er den Arm aus und stellte das Aufnahmegerät ab. Der Mann folgte seiner Bewegung und sah Romy fragend an, bevor er wieder Jan anblickte. »Was …«

»In welchem Block?«

»Haben Sie es immer noch nicht verstanden?«

»O doch, sehr gut sogar«, entgegnete Jan leise. »Aber Sie werden uns trotzdem sagen, wo wir suchen müssen, und zwar aus zwei sehr guten und überzeugenden Gründen: Erstens können Sie endlich Ihr Gewissen erleichtern. Und zweitens wird kein Mensch ahnen, dass der Tipp von Ihnen gekommen ist.«

Sinder lachte humorlos auf. »Sie sind ja ein richtiger Witzbold.«

»Durchaus, aber in diesem Fall meine ich es ganz ernst. Und jetzt hören Sie bitte sehr genau zu, was ich Ihnen zu sagen habe: In der Prora werden Ferienwohnungen gebaut, wie Sie vielleicht mitbekommen haben. Auf dem Gelände ist richtig was los. Es wird gebaggert und gebuddelt, vermessen, gesichert und betoniert, gegraben, geräumt und so weiter. Sie können sich gar nicht vorstellen, was dabei so alles an altem Gerümpel und tausenderlei Zeug ans Tageslicht kommt …«

Die Erkenntnis blitzte plötzlich in Sinders Augen auf. Er griff nach seinem Wasserglas, das inzwischen leer war. Romy goss ihm nach.

»Ein Kollege spricht bereits mit der Bauleitung und den Arbeitern, um sich nach besonderen Vorkommnissen zu erkundigen und die Pläne einzusehen«, fuhr Jan fort. »Und unsere Kriminaltechniker stehen in den Startlöchern.«

Das war natürlich gewaltig übertrieben, zumal der Staatsanwalt noch nicht einmal Bescheid wusste, und wäre er im Vorfeld informiert gewesen, hätte er ihr Vorgehen sicherlich kritisch hinterfragt, kommentierte Romy im Stillen. Aber Sinder sollte über diese Brücke gehen, und die Chancen standen nicht schlecht … Der Mann war ziemlich fertig. Sekundenlang blickte er reglos ins Leere, dann nickte er kaum merklich und fixierte Jan.

»Morgen oder auch übermorgen könnte in der Zeitung

stehen, dass ein Maurerteam einen gruseligen Fund gemacht hat. Zum Beispiel – es können auch Elektriker gewesen sein«, fuhr Jan fort.

»Oder Fliesenleger«, flüsterte Sinder und atmete tief aus. Seine Stimme vibrierte. »Block sechs, in den Ruinen. Ich weiß nicht, was passiert ist, ich habe nichts gesehen, das müssen Sie mir glauben. Ich war so besoffen, dass ich kaum was mitbekommen habe, und genau das dachte Stefan – dass ich meinen Rausch ausgeschlafen habe.«

»Und was haben Sie trotz Ihres alkoholisierten Zustandes gesehen oder gehört?«, fragte Romy.

»Sie haben jemanden durch die Ruinen gejagt, den Eindruck hatte ich – es wirkte erst wie ein Spiel, das ich nicht verstanden habe. Später hörte ich, dass jemand von einer ›irren Hure‹ sprach, die es nicht besser verdient hätte … Reiner Zufall, dass ich das aufgeschnappt und nicht wieder vergessen habe.« Er schloss kurz die Augen. »Erst Tage später ist mir klargeworden, dass es um Rieke ging, und mir wurde bewusst, dass ich nichts wissen, geschweige denn äußern durfte. Dann tauchte sogar Holger bei mir auf und beschwor mich, ja den Mund zu halten – auch er wäre sonst in Gefahr. Wenig später verschwand er dann, wie Sie ja wohl wissen.«

Romy tauschte einen schnellen Blick mit Jan. »Klant hat Sie eingeladen, auf die Party zu kommen?«

Sinder nickte.

»Sie hatten bis dahin nichts mit seiner oder einer ähnlichen Gruppe zu tun, wenn ich das richtig verstanden habe?«

»Ja. Ich wusste natürlich, dass er ein Rechter ist, aber … Es interessierte mich wirklich nicht. Ich wollte nur diesen Job.«

»Ich glaube Ihnen das gerne, frage mich allerdings, warum Klant ein solches Risiko einging«, gab Romy zu bedenken. »Wie konnte er sicher sein, dass Sie – ein bislang Fremder oder allenfalls flüchtiger Bekannter – wirklich den Mund halten würden?«

»Ich glaube, er war daran interessiert, mich in die Gruppe zu bringen«, erwiderte Sinder nach kurzem Überlegen. »Mich zu überzeugen, das war das eine. Und als die Jagd auf das Mädchen begann, war es schon spät, und ich war längst völlig breit und kaum ansprechbar. Ich könnte mir sogar vorstellen, dass die Jungs es darauf angelegt hatten, mich abzufüllen. Stefan hat sich in den Tagen darauf mehrmals vergewissert, dass ich keine Ahnung hatte, und niemand in der Firma sprach über das Geschehen in der Nacht. Ich hätte auch den Eindruck gewinnen können, schlecht geträumt zu haben.«

Durchaus vorstellbar, dachte Romy. Wahrscheinlich war ihnen Rieke zufällig über den Weg gelaufen …

»Doch Holger war klar, dass es anders war?«, fragte Jan.

»Ja. Er hatte bemerkt, dass ich … erschüttert war, dass ich nach und nach begriff, was da abgelaufen war oder abgelaufen sein könnte, denn, wie gesagt: Gesehen habe ich nichts. Vielleicht war Stefan auch deshalb relativ unbekümmert. Was hätte ich schon erzählen können? Ungefähr zehn oder sogar fünfzehn Leute hätten etwas anderes behauptet. Wichtig war ihm nur, genau über meinen Kenntnisstand Bescheid zu wissen.«

Wohl wahr, dachte Romy. Klant hatte grundsätzlich keine Mühe, sich Alibis und Entlastungszeugen zu beschaffen.

»Ich habe versucht, die Geschichte zu vergessen und in Frage zu stellen, wenn sie mal wieder in mir hochkam«, fuhr Norbert Sinder nach kurzer Pause fort. »Das ist mir ganz gut gelungen, bis vor kurzem. Holgers Tod hat einiges aufgewühlt.«

»Können Sie, abgesehen von Holger und Stefan, konkret Leute benennen, die in der Nacht dabei waren?«, fragte Jan.

»Nein. Ich kannte die nicht, und ein paar Vornamen werden Ihnen kaum weiterhelfen. Es muss Ihnen auch klar sein, dass ich meine Aussage vor Gericht nicht wiederholen werde.«

»Das ist uns klar. Gibt es noch irgendetwas, was uns weiterhelfen könnte?«

Sinder schüttelte den Kopf, dann lächelte er unerwartet. »Stefan muss sich irgendwo verletzt haben, aber ich glaube nicht, dass das nach so vielen Jahren bedeutsam ist. Mir fiel auf, dass seine linke Hand verbunden war.« Er stutzte. »Den Verband trug er sehr lange, fällt mir gerade ein, und er war mehrfach beim Arzt deswegen. Vielleicht hat er sich einen Finger gequetscht.«

»Mein Mitgefühl hält sich in Grenzen«, sagte Romy. »Aber danke für den Hinweis.«

Als Sinder kurz darauf das Kommissariat verließ, schien der ohnehin schmale Mann um Pfunde leichter zu sein. Während Romy mit dem Leiter der Kriminaltechnik und mit Kasper telefonierte sowie das erfreulich vielschichtige Ergebnis der Vernehmung mit Max besprach, informierte Jan den Staatsanwalt und erörterte die weitere Vorgehensweise. Romy bekam mit einem halben Ohr mit, dass Doktor Schwedtner offensichtlich doch noch den einen oder anderen Einwand vorbrachte, aber Jan überschüttete ihn mit seiner Energie und seinem Tatendrang, bis er die Zustimmung für die geplante Aktion eingeholt hatte. Ja, er kann unwiderstehlich sein, dachte sie, während sie sich ein Glas Orangensaft eingoss.

Jan stieß eine Viertelstunde später zu ihr – mit breitem Grinsen. »Alles klar. Sobald die Techniker was gefunden haben, geht eine schicke Pressemeldung raus, und dann können wir uns Klant schnappen.«

»Tatsächlich? Aber mit welcher Begründung? Wir dürfen nicht vergessen, dass Sinder …«

»Nicht zur Verfügung steht, aber jede Wette, dass unsere Leute Spuren finden, die zu ihm führen.«

»Du wettest aber häufig und ganz schön riskant«, versuchte Romy seinen Optimismus ein wenig zu dämpfen. »Spekulierst du etwa auf die alten Blutspuren von seiner Handverletzung?«

»Ich spekuliere gar nicht, ich bin lediglich optimistisch, dass es jetzt vorwärtsgeht«, widersprach Jan. »Glaub mir, irgendwann wird jeder von seiner Geschichte eingeholt. Das gilt auch für Klant und seine Leute. Und wir haben lange genug alle möglichen Aspekte dieser Geschichte von quer nach rückwärts gedreht, ohne dass es eine Möglichkeit gab, dem Typen so richtig auf den Zahn zu fühlen.«

»Ich hoffe sehr, dass du recht behältst.«

»Aber klar doch. Schwedtner war sogar so freundlich, mir eine Observierung zu genehmigen. Simon übernimmt das im Wechsel mit einem anderen Kollegen. Ich würde ja zu gerne Mäuschen spielen und Klants Gesichtsausdruck sehen, wenn die Pressemeldung rausgeht, dass ein Skelett in der Prora gefunden wurde.« Er nahm sich ein Brötchen.

»O ja. Das dürfte ihn ganz schön umhauen.«

»Und zu Fehlern verleiten.«

Max blickte zur Tür herein. »Die JVA hat sich gemeldet – ihr könnt heute Nachmittag mit Tenna reden, zwischen fünfzehn und siebzehn Uhr.«

»Danke.«

Jan sah auf die Uhr. »Ich fahre schon mal nach Stralsund. Simon meint, dass mein Schreibtisch überquillt … Treffen wir uns später dort?«

»Ja.«

Jan blickte sich vorsichtig um, bevor er sich vorbeugte und sie küsste. »Und was machst du so lange? Von mir träumen?«, fragte er in leisem Ton.

»Falls ich Zeit habe, gerne.«

Der Gedanke tauchte nicht plötzlich auf, er lauerte schon eine ganze Weile als verschwommene Idee in den Tiefen ihres Bewusstseins und schoss hervor, als sie gerade das Kommissariat verlassen wollte. Sie drehte auf dem Absatz um und kehrte in Max' kleines Büro zurück. »Mir ist noch was eingefallen.«

Er hob den Blick von seiner Datentabelle. Habe ich befürchtet, stand quer über seiner Stirn.

»Siehst du irgendeine Möglichkeit herauszufinden, welchen Arzt Stefan Klant am Tag nach Riekes Verschwinden aufgesucht haben könnte?«

»Du meinst, wegen der Handverletzung, die Norbert Sinder erwähnte?«

»Ganz genau. Die lässt mir keine Ruhe.«

»Hm. Ich denke mal darüber nach. Was genau willst du denn wissen?«

Romy lächelte. »Am besten natürlich alles. Aber es wäre phantastisch, wenn wir einen Hinweis zu der Art der Verletzung bekämen ...«

Max stöhnte leise auf. »Das war vor elf Jahren, wie ich dich kaum erinnern muss! Und selbst wenn wir ihn ausfindig machen, gibt es da immer noch die ärztliche Schweigepflicht ...«

»Ich weiß. Ist ja nur so eine Idee gewesen. Kau doch mal eine Weile darauf herum. Vielleicht gibt es ja doch eine Handhabe, an Informationen zu kommen.«

»Legal garantiert nicht.«

»Okay, lassen wir das mal so stehen. Bis später.« Romy schlüpfte aus der Tür. Sie war ziemlich sicher, dass Max früher oder später einen Weg finden würde.

Sie setzte sich auf ihren Roller und starrte einen Moment grübelnd ins Leere, bevor sie den Helm wieder absetzte und ihr Handy hervorzog. Manchmal waren die Dinge einfacher, als es auf den ersten Blick schien. Sie googelte Norbert Sinders Telefonnummer.

»Hier spricht noch mal Kommissarin Beccare, bitte nicht erschrecken – eine letzte Frage, die mich gerade beschäftigt«, sagte sie eilig, als Sinder sich meldete und scharf einatmete, sobald sie sich vorgestellt hatte. »Können Sie sich zufälligerweise an den Arzt erinnern, den Klant seinerzeit wegen seiner Handverletzung aufgesucht hat?«

Einen Augenblick blieb es still am anderen Ende. »Einen Namen habe ich nicht für Sie, aber ich kann mich entsinnen, dass Stefan zu Fuß zu ihm ging – demnach muss die Praxis logischerweise ganz in der Nähe des Büros gewesen sein. Hilft Ihnen das weiter?«

»Ich denke schon. Danke.«

17

Lars Tenna war ohne Zweifel ein attraktiver Mann - groß, dunkelblond, Bartschatten, warme braune Augen voller Melancholie und Neugierde. So schien es Romy zumindest auf den ersten Blick, und sie dachte sofort an die Warnung von Staatsanwältin Sabine Nauth, diesen Mann keinesfalls wegen seines Charmes zu verkennen und womöglich sein Aggressionspotential sowie seine kriminelle Energie zu unterschätzen. Der entspannt vor ihnen sitzende Tenna vermittelte alles Mögliche, aber ganz und gar nicht das Bild eines Schwerkriminellen, der wegen Drogenhandels und Glücksspiels in Tateinheit mit schwerer körperlicher Gewalt einsaß und womöglich dank seiner vielfältigen Verbindungen ins Milieu einen Rachemord in Auftrag gegeben hatte.

Auf der Fahrt nach Stralsund hatte Romy sich die Einzelheiten zur Tenna-Ermittlung noch einmal vergegenwärtigt und dabei Mühe gehabt, die aktuelle Entwicklung im Klant-Fall für den Moment beiseitezulegen. Jan schien es ähnlich zu gehen. Er wirkte unkonzentriert, als er im JVA-Besprechungsraum neben Romy Platz nahm und die Akte aufschlug. »Der Prozess ist ziemlich blöd für Sie gelaufen, oder?«, stieg er schließlich direkt ins Thema ein.

»Sie sagen es.« Tenna lächelte irritiert. »Aber erzählen Sie mir bitte nicht, dass Sie mich deswegen besuchen.«

»So ist es.«

»Quatsch, oder?«

»Na ja, die Sache ist derart beschissen für Sie ausgegangen, dass wir fest davon überzeugt sind, Sie würden Schölters Kanzlei kein zweites Mal mit Ihrer Vertretung beauftragen, sollten Sie noch einmal einen Anwalt benötigen – selbst wenn es um ein mickriges Verkehrsdelikt ginge, sagen wir mal: Vorfahrt nehmen oder Ähnliches. Liegen wir damit richtig?«

Tenna runzelte die Stirn. »Kommissar Riechter, ich bin ja durchaus zum Plaudern und Scherzen und sogar zu Ratespielen aufgelegt, dennoch schlage ich vor, dass Sie jetzt einfach mal die Dinge beim Namen nennen und erklären, warum Sie hier sind, sogar zu zweit.« Er wandte sich mit einem freundlichen Lächeln kurz in Romys Richtung.

»Wir ermitteln in einem Mordfall.«

»Und was hat mein Prozess damit zu tun?«

»Er ist das Motiv.«

»Was?« Tenna wirkte völlig konsterniert. »Jetzt bin ich wirklich gespannt.«

Das würde ich ihm sofort abnehmen, dachte Romy.

»Ein Mitarbeiter aus Schölters Kanzlei ist vor einigen Tagen ermordet worden«, fuhr Jan fort.

Tenna warf Romy einen langen fragenden und durchaus frechen Blick zu, bevor er in schallendes Gelächter ausbrach. »Was wird das hier? Die Sendung mit der versteckten Kamera? Sie wissen doch ganz genau …«

»Geschenkt!« Jan winkte ab. »Natürlich haben Sie das beste Alibi, das es überhaupt gibt – noch besser als beim Pfarrer im Beichtstuhl sitzen. Und Sie ahnen, worauf ich hinauswill: Sie müssen es ja nicht selbst getan haben. Mit Ihren Kontakten …«

Tenna lehnte sich zurück und verschränkte die Hände vor seinem Bauch. »Auf gut Deutsch – Sie gehen davon aus, dass ich jemanden aus der Kanzlei umbringen ließ, weil die Verteidigung in die Hose ging und ich nun viele Jahre hier sitzen muss?«

»Ich hätte es nicht besser ausdrücken können.«

»Ganz schön dünn, was Sie da erzählen. Haben Sie nicht ein bisschen mehr als diese allgemeine Beschreibung?«

»Haben wir.« Jan blickte Romy an. »Meine Kollegin hat schlüssig ermittelt …«

»Dass die Staatsanwaltschaft einen Tipp erhielt, der, wie Ihnen klarwurde, mit allergrößter Wahrscheinlichkeit aus Schölters Kanzlei stammte, und zwar von jenem ermordeten Mitarbeiter«, fuhr Romy fort, die der Meinung war, dass sie ganz gut für sich alleine sprechen konnte.

Tenna ließ die Erklärung sacken. »Ein heißer Tipp also … Sie meinen den Tresor, nicht wahr?«

Romy nickte.

»Ja, das ist dumm gelaufen, und ich war in der Tat ein bisschen irritiert, zumal die plötzliche Gesprächigkeit des Zeugen mich bereits ziemlich kalt erwischt hatte, aber …« Er hob die Hände. »Ja, möglich, dass mich jemand verpfiffen hat, doch das Versteck kannten mehrere Leute und …«

Romy schüttelte den Kopf. »Schwer vorstellbar, dass Sie derart unvorsichtig waren, über solche Interna zu reden. Doch davon abgesehen gibt es noch einen zweiten Aspekt, der uns überhaupt erst zu Ihnen geführt hat.«

»Jetzt bin ich aber sehr gespannt.«

»Wir fanden in der Nähe der Leiche eine Waffe, die Sie sehr gerne benutzen.«

»Ja?«

»Eine Schleuder, eine Katapultschleuder.«

Verblüffung huschte über sein Gesicht. »Ist das Ihr Ernst? - Schon gut, das war eine rein rhetorische Frage.« Er winkte ab. »Sie sehen mich ziemlich perplex. Keine Ahnung, was das zu bedeuten hat. Spontan würde ich sagen, dass mich jemand so richtig reinlegen und dafür sorgen will, dass noch ein paar Jahre dazukommen. Haben Sie noch mehr solcher Überraschungen zu bieten?«

»Haben wir«, erwiderte Jan. »Sie kannten das Opfer und vielleicht einige seiner Gewohnheiten. Und das Opfer kannte möglicherweise einige Ihrer Gewohnheiten, Vorlieben und, ja: Missetaten und war nun ein wenig übereifrig bemüht, Sie dafür büßen zu lassen. Das konnten Sie natürlich nicht so stehenlassen.«

»Aha. Ich weiß nicht, von wem Sie reden.«

»Holger Bruhlstedt.«

Diesmal erbleichte Tenna. »Was sagen Sie da?«

»Herr Tenna, Sie sind sehr überzeugend, aber …«

»Holger Bruhlstedt ist das Opfer? Er ist tot? Ich wusste nicht mal, dass der bei Schölter arbeitete!«

»Nein?«

»Nein! Warum sollte ich das abstreiten? So ein Blödsinn«, ereiferte sich Tenna. »Außerdem wäre es wenig glaubhaft – Holger hat vor einigen Jahren mal als Aushilfe für mich gearbeitet. Ich hätte ihn gerne länger beschäftigt, aber er hatte andere Pläne, bei denen ich ihn sogar unterstützt habe.«

»Die da waren?«

»Er wollte eine juristische Ausbildung machen, und ich habe ein gutes Wort bei Jürgen Winter in Greifswald für ihn eingelegt. Auch wenn Sie es nicht glauben: Ich hatte was gut bei dem, was genau, spielt hier keine Rolle, aber Sie können ihn gerne diesbezüglich befragen«, betonte Tenna. »Er hat Holger genommen und war zufrieden. Dass er nach Stralsund gegangen war, wusste ich nicht, und Schölter hatte bei meiner Verteidigung wohl anderes zu tun, als jeden Mitarbeiter seiner Kanzlei namentlich zu erwähnen.«

Da war was dran, dachte Romy, und sie erfasste mit einem Seitenblick, dass Jan ähnlich beeindruckt war, auch wenn ihm die völlig unvermutete Richtung des Gesprächs und Tennas einleuchtende Darstellungen nicht gefielen.

»Holger hatte irgendeine Scheiße in seiner Jugend erlebt oder auch mit zu verantworten. Keine Ahnung. Ich habe mich nicht darum geschert«, fuhr Tenna fort. »Er wollte arbeiten, aber nicht offiziell angestellt werden. Das habe ich akzeptiert. Ich mochte ihn, verstehen Sie? Und noch was - der Junge hätte so was nie gemacht - einen Mandanten verpfeifen. Der hat sich sehr ernsthaft mit Recht und Gesetz beschäftigt ...«

»Da war er ja bei Ihnen genau richtig«, wandte Jan ironisch ein.

Tenna taxierte ihn mehrere Sekunden lang, und die Luft fing an zu brennen, aber Jan wich seinem Blick nicht aus.

»War er auch«, fügte Tenna schließlich hinzu. »Ich habe ihm die Möglichkeit gegeben, unauffällig seinen Lebensunterhalt zu verdienen und seine Zukunft zu planen. Er wollte wieder ein gradliniges Leben führen, ja, so drückte er sich mal aus. Dass ich anders lebte und lebe, hat unserem freundschaftlichen Verhältnis nicht im Weg gestanden. Er hat es akzeptiert, so wie ich akzeptiert habe, dass es einen großen dunklen Fleck in seinem Leben gab. So einfach ist das manchmal, auch wenn das für andere nicht nachzuvollziehen ist.«

Er sagt die Wahrheit, dachte Romy. Jemand anderes hat Tenna verpfiffen, ein Konkurrent, ein alter Feind hat die Gelegenheit ergriffen, wer auch immer. Holgers Tod hat nichts damit zu tun, und wir fangen wieder von vorne an. Tenna suchte ihren Blick und musterte sie aufmerksam. Blieb noch die Frage nach der Schleuder zu klären oder den Fund erneut als reinen nichtssagenden Zufall zu deuten, wie sie es zu Beginn der Ermittlungen bereits getan hatten. Doch mit den Zufällen war das immer so eine Sache.

Sie spürte Tennas Blick wie eine Berührung. »Was geht Ihnen durch den Kopf, Frau Kommissarin?«

Sie lächelte. »Alles Mögliche. Die Sache mit der Schleuder zum Beispiel und die Tatsache, dass die Geschichte mit Ihnen als Auftraggeber eines Rachemordes recht gut funktionierte, aber …«

»Sie stimmt nicht. Und das wissen Sie, oder?«

»Holger hat an Ihrem Fall mitgearbeitet, zumindest zeitweise – das haben wir überprüft. Warum hat er nicht den Kontakt zu Ihnen gesucht? Haben Sie dafür eine Erklärung?«

»Natürlich. Er hat sich zurückgehalten, weil er nicht wollte, dass Schölter etwas davon erfährt. Alte Freundschaften oder Bekanntschaften zwischen Rechtsvertretern und Angeklagten kommen einfach nicht besonders gut.«

Auch das klingt überzeugend, authentisch, dachte Romy. Und was war mit Schölters Einschätzung, dass Holger Tenna aufgrund seiner Recherchen mehr als kritisch gesehen hatte? Eine schlichte Missdeutung von Zusammenhängen und einzelnen Aspekten, die falsch bewertet worden waren. So etwas passierte auch Anwälten.

»Es war doch einer aus der Klant-Truppe«, behauptete Jan, als sie die Justizvollzugsanstalt zehn Minuten später verließen. »Aber diesmal kriegen wir ihn, verlass dich darauf.«

Das würde Romy gerne, aber sie hatte das Gefühl, dass es bis dahin noch ein weiter Weg war.

Das Leben könnte schön sein, einfach und klar. Sie war morgens um sechs schwimmen gewesen – das kalte Wasser und die ungewohnte Anstrengung hatten jeden Gedanken, Verwirrung, ja sogar die Angst weggespült, und für Minuten war es nur darum gegangen, ihren aufgeregten Herzschlag und die Kälte wahrzunehmen und auszuhalten und dann zu spüren, wie ein fremdes oder doch lange nicht erlebtes Gefühl Besitz von ihr ergriff: Freude. Später frühstückte sie und blickte durch die geöffnete Seitentür auf das stille Wasser. Es wurde Zeit, sich um einen Job zu kümmern. Ihre Geldreserven gingen langsam, aber sicher zur Neige, und den letzten Notgroschen durfte sie keinesfalls angreifen, wenn es nicht unbedingt sein musste.

Vielleicht sollte ich doch aus der Gegend verschwinden, dachte Jana zum wiederholten Male - nach Rostock oder Berlin oder ganz woanders hin. Aber da komme ich noch weniger zurecht, hier kenne ich mich wenigstens aus, kann hin und wieder nach der Mutter gucken, auch wenn sie mich gar nicht sehen will, vielleicht ändert sich das ja noch mal ... Ausreden? Angst? Solange nicht klar ist, warum Holger sterben musste, bleibe ich hier, entschied sie. Sie spülte ihr Geschirr und brach nach Stralsund auf, wo sie kleine Cafés und Kneipen abklapperte, in denen sie ihre Dienste als Putzfrau und Küchenhilfe anbot, Bedingung: sofortiger Arbeitsantritt mit anschließender Barauszahlung. Sobald der Sommer die Touristen an die Küste spülte, wurde es leichter, solche stundenweisen Aushilfsjobs zu ergattern. In der Regel schrubbte sie für vier, fünf Euro die Stunde Klos und Fußböden, räumte Küchen, Hinterzimmer, Keller auf, manchmal legte jemand noch was drauf oder spendierte eine Mahlzeit. Einmal wäre sie beinahe vergewaltigt worden. Ihre Wut und Unerschrockenheit hatten sie gerettet und ein scharfer Kloreiniger, den sie dem Wirt ins Gesicht geschüttet hatte. »Passt zu dir, du Scheißkerl!«, hatte sie ihn angebrüllt, bevor sie das Weite gesucht hatte.

Bis zum Abend verdiente sie immerhin gut zwanzig Euro, die Hälfte gab sie bei einem Lebensmitteleinkauf aus. Als sie nach Stahlbrode zurückkehrte, war gerade ein lauer Frühsommerabend eingezogen. Sie duschte, trank ein billiges Bier und entschloss sich, einen langen Spaziergang zu unternehmen – nördlich von Stahlbrode, möglichst einsam und ungestört immer am Strelasund entlang, mit freiem Blick auf die Küste von Rügen, auf Holgers geliebte Insel. Die beiden Männer bemerkte sie erst, als sie sich gerade zur Rückkehr entschlossen hatte. Ein großer hübscher Kerl suchte ihren Blick und lächelte, den anderen erkannte sie sofort: Es war der kleine magere Typ, der bei ihrer Mutter vor der Tür gestanden hatte. Ihr Atem stockte. Er zündete sich in aller Seelenruhe eine Zigarette an und sah sich forschend um. Ende, dachte sie. Das war's. Ich könnte schwimmen. Ich bin schnell. Ich …

»Kommst du freiwillig mit, oder müssen wir dich erst überzeugen?«, fragte der Drahtige und stieß den Rauch in ihre Richtung aus. Er klang sehr zufrieden.

»Was wollt ihr von mir?«

»Jana, wir suchen schon eine ganze Weile nach dir, das weißt du doch, oder? Aber du suchst immer das Weite, warum eigentlich?« Er kam langsam näher. In seinen dunklen Augen glomm Wachsamkeit. »Stefan möchte dich unbedingt sehen. Er hat Sehnsucht nach dir. Große Sehnsucht. Kannst du das nicht verstehen?«

»Ich habe aber keine Zeit.« Und alles andere als Sehnsucht.

Er lachte, und der andere fiel mit ein. Dann ging plötzlich alles blitzschnell. Der Hübsche machte drei, vier große Schritte auf sie zu, packte ihren Arm, bevor sie ausweichen konnte, und schlug sie mit einem Fausthieb ins Gesicht nieder, den sie erst mit ganzer Wucht zu spüren begann, als sie auf dem Boden lag. Er setzte sich auf ihren Brustkorb und fixierte ihre Arme mit seinen Oberschenkeln am Boden, dann drückte er ihre Kiefer auseinander und lächelte. »Wir haben etwas Schönes für dich«, flüsterte er. »Du wirst es lieben, meine Kleine.«

Der Mann mit der Zigarette nestelte ein Fläschchen aus der Innentasche seiner Weste. Auf den ersten Blick konnte man es für ein Mittel gegen Schnupfen halten, aber Jana wusste, dass es etwas anderes enthielt. Die Flüssigkeit tröpfelte in ihren Mund, und das schmerzvolle Dröhnen ließ fast augenblicklich nach. Du wirst es lieben … Trägheit kroch durch ihren Körper, verwandelte sich in Taubheit und unendliche Müdigkeit. Sie werden es nicht wagen, mich zu vergewaltigen, es sei denn, Stefan hat es ausdrücklich angeordnet, aber wozu dann die Tropfen? Das war der letzte Gedanke, bevor sie das Bewusstsein verlor.

Das Geräusch von Wasser war ihre erste bewusste Wahrnehmung - ein sanftes, gleichmäßiges Glucksen. Es war dunkel, ihr Kopf schmerzte, und sie lag gefesselt und geknebelt am Boden. Sie hatte keinerlei Vorstellung, wie viel Zeit vergangen war, seit die beiden sie geschnappt hatten, aber sie wusste plötzlich, wo sie sich befand - in Stefans Bootshaus. Es war abgelegen und ruhig, ein schöner Rückzugsort, wie Stefan damals häufig betont hatte. Jana hatte nur eines daran gestört - die Erinnerung an ihren Bruder, der in einem Bootshaus ganz in der Nähe unendliche Qual hatte erleiden müssen. Die Qual, mit der alles begonnen hatte und die kein Ende zu nehmen schien. Darin lag ihr eigentliches Grauen.

Und nun geht alles zu Ende, dachte sie und war verblüfft, wie nahezu emotionslos sie diese Feststellung traf. Nils' Leben erlosch in so einem Schuppen, und mich werden sie … Ein Geräusch an der Tür ließ sie aufhorchen. Ihr Puls beschleunigte. Zwei Männerstimmen.

»Du kommst spät.« Das war der magere Mann mit den Tropfen.

»Stimmt. Ich bin eine Extrarunde gefahren - vorsichtshalber«, erwiderte Stefan. »Man kann nie wissen. Die Bullen sind verdammt neugierig in letzter Zeit. Bleib an der Tür und pass auf.«

»Mach ich.«

Er hatte sich kaum verändert – hager, sonnengebräunt, kurzes gepflegtes Haar, ernster Blick. Er ging in die Hocke und strich ihr eine Haarsträhne aus dem Gesicht. »Schön, dich zu sehen.« Seine Stimme war sanft, trügerisch sanft, wie Jana nur allzu gut wusste. Sie begann zu zittern, und er lächelte. »Du wirst mir alles sagen, was ich wissen will – so oder so. Haben wir uns verstanden?«

Sie deutete ein Nicken an, und der Schmerz schoss wie ein Giftpfeil durch ihren Körper.

»Wenn du schreist, sobald ich dir den Knebel abgenommen habe, werde ich dich ertränken. Du bekommst keine zweite Chance. Hast du das auch verstanden?«, fragte er leise und in fast noch sanfterem Ton.

Sie nickte erneut. Tod durch Ertrinken. Eine der schrecklichsten Arten zu sterben, die sie sich vorstellen konnte. Stefan wusste das. Er hatte Angst vor Feuer, wie er ihr einmal in einer intimen, vertrauten Situation gestanden hatte. Feuer und Wasser …

Er griff hinter sich nach einem Hocker, bevor er ihren Knebel mit einem Handgriff löste und sich setzte. »Du siehst ziemlich mitgenommen aus – mager, heruntergekommen. Warum führst du dieses Leben, Jana? Du warst einmal eine schöne junge Frau, und wir hatten Pläne – gemeinsame Pläne, wenn du dich erinnerst. Du erinnerst dich doch?«

Sie schluckte. »Ja, aber ich war verzweifelt«, flüsterte sie. »Es ging nicht so weiter. Ich musste weg.«

»Aha. Was ging nicht weiter?«

»Einer ist der Falsche gewesen, und er musste trotzdem Folter und Tod erleiden.«

Stefan nickte mit großem Ernst. »Ich weiß, dass dich das

erschüttert hat, aber solche Irrtümer passieren nun mal. Die Geschichte ist voll davon. Und es ist so viele Jahre her …«

»Ich konnte es nie vergessen«, warf sie ein, selbst erstaunt über ihren Mut, ihn zu unterbrechen. »Obwohl ich es immer wieder versucht habe. Irgendwann war er wieder da – der Mann, der alles zugab, alles, verstehst du? Obwohl er es nicht getan hatte. Und sein Gesicht wird immer ein bleicher augenloser Schatten bleiben, weil ich nie erfahren werde, welcher von den beiden schuldig war und welcher nicht.«

»Hast du all das vergessen können, als du mich, uns verlassen hast?«

»Nein, aber …«

Er lächelte. »Aber?«

»Den Tod eines Unschuldigen kann man nicht einfach so stehenlassen. Ich wollte neu beginnen, weil ich hoffte, dass sich etwas in mir ändert.«

»Und warum hast du nicht mit mir darüber gesprochen? Wir haben über so vieles geredet – warum nicht darüber?«

Weil du mich ausgelacht und zugleich keine Sekunde mehr aus den Augen gelassen hättest, dachte sie. »Was hätte ich besprechen sollen? Ich war die ganze Zeit wie … betäubt und wusste doch selbst nicht, wie es weitergehen sollte. Ich fand einfach keine Worte für diese Leere.«

Stefan schlug ein Bein über das andere. »Nun gut, das mag ja alles sein. Aber erklär mir doch mal, wieso dir plötzlich klarwurde, was zu tun war. Hattest du so etwas wie eine Eingebung?«

Mit dieser Frage war der gemütliche Teil des Gesprächs abgeschlossen, erkannte Jana sofort – sie musste Holger erwähnen, denn sie zweifelte keinen Augenblick daran, dass Stefan den Zusammenhang längst erkannt oder erfahren hatte. Sie gab sich Mühe, seinem Blick standzuhalten. »So etwas in der Art.«

»Was genau ist passiert, Jana?« Er rückte näher.

»Ich wollte ganz neu beginnen …«

»Was genau ist passiert, Jana?«, wiederholte er.

»Holger hatte etwas Ähnliches erlebt«, sagte sie. »Und er ist ausgestiegen.«

»Ja, und jetzt ist er tot. Das nenne ich einen gelungenen Neubeginn.« Stefan schüttelte den Kopf.

Sie starrte ihn an. »Hast du …«

»Wer stellt hier die Fragen?« Sein Ton wurde innerhalb eines Sekundenbruchteils schneidend. Er sprang auf, packte sie an den Armen und zog sie mit festem Griff hoch, bis sich sein Gesicht direkt vor ihrem befand. »Also? Wer fragt und wer antwortet?«

Der Kopfschmerz erwachte mit lautem Dröhnen zu seiner alten Stärke. »Du«, flüsterte sie. Sein Gesicht war nah und verzerrt, sein Atem streifte sie. Ich hasse dich, dachte sie. Ich hasse dich wie niemals zuvor.

Er gab ihr einen Stoß, und sie taumelte zu Boden.

»Ich fasse noch einmal zusammen: Holger hat dir klargemacht, dass ein Ausstieg nötig ist, und er hat dir bei diesem Schritt geholfen – trifft diese Beschreibung zu?«

»Ja«, flüsterte sie.

»Und seitdem irrst du durch die Gegend und suchst einen Neubeginn?«

»Ja.«

Stefan lächelte. Dann sah er auf die Uhr. »Denk über deine Entscheidung nach. Ich komme morgen wieder. Dann reden wir weiter. Ich habe noch sehr viele Fragen, und du wirst sie in der gebotenen Ausführlichkeit beantworten.«

Ich brauche etwas zu trinken, schrie sie stumm, meine Handgelenke sterben ab, ich muss pinkeln.

»Sonst noch was?«

»Nein.«

Stefan rief leise nach dem Mann, der Wache schob. »Karl - überprüf die Fesseln und befestige den Knebel vernünftig.«

Der magere Mann stank ekelerregend nach Rauch. Er schnürte die Fesseln neu, dann gab er ihr etwas zu trinken, bevor er den Knebel über ihren Mund schob. Danke, wollte sie flüstern. Wenig später spürte sie, dass Karl nicht aus Mitgefühl handelte. Bleischwere Müdigkeit presste alle Gedanken zusammen, ihr Körper zerfloss und wurde still.

18

Jan war nach mehreren Besprechungen in der PI auf dem Heimweg und bog gerade in die Stralsunder Altstadt ab, als Simon anrief. Er drehte das Radio leise und betätigte die Lautsprechertaste seines Handys.

»Ich hab ihn verloren.«

Jan schlug mit der Faust aufs Lenkrad. »Scheiße!«

»Der Mann ist nicht blöd«, gab Simon, wenn auch kleinlaut, zu bedenken.

»Da du das weißt, hatte ich gehofft …«

»Ich auch! Tut mir leid. Ich fahre jetzt zu seiner Wohnung und warte dort auf ihn.«

Jan biss die Zähne zusammen. »Hat er dich eigentlich bemerkt, oder ist er zufällig entwischt?«

»Schwer zu sagen.«

»Na schön. Schick mir eine SMS, sobald er zu Hause eintrifft, und weck mich, wenn was Ungewöhnliches passiert.«

»Ja, okay. Jan?«

»Schon gut.«

»Es tut mir leid.«

»Ich weiß, Simon, aber falls der Suchtrupp tatsächlich in der Prora fündig wird und die Pressemeldung rausgeht, darf das nicht passieren. Auf gar keinen Fall.«

»Ist mir klar.«

»Gut.«

»Glaubst du wirklich, dass sie das Mädchen dort …«

»Ja. Das ist ein guter Platz für solche Taten. Klant hat ihn bewusst ausgesucht – davon bin ich zumindest überzeugt.« Damit unterbrach Jan die Verbindung. Er traute Stefan

Klant keine drei Meter über den Weg, aber das spielte eine höchstens untergeordnete Rolle, solange sie nichts gegen ihn in der Hand hatten.

Es war spät. Dusche, Bier und Pizza vor dem Fernseher, dachte er, als er seine Wohnung am Knieperdamm betrat. Ins Bett und von Romy träumen. Sie rief an, als er aus der Dusche kam und die Pizza in den Ofen schob. »Gib es zu – du vermisst mich«, sagte er statt einer Begrüßung.

»Hm … Ein bisschen.«

»Das ist mir zu wenig.«

»Vielleicht wird's ja mehr … Aber ich rufe aus einem anderen Grund an.« Ihre weiche Stimme wechselte fast augenblicklich in eine sachliche Tonlage. »Sinder hat doch erwähnt, dass Klant sich eine Handverletzung zugezogen hatte.«

»Ja, ich erinnere mich.«

»Sie wurde damals von einem Arzt behandelt, der höchstwahrscheinlich in der Nähe seines Büros praktizierte – das hat Sinder mir im Anschluss an die Vernehmung am Telefon noch verraten«, fuhr Romy fort. »Max hat inzwischen ein bisschen recherchiert und herausgefunden, dass es sich dabei mit allergrößter Wahrscheinlichkeit um eine Chirurgin handelt, die vor zwei Jahren pensioniert wurde – Doktor Karla Paulsen. Sie wohnt in der Nähe des Stadtwaldes. Ist das nicht quasi bei dir um die Ecke?«

Jan öffnete sein Bier und trank einen Schluck. »Stimmt. Willst du damit andeuten, dass ich meine Fühler ausstrecken soll?«

»Tja, am besten gleich morgen früh, wenn ich dir einen Tipp geben darf.«

»Ohne Beschluss? Ohne weitere Hinweise?«

»Na, das ist doch eine Spezialität von dir«, meinte sie und schob ein Lachen hinterher. »Und mit Beschluss kann ja jeder.«

»Nun gut, wenn ich dann noch meinen Charme einsetze ...«

»Genau!«

»Okay, ich versuche mein Glück. Schlaf schön.«

Die Pizza war hervorragend, im Gegensatz zum Fernsehprogramm. Jan stellte den Radiowecker auf sechs Uhr und fiel in einen tiefen traumlosen Schlaf, in dem nicht einmal Romy eine Chance hatte, ihn abzulenken.

Karla Paulsen war eine beeindruckende Persönlichkeit. Am Telefon hatte sie zunächst verschlossen reagiert, aber Jan, der sich nicht abwimmeln ließ, schließlich vorgeschlagen, sie und Hündin Agathe bei ihrem Morgenspaziergang im Stadtwald zu begleiten. Die Frau war genauso groß wie er, dabei stattlich und kraftvoll wie eine Mehrkämpferin, und passend zu ihrer sportlichen Kleidung schritt sie zügig aus – was sie als Spaziergang bezeichnete, fiel bei anderen unter Power-Walking. Die 65-Jährige war dezent geschminkt, das schwarze Haar wirkte frisch gefärbt, und hinter einer dunkel umrandeten Brille funkelten tiefblaue Augen, die Jan ähnlich abschätzend und eindringlich musterten wie Agathe – ein schwarzer Königspudel mit ausgezeichneten Manieren.

»Dann legen Sie mal los – es geht also um einen alten Fall«, forderte die Ärztin ihn nach wenigen Minuten Smalltalk schließlich auf und drosselte das Tempo ein wenig. »Bin gespannt, was ich damit zu tun habe, aber ich sag Ihnen gleich, dass ich keine Auskünfte zu Patienten gebe, auch wenn ich im Ruhestand bin.«

»Natürlich nicht. Das dürfen Sie ja gar nicht.« Jan nickte ernst. Trotz ihrer Ankündigung war er sicher, dass sie die Ermittlungen unterstützen würde, wenn er die richtigen Worte und Argumente fand und sich die Mühe machte, ihr auf plausible Weise eine Einschätzung oder einen Tipp zu entlocken. »Ich brauche einfach Ihre fachliche Unterstützung.«

»Ich fühle mich geschmeichelt.« Sie lächelte ironisch.

Jan überlegte eine Weile, während er Agathe beobachtete, die in elegantem Trab, bei dem ihre Pfoten über dem Boden zu schweben schienen, und mit wehenden Ohren einem Boxerrüden entgegeneilte. »Folgendes Szenario: Ein Mann verletzt sich an der Hand, mit allergrößter Wahrscheinlichkeit ist das am Wochenende des Sassnitzer Hafenfestes im Juli vor elf Jahren geschehen. Keine schwerwiegende Verletzung, aber eine ärztliche Konsultation ist dringend erforderlich, und eine Nachbehandlung erfolgt ebenfalls.«

»Herr Kommissar …«

»Der Mann ist Segler, womöglich gibt er an, sich auf seinem Boot verletzt zu haben - eine Quetschung, eine Schnittwunde oder Ähnliches«, fuhr Jan unbeirrt fort. »Er ist Geschäftsmann, rhetorisch sehr geschickt und mit allerbesten Manieren ausgestattet. Er weiß zu überzeugen.«

Karla Paulsen verlangsamte ihr Tempo und blieb schließlich stehen. Ihr Blick folgte Agathe und ihrem neuen Freund, die einander fröhlich wedelnd umgarnten, dann sah sie Jan an und rückte ihre Brille zurecht. »Ist das Ihr Ernst - vor elf Jahren?«

»Ja. Der Mann verletzte sich aber gar nicht auf seinem Boot, sondern im Zusammenhang mit einer grausamen Straftat, die wir dabei sind ihm nachzuweisen«, fuhr Jan konzentriert fort. »Sachdienliche Hinweise zur Art seiner Verletzung könnten unsere Ermittlungen erheblich erleichtern.«

»Was werfen Sie ihm vor?«

Agathe eilte mit offen stehendem Fang zurück, und es sah aus, als ob sie lachte. Sie setzte sich direkt vor Jan und blickte ihn auffordernd an. Er war kein Hundefan, aber Agathes Charme war schwer zu widerstehen, und so streckte Jan eine Hand aus und kraulte ihre lockigen Ohren.

»Er hat gemeinsam mit seinen Nazi-Kumpanen ein geistig behindertes Mädchen, das seinerzeit spurlos verschwand, gequält und getötet. Wir suchen nach ihren sterblichen Überresten, um den Mann überführen zu können. Der Fall beschäftigt die Polizei nach so langer Zeit ein zweites Mal, weil wir im Zusammenhang mit einer anderen Ermittlung auf ihn gestoßen sind. Ein Zeuge bestätigt den geschilderten Tathergang in wesentlichen Punkten, aber er kann und wird nicht aussagen.«

»Warum nicht?«

»Er hat Angst. Aber von ihm stammt der Hinweis auf die Verletzung an der Hand.«

»Und wie sind Sie auf mich gekommen?«

»Das Büro des Verdächtigen befindet sich in der Nähe zu Ihrer Praxis.« Jan unterbrach kurz und senkte seine Stimme. »Sein Name lautet Stefan Klant. Er ist ein seit vielen Jahren führender Neonazi, dem weitere schwerwiegende Verbrechen zur Last gelegt werden könnten, wenn mehr Menschen den Mut fänden, eine Aussage zu machen.« Er nahm sein Handy heraus und öffnete die Fotodatei. »So sah er etwa damals aus …«

Karla Paulsen verzog keine Miene. »Mir sind die Hände gebunden, das ist Ihnen bewusst, oder?«

»Natürlich.« Er lächelte und überreichte ihr eine Visitenkarte. »Vielleicht fällt Ihnen trotzdem noch etwas ein. Rufen Sie mich an, jederzeit.«

»Danke für den Spaziergang«, erwiderte sie.

»Ich danke Ihnen.« Jan verabschiedete sich und verließ den Park in Richtung Barther Straße. Er hatte sich weit aus dem Fenster gelehnt – Namen und Zusammenhänge genannt und mit keiner Silbe darüber hinweggetäuscht, dass ihm die entscheidenden rechtlichen Voraussetzungen fehlten, in der Hoffnung, sie mit seiner Offenheit zu beeindrucken. Wenn er sich irrte und sogar mit seiner menschlichen Einschätzung völlig danebenlag, war Ärger vorprogrammiert, nicht zum ersten Mal in seinem Leben und sehr wahrscheinlich auch nicht zum letzten Mal.

Die SMS traf eine Stunde später ein: »Bissverletzung, abgetrennter kleiner Finger linke Hand. Menschlicher Biss. Hat sich an plastischen Chirurgen gewandt. Dies ist ein rein privater Hinweis.«

Rieke hat ihm den Finger abgebissen, dachte Jan verblüfft. Er bedankte sich umgehend mit einer Antwort-SMS und richtete einen Gruß an Agathe aus, bevor er die Nachricht weiterleitete.

»Viele Möglichkeiten gab es ja nicht«, sagte Marco Buhl. »In halb zerfallenen Gebäuden ist man immer unten am sichersten, das gilt auch für Leichen, erst recht, wenn sie nicht gefunden werden sollen.«

Das klang schnoddriger, als es gemeint war, hörte Romy sofort heraus. Sie hatte sich längst an Buhls Ton gewöhnt und wusste seine gründliche Arbeit zu schätzen.

»Sie haben eine Betonplatte über das Loch gezogen. Da lag inzwischen jede Menge Schutt drauf«, berichtete er weiter. »Irgendwann wäre da eine Planierraupe darübergewalzt und hätte alles platt gemacht. Da wäre nichts mehr übrig geblieben außer Staub – Sie wissen schon, Asche zu Asche.« Er räusperte sich.

»Verstehe.«

»Ich schicke gleich eine erste Runde Fotos rüber.«

»Danke. Es ist wahrscheinlich überflüssig zu erwähnen, dass das Skelett und der Inhalt des Grabes so behutsam wie möglich geborgen werden müssen und nichts, aber auch nicht das kleinste Detail zurückbleiben oder zerstört werden darf.«

»Jo, das ist überflüssig. Ich pass schon auf und Kasper auch«, gab Buhl gleichmütig zurück. »Nur keine Aufregung. Können Sie sich drauf verlassen, Kommissarin, und der Doktor kriegt alles sofort auf den Tisch. Mit dem habe ich eben schon telefoniert.«

»Danke, Buhl. Großartige Arbeit.«

Rieke war gefunden worden, knapp elf Jahre nach ihrem Martyrium. Bevor sie starb, hatte sie einem ihrer Peiniger den kleinen Finger abgebissen. Romy spürte, wie tiefe Befriedigung sie durchströmte und das wehe Ziehen ihres Herzens besänftigte, ein wenig zumindest. Sie verharrte einen Moment, bevor sie nach nebenan ging, den Rest des Teams informierte und dann Jan anrief, der ähnlich beeindruckt reagierte wie sie.

»Eine wunderbare Nachricht«, sagte er. »So bekommt das Mädchen immerhin noch ein vernünftiges Grab. Habe ich nicht letztens angemerkt, dass unsere Arbeit früher oder später Früchte tragen wird und wir Klant kriegen?«

»Ja, so was Ähnliches hast du geäußert.«

»Na, siehst du.«

»Wo ist Klant jetzt?«

»Im Büro – laut Simon und seinem Kollegen ist er heute früh eingetroffen und rührt sich seitdem nicht. Hat wohl einiges zu tun. Ich würde ihn am liebsten sofort abholen lassen.«

»Tu das nicht«, wandte Romy rasch ein. »Bloß nichts überstürzen! Lass erst Doktor Möller einen Blick auf die Überreste werfen. Es wirkt wesentlich fundierter, wenn wir Klant konkrete Einzelheiten präsentieren können, und auf einen Tag früher oder später kommt es nun auch nicht mehr an.«

»Und mit der Pressemeldung warten wir auch noch?«

»Natürlich. Möller muss ja auch erst noch einen DNA-Abgleich machen. Stell dir mal die Blamage vor, wenn sich herausstellt, dass es sich gar nicht um Rieke handelt!«

»Auf was für schreckliche Ideen du kommst – so was will ich mir erst gar nicht vorstellen. Aber gut, wir halten die Füße still, bis die Rechtsmedizin grünes Licht gibt, auch wenn es mir ziemlich schwerfällt.«

Romy lächelte. »Wem sagst du das? Normalerweise bin ich ja diejenige, die gerne mal unüberlegt vorwärtsstürmt …«

»Apropos – hast du Zeit heute Abend?«

»Nun …«

»Das dachte ich mir – wunderbar. Bis später.«

Die Observation war nicht sonderlich auffällig, aber in angespannten Zeiten war Stefan doppelt vorsichtig und hatte mühelos festgestellt, dass ihm ein Wagen von zu Hause aus gefolgt war. Später hatte er das Büro durch den Keller verlassen und war mit dem Fahrzeug einer Mitarbeiterin zum Bootshaus gefahren, nachdem er sich vergewissert hatte, dass seine Finte unbemerkt geblieben war.

Jana sah nicht besser aus als am Abend zuvor. Es würde ihm leichtfallen, sich von ihr zu trennen – endgültig.

»Hast du gut geschlafen?«, fragte er, nachdem er den Knebel entfernt und sie aufgerichtet hatte.

Sie nickte zögernd. Ihre bleiche Gesichtsfarbe leuchtete im Halbdämmer. Der Kreislauf dürfte ihr zu schaffen machen. Er hatte eine Flasche Wasser mitgebracht und flößte ihr nach und nach einen halben Becher ein.

»Wo waren wir gestern stehengeblieben?«, fragte er dann und setzte sich auf den Hocker. »Holger, nicht wahr?«

»Ja.«

»Hat er dir erzählt, warum er uns verlassen hatte?«

Sie deutete ein Kopfschütteln an. »Keine Einzelheiten«, sagte sie matt. »Ein Opfer, das er nicht ertrug.«

»Aha. Und warum genau?«

»Die Gewalt. Er kam mit der Gewalt nicht zurecht. Mehr weiß ich nicht.«

»Hast du mit ihm gevögelt?«

»Nein.«

Er beugte sich vor und schlug ihr ins Gesicht. Ihr Kopf flog zur Seite. Sie wimmerte leise.

»Hast du mit ihm gevögelt?«

»Ja.«

»Würdest du es wieder tun?«

»Ja.«

»Na, siehst du – geht doch.«

Ihr Blick verschärfte sich plötzlich. »Woher willst du eigentlich wissen, ob ich tatsächlich die Wahrheit sage oder aus Angst Zugeständnisse mache?«

Er nickte beifällig. »Ich weiß es einfach. Bei dir sowieso. Ich kenne dich sehr gut – das dürfte dir nicht neu sein.«

»Bei den beiden Männern hast du nur zu fünfzig Prozent richtiggelegen.«

»Wie oft noch, Jana – ja, bei einem haben wir falschgelegen, ein Irrtum …«

»Ein schrecklicher, ein grauenvoller Irrtum.«

»Du sagst es, aber …« Er grübelte einen Moment. »Ich habe dir damals schon versucht klarzumachen, dass auch der andere Typ – ein versoffener Herumtreiber, ein Nichtsnutz – sehr wahrscheinlich irgendeine Schuld zu begleichen hatte. Das haben solche Typen immer, und, ganz ehrlich, Jana: Wir hätten ihn doch sowieso nicht laufenlassen können.«

Sie starrte ihn in stummer Bestürzung an.

»Der Gedanke ist dir nie gekommen?«

»Ich habe mal an dich geglaubt«, gab sie endlich zurück. »An Gerechtigkeit und all das.«

»Du hättest weiterhin an mich glauben sollen – Gerechtigkeit erschließt sich nicht immer auf den ersten Blick, und manchmal muss man eine Weile warten und hart dafür arbeiten, dass sie eine reelle Chance bekommt.«

»Und darum musste auch der Mann, der mit Nils' Qual nichts zu tun hatte, leiden und sterben?«

»Darum müssen viele sterben.«

»Lynchjustiz.«

»Hast du den Ausdruck von Holger gelernt?«

Sie zuckte mit den Achseln.

»Hast du?«

»Wer das Gesetz selbst in die Hand nimmt, bewirkt keine Gerechtigkeit, sondern übt Rache«, entgegnete sie. »Und wer einen Menschen mit Absicht tötet, ist ein Mörder, egal, was das Opfer angestellt hat.«

Stefan lachte rau auf. »Schön nachgeplappert. Bist du auch dieser Ansicht? Oder würdest du die Männer, die sich damals an Nils vergriffen haben, die ihn quälten und vergewaltigten, nicht wieder töten wollen?«

»Doch, wahrscheinlich schon – darum darf ich auch nicht über sie richten.«

»Uh, genial – du betest Holgers Standardsätze nach! Hast du keine eigene Meinung?«

»Ich bin dabei, mir eine zu bilden.«

Er lächelte süffisant. Viel Zeit hast du nicht mehr, dachte er. Falsches Miststück! Du wirst mich noch kennenlernen.

Sie wandte den Blick ab, und einen Moment blieb es still. »Was hast du mit mir vor?«, fragte sie dann.

»Du wirst mir alles sagen, was bedeutsam für mich und meine Leute sein könnte, und dabei ist jede Einzelheit wichtig, die mit Holger und seinen Kontakten zu tun hat.«

»Und danach?«

»Sehen wir weiter.«

Sie glaubte ihm nicht, dass ihre Zukunft noch offen war, aber das war ihm herzlich egal. Er klaubte das Handy aus der Jackentasche, das Karl Jana abgenommen hatte, nachdem sie sie in ihre Gewalt gebracht hatten. Es war ein älteres Modell ohne allzu viel Schnickschnack, dafür jedoch mit langer Akkulaufzeit.

»Fangen wir hiermit an. Viel ist da ja nicht drauf«, meinte er. »Na ja, wen solltest du auch anrufen?« Er klappte den Deckel auf. »Aber eines musst du mir erklären – was soll dieses seltsame Foto, das du letzten Freitag gemacht hast, noch dazu mitten in der Nacht? Ein Mann vor einer Wohnungstür.« Er betrachtete es erneut und fixierte dann Jana.

»Ein Schnappschuss«, sagte sie.

»Das beantwortet meine Frage nicht.«

Sie zögerte einen Moment. »Ich wollte bei Holger übernachten. Er war nach Sassnitz gefahren, und ich habe einen Schlüssel zu seiner Wohnung. Aber ich bin nicht die Einzige, wie mir später einfiel. Er hatte einen Ersatzschlüssel im Büro hinterlegt, und ein Kollege war bei ihm und hat Arbeitsunterlagen abgeholt, vermute ich. Damit hatte ich zu so später Stunde nicht gerechnet – und als ich plötzlich Geräusche aus der Wohnung hörte, war mir die Situation unheimlich, und ich habe mich auf halber Treppe versteckt.«

»Und hast ein Foto gemacht?«

»Ja, es war wie ein Impuls ... Ich wollte Holger ...«

»Warnen, falls einer von meinen Leuten ihm auf die Pelle gerückt war? Deswegen hast du es ihm dann auch per SMS nachgeschickt, nicht wahr?« Hass flammte in ihm auf – er wartete ihre Antwort gar nicht erst ab, sondern beugte sich vor und schlug ein weiteres Mal zu. Diesmal blieb Jana liegen. Ihre Nase blutete.

»Was bist du doch für eine miese Verräterin! Weißt du eigentlich, dass die Bullen glauben, ich hätte was mit Holgers Tod zu tun? Habe ich aber nicht. Ich wusste nicht mal, dass er wieder hier ist. Er hat sich also nicht ganz ungeschickt verhalten, das muss ich zugeben. Und hätte ich geahnt …« Er brach ab und betrachtete wieder das Handyfoto. Vielleicht sollte man die Bullen ein bisschen beschäftigen, damit sie auf andere Ideen kamen, als hinter ihm herzuschnüffeln und ihm auf die Nerven zu gehen.

Er richtete Jana erneut auf und flößte ihr einen weiteren halben Becher Wasser ein. »Denk über Holger nach. Welche Informationen hat er über uns an wen weitergegeben? Ein bisschen Zeit lasse ich dir noch.«

Ein paar Minuten später stand er im gleißenden Sonnenlicht und rief Karl an. »Schick einen deiner Männer zum Bootshaus raus. Er soll ein Auge auf sie haben.«

19

Der vorläufige Bericht des Rechtsmedizinischen Instituts traf spät ein, als alle Feierabend gemacht hatten und nur noch Max in seinem Büro saß, um ungestört vom Alltagstrubel im Netz nach Partyfotos, die in den Prora-Ruinen entstanden waren, zu forschen. In einigen rechten Foren fand sich durchaus interessantes Material, aber eindeutige Bezüge zu Stefan Klant und seinen Leuten sowie Rieke Somerberg waren nicht herzustellen. Das wäre auch ein bisschen einfach gewesen, dachte Max, während er Möllers Dokument öffnete.

Bei dem Skelettfund handelte es sich eindeutig um die Überreste von Rieke Somerberg, deren Tod mindestens zehn Jahre zurücklag, wie der Rechtsmediziner betonte. Konkretere Angaben zur Todesart und zum Todeszeitpunkt waren natürlich noch nicht möglich, dazu fehlten noch eine ganze Reihe von Analysen und Untersuchungen, aber ein gewaltsamer Hintergrund war sehr wahrscheinlich, ebenso die Annahme, dass Fund- und Tatort übereinstimmten. Max leitete die Mail sofort an Romy, Kasper und die Stralsunder weiter und bedankte sich bei Möller für seine zeitnahe Untersuchung. Dabei erwähnte er, dass Rieke sehr wahrscheinlich kurz vor ihrem Tod einem ihrer Peiniger einen Finger abgebissen hatte.

Er wollte gerade den Rechner herunterfahren, als eine weitere Mail mit unbekanntem Absender, aber einer hochinteressanten Betreffzeile im Posteingang landete: »Holgers letzter Besuch«. Angehängt war eine Fotodatei, die Max zehn Sekunden mit großen Augen studierte, bevor er zum Telefon griff.

»Tut mir aufrichtig leid, wenn ich dich störe, aber es ist wirklich wichtig …«

Romy hüstelte. »Möllers Bericht habe ich eben gerade gelesen, Max«, sagte sie in deutlich genervtem Tonfall. »Du solltest jetzt Feierabend machen. Wir kümmern uns gleich morgen früh um …«

»Darum geht es nicht«, unterbrach er sie hastig. »Eben ist noch eine anonyme Mail reingekommen, einziger Inhalt: ein Foto, sehr wahrscheinlich mit dem Handy aufgenommen, und zwar Freitagnacht, wie den Daten zu entnehmen ist. Im Betreff steht: ›Holgers letzter Besuch‹, und zu sehen ist ein Mann vor einer Wohnungstür, der sich eine Tasche unter den Arm geklemmt hat, eine Akten- oder auch Laptoptasche. Es sieht aus, als wäre er im Begriff, die Tür abmöglicherweise auch aufzuschließen. Die Aufnahme ist mit allergrößter Wahrscheinlichkeit im Flur des Wohnhauses von Bruhlstedt entstanden, das habe ich aber in der Kürze der Zeit noch nicht verifiziert …«

»Max, wer ist es?« Das klang plötzlich hellwach.

»Halt dich fest.«

»Max!«

»Kanzleichef Benjamin Schölter.«

Sekundenlang blieb es still. »Romy?«

»Kein Irrtum?«

»Nein. Es ist zwar keine brillante Aufnahme, aber ich habe ihn auf den zweiten Blick erkannt.«

»Und woher die Mail kommt, weißt du nicht?«

»Sagte ich schon – nein. Wenn der Absender schlau ist, finden wir das auch nicht heraus, zumindest nicht zeitnah, aber ich lass es natürlich überprüfen.«

Romy atmete tief aus. »Okay«, meinte sie dann. »Benjamin Schölter geht Freitagnacht in Holgers Wohnung, zu der er offensichtlich einen Schlüssel besitzt. Was will er dort? Ich vermute, er hat sich den Laptop und/oder wichtige Unterlagen abgeholt.«

»Würde ich auch mal drauf tippen. Zu erkennen ist aber auf dem Foto lediglich, dass er eine Tasche dabeihat«, wandte Max ein.

»Es stellen sich dennoch sofort mindestens zwei Fragen …«

»Was ist so wichtig, dass er nachts in die Wohnung seines Angestellten fährt? Und warum verschweigt er die Aktion bei der Polizei?«, ergänzte Max eifrig.

»Weil er etwas zu verbergen hat und mit derartigen Maßnahmen nicht gerade glänzend dasteht. Aber wer hat das Foto gemacht?«, fügte Romy hinzu. »Wer sitzt nachts vor Holgers Tür und fotografiert?«

»Das ist wohl die wichtigste Frage.«

»Schick mir das Foto rüber.«

»Natürlich.«

»Danke, Max. Wir sehen uns morgen früh.«

Jan maß dem Foto und seiner Entstehungsweise keine großartige Bedeutung bei. »Ein Ablenkungsmanöver, hinter dem Klant und seine Leute stecken, die Holger bereits im Visier hatten und dabei zufälligerweise auf Schölter stießen, während der gerade seinem Mitarbeiter ein bisschen hinterherschnüffelte. Traue ich dem durchaus zu. Und warum sollte Schölter ohne zwingenden Grund darüber sprechen, nachdem die Ermittlungen begonnen hatten?«, hatte er bereits am Abend gemutmaßt – im Bett nach einem Glas Wein und leidenschaftlichem Sex, was nach Romys Ansicht und Erfahrung nicht unbedingt die Fähigkeit erhöhte, einen vielschichtigen Fall sachlich und objektiv zu bewerten.

Sie war auch am nächsten Tag während der Morgenbesprechung im Team skeptischer. »Der Zeitpunkt spricht durchaus für einen Zusammenhang mit Klant und Konsorten. Andererseits ...«

»Muss das natürlich genauer überprüft werden«, unterbrach Jan sie kurzerhand. »Im Moment können wir jedenfalls noch nicht einmal ausschließen, dass Schölter lediglich zum Blumengießen bei Holger war und zufällig eine Aktentasche dabeihatte oder seinen eigenen Laptop ...«

»Ist das dein Ernst?«

»Nicht ganz, aber mach nicht den Fehler, die Situation schon im Vorfeld überzubewerten.«

»Danke für den Hinweis.«

»Bitte.« Er lächelte.

Romy zog eine Braue hoch, während Fine Jan einen scharfen Blick zuwarf. Kasper räusperte sich leise.

»Nun gut, lasst uns noch mal erörtern, woran genau Schölter zu diesem Zeitpunkt interessiert gewesen sein könnte«, schlug Romy nach einer kurzen Pause in betont sachlichem Ton vor. »So interessiert, dass er mitten in der Nacht in Holgers Wohnung schleicht ...«

»Nach dem Foto zu urteilen schleicht er gar nicht«, warf Jan ein. »Ich glaube, dazu ist der überhaupt nicht fähig.«

»Du weißt, was ich meine.« Romy trommelte mit den Fingern auf dem Tisch. »Aber schön – wie lautet deine Einschätzung?«

»Ich könnte mir vorstellen, dass er Holger schon seit längerem verdächtigte, gegen Tenna agiert zu haben – bevor auch unsere Ermittlungen einen entsprechenden Zusammenhang herstellten, ohne dass der bewiesen ist«, erklärte Jan. »Und nun, nachdem sein Mitarbeiter in Richtung Rügen aufgebrochen war und das Backup nicht aufschlussreich war, wollte er es genauer wissen.«

»Er konnte aber gar nicht wissen, dass Holger den Laptop zu Hause gelassen hatte, sondern musste im Gegenteil davon ausgehen, dass sein Mitarbeiter ihn nach Rügen mitnehmen würde«, wandte Romy ein, und Kasper nickte. »Schölter hat dir gegenüber die Sicherheitsregeln erwähnt, die unter solchen Umständen eingehalten werden müssen und die Holger befolgte.«

»Ja, ich weiß. Vielleicht hat er nach anderen Unterlagen gesucht oder wollte sich lediglich vergewissern und ergriff dann die günstige Gelegenheit. Oder seine Tasche enthält alles Mögliche, aber nichts aus Holgers Wohnung, schon gar nicht den Laptop.«

Romy runzelte die Stirn. »Glaub ich nicht.«

»Ich auch nicht«, warf Kasper ein.

»Gut, frag ihn doch einfach.« Jan sprang plötzlich auf. »Kollegen, ich habe keine Ruhe mehr. Ich schlage vor, dass ihr euch noch mal um Schölter kümmert und ihm auf den Zahn fühlt sowie die Koordination bezüglich der Pressemeldung zum Prora-Fund in die Hand nehmt, nachdem wir nun grünes Licht aus der Rechtsmedizin haben, während ich mit meinen Leuten Klant im Auge behalte. Da gibt es noch einiges vorzubereiten.« Er griff sich ein Brötchen und eilte winkend zur Tür hinaus, ohne eine Antwort abzuwarten.

»Der ist ja genauso hektisch und anstrengend wie du«, meinte Fine in die plötzlich eingetretene Stille hinein. »Vielleicht noch anstrengender und hektischer, obwohl ich das niemals für möglich gehalten hätte, schon gar nicht bei einem Stralsunder.«

Romy gab sich Mühe, ein ernstes Gesicht aufzusetzen. Kasper kratzte sich am Hinterkopf.

»Na schön, Kollegen, wie auch immer. Dann wollen wir mal die Stralsunder Hektik rausnehmen.« Romy lächelte. »Ich bin der Meinung, dass wir uns eingehend mit diesem Foto beschäftigen sollten, und zum Schölter möchte ich dann doch noch etwas mehr wissen als den üblichen Kram.« Sie nickte Max und Kasper zu. »Ich halte es für ein ziemlich starkes Stück, dass Schölter als Vorgesetzter, egal, wessen er Holger verdächtigte oder was er mal eben klammheimlich überprüfen wollte, einfach in seine Wohnung eindringt und sich dort bedient. Und dass er genau das tut, steht für mich außer Frage, denn einen harmlosen Besuch hätte Schölter erwähnt – er ist Anwalt und kann die Wichtigkeit solcher Details einordnen.«

»Denke ich auch, und wer weiß, was er bei Bruhlstedt über den Fall Tenna hinaus zu finden vermutete«, stimmte Kasper zu. »Oder sogar gefunden hat.«

»Eben. Lasst uns anfangen.« Sie rieb sich die Hände. »Ich werde noch mal mit Anwalt Hobrecht Kontakt aufnehmen. Unter Umständen kann der mir ein bisschen mehr zum Arbeitsklima in der Kanzlei erzählen.«

»Was ist mit den Eltern?«, fragte Fine.

»Welche Eltern?«

»Ich meine die Somerbergs.«

»Riekes Eltern«, murmelte Kasper. »Richtig. Das mache ich als Erstes.« Er stand auf und verließ das Kommissariat mit langsamen Schritten.

Romy hatte Glück. Hobrecht war bereits in seinem Büro, als sie wenige Minuten später anrief. »Ich halte Sie nicht lange auf, versprochen. Wie ist Schölter eigentlich als Vorgesetzter?«, kam sie sofort zum Punkt.

Hobrecht antwortete nicht sofort. »Ich reagiere ungern mit einer Gegenfrage, aber in diesem Fall … worauf wollen Sie hinaus, Frau Kommissarin?«

»Nun, wie verhält sich Schölter, wenn jemand Mist baut – das kommt ja schließlich in allen Branchen vor.«

»Stimmt. Wir machen alle Fehler, und Schölter reagiert nicht ungewöhnlich, finde ich«, erwiderte Hobrecht zögernd. »Manchmal gibt es Redebedarf, eine Art Ordnungsruf, wenn Sie so wollen, aber das war es dann auch schon. Solange ich da bin, gab es jedenfalls noch keinen größeren Ärger.«

»Überprüft Schölter die Fälle seiner Anwälte?«

»Er macht Stichproben und guckt sich die Akten an, ja, natürlich, insbesondere bei den jüngeren Anwälten und Fachwirten.«

So komme ich nicht weiter, dachte Romy. Vielleicht gibt es auch gar nichts zum Weiterkommen, nichts Wesentliches jedenfalls, und Klant war es gelungen, sie zu verunsichern und abzulenken. Gut zwanzig grüblerische Minuten später nahm sie Kontakt mit Kasper auf, der gerade mit Riekes Mutter gesprochen hatte und sich auf den Rückweg nach Bergen machen wollte, und bat ihn, sie nach Stralsund in die Kanzlei zu begleiten. »Du kennst Schölter noch nicht persönlich. Ich möchte, dass du dir ein Bild von ihm machst«, begründete sie ihren Entschluss. »Max und Fine kommen auch alleine zurecht.«

»Ich begleite dich gerne«, sagte Kasper schlicht.

Während der Fahrt rief Romy in der Greifswalder Kanzlei von Jürgen Winter an. Wenn sie sich recht erinnerte, hatte bislang noch niemand Tennas überaus selbstsicher klingende Behauptung überprüft, er persönlich habe seinerzeit ein gutes Wort für Holger eingelegt und dafür gesorgt, dass er den Ausbildungsplatz bei Winter bekam. Der Anwalt machte es ihr sehr einfach, zögerte nur einen kaum spürbaren Moment und beantwortete ihre Frage dann mit einem schlichten: »Ja«.

Benjamin Schölter reagierte zurückhaltend, als Romy und Kasper in der Bürotür standen. Er war gerade dabei, einige Akten einzupacken, und schlüpfte in seinen Sakko. »Ich habe wenig Zeit und bin gerade im Aufbruch, wie Sie sehen.«

»Wir beeilen uns«, versprach Romy und wies auf Kasper, der hinter ihr eintrat. »Heute ist zur Abwechslung mal mein Kollege aus Bergen, Kommissar Schneider, mit von der Partie.«

»Aha.« Schölter stellte seine Tasche auf den Boden und setzte sich mit leisem Seufzen. »Na schön. Was kann ich noch für Sie tun? Wichtige Neuigkeiten?«

»Durchaus«, stimmte Romy zu. »Wir haben inzwischen mit Lars Tenna gesprochen, und der Verdacht, er könnte sich an Holger gerächt haben, weil er annahm und schlussfolgerte, dass Ihr Mitarbeiter aus eigenem Antrieb wichtige Infos zur Staatsanwaltschaft durchsickern ließ, hat sich deutlich abgeschwächt.«

»Ach? Interessant.« Das ohnehin sparsame Lächeln verblasste um eine weitere Nuance. »Und das konnten Sie in einem einzigen Gespräch ausschließen?«

»Noch nicht hundertprozentig, aber Lars Tenna war sehr überzeugend ...«

»Das ist er immer.«

Romy lächelte. »Stimmt. Dennoch - wussten Sie eigentlich, dass Tenna und Bruhlstedt sich kannten?«

Schölter blickte verdutzt. »Wie kommen Sie darauf?«

»Holger hat vor einigen Jahren mal für einige Zeit in einem von Tennas Läden in Stralsund gejobbt, als Aushilfe. Die beiden verstanden sich sehr gut.«

»Behauptet Tenna?«

»So ist es.«

»Und das nehmen Sie ihm ohne weitere Überprüfung ab?« Schölter lächelte amüsiert.

»Ja. Es spricht einiges dafür, dass Tenna in diesem Fall die Wahrheit sagt.«

»Ich bin gespannt auf Ihre Erörterungen.«

»Er höchstpersönlich hat Holger in die Greifswalder Kanzlei vermittelt, wo er bei Jürgen Winter eine Ausbildung absolvierte, wie Sie ja wissen. Der Kollege hat diese Aussage übrigens ohne jegliche Einschränkung bestätigt.«

Schölter war beeindruckt. »Das wusste ich nicht. Holger hat nichts Derartiges verlauten lassen.«

»Verständlich, oder? Mit einer solchen Bekanntschaft geht man ja nicht gerade beim Chef hausieren, wenn man als Rechtsfachwirt arbeitet, noch dazu, wenn der alte Bekannte sich für durchaus schwere Vergehen vor Gericht verantworten muss«, erklärte Romy. »Tenna wusste übrigens gar nicht, dass Holger für Sie arbeitete, was sehr dafür spricht, dass Ihr Mitarbeiter sich ausdrücklich zurückhielt, um einen Konflikt zu vermeiden. Vielleicht haben Sie diese Zurückhaltung schlicht und ergreifend falsch bewertet.«

»Nun ja ...« Schölter warf Kasper einen fragenden Blick zu, bevor er sich wieder Romy zuwandte. »Aber selbst wenn die beiden sich vor Jahren näher kennengelernt hatten, schließt das ja Holgers eigenmächtiges Eingreifen nicht automatisch aus. Wer weiß, was seinerzeit vorfiel und was Tenna Ihnen gegenüber wohlweislich verschwieg oder was Holger unbemerkt recherchierte? Warum sollte ausgerechnet Tenna alles erzählen, noch dazu der Polizei? Im Übrigen lassen Sie dabei ein wesentliches, womöglich das entscheidende Indiz überhaupt völlig außer Acht – was ist mit der Schleuder?«

»Das ist ein berechtigter Einwand, den wir im Augenblick nicht vom Tisch bekommen«, gab Romy zu. »Ich beschäftige mich immer wieder damit. Dennoch verfolgen wir inzwischen eine andere Spur, und in dem Zusammenhang sind weitere Fragen aufgetaucht, die nur Sie beantworten können.«

»Sind Sie sicher?« Der Anwalt seufzte und blickte auf seine Armbanduhr. »Ich verstehe, aber ich muss Sie bitten, Ihre Fragen unbedingt zügig zu stellen.«

»Tun wir gerne«, machte Kasper sich mit freundlichem Lächeln bemerkbar und öffnete eine schmale Akte. »Könnten Sie uns dieses Foto bitte erklären?«

Schölter beugte sich vor, und seine Augen weiteten sich, während er das Bild betrachtete. Er ist völlig perplex, dachte Romy. Und das lässt tief blicken.

»Wo haben Sie das her?«, fragte er schließlich und schaute langsam wieder hoch.

»Spielt das eine Rolle?«, entgegnete Romy.

»Sie wissen sehr genau, dass so etwas immer eine Rolle spielt«, giftete er sie an.

Du kannst froh sein, dass Jan nicht dabei ist, dachte Romy. Sie warf ihm einen scharfen Blick zu. »Wir recherchieren sehr intensiv, Herr Schölter, um den Mord an Ihrem Mitarbeiter aufzuklären, und dabei ist uns dieses Foto in die Hände gefallen. Das muss Ihnen im Augenblick als Begründung genügen«, erklärte sie energisch. »Die Fotodaten belegen, dass Sie sich wenige Stunden vor Holgers Tod Zutritt zu seiner Wohnung verschafften, und ich denke, dass uns diese Tatsache zu engagiertem Nachfragen berechtigt. Sie haben seinen Laptop mitgenommen«, behauptete sie. »Warum?«

Schölter ließ sich in die Rückenlehne fallen. Seine Hände umschlossen die Armstützen. Er sah kurz in Richtung Fenster, wischte sich über die Nase und zuckte schließlich mit den Achseln. »Na schön – ja, ich war in seiner Wohnung und habe das nicht erwähnt, als die Ermittlungen begannen. Das ist zweifellos nicht in Ordnung, aber nachvollziehbar, oder?« Er sah Kasper an, der lediglich mit einem Stirnrunzeln reagierte. »Abgesehen davon habe ich nach dem Laptop gesucht, ihn aber nicht gefunden.«

Romy stöhnte leise auf.

»Ich hatte das eindringliche Gefühl, dass Holger im Fall Tenna und womöglich darüber hinaus auch bei anderen Fällen nicht sauber gearbeitet hatte, und wollte genauer wissen, ob sich dazu etwas in seinen persönlichen Dokumenten oder Mails findet«, fuhr Schölter fort. »Er hatte sicherheitshalber immer einen Wohnungsschlüssel im Büro hinterlegt, und ich bin am späten Abend zu ihm gefahren.«

»Aber Holger hatte Ihrer eigenen Darstellung nach vorgehabt, den Laptop mit nach Rügen zu nehmen«, wandte Romy ein.

»Das hat er nicht ausdrücklich so gesagt – er wollte ihn lediglich aus dem Büro mitnehmen, was ja auch bedeuten kann, dass er ihn zu Hause lässt.«

»Warum sollte er sich die Mühe machen, alle Sicherheitsregeln zu befolgen, um den Laptop dann doch nicht mitzunehmen?«

»Er hat sich anders entschieden oder ihn schlicht vergessen.«

»Aha, nun gut. Und die Passwörter kannten Sie?«

»Ja.«

»Was befand sich in Ihrer Tasche?«

»Nichts Besonderes – mein eigener Kram. Einige Unterlagen, die ich mit Holgers Dokumenten abgleichen wollte. Ich hatte ja gar nicht vor, den Laptop mitzunehmen, sondern ihn mir vor Ort anzusehen.«

Romy lehnte sich zurück. Durchaus möglich, zumindest nicht auszuschließen. Und dennoch … Schölter könnte den Laptop sehr wohl mitgenommen und gut versteckt oder längst entsorgt haben, nachdem die Nachricht von Holgers Tod die Runde gemacht hatte, ohne dass wir ihm das je beweisen können, überlegte sie. Aber warum dieser Aufwand? Weil Holgers Aktivitäten die Kanzlei in ein schlechtes Licht rücken könnten und Schölter ganz sicher sein wollte, ob und an welchen Stellen genau sein Mitarbeiter falschgespielt hatte oder schlicht nachlässig gewesen war? Falls der Anwalt die Wahrheit sagte, war der Laptop auf Rügen gestohlen worden – wofür sie bislang nicht den geringsten Hinweis entdeckt hatten – oder aber der Fotograf hatte etwas damit zu tun.

»Holger wird von allen möglichen Seiten als sehr ausgeglichener und verantwortungsbewusster junger Mann beschrieben, Sie selbst haben seine Arbeit, seine Begabung, seinen Einsatz geschätzt«, hob Romy erneut an. »Aber Ihre Meinung war ja wohl in Wahrheit eine gänzlich andere, wenn Sie es für nötig befanden, ihm hinterherzuschnüffeln.«

»Nein, das nicht, aber es gab einige Missklänge in letzter Zeit, und ich wollte einfach sichergehen …«

»Würden Sie bitte, über den Tenna-Fall hinaus, konkret werden? Was dürfen wir uns unter Missklängen vorstellen?«

»Es handelt sich um Interna, über die ich Stillschweigen bewahren möchte. Bitte haben Sie Verständnis dafür.«

Romy öffnete den Mund, aber Kasper kam ihr zuvor. »Haben wir nicht. Sie haben sich unberechtigterweise Zutritt zu Holger Bruhlstedts Wohnung verschafft und diese in seiner Abwesenheit durchsucht – und das wegen irgendwelcher Uneinigkeiten? Inzwischen ist klar, dass der Mann ermordet wurde, und zwar wenige Stunden später, und Sie weigern sich, Einzelheiten zu nennen? Sie werden verstehen, dass uns diese Haltung irritiert.«

Schölters rechtes Augenlid zuckte. »Mag sein, dass ich mich nicht korrekt verhalten und übertrieben reagiert habe, aber Sie können sicher sein, dass das eine mit dem anderen nicht das Geringste zu tun hat.«

»Das zu beurteilen ist nicht Ihre Aufgabe.«

»Ich werde nichts mehr dazu sagen.«

Romy hob das Kinn. »Wenn Ihre Version den Tatsachen entspricht, dürfte Holger den Laptop mit nach Rügen genommen haben, wo er gestohlen wurde. Oder es gab noch jemanden, der daran interessiert war. Was machen Sie eigentlich, wenn das Teil wieder auftaucht?«

Schölter zuckte mit den Achseln. Die Vorstellung ließ ihn relativ kalt, was alles Mögliche bedeuten konnte.

Romy stand abrupt auf, und der Anwalt zuckte zusammen. »Sie hören von uns.«

Während der Rückfahrt bedachte Romy etliche Minuten schweigend Schölters Argumente, bis sie schließlich nach ihrem Handy griff, um Jan anzurufen, doch der hatte offensichtlich sein Telefon lautlos gestellt.

»Wer weiß, warum der Schölter plötzlich derart abblockt«, grübelte sie. »Da geht es doch um mehr als um eine simple Überprüfung nach irgendwelchen Missklängen, oder was meinst du?«

Kasper wandte kurz den Kopf zur Seite. »Denke ich auch, doch selbst wenn Schölter Daten und Aufzeichnungen zu Fällen und Akten verschwinden lassen wollte, die nicht ganz sauber waren oder sogar ihn selbst irgendwie belasten könnten – wie wollen wir da nachhaken? Wir können nicht jeden einzelnen Fall der letzten Zeit nacharbeiten, geschweige denn neu recherchieren, zumal wir gar nicht wissen, wonach er genau gesucht hat. Und vergiss nicht, dass uns das Foto anonym zugespielt wurde. Ich halte das durchaus für ein Ablenkungsmanöver – egal, welche Schnitzer der Anwalt verbergen will, damit sein guter Ruf keinen Schaden nimmt.«

Romy fuhr sich durch die Locken und starrte durchs Seitenfenster. »Aber irgendwas stimmt mit diesem Kerl nicht. Das hat Jan von Anfang an gesagt.«

Kasper lächelte. »Jan ist häufiger mal dieser Ansicht«, meinte er. »Wenn die Bemerkung erlaubt ist.«

Romy zuckte mit den Achseln.

»Mal sehen, ob Max inzwischen fündig geworden ist.«

»Gute Idee.«

20

Stralsund/Rügen/Prora. Die Geschäftsleitung eines in der Prora tätigen Wohnungsbauunternehmens gab bekannt, dass im Zuge von Sicherungsmaßnahmen und Fundamentanalysen ein Skelett entdeckt wurde. Nach Auskunft des Rechtsmedizinischen Instituts in Greifswald ist die Identität inzwischen geklärt. Es handelt sich um eine seit elf Jahren vermisste junge Frau aus Sassnitz. Wie die Ermittlungsbehörde mitteilt, ist die Todesursache mit größter Wahrscheinlichkeit nicht natürlicher Art.

Jan las die Pressemeldung, die seit einer Stunde im Internet kursierte sowie im regionalen Radioprogramm gesendet wurde, zum zweiten Mal, während er in einem alten Firmenlieferwagen den Hintereingang von Klants Büro im Auge behielt und Simon in der Nähe des Haupteingangs Stellung bezogen hatte. Es war nur noch eine Frage der Zeit, bis sich die Nachricht herumgesprochen haben dürfte und Klant in irgendeiner Form reagieren würde, und sei es nur, um sich mit seinen Kameraden und den damals Beteiligten zu besprechen.

Ich an seiner Stelle würde mich nicht rühren, dachte Jan. Kein Telefon, keine Mails, nichts. Aber hält er das durch? Ist er so abgebrüht? Oder anders gefragt: Sind die Handlungsstrukturen in seiner Gruppe so gefestigt, unauffällig und zuverlässig, dass er es sich leisten kann, die Füße hochzulegen, und doch geht alles seinen gewohnten Gang? Nicht unwahrscheinlich. Die entscheidende Frage lautete, ob es der Kriminaltechnik und dem Rechtsmediziner gelingen würde, nach all der Zeit zusätzliche brauchbare Spuren zu entdecken, die auf Klant hinwiesen und eine Festnahme oder zumindest ein Verhör möglich machten. Und falls Klant Derartiges befürchtete oder wenigstens in Erwägung zog, war es durchaus möglich, dass er Maßnahmen ergreifen musste.

Das Funkgerät schnarrte leise. »Zwei Männer verlassen das Gebäude«, meldete Simon. »Sie tragen Schirmmützen und Brillen und sind nicht gut zu identifizieren. Einer könnte Klant sein, aber ich bin nicht sicher. Scheiße.«

»Bleib ruhig, fahr hinterher, dreh eine Runde, komm zurück, stell dich aber woanders hin«, erwiderte Jan. »Ich bin sicher, dass das ein Täuschungsmanöver ist.«

»Okay.«

Die rückwärtige Tür schwang auf, und zwei Frauen und ein Mann, die in ein lebhaftes Gespräch vertieft waren, verließen das Gebäude. Jan hob das Fernglas an die Augen und zoomte die Gruppe heran. Stefan Klant war groß und schmal und hatte ein kantiges Gesicht. Der Mann vor seiner Linse, der Richtung Fahrradunterstand ging, war mittelgroß und sehr muskulös, während beide Frauen zu klein waren, um die Vermutung zuzulassen, dass es sich bei einer von ihnen möglicherweise um den verkleideten Klant handelte. Der tarnt sich auch nicht als Frau, überlegte Jan. Das wirkt ja schwul.

»Bin wieder da«, hob Simon erneut an. »Ich hoffe sehr, dass du richtigliegst.«

»Verlass dich auf meinen Riecher und bleib einfach cool.«

»Darf ich das zitieren?«

»Immer.«

Zwanzig Minuten lang passierte nichts, dann knisterte erneut das Funkgerät. »Er verlässt das Gebäude«, flüsterte Simon, und seine Stimme klang aufgeregt. »Der zieht wirklich alle Register. Jetzt trägt er völlig andere Klamotten als heute Morgen, außerdem eine Sonnenbrille und ein Cap, aber ich bin sicher, dass er es ist. Gleiche Größe, gleicher Gang.«

»Rühr dich nicht. Was für ein Fahrzeug benutzt er?«

»Er steigt in ein Taxi.«

»Kennzeichen notieren, langsam hinterher, sehr langsam. Ich folge dir und übernehme dann die Position hinter ihm. Und lass den Funkkanal auf.«

»Okay.«

Jan gab sich Mühe, ruhig zu klingen, aber er war zweifellos angespannt. An dieser Stelle durfte nichts schiefgehen. Er verbannte den Gedanken aus seinem Kopf, um sich nur noch mit seiner Aufgabe zu beschäftigen, und wies Simon wenig später an, die Dienststelle über den Stand der Dinge zu informieren. Er ließ zwischen dem Taxi und seinem Wagen stets mindestens zwei andere Fahrzeuge. Klant fuhr eine halbe Stunde durch Stralsund, holte Geld am Automaten, erledigte einen Einkauf, zumindest betrat er einen Supermarkt, und ließ sich schließlich am Hauptbahnhof absetzen.

»Ich glaub's ja nicht! Was jetzt?«, flüsterte Simon. Entsetzen färbte seine Stimme.

»Warten.«

»Und wenn er mit dem Zug fährt?«

»Tut er nicht.«

»Falls doch?«

»Haben wir Pech gehabt.«

Klant tauchte zehn Minuten später wieder auf und stieg in ein anderes Taxi. Jan atmete lang und tief aus und hörte, dass Simon das Gleiche tat. Der Wagen setzte sich in Richtung Norden in Bewegung und folgte den Schildern zum Hanse-Klinikum, wo Klant zügig im Hauptgebäude verschwand.

»Vielleicht besucht er einen verletzten Kameraden und bringt ihm Pralinen«, witzelte Simon. »Und das neueste Parteiblatt.«

»Stell den Wagen ab und sichere den Hinterausgang, während ich hierbleibe«, erwiderte Jan.

»Mach ich.«

Simon meldete sich nach knapp zehn Minuten wieder. »Er hat sich umgezogen und geht jetzt zu Fuß weiter, und zwar in Richtung Parow.«

Jan runzelte die Stirn. »Was ist denn in Parow?«, murmelte er.

»Wasser, Boote, noch mehr Wasser.«

»Der Typ ist Segler. Vielleicht hat er da irgendwo sein Boot liegen«, überlegte Jan. »Du musst ihm zu Fuß folgen. Ich bleibe im Wagen und halte gebührenden Abstand.«

Jan rief im Kommissariat an und beauftragte Frauke, herauszufinden, wo Klants Boot lag. »Und lass dir was einfallen, wenn du unter seinem Namen nicht fündig wirst. Ruf zum Beispiel in seinem Yachtclub an und frag, wohin du die Bootsfarbe liefern sollst, auf die Klant schon über eine Woche wartet. Oder das neue Segel, was auch immer.«

»Ach so, verstehe.«

»Das hoffe ich.«

Er legte das Handy beiseite, es begann im nächsten Augenblick zu vibrieren – Romy, bereits zum zweiten Mal. Er zögerte, warf einen prüfenden Blick auf die Straße, wo Simon in einiger Entfernung hinter Klant herschlenderte, und nahm das Gespräch an. »Schön, deine Stimme zu hören, aber ich bin mitten in der Observation. Was gibt's?«

»Ihr könnt die Observierung abbrechen«, sagte Romy.

»Warum das denn?«

»Ihr könnt ihn festnehmen.«

»Was?«

»Ich habe gerade mit Greifswald gesprochen. Unser Rechtsmediziner hat mehrere seiner besten Assistenten und eifrigsten Studenten mit dem Skelett beschäftigt beziehungsweise der Zuordnung von Knochen, Gelenken, Knorpeln und was sonst noch so am Fundort herumlag.«

Jan kniff die Augen zusammen. Romy klang verdammt aufgeregt. »Erzähl schon – was haben sie gefunden?«

»Ein Knochenstückchen gehört nicht zu Rieke. Es stammt aber eindeutig von einem Menschen, und da Max im Vorfeld noch mal auf den abgebissenen …«

»Finger!«, entfuhr es Jan, und er schlug sich vor die Stirn.

Romy lachte. »Spielverderber, kannst es nicht abwarten, oder?«

»Natürlich nicht – wir folgen Klant gerade zum Sund in Richtung Parow. Vermutlich ist er auf dem Weg zu seinem Boot. Das sind ja wunderbare Neuigkeiten! Habe ich nicht gesagt, dass wir den Scheißkerl …«

»Hast du mehrfach«, stimmte Romy eilig zu. »Okay – also Möller sagt, dass der kleine Knochen von einem Finger stammt, dessen ist er sich sicher, hundertprozentig sogar, und das will in seiner Branche etwas heißen. Er versucht Material zu gewinnen, das für eine DNA-Analyse geeignet ist. Bis ein spruchreifes Ergebnis vorliegt, dauert es aber noch ein bisschen. Ich denke allerdings, dass seine Erläuterungen im Zusammenhang mit unseren bisherigen Ermittlungen für eine Festnahme dennoch ausreichen, und habe das bereits an den Staatsanwalt weitergegeben.«

Jan ballte eine Hand zur Faust. »Mach dich auf den Weg. Den Knaben vernehmen wir gemeinsam.«

»Gerne.«

»Gut, bis später.« Er legte das Handy beiseite und griff zum Funkgerät. »Simon?«

»Jo.«

»Wir nehmen ihn fest.«

»Echt?«

»Meinst du, ich mache Witze zu dem Thema?«

Jan gab Gas und hatte Augenblicke später Simon überholt, bevor er Klant erreichte, den Wagen stoppte und ausstieg. »Na, wo soll es hingehen, Klant? Kleine Segeltour auf dem Sund? Wissen Sie was – heute nicht oder besser gesagt: sehr wahrscheinlich für eine sehr lange Zeit nicht.«

Klant blieb stocksteif stehen und starrte ihn stumm an, während Jan seine Handschellen aus dem Gürtel zog und dabei den Blick auf seine Pistole, eine SIG Sauer P225, bewusst freigab. »Ich nehme Sie vorläufig fest, Herr Klant. Sie stehen unter dem dringenden Tatverdacht, mehrere schwere Gewaltverbrechen begangen zu haben, unter anderem an Rieke Somerberg.«

Einen Moment später kam Simon im Laufschritt bei ihnen an und verfrachtete Klant auf den Rücksitz, nachdem er ihm das Handy abgenommen hatte. Jan rieb sich die Hände und grinste übers ganze Gesicht. »Herr Klant, wo genau liegt Ihr Boot eigentlich?«

Der Mann blickte wortlos durch ihn hindurch.

»Na, dann nicht.« Jan setzte sich hinters Steuer und drehte sich zu Simon um, der gerade neben Klant Platz nahm. »Ruf doch mal Frauke an und frag, ob sie die genauen Adressdaten bereits hat, um die ich sie gebeten hatte, und falls es so ist, soll sie einen Wagen schicken, damit die Kollegen sich dort umgucken. Am besten nehmen sie gleich ein Technikteam mit.«

»Aber klar doch.« Simon verpasste Klant einen fast freundschaftlichen Stoß in die Rippen und zwinkerte ihm zu. »Vielleicht haben Sie ja was Wichtiges liegen gelassen – wäre doch schade, wenn es wegkäme, oder? Na, wir passen schon auf.«

Sie wusste, dass sie nicht mehr lange durchhalten würde. Sie war schwach und orientierungslos, aber trotzdem war ihr klar, dass Stefan sie bald beseitigen lassen würde. Ihre

Hinweise waren bislang nicht sonderlich spektakulär gewesen, so schätzte sie es jedenfalls ein, doch er würde sie nicht laufenlassen – natürlich nicht. Das war viel zu gefährlich. Außerdem verzieh er ihr nicht. Niemals.

Sie ächzte leise, als sie eine bequemere Liegeposition einzunehmen versuchte. Irgendwo draußen lungerte ein Mann herum und passte auf. Manchmal schlich er in den Schuppen und sah nach ihr. Einmal hatte er ihr einen Becher Wasser zu trinken gegeben, aber sie hatte keine Ahnung, wie lange das her war. Sie schlummerte wieder ein. Als sie das nächste Mal die Augen aufschlug, war es laut – Motorengeräusche, Stimmen, Männerstimmen, Türeschlagen. Ihr Herz pochte bis zum Hals. Vielleicht befand sie sich mitten in einem Alptraum oder war längst tot. Jemand rüttelte an der Tür, und sie sah einen Schatten davonhuschen. Draußen brüllte ein Mann einen Befehl, dann fiel ein Schuss. Das ist ein alberner Traum, dachte sie. Sekunden später, vielleicht waren es auch Minuten oder Stunden, tauchte das Gesicht eines Polizisten über ihr auf. Er schnitt ihre Fesseln durch und breitete eine Decke über sie.

»Können Sie sprechen?«

Sie nickte. »Ich glaube schon«, flüsterte sie erstaunt.

»Wer sind Sie?«

Sie zögerte drei Herzschläge. »Jana Berg.« Es war ein gutes Gefühl, ihren Namen auszusprechen.

»Ein Arzt wird gleich eintreffen und sich um Sie kümmern. Soll ich jemanden benachrichtigen?«

Es gibt niemanden, der auf mich wartet und der sich freut, wenn er mich sieht, dachte sie, lebend, gerettet, halbwegs gesund, und ihr Herz wog plötzlich eine Tonne.

Er hatte sich schnell von dem Schock erholt und einen Anwalt abgelehnt. In entspannter Haltung saß er im Vernehmungsraum des Kommissariats Stralsund, trank einen Schluck von dem gewünschten Kaffee und blickte dann zu Jan und Romy.

»Was genau werfen Sie mir vor?«

»Oh, eine ganze Menge – lassen Sie uns mit Rieke Somerberg anfangen«, antwortete Jan. »Sie wissen schon – das junge Mädchen, damals gerade achtzehn, lernbehindert und letztmalig gesehen Anfang Juli 2002 in einer Kneipe am Sassnitzer Hafen.«

Klant nickte mit ernster Miene. »Ja, ich erinnere mich. Schrecklich.« Er schüttelte den Kopf. »Warum ließen die Eltern sie unbeaufsichtigt herumlaufen? Wer weiß, was passiert ist …«

»Nun, das wissen wir.«

»Ach so.« Klant lächelte.

»Sie wurde entführt, ermordet und in einer der Bauruinen auf dem Proragelände vergraben«, erläuterte Jan. »Vielleicht haben Sie davon gehört, dass die sterblichen Überreste einer seit Jahren vermissten jungen Frau im Zuge von Bauarbeiten und Sicherungsmaßnahmen zufällig entdeckt wurden.«

»Nein, keine Ahnung.«

»Sie lügen.«

»Tatsächlich?«

»Ja, aber das ist egal. Wir haben nämlich einige Überraschungen für Sie.«

»Ich liebe Überraschungen.«

Jan verdrehte die Augen. »Der zuständige Rechtsmediziner erarbeitet zurzeit das Gutachten. Im Vorfeld konnte er bereits wichtige Aussagen treffen, zum Beispiel die, dass das Mädchen keines natürlichen Todes gestorben ist.«

»Das ist tragisch.« Klant setzte eine ernste Miene auf und legte seine Hände auf den Tisch.

Er hat an beiden Händen alle fünf Finger, überlegte Romy. Der plastische Chirurg hatte ganze Arbeit geleistet, denn selbst wenn man wusste, dass es einen unechten Finger gab, entdeckte man nichts Auffälliges oder Künstliches. Sie spürte, dass Jan Ähnliches durch den Kopf ging.

»Ja, das ist es. Sie wurde ermordet – wie genau, erfahren wir in Kürze. Aber einen ihrer Mörder kennen wir bereits. Er sitzt direkt vor uns«, fuhr Jan fort.

Klant lehnte sich interessiert vor. »Sie neigen zu einer gewissen Melodramatik, Herr Kommissar. Wie wäre es, wenn Sie anfangen würden, mir Fakten zu nennen, statt sich an Vorwürfen und Vorurteilen festzuhalten?«

»Das Mädchen hat sich gewehrt.«

»Aha.«

»Sie hat getreten, gekratzt, geschrien …«

Klant lachte auf. »Meine Güte, was ziehen Sie für eine erbärmliche Show ab!«

»Und sie hat gebissen«, ergänzte Jan. »Sie hatte gute Zähne.«

Diesmal lachte Klant nicht. Eine Braue zuckte, aber davon abgesehen hatte er sich gut in der Gewalt, musste Romy neidlos anerkennen.

»Das haben Sie nach elf Jahren ermittelt?«, fragte er nach. »Ich bin beeindruckt.«

»Dürfen Sie gerne.« Jan lächelte. »Die Kriminaltechniker haben das Skelett und den Fundort sorgfältig und Millimeter für Millimeter untersucht und analysiert und sind dabei auf ein Knochenstückchen gestoßen, das nicht zu Rieke gehört.«

Klant zog seine Hände langsam vom Tisch. Jan folgte der Bewegung. »Es ist Teil eines Fingers.«

»Na und? In den Ruinen liegt genug herum, das wissen Sie doch ganz genau. Es kann von einem Tier stammen.«

»Stammt es aber nicht«, entgegnete Jan freundlich. »Sie hat Ihnen den kleinen Finger abgebissen, und bevor Sie mir jetzt Ihre Hände präsentieren und mich auffordern nachzuzählen – ich bin groß und stark und kann alleine Rolltreppe fahren und weiß darüber hinaus auch, dass es plastische Chirurgen gibt, die wahre Wunder vollbringen.«

Stille.

»Die DNA-Analyse läuft bereits, aber das Ergebnis ist bekannt, nicht wahr?«

Klant trank seinen Kaffee in aller Ruhe aus und überlegte. »Sie geisterte da herum«, meinte er schließlich, und Romy hörte, wie Jan scharf Luft holte. »Sie war völlig von der Rolle – verwirrt, aufgebracht, aggressiv. Sie hat herumgebrüllt und wie wild um sich geschlagen, als wir …«

»Wir?«, fiel Romy ihm ins Wort und berührte unter dem Tisch kurz Jans Knie. Ich bin dran, mein Part, krieg dich wieder ein. »Wen genau meinen Sie?«

»Ich war mit einigen Freunden dort – kleine Grillparty an einem lauen Sommerabend, Lagerfeuer, Würstchen und Bier. Na, Sie wissen schon«, fuhr Klant fort.

»Ich kann es mir ungefähr vorstellen, ja. Und Sie haben Rieke, nachdem sie sich beruhigt hatte, eingeladen, an Ihrer kleinen Feier teilzunehmen?«

»Aber nein.« Er lachte amüsiert. »Wie gesagt: Sie tauchte da plötzlich auf …«

»Plötzlich? Sie wurde zuvor das letzte Mal am Sassnitzer Hafen gesehen, gut zehn Kilometer entfernt. Wie ist sie wohl bis in die Prora-Ruinen gelangt?«

»Das dürfen Sie mich nicht fragen. Jedenfalls fing sie an, Stunk zu machen. Wir wollten sie einfangen und wegbringen, und dabei kam es zu Handgreiflichkeiten.«

»Ich verstehe.« Romy nickte ernst. »Wo hätten Sie sie denn hingebracht?«

»Keine Ahnung – weg von dem Gelände jedenfalls.«

»Und im Zuge dieser Handgreiflichkeiten hat dieses … behinderte und durchgeknallte Mädchen Ihren Finger abgebissen?«

»Sie hat mich so stark verletzt, dass der Finger amputiert werden musste – ja.«

»Gut, und was ist dann passiert?«

Er zuckte mit den Achseln. »Keine Ahnung. Sie hat sich losgerissen und ist abgehauen, irgendwo in der Dunkelheit verschwunden. Ich meine, in diesen baufälligen Ruinen …«

»Sie ist ermordet und dort begraben worden«, unterbrach Romy ihn. »Man hat sich viel Mühe gegeben, sie zu verstecken. Erst im Zuge der Sanierungsarbeiten stießen Bauleute auf das Grab unter der Betonplatte.«

»Tja, wer weiß, was sich da für Leute herumgetrieben haben. Irgendwelches Pack.«

»Sie sagen es«, knurrte Jan.

Klant lächelte, und Romy wusste, dass die Story gar nicht mal schlecht war.

»Wer hat damals eigentlich an Ihrer Party teilgenommen?«

»Es ist Ihr Job, das herauszufinden«, gab er lässig zurück.

»Ich weiß, aber es wäre hilfreich für Sie, wenn jemand Ihre Version bestätigen könnte.«

»Ich glaube nicht, dass ich diese Hilfe benötige.«

Jan rückte näher an den Tisch heran. Was ihm durch den Kopf schoss, war nicht schwer zu erraten, und Romy war froh, als plötzlich sein Handy klingelte. Er meldete sich leise. »Das ist überaus interessant«, bemerkte er nach einer Minute stillem Lauschen, legte das Handy wieder beiseite und warf Klant plötzlich ein strahlendes Lächeln zu. »Wir unterbrechen an dieser Stelle für eine Weile. Denken Sie noch mal über Ihre Aussage nach.«

»Das wird nicht nötig sein.«

»Dann denken Sie über etwas anderes nach. Wollten Sie uns nicht eine Namensliste mit all den Leuten zusammenstellen, die Ihr Alibi für das letzte Wochenende bestätigen können?«

»Ach ja – gut, dass Sie mich erinnern. Liegt wohl noch auf meinem Schreibtisch.« Klant grinste.

Jans Anspannung lag förmlich in der Luft, aber Romy wartete, bis Klant abgeführt worden war. »Was ist los?«

»Die Kollegen haben eine Frau in seinem Bootsschuppen gefunden«, berichtete er. »Jana Berg. Klant hatte sie einige Tage in seiner Gewalt. Ihr Bewacher konnte entkommen und ist auf der Flucht.«

Romy hielt kurz den Atem an. »Oh.«

»Im Moment ist sie im Krankenhaus. Und bereit zu einer Aussage. Ich bin dafür, Klant eine Weile schmoren zu lassen und sie zu besuchen. Fahren wir zusammen hin?«

21

Kasper saß im Besprechungsraum und arbeitete sich ein wenig halbherzig durch verschiedene Ermittlungsakten aus Schölters Kanzlei, ohne dass ihm Besonderheiten auffielen. Seit der Festnahme von Klant und der Entdeckung von Jana Berg war sein Arbeitseifer ein wenig abgeklungen, und er hatte ursprünglich vorgehabt, zur Abwechslung einmal zeitig ins Wochenende zu starten. Sie hatten die ganze Woche angespannt gearbeitet, und es war nur noch eine Frage der Zeit, bis Klant und zumindest einige seiner Mitstreiter in Untersuchungshaft sitzen würden. Darüber hinaus zweifelte niemand mehr daran, dass Klant nicht nur für Riekes Mord und verschiedene andere Gewaltverbrechen verantwortlich war, sondern auch in irgendeiner Weise mit Holgers Tod zu tun hatte. Allerdings ließ Kasper die Sache mit dem anonym zugesandten Foto, die ein merkwürdiges Licht auf die Methoden des Anwalts warf, keine Ruhe, und die Frage, die ihn am dringlichsten beschäftigte, lautete: Nach welchen Grundsätzen arbeitete eigentlich ein Anwalt, der seine eigenen Mitarbeiter hinterging, beschnüffelte, in ihre Privatsphäre eindrang und unter Umständen sogar im Zuge einer laufenden Ermittlung Beweismittel zerstörte? Der Mann musste etwas ungemein Wichtiges zu verbergen haben, ein Aspekt, der bei der aktuellen Entwicklung des Falles gerade etwas unspektakulär wirkte und darum zu kurz kam.

Kasper sah hoch, als Max eintrat. »Schon wieder Neuigkeiten aus Stralsund? Wen haben sie diesmal geschnappt?«

Er schüttelte den Kopf. »Ich habe etwas Seltsames entdeckt. Tenna hat ja schon häufiger mal einen Anwalt gebraucht, aber Schölter hat ihn zum ersten Mal vertreten …«

»Und wohl auch zum letzten Mal.«

»Ja, anzunehmen, aber die beiden kennen sich schon länger, um genau zu sein: aus der Schulzeit.«

»Wie bitte?«

»Benjamin Schölter und Lars Tenna waren gemeinsam auf einer Schule«, berichtete Max. »Zumindest für ein Jahr, dann musste Tenna wieder gehen. Der hat schon damals krumme Dinger gedreht.«

Kasper beschlich ein seltsames Gefühl. »Das hat keiner von beiden erwähnt.« Er stand auf. »Lass uns mal die Biographien durchforsten. Vielleicht gibt es noch andere Schnittpunkte.«

Eine halbe Stunde später wurde Kasper fündig. Tenna und Schölter hatten Wehrdienst geleistet und waren zeitweise in einer Kaserne und Gruppe untergebracht gewesen. »Klemm dich dahinter – ich brauche einen Namen, jemanden, mit dem ich über die beiden sprechen kann. Kriegst du das hin? Muss ja nicht mehr heute Abend sein, aber …«

»Ich tue mein Bestes.«

»Dachte ich mir.«

Sie war bleich und zart wie ein Kind, das dunkle Haar umrahmte ein spitzes Gesicht. Wie Lilly, dachte Romy verblüfft, als sie Janas Krankenzimmer betreten und sich zu ihr gesetzt hatten.

»Sind Sie sicher, dass Sie bereits heute mit uns reden möchten?«, fragte Romy. »Wir können das auch verschieben.«

»Nein.« Ihre Stimme klang erstaunlich fest. »Bleiben Sie, bevor ich mich anders entscheide und meinen Entschluss bereue.« Sie wandte Jan den Blick zu. »Bin ich hier eigentlich … sicher?«

»Ja. Niemand wird Ihren Namen nennen, und ein Polizist hält sich stets in der Nähe Ihres Zimmers auf.«

»Gut.« Sie lächelte matt. »Irgendwann werden sie mich doch erwischen, aber ...«

»Wir nehmen Sie ins Zeugenschutzprogramm auf«, unterbrach Jan sie eifrig. »Sie fangen irgendwo anders ein ganz neues Leben an. Niemand wird Sie finden.«

Das Lächeln vertiefte sich. »Doch, irgendwann wird mich jemand finden – in einem Jahr oder in drei Jahren oder in zwei Monaten. Außerdem will ich nirgendwohin, unter anderem Namen und schon wieder alleine, einsam, misstrauisch ... Seit letztem Jahr bin ich auf der Flucht. Holger wollte, dass ich aussteige, er hat mir sogar den Weg gezeigt, um neu zu beginnen und alte Schuld abzutragen ...« Sie brach ab.

Alte Schuld, wiederholte Romy stumm.

»Wie sind Sie an Stefan Klant geraten?«, fragte Jan.

»Er hat versprochen, die Männer, die meinen Bruder quälten und alles zerstörten, zu finden und zu bestrafen. Aber einer war nicht schuldig. Das verfolgt mich seit fünf Jahren.«

Romy fröstelte.

»Ich will nichts beschönigen – ich gehörte zu Klants Leuten«, fuhr Jana fort. »Ich war eine Mitläuferin, die dazugehören wollte, und ich war dabei, als man die beiden ... Ich wollte, dass der Schuldige stirbt. Dass er Angst hat, Schmerzen empfindet und getötet wird. Ich dachte, es bringt mir Ruhe und den Eltern auch, aber es kam alles ganz anders. Einer war nicht schuldig, und der lässt mich seitdem nicht mehr ruhig schlafen.«

Einen Moment blieb es still. Romy hörte, wie Jan langsam und tief ausatmete. »Wir haben viele Fragen an Sie, Frau Berg«, sagte sie. »Aber alles zu seiner Zeit. Wenn Sie noch genügend Kraft haben, würden wir gerne über Holger mit Ihnen reden.«

Sie nickte.

»Wir glauben, dass Stefan Klant etwas mit seinem Tod zu tun hat.«

»Das dachte ich auch. Ich habe angenommen, dass sie ihm auf die Schliche gekommen sind, aber das war nicht der Fall. Stefan wusste gar nicht, dass Holger zurückgekehrt war und ein fast normales Leben führte. Fast.«

»Wie können Sie so sicher sein?«

»Ganz einfach – er hätte es mir gesagt, als er mich in seiner Gewalt hatte. Er wollte alles zu Holger wissen und war stinksauer, dass es ihm gelungen war, mich da rauszuholen. Auch davon hatte er nichts geahnt.«

Klang plausibel, fand Romy. »Sie haben Holger während des Prozesses gegen Klant kennengelernt, nicht wahr?«

»Er sprach mich vor dem Gerichtssaal an. Er hatte gemerkt, wie schlecht es mir ging, und ergriff die Initiative. Später erzählte er, dass er auch mal zu Stefan gehört hatte und in der Kanzlei arbeitete, die sein Mandat übernommen hatte. Sein Weg hat mich beeindruckt, seine Offenheit und Ernsthaftigkeit.« Sie wandte den Kopf. »Jetzt ist er tot. Wie furchtbar!«

Sie drehte Romy wieder das Gesicht zu. »Ich wollte in der Nacht zu ihm, in seine Wohnung, für die er mir einen Schlüssel anvertraut hatte – für alle Fälle, wie er immer sagte. Das war so ein Fall, ich fühlte mich alleine und schutzlos, aber dann hörte ich plötzlich Geräusche, ich lief die halbe Treppe hinauf und hockte mich auf den Boden. Ein Mann trat aus der Tür. Ich …«

»Sie haben das Foto gemacht!«, stellte Jan fest. »Und Sie haben es der Polizei geschickt?«

»Nein. Stefan hat mir mein Handy abgenommen und das

Foto entdeckt. Vielleicht hat er es versendet. Er wusste, dass Sie ihn im Verdacht haben. Ich war erst ziemlich aufgeregt, als der Typ aus Holgers Wohnung kam, und habe ein bisschen kopflos reagiert, aber später fiel mir dann ein, dass Holger einen Ersatzschlüssel im Büro erwähnte, und ich ging davon aus, dass ein Kollege dort war, um sich Unterlagen abzuholen.«

»Oder den Laptop«, meinte Jan.

»Ja. Ich hielt das für möglich. Immerhin wollte Holger für ein paar Tage wegfahren, vielleicht hatte er vergessen, etwas Wichtiges herauszulegen oder zu versenden. Es war zwar schon ziemlich spät, aber das allein ist ja kein Argument.«

»Kennen Sie Holgers Kollegen?«

»Nein, ich habe später in einem Internetcafé kurz die Website überflogen und einen von den abgebildeten Anwälten wiedererkannt.«

Die Situation hat sie beunruhigt, dachte Romy. Sie wollte sie so schnell wie möglich abhaken, hat jedoch lediglich flüchtig das Gesicht erfasst, statt sich die Homepage genauer anzusehen und zu realisieren, dass Schölter nicht nur ein Kollege und Anwalt, sondern der Kanzleileiter war, Holgers Chef. Aber hätte das in dem Augenblick für sie einen Unterschied gemacht? Wahrscheinlich nicht. Wenn sich der Chef höchstpersönlich auf die Socken machte, musste es wohl besonders dringend sein.

»Außerdem habe ich Holger später eine Nachricht geschickt und das Foto angehängt. Er reagierte nicht, und ich dachte, dass alles in Ordnung wäre und er über die Aktion Bescheid wüsste.« Jana legte die Hände über die Bettdecke. Sie waren mager und sehnig. »Der Typ wirkte auch nicht wie ein Einbrecher oder einer von Klants Leuten – das wurde mir klar, als ich später in Ruhe über die Situation nachdachte. Er hatte einen Schlüssel, er beeilte sich nicht besonders … Ich habe dann beschlossen, das Thema ruhen zu lassen.«

»Das kann ich gut verstehen«, erwiderte Romy. »Hat Holger in letzter Zeit mal vom Job erzählt? Gab es Ärger mit Kollegen, den vorgesetzten Anwälten, dem Kanzleileiter oder mit schwierigen Mandanten?«

»Er hat selten über seine Arbeit gesprochen … Allerdings erwähnte er neulich, dass er einige ältere Fälle überarbeiten müsste. Und er war sicher, dass das dem Chef gar nicht gefallen würde.«

Romy stutzte. »Das hat er so gesagt?«

»So ähnlich. Ich verstehe nicht viel von juristischem Kram, auf jeden Fall war ihm etwas aufgefallen, und das wollte er überprüfen. Konkreter ist er aber nicht geworden.«

»Hat er mal den Namen Tenna erwähnt? Lars Tenna?«

Jana zögerte. »Ich bin nicht sicher. Ich glaube, er sprach mal von einem Tenna, bei dem er vor Jahren jobbte. Ein Freund, der nicht viel redete, sondern handelte.«

Es klopfte, und eine Krankenschwester trat mit einem Blutdruckmessgerät ein. »Frau Berg braucht jetzt Ruhe«, sagte sie, und ihr energischer Ton ließ keinen Zweifel daran aufkommen, dass ihre Einschätzung nicht zur Diskussion stand und die Besprechung unverzüglich zu beenden war.

»Schlafen Sie gut, Frau Berg«, sagte Romy.

Sie verließen das Krankenzimmer. Am Ende des Flures saß ein junger Mann auf einer Bank und war in ein Buch vertieft. Er blickte kaum hoch, als die beiden vorbeigingen, grüßte aber lässig mit einer Hand. Jan nickte ihm zu.

»Holger hat einige Fälle überprüft, was seinem Chef gar nicht gefallen würde, wie er Jana erzählt, obwohl er sonst wenig vom Job berichtet. Und kaum hat sein Mitarbeiter den Urlaub angetreten, schleicht Schölter in dessen Wohnung und sucht nach Unterlagen, klaut vielleicht den Laptop«, resümierte Romy auf dem Weg zum Parkplatz. »In der Befragung erklärt er, dass die beiden sich nicht ganz einig waren und er Holgers Arbeitsweise überprüfen wollte. Da ist richtig was faul, oder?«

»Ja, schon, nur ...«

»Ich weiß, an dem Punkt waren wir schon einmal. Das ist für dich allenfalls ein Nebenschauplatz.«

»Du sagst es – widmen wir uns wieder Klant.«

Inzwischen war der Abend deutlich vorangeschritten. Romy hatte den Kollegen in Bergen eine Nachricht geschrieben, bevor sie sich einen Espresso besorgte und in den Vernehmungsraum ging, wo Jan bereits Platz genommen hatte und Klant anstrahlte. »Wo waren wir vorhin stehengeblieben?«

»Keine Ahnung. Ist mir auch völlig egal.«

»Dachte ich mir. Wie wäre es mit einem Geständnis?«

Klant lachte kurz auf und wurde umgehend wieder ernst. »Lassen Sie die Spielchen.«

»Das sind keine Spielchen, dafür fehlt mir im Augenblick der Humor, und als Spielkamerad sind Sie weiß Gott denkbar ungeeignet, aber das nur so nebenbei. Wir haben eine Zeugin, eine Belastungszeugin, die Ihnen erhebliche Probleme bereiten wird.«

Klant hob eine Braue.

»Jana Berg. Es dürfte Sie nicht sonderlich erstaunen, dass wir Sie in Ihrem Bootshaus entdeckten.«

Er presste die Lippen zusammen.

»Oder hatten Sie gehofft, dass sie noch rechtzeitig von einem Ihrer Leute beseitigt wird?«

»Jana«, ergriff Klant das Wort, ohne die Frage zu beachten. »Sie soll mich belasten? Etwa im Rieke-Fall?« Er lächelte abfällig. »Sie dürften bei Ihren Recherchen festgestellt haben, dass wir uns damals noch gar nicht kannten.«

Jan winkte ab. »In diesem Fall gibt es andere stichhaltige Beweise, mit denen wir Sie drankriegen.«

»Tatsächlich? Nun, Jana wird, denke ich, sehr vorsichtig mit ihren Äußerungen sein müssen, und wenn Aussage gegen Aussage steht, sind immer noch Sie beziehungsweise die Ermittlungsbehörden beweispflichtig, nicht etwa ich.«

Jan nickte. »Ich weiß, worauf Sie hinauswollen, aber glauben Sie mir, Herr Klant, das wird sich alles finden. Allein die Tatsache, dass Sie die junge Frau in Ihre Gewalt bringen ließen und Sie quälten und bedrohten, stellt ja bereits eine strafbare Handlung dar, doch davon mal abgesehen – war die Hatz auf Rieke damals eigentlich geplant, so wie das Vorgehen gegen die beiden Homosexuellen, oder lief sie Ihnen tatsächlich zufällig über den Weg?«

»Ich weiß nicht, was Sie mit Hatz meinen. Ich sagte doch schon, dass sie plötzlich herumpöbelnd am Rande unseres kleinen Festes auftauchte und völlig außer sich geriet – wie das manchmal so ist bei Menschen, deren kognitive Fähigkeiten deutlich eingeschränkt sind. Wir konnten sie einfach nicht beruhigen.«

»Holger war dabei, nicht wahr?«, ergriff Romy das Wort.

»Jetzt, wo Sie es sagen – ja, er war auch auf dem Fest.«

»Sollte er sich bewähren? Das ist gehörig schiefgegangen, nicht wahr? Ich weiß sogar, weshalb.«

»Ich bin gespannt auf Ihre Erklärung, Frau Kommissarin.«

»Natürlich sind Sie das. Sie haben sich völlig in ihm getäuscht. Das Ganze war ihm zuwider, damit haben Sie einfach nicht gerechnet, nicht in dieser Heftigkeit«, meinte Romy. »Wenig später zog er sich von Ihnen und Ihren Leuten zurück und verschwand spurlos, um schließlich zurückzukommen und ein gänzlich anderes Leben zu beginnen.«

»Ja, warum nicht? Das stand ihm frei.«

»Wussten Sie eigentlich, dass er Riekes Kette an sich genommen und den Eltern zurückgebracht hat?«

»Ach ja?«

»Es gab sogar einen anonymen Anruf bei der Polizei«, bestätigte Romy. »Wir sind immer besser in der Lage, die einzelnen Puzzleteile zusammenzufügen, und das Bild, das sich ergibt und immer klarer wird, dürfte Sie nicht erfreuen. Auch mancher Kamerad wird sein Heil zukünftig wohl eher in einem Geständnis suchen und uns bereitwillig weitere Details liefern, als zu einem Mann zu halten, der immer mehr an Boden verliert und sich ein ums andere Mal verschätzt und damit alles in Gefahr bringt – sich selbst, die Gruppe, die Mitglieder, die ach so hehren Ziele.« Romy schüttelte bedauernd den Kopf. »Sie wissen doch – die Ratten verlassen das sinkende Schiff, und wenn der Kapitän zurückbleibt, klingt das nobel, ist aber letztlich sein Problem.«

Klant lehnte sich zurück und starrte sie aus schmalen Augen an. Er war erbost, das spürte sie deutlich.

»Sie haben ja nicht mal mitgekriegt, dass Holger längst zurückgekehrt war und eine Art Gegenbewegung eröffnet hatte«, fuhr sie fort. »Er arbeitete als Rechtsfachwirt, und um Jana auf seine Seite zu ziehen, war kaum mehr als ein Gespräch, eine Unterredung nötig, und schon waren Sie und Ihre sogenannten Aktiven abgemeldet. Jana wählte lieber den Weg in die Flucht und Gefahr, als relativ bequem an Ihrer Seite zu bleiben. Gibt Ihnen das nicht zu denken? Ihre Führungsqualitäten sind miserabel, und das werden Ihre Leute gerade in den nächsten Wochen überdeutlich kapieren.« Sie lächelte spöttisch. »Ihre Zeit ist abgelaufen, schon längst.«

»Pass bloß auf, dass deine Zeit nicht abläuft!«, fuhr Klant sie an und sprang auf.

Jan war schnell, Romy war noch schneller – sie wich ihm mit einer geschickten Körperdrehung aus, und Klants Hände griffen ins Leere. Jan packte ihn am Kragen und bugsierte ihn mit Hilfe eines herbeieilenden Polizisten in seinen Stuhl zurück. »Wag es nicht, du …«

»Schon gut, Jan. Lass ihn.« Sie lächelte. »Er ist fertig, das siehst du doch – er pöbelt herum und ist völlig außer sich. Wie war das gleich noch mit den fehlenden kognitiven Fähigkeiten?«

Eine halbe Stunde später verließen sie gemeinsam das Kommissariat. Jan legte den Arm um ihre Schulter und zog sie nah zu sich heran. »Wir haben viel geschafft, es ist Wochenende – zu dir oder zu mir? Zu mir ist es näher, was ein schlagkräftiges Argument darstellt, und ich habe irgendwo noch ein lauwarmes Bier rumstehen.«

»Na, wenn das nicht verlockend klingt«, flüsterte Romy. »Ein lauwarmes Bier wäre jetzt klasse.«

»Wusste ich es doch. Habe ich dir schon gesagt, dass das eine richtig gute Vernehmung war?«, schob er hinterher.

»Nein. Aber danke. Er hat nicht viel von mir erwartet – das war mein Vorteil.«

»Hm. Das war ein Fehler. Ich jedenfalls erwarte eine Menge von dir, in jeder Hinsicht.«

Von mir, von uns, wie auch immer. Romy ließ die Worte sacken, schmeckte ihnen nach, spürte, wie die Erschöpfung in ihr hochschwappte, und freute sich auf die Nähe mit ihm, das Vergessen in der Umarmung und Sehnsucht.

22

Max' Nachricht traf um sieben Uhr früh ein, als Kasper gerade aufgestanden war, um in aller Ruhe zu duschen, auf der Terrasse zu frühstücken und gegen neun im Kommissariat vorbeizuschauen. Aber Max war, wie so häufig, schneller gewesen.

»Sebastian Tellbach«, las Kasper, »hat damals mit Tenna und Schölter in einer Gruppe gedient. Ich habe ihn in einem Forum von Berufssoldaten aufgestöbert, wo er vor einigen Jahren mal ein paar Posts hinterlassen hat. Vielleicht erreichst du ihn heute Morgen in der Kaserne, der Typ ist inzwischen Kampfsportausbilder und Vertrauensmann bei einer Spezialeinheit, Dienstgrad Major, und lebt in Rostock. Ich gehe jetzt erst mal schlafen.« Die Mitteilung war gegen halb vier abgeschickt worden. Kasper trank ein Glas Orangensaft und brach auf. Fine hatte bereits Kaffee gekocht und den Telefondienst übernommen.

»Hat sich Romy heute früh schon gemeldet?«, fragte Kasper im Vorbeigehen.

»Nö. Vielleicht ist sie schon wieder oder immer noch in Stralsund.« Das klang spitz.

»Wieso?«

Fine winkte ab. Kasper nahm sich eine Tasse Kaffee und zog sich zum Telefonieren zurück. Wenn er Pech hatte, würde Tellbach sich nicht erinnern, keine Zeit haben oder ein Gespräch über alte Zeiten ablehnen. Doch der Major überraschte ihn auf angenehme Art. Kein zackig barsches Abwehren oder zögerliches Abwiegeln, sondern ein munteres »Guten Morgen« schwallte Kasper entgegen, nachdem er zweimal durchgestellt worden war und sich vorgestellt hatte.

»Haben Sie ein paar Minuten Zeit für mich?«, fragte Kasper.

»Wenn es wichtig ist – ja.«

»Möchten Sie zunächst zurückrufen, um sich …«

»Nein. Das können wir uns sparen. Worum geht es, Kommissar Schneider?«

Kasper stellte ihre bisherigen Ermittlungen so kurz und knapp wie möglich und so ausführlich wie nötig dar. Tellbach unterbrach seinen Bericht kein einziges Mal.

»Inzwischen sind wir auf der Suche nach Querverbindungen zwischen dem Vorgesetzten des Mordopfers und eines Mandanten, bei dessen Verteidigung einiges schiefging«, erklärte Kasper abschließend. »Wie sich herausstellte, kennen die beiden sich aus der Schule und von ihrer Zeit beim Bund, und wir möchten der Bekanntschaft auf den Grund gehen.«

»Ich verstehe, bilde ich mir zumindest ein, und wie sind Sie dabei ausgerechnet auf mich gekommen?«

»Sie waren mal in einer Gruppe mit den beiden. Das liegt allerdings schon etwa achtzehn Jahre zurück. Es handelt sich um Lars Tenna und Benjamin Schölter.«

»Tenna und Schölter«, wiederholte Tellbach nachdenklich. »Mein Gedächtnis ist ganz gut, aber …«

»Schölter ist Jurist geworden und leitet eine Kanzlei für Strafrecht in Stralsund, Tenna hat sich für den entgegengesetzten Weg entschieden – Glücksspiel, Drogen und so weiter«, erläuterte Kasper. »Vor einigen Monaten wurde er zu zehn Jahren verknackt, und wie bereits erwähnt – die Verteidigung lief alles andere als optimal. Um genau zu sein, landeten brisante Infos bei der Staatsanwaltschaft, die den Prozess entscheidend beeinflussten, zumindest was das Strafmaß angeht.«

»Hm. Macht es Ihnen etwas aus, mir Fotos von den beiden aufs Handy zu schicken?«

»Natürlich nicht.«

Zwei Minuten später rief Major Tellbach zurück. »Ja, tatsächlich, ich kenne die beiden, und ich erinnere mich gut. Schölter hat sich erstaunlich verändert - ich bin beeindruckt. Er war damals so ein dicklicher unansehnlicher Typ, der ständig gehänselt wurde - nicht dumm, aber, na ja … schwächlich, kein Rückgrat. Tenna war das genaue Gegenteil: beliebt, gutaussehend, starker, durchsetzungsfähiger Charakter, einer, dem sich andere gerne anschließen, neigte ein bisschen zur Selbstdarstellung und zu Gewalt.«

»Geht das genauer?«

»Er war häufig in Prügeleien verwickelt, aber es hielten immer alle dicht. Tja … wenn ich jetzt so darüber nachdenke, hat Tenna den Schölter ganz schön vorgeführt, heute würde man wohl sagen: gemobbt. Angenehm war das sicher nicht«, berichtete Tellbach. »Das Schlimmste war, dass Schölter sich nie gewehrt hat. Ich weiß noch, wie Tenna unablässig mit einer Zwille auf ihn schoss, aber der machte keine Anstalten, sich auch nur zu ducken, geschweige denn etwas dagegen zu unternehmen. Er dürfte heilfroh gewesen sein, als Tenna in eine andere Truppe versetzt wurde.«

Kasper runzelte die Stirn. Tenna benutzte bereits damals eine Schleuder …

»Hilft Ihnen das weiter?«

»Ich denke schon. Was mir gerade nicht in den Kopf will, ist die Frage, warum keiner von beiden die alte Bekanntschaft erwähnte und, noch wichtiger: warum Tenna Schölter überhaupt als Anwalt verpflichtete. Würden Sie sich von einem Juristen beraten und vertreten lassen, den sie gemobbt haben?«

»Gute Frage. Ich denke mal, dass Tenna das Ganze völlig

anders bewertet, erst recht in der Rückschau – Kinderkram, längst vergessen, unwichtig und so weiter.«

»Und Schölter?«

»Hat es verdrängt und darf sich endlich stark fühlen«, meinte Tellbach. »Im Übrigen scheint er ja eine bemerkenswerte Entwicklung durchgemacht zu haben, wenn ich das Foto und Ihre Schilderungen richtig deute. Er will gar nicht an alte Zeiten erinnert werden, die für ihn alles andere als gut liefen.«

»Aber die Verteidigung ist in die Hose gegangen«, wandte Kasper ein. Ihn beschlich ein seltsames Gefühl.

»Pech gehabt, würde ich sagen. Und undichte Stellen gibt es überall, leider.«

»Vielleicht haben Sie recht. Herr Major, ich danke Ihnen für Ihre Auskünfte.«

»Gerne.«

Kasper wählte direkt im Anschluss Romys Handynummer. Sie meldete sich sofort und klang ausgesprochen munter. Wieso Stralsund?, fuhr Kasper Fines Bemerkung plötzlich durch den Kopf. Er schob den Gedanken beiseite und berichtete von seinem Telefonat mit Tellbach.

»Schölter ist ein Mobbingopfer von Tenna?« Romys Stimme schnellte in die Höhe.

»Klingt so – ich wette, dass in der Schule Ähnliches vorgefallen ist. Und auch wenn die Erklärung des Majors, was das Verdrängen und Vergessen angeht, durchaus schlüssig klingt – mich beschäftigt weiterhin die Frage, warum keiner von beiden die alte Bekanntschaft auch nur mit einer Silbe erwähnt, sondern beide an der Stelle schweigen. Ich halte es für eine gute Idee, noch mal mit Tenna zu sprechen und ihm genau diese Frage zu stellen«, schlug Kasper vor.

»Ich stimme dir zu.«

»Kannst du dich darum kümmern?«

»Mach ich. Ich bin ja … Ich melde mich dann später, okay?«

»Gut.«

Jan verschränkte die Arme vor der Brust, während Romy Kaspers Nachforschungen zusammenfasste. Er wirkte betroffen. »Das passt«, sagte er und stellte das Frühstücksgeschirr in die Spüle.

»Wie meinst du das?«

»Der Kerl hat mich von Anfang an kirre gemacht – aggressiv«, erzählte Jan nachdenklich. »Der hat was Eigentümliches an sich … ich kann es gar nicht beschreiben. Der weckt Aggressionen und zieht sie auf sich, verstehst du, was ich meine?«

Sie sah ihn ratlos an. »Nicht wirklich. Er ist nicht unbedingt mein Typ, aber …«

»Vielleicht wirkt es nur bei Männern. Aber was bedeutet das alles? Hat es überhaupt eine tiefere Bedeutung im Zusammenhang mit unseren Ermittlungen?«

»Gute Frage. Ich bin dafür, sofort in die JVA zu fahren, und da Tennas Terminkalender nicht allzu voll sein dürfte, schon gar nicht am Wochenende, haben wir vielleicht Glück.«

»Gut möglich.«

Lars Tenna war ziemlich verblüfft, erneut offiziellen Besuch zu erhalten, wie er sich ausdrückte. Die Frage nach seiner Beziehung zu Benjamin Schölter verwunderte ihn noch mehr. »Was meinen Sie damit?«

»Sie kennen sich schon lange – Sie und Ihr Anwalt«, präzisierte Romy.

»Das kann man so nicht sagen. Wir waren mal für kurze Zeit in der Schule in einem Jahrgang und sind uns später beim Bund noch einmal über den Weg gelaufen, und, ja, ein weiteres Mal begegneten wir uns zufällig in der Polizeiinspektion«, erwiderte Tenna. »Ich würde also nicht sagen, dass wir uns sehr gut kennen – im Sinne einer langjährigen Bekanntschaft oder gar Freundschaft. Hat Benjamin das behauptet, oder worauf wollen Sie hinaus?«

Romy ließ ihn nicht aus den Augen, doch seine Irritation wirkte ungekünstelt, auch wenn die Begründung übertrieben weitschweifig daherkam. »Was veranlasste Sie, Schölter mit Ihrer Verteidigung zu beauftragen?«

»Ganz einfach – ich brauchte einen Anwalt, als unsere Wege sich erneut kreuzten, er machte einen souveränen Eindruck auf mich, erstaunlich souverän, und später erfuhr ich, dass die Kanzlei einen guten Ruf hat.« Er runzelte die Stirn. »Warum also nicht?«

»Erstaunlich souverän? Wollen Sie damit ausdrücken, dass er sich verändert hatte?«

»Ja. Benjamin war immer ein Milchbubi, eine Memme.« Tenna lachte. »Keiner mochte ihn so richtig.«

»Der Typ, der von allen auf die Fresse kriegt, allein schon weil er so blöd guckt und sich nie wehrt, sondern immer zurückzuckt, nicht wahr?«, warf Jan ein. »Ein richtiger Versager, zumindest auf dem Schulhof, in den Pausen, in der Turnhalle, im Kasernenhof. Niemand mag ihn, weil er all diese negativen Gefühle in einem auslöst. Könnte man das so beschreiben?«

Tenna blickte ihn mit wachen Augen an. »Nun ja ... Das stimmt, irgendwie jedenfalls.« Er zögerte.

»Wir sind nicht hier, um Ihnen mit erhobenem Zeigefinger einen Vortrag zu halten, wir wollen einfach wissen, was damals los war«, erklärte Jan.

»Na schön. Schölter war ein richtiges Opfer, eines, bei dem sich alle stark fühlen konnten, selbst die Nieten. Wohlbemerkt: Das gilt für die Zeitspanne, in der wir miteinander zu tun hatten, aber das ist zwanzig Jahre her, und der Knabe hat sich gut gemacht. Ich war total verblüfft und hätte ihn kaum wiedererkannt – Schölter und Jurist, noch dazu Strafrecht –, all die schweren Jungs, mit denen er klarkommen muss, die fiesen Verbrechen. Hat mir imponiert, was aus ihm geworden war. Wir sind kurz ins Gespräch gekommen, und ich habe ihn gebeten, meinen Fall zu übernehmen. Und er meinte ganz lässig, dass er mal nachgucken will, ob es zeitlich passt.«

»Es passte«, sagte Romy. »Und der Kanzleileiter persönlich hat Ihren Fall übernommen.«

»Genau. Er war sehr akribisch, und es lief, meiner Einschätzung nach, sehr gut. Umso verblüffter war ich, dass der Prozess dann komplett kippte.«

Jemand gab der Staatsanwältin anonym einen Tipp zu Tennas Versteck, grübelte Romy. Es könnte Holger gewesen sein, so die Behauptung des Anwalts, der sich aus einem vertraulichen Gespräch, das Schölter mit Tenna führte und seinem Mitarbeiter gegenüber erwähnte, einen eigenen Reim machte und nahezu mühelos erriet, dass jener rätselhafte Hinweis auf das entscheidende Versteck nicht sonderlich schwer zu knacken sei. Eine entsprechende Bemerkung gab Schölter seiner eigenen Aussage zufolge wiederum an Tenna weiter, so dass der schlussfolgern konnte, wer die undichte Stelle gewesen sein musste: Holger. Was Schölter jedoch nicht gewusst hatte, war die Tatsache, dass Tenna und sein Mitarbeiter alte Bekannte waren und ein derart hinterlistiges Verhalten kaum vorstellbar schien, insbesondere da es kein offensichtliches Motiv gab. Dafür sprach auch, dass Holger Tenna sogar Jana gegenüber als Freund erwähnt hatte …

»Schölter hat mit Ihnen über Ihr Versteck gesprochen, nicht wahr?«, fuhr Romy fort.

»Ja, ich habe eine Andeutung gemacht.«

»Das Verborgene im Offensichtlichen oder so ähnlich, nicht wahr?«

»Stimmt.«

»Hat er Holger erwähnt?«

»Nein. Ich sagte bereits bei Ihrem ersten Besuch, dass ich gar nicht wusste …«

»Schon gut.« Sie sah Jan an. Ein Gedanke schoss ihr plötzlich durch den Kopf. »Lass uns gehen. Danke, Herr Tenna.«

Der charmante gutaussehende Mann, der seit jungen Jahren ein Leben abseits bürgerlicher Normen führte und stets den Weg ging, den er für richtig hielt, der ein guter Freund war, als es darum ging, Holger eine Chance zu geben, damit er die für ihn wichtigen Entscheidungen treffen konnte, hatte Schölter sehr wahrscheinlich sein Leben zur Hölle gemacht – für einige Wochen oder Monate, mit bedenkenloser Grausamkeit, ohne jegliche Reue und ohne zu ahnen, was er damit anrichtete.

Es war Schölter. Er hatte ein Motiv, das Hintergrundwissen und sowohl den Scharfsinn als auch die Zeit, die Ermittler mit einer gut aufgebauten Geschichte abzulenken. Der Gedanke stand klar und in aller Schärfe vor ihr.

»Wir haben ihn die ganze Zeit nicht beachtet, weil es so viele andere Aspekte und Fälle zu bearbeiten gab«, meinte Romy eine knappe Stunde später in der Teambesprechung in Bergen. »Und weil er uns gehörig aufs Glatteis geführt hat. Er ist geschickt, er ist bestens informiert und hat in der Zwischenzeit alle Spuren komplett beseitigt sowie seine Argumentation entsprechend angepasst. Es ist fast perfekt gewesen – dass Tenna und Holger sich von früher kannten und sein Mitarbeiter eine bewegte Jugend durchlebte, konnte er beim besten Willen nicht erahnen, doch auch das wird ihn kaum ins Stolpern bringen. Nicht einmal das Foto kann ihm großartig was anhaben, ein Mord lässt sich schon mal gar nicht daraus ableiten, und sehr wahrscheinlich hat er auch noch ein richtig gutes Alibi, an dem wir uns die Zähne ausbeißen werden.«

»Er hat Tennas Fall manipuliert«, stellte Kasper fest. »Um sich an ihm zu rächen. Nach all den Jahren.« Er schüttelte den Kopf.

»Mobbing wirkt ein Leben lang«, sagte Romy.

»Ich weiß, ich habe inzwischen einiges dazu gelesen. Wahrscheinlich hatte er allen Grund, Tenna zu hassen, und die Gelegenheit war zu verführerisch, ihm nun ordentlich vors Schienbein zu treten – perfiderweise, ohne dass Tenna es gemerkt hätte. Aber Holger ist ihm auf die Schliche gekommen.«

»Er hat gemerkt, dass da was nicht stimmt, und wollte es genauer wissen. Wahrscheinlich war er besonders aufmerksam, weil es um Tenna ging«, erklärte Romy. »Möglicherweise hat er seinen Chef sogar darauf angesprochen und ihn aufgefordert, Farbe zu bekennen und die Sache geradezurücken. In jedem Fall hat er sich die Akte sowie andere Verfahren, das erwähnte Jana Berg, noch einmal vorgenommen …«

»Welche anderen Fälle?«, warf Max ein.

»Das wissen wir noch nicht genauer – Holger sprach jedenfalls im Plural, und Jana wies auf seine Bemerkung hin, dass sein Chef darüber nicht erbaut sein würde. Vielleicht nahm Holger an, dass Tenna kein Einzelfall war, oder es war ihm etwas aufgefallen, was er in dem Zusammenhang nachprüfen wollte«, mutmaßte Romy. »Ich glaube übrigens nicht, dass er den Mobbing-Hintergrund kannte. Womöglich hilft Schölter ja tatsächlich hier und da mal mit Hinweisen für die Staatsanwaltschaft nach, wenn er meint, dass besonders schwere Vergehen auch hart bestraft werden sollten und Kriminelle nicht seinen hundertprozentigen Einsatz verdient hätten.«

»Aber die Kanzlei hat einen guten Ruf«, gab Kasper zu bedenken. »Es würde doch auffallen, wenn Schölter immer wieder eben nicht sein Bestes gibt.«

»Er ist vorsichtig und dosiert sein Eingreifen«, bemerkte Jan, der seinen Kaffee am Fenster stehend trank. »Ich würde glatt mal wieder wetten und behaupten, dass eine Überprüfung aller Fälle, bei denen er geschummelt hat, ein Muster erkennen lässt. Schölter reagiert auf bestimmte Männertypen. Und das Ganze ist bisher auch deshalb ohne Aufsehen durchgelaufen, weil es stets um schwergewichtige Taten ging, um Schuldige, denen er einfach zusätzlich ein Bein gestellt hat, was niemand bedauerte.«

»Und das werden wir ihm nie beweisen«, sagte Kasper düster. »Er wird uns auslachen.«

»Soll er doch«, meinte Romy. »Wir fangen einfach noch einmal ganz von vorne an und beleuchten den Fall unter dem Gesichtspunkt, dass Holger von seinem Chef getötet wurde, der nicht riskieren konnte, dass er mit seiner eigenwilligen Rechtsauslegung auffliegen würde, und einen raffinierten Mordplan ersann und durchführte. Und wisst ihr was?« Sie lächelte. »Wir kriegen ihn.«

»Ich freue mich über deinen Optimismus, aber wie geht es jetzt weiter?«, fragte Kasper.

»Tatortfotos und kriminaltechnische Berichte ein weiteres Mal durchgehen, Schölters Foto herumzeigen, das Alibi überprüfen, das er uns in Kürze präsentieren wird, die Befragungen der Kanzleimitarbeiter noch einmal lesen und so weiter«, listete Romy auf. »Auch der Ranger, der Holger gefunden hat, sollte noch einmal zu Wort kommen. Alles klar?« Sie blickte Jan an. »Kannst du den Staatsanwalt auf die neue Situation vorbereiten?«

»Er wird begeistert sein.«

»Das hoffe ich für ihn – die Ermittlungserfolge zu Jana Berg und Stefan Klant dürften ihn ziemlich erfreuen.«

»Stimmt. Ich werde ihn mit großem Genuss daran erinnern, was für einen dicken Fisch wir an Land gezogen haben.«

»Tu das.«

23

Schölter bewohnte im grünen Stadtteil Devin in einer ruhigen Bungalowsiedlung direkt am Strelasund eine Stadtvilla mit großem, gepflegtem Grundstück - sattes Rasengrün, akkurat geschnittene Hecken und dekorative Pflanzenkübel neben schattigen Bäumen und abschirmendem Buschwerk. Als Jan und Romy eintrafen, saß er auf der Terrasse und trank ein Glas Weißwein. Er machte einen entspannten und zufriedenen Eindruck, als er sie freundlich lächelnd hereinbat, und einen Augenblick lang durchströmte Romy unangenehm scharfer Zweifel. Lag sie möglicherweise vollkommen daneben? Sie hatte erwartet, dass er zu einem weiteren Gespräch kaum bereit sein oder doch zumindest sehr zurückhaltend, sogar unwirsch reagieren würde, aber das Gegenteil war der Fall.

»Nehmen wir auf der Terrasse Platz?«, fragte er höflich. »Etwas zu trinken?«

Schölter war alleinstehend, geschieden, um genau zu sein, das hatte Max noch schnell recherchiert. Er lebte zurückgezogen; die Villa strömte Wohlstand aus, wirkte aber keineswegs protzig, soweit man das von außen beurteilen konnte.

»Was führt Sie zu mir?«, fragte der Anwalt und sah Romy an, während er zwei Gläser Wasser bereitstellte. Jan würdigte er kaum eines Blickes. »Ist der Fall abgeschlossen?«

»So gut wie«, antwortete Romy.

»Das freut mich. Dürfen Sie schon Einzelheiten verraten? Kommt der Täter doch aus der rechten Szene, oder hat Tenna jemanden geschickt, der ...«

»Was hat er Ihnen angetan?«, unterbrach Romy ihn.

»Bitte? Wer?«

»Was hat Lars Tenna Ihnen angetan? In der Schule, beim Bund - wie hat er Sie fertiggemacht?«

Schölters Munterkeit erstarb im Bruchteil einer Sekunde. »Was?«

»Sie haben mich gut verstanden. Wir wissen, dass Ihre Wege sich mehrfach gekreuzt haben und er Sie mobbte.«

Der Anwalt lehnte sich langsam zurück und griff nach seinem Weinglas. Er hatte sichtlich Mühe, die Fassung zurückzugewinnen. Sein Mund bildete eine dünne bleiche Linie. »Wir waren keine besonders guten Freunde.«

»Das ist eine famose Untertreibung. Er hat Ihnen das Leben zur Hölle gemacht«, erklärte Romy. »Sparen Sie sich Ihre Einwände - er hat es zugegeben.«

»Lars Tenna gibt nichts zu, was ihn in einem schlechten Licht erscheinen ließe«, erwiderte Schölter. »Vielleicht hat er Ihnen erzählt, dass er gerne mal zugehauen hat, damals, als junger Kerl, oder ich es ihm leichtgemacht habe, weil mich sowieso keiner mochte und er sich provoziert fühlte - aber mehr wird er nicht aus dem Nähkästchen geplaudert haben.«

»Sie kennen ihn offenbar sehr gut und wissen seine Reaktionen genau einzuschätzen. Erzählen Sie uns, was er angestellt hat.«

»Wozu? Wonach suchen Sie? Nach einem Motiv?« Er war bleich, aber er zwang sich ein Lächeln ab. »Schön, ich habe unerwähnt gelassen, dass wir uns kannten und ich im Prozess die nötige Sorgfaltspflicht vermissen ließ - ja. Es tut mir nicht leid, dass Tenna zehn Jahre bekommen hat. Glauben Sie mir, er hat sie verdient, auch ohne die Grausamkeiten, die er mir und womöglich anderen antat und immer wieder antun wird. Er ist ein Machtmensch, einer, der nur existieren kann, wenn er die Kontrolle hat.«

Seine Darstellung hat Hand und Fuß, dachte Romy. Er verschleiert nicht einmal, dass er sich zum Richter aufgeschwungen hat, sondern betont die für ihn folgerichtige Handlungsweise.

»Holger hat Sie erwischt«, sagte Jan nach kurzem Schweigen.

»Ja.« Schölter nickte. »Ich habe den Laptop aus seiner Wohnung geholt und entsorgt, und ich habe im Büro alles beseitigt, was den Fall Tenna …«

»Und andere Fälle«, ergänzte Jan.

»Ich habe Akten bereinigt«, sagte Schölter knapp. »Mehr sage ich nicht dazu.«

»Sie sind ihm gefolgt und haben sich oben auf den Steilklippen versteckt«, fuhr Romy fort.

Diesmal lächelte Schölter. »Aber nein. Wo denken Sie hin?«

»Sie wussten, wann er wo auftauchen würde. Sie haben ihm einen Stein an den Kopf geworfen, so dass er abstürzte, und eine Schleuder zurückgelassen, um den Verdacht auf Tenna zu lenken«, führte Romy aus. »Das war ziemlich schlau, denn die Verknüpfung mit dieser besonderen Waffe würde früher oder später auffallen, das war Ihnen selbstverständlich klar.«

»Tolle Geschichte, aber so war es nicht. Ich war mit Freunden unterwegs, danach in Holgers Wohnung, und anschließend bin ich nach Hause gefahren. Mein Nachbar wird bestätigen können, dass ich spät heimkehrte und danach noch Musik hörte.«

»Das kann man alles inszenieren«, wandte Romy ein. »Ich bin sicher, dass Sie Ihren Plan perfekt vorbereitet und umgesetzt haben, aber irgendwo ist immer eine Lücke, und mag sie noch so winzig sein.«

Schölter hob die Hände. »Kommen Sie wieder, wenn Sie sie gefunden haben.«

»Das tun wir. Aber Sie werden nicht damit leben können«, meinte Romy. »Mit einem Mord. Sie sind Anwalt – Sie verteidigen und begleiten Menschen, die juristischen Beistand benötigen, und in der Regel machen Sie Ihren Job ziemlich gut. Die Tat wird Sie nicht loslassen.«

»Machen Sie sich um meine Psyche keine Gedanken. Ich habe mehrfach in meinem Leben tiefgreifende Erlebnisse weggesteckt. Menschliche Häme und Grausamkeit kennen keine Grenzen.«

»Das nehme ich Ihnen nicht ab. Früher oder später wird Holger auftauchen – in Ihren Gedanken und Träumen, bei einem Spaziergang am Meer oder wo auch immer. Und Sie werden ihn nicht wieder los.«

Schölters Miene versteinerte. »Sie sollten jetzt gehen.«

»Das tun wir umgehend, aber wir hätten Ihr Alibi gerne etwas genauer. Macht es Ihnen etwas aus, die Kontaktdaten Ihrer Freunde und anderer relevanter Menschen zu notieren, die Aufschluss geben können, wo Sie an dem fraglichen Freitagabend und in der Nacht zum Samstag waren?«

Schölter stand auf und verschwand im Wohnzimmer. Drei Minuten später trat er wieder zu ihnen und reichte Romy einen Notizzettel.

»Danke. Bis bald, Herr Anwalt.«

Romy spürte, dass sie tief aufgewühlt war. Während der Fahrt in die Innenstadt fiel kein Wort.

»Ich muss mich um Klant und Jana Berg kümmern«, ergriff Jan das Wort, als sie vor der PI hielten. »Der VS will natürlich auf dem Laufenden gehalten werden, und die nächsten Vernehmungen …«

»Ich weiß«, sagte Romy. »Wir müssen die Arbeit aufteilen. Ich fahre zurück nach Bergen und übernehme den ›Rest‹.« Sie lächelte schief.

Am Alibi gab es nichts zu rütteln, wie Fine wenig später zu berichten wusste – Schölter war mit zwei Anwälten aus einer anderen Kanzlei im Theater gewesen, danach war man gepflegt eingekehrt und hatte eine Kleinigkeit gegessen und getrunken. Laute Musik und hellerleuchtete Zimmer bestätigten zwei Nachbarn, ohne zu zögern. Einer erklärte sogar, dass Schölters Auto vor der Tür statt in der Garage gestanden hatte, nachts gegen vier, als er selbst gerade nach Hause gekommen war und sich gewundert hatte. Auch der Schnellcheck bezüglich seiner Handyverbindungen, den Max in aller Eile durchgeführt hatte, ergab nichts Auffälliges. Andere Daten konnten allerdings auf die Schnelle nicht erhoben werden.

Das klang alles sehr überzeugend, auch wenn Romy nach wie vor sicher war, dass der Anwalt bluffte und seine Vorbereitungen klug und umsichtig bis ins kleinste Detail gewesen waren. Schölter kannte sich mit gerichtssicheren Beweislagen bestens aus, und wenn sie keine andere Möglichkeit fanden, ihn der Tat zu überführen, würde die Akte in rekordverdächtigem Tempo geschlossen werden, noch bevor einzelne Aspekte seiner Angaben eingehend geprüft waren und Max seine Fühler nach allen Seiten ausgestreckt hatte. Der Staatsanwalt hatte das bereits angedeutet und nicht mit seiner Ansicht hinterm Berg gehalten, dass er Romys Theorie mehr als wacklig fand.

Jan konnte ihre Frustration gut nachvollziehen, aber sie hörte seiner Stimme an, dass er mit den Gedanken woanders war – bei der nächsten Klant-Vernehmung, den Gesprächen mit Jana, weiteren Festnahmen, die daraus unter Umständen resultieren würden. Er war aufgeregt und stolz, verständlicherweise.

Das Aufmischen der Neonazi-Szene war ein großer Erfolg, mit dem niemand gerechnet hatte, schon gar nicht in der Kürze der Zeit, das war ihr klar; und wenn das Medienecho erst einmal einsetzte, würde es demnächst kaum noch ein anderes Thema geben. Aber der heimtückische Mord an Holger durfte daneben nicht vollends verblassen. Kein Mord durfte verblassen. Mord ist nicht relativierbar, dachte Romy. Das zumindest war ihre feste Überzeugung, und bevor sie das Team in den Feierabend schickte, vereinbarte sie für Sonntagmorgen ein Treffen am Königsstuhl im Nationalparkzentrum. Der Ranger, der Holger entdeckt hatte, war freundlicherweise ohne Umschweife zu einem weiteren Gespräch bereit gewesen.

Der Ausblick war grandios, immer wieder. Leichter Schwindel befiel Romy, als sie in die Tiefe schaute, in der die hochschäumenden Wellen krachend an die Klippen schlugen, und sie hob den Blick in Richtung Horizont, wo in der Weite Himmel und See miteinander verschmolzen.

Robert Grabold wartete vor dem Eingang des Zentrums auf sie – ein hochgewachsener stämmiger Ranger mit Vollbart, den sie auf Ende vierzig schätzte. Neben ihm stand ein junger Mann in ähnlicher Outdoorkleidung.

»Unser neuer Praktikant, Daniel Furthmann«, stellte Grabold ihn vor. »Wir machen anschließend gemeinsam eine Touristentour. Ich hoffe, er stört nicht …«

»Aber nein. Danke, dass Sie sich beide die Zeit nehmen, noch dazu am Sonntag.«

Grabold schlug einen Rundgang im Zentrum vor, wo er Romy zu einer detailgenauen Wandkarte führte und sehr genau beschrieb, wann er Holger wo gefunden und was er anschließend unternommen hatte. Das war alles nicht neu, ebenso wenig, dass die Mehlschwalbe in den Kreidekliffs nistete, die Steilküste ständigen Veränderungen unterworfen war, weswegen die Bilder von Caspar David Friedrich schon lange nicht mehr mit den heutigen Gegebenheiten übereinstimmten, Abbrüche gefährlich und die Wissower Klinken unwiderruflich verloren waren … Sie hörte nur noch mit halbem Ohr zu.

»Wir dokumentieren den Küstenverlauf so penibel wie möglich und erfassen natürlich auch Tierbestände«, erklärte Grabold plötzlich mit eindringlicher Stimme, als spürte er, dass Romys Aufmerksamkeit nachgelassen hatte. »Und inzwischen auch mit modernster Technik.«

»Was heißt das genau?«, fragte sie höflich nach.

»Wir filmen und fotografieren in genau definierten zeitlichen Abständen, stellen Vergleichsparameter auf, die mit Wetterdaten abgeglichen werden und so weiter«, ergänzte der Praktikant, ein Ökologiestudent im vierten Semester.

»Interessant. Fahren Sie die Küste ab und halten überall die Kamera drauf?«

»So ähnlich«, bestätigte Grabold mit feinem Lächeln. »Wir benutzen zurzeit im Versuch sogar einen Flugroboter, eine sogenannte Drohne.«

»Eine Drohne?«, wiederholte Romy langsam.

»Ja, einmal in der Woche schicken wir jemanden ganz früh morgens los – in der Regel einen Praktikanten, der das Ding in die Luft schickt und einzelne Küstenabschnitte, aber auch Tiere filmt, die um diese Zeit unterwegs sind.«

Ein Sirren in der Luft – davon hatte Lilly gesprochen, schoss es Romy plötzlich durch den Kopf. War die Beschreibung Bestandteil ihrer eigentümlichen, zum Teil versponnenen Erzähl- und Ausdrucksweise, oder stellte sie den konkreten Hinweis auf ein ungewöhnliches Geräusch dar? Würde sie sich auf Nachfrage überhaupt daran erinnern?

»Die Daten werden gesammelt und ins Programm übertragen«, berichtete der Ranger mit ernster Miene weiter. »Das dauert manchmal ein paar Tage …« Er brach ab und wandte sich an den Studenten. »Letzte Woche war dein Kollege Boris hier an den Klippen dran, stimmt's? Bin gespannt, wann seine Aufnahmen eintrudeln.« Sein Ton war auf einmal schärfer geworden.

Daniel Furthmann nickte eilig. »Ab zirka einen Kilometer nördlich der Waldhalle runter in Richtung Sassnitz. Der Abschnitt ist immer Donnerstag – oder spätestens Freitagmorgen dran, bei Sonnenaufgang.«

Romy atmete tief aus. »Verschiebt sich dieser Termin auch mal?«

»Na ja«, Furthmann kratzte sich am Hinterkopf. »Eigentlich …«

»Das sind feste Vorgaben, an die die Studenten sich halten müssen«, unterbrach Grabold streng. »Veränderungen kann man nur schlüssig bewerten, wenn die Zeitabstände korrekt befolgt werden, und zwar immer.«

»Ich verstehe«, sagte Romy und warf dem Studenten einen versteckten Blick zu.

Grabold wollte gerade zu einem weiteren Vortrag ausholen, als sein Handy klingelte und er sich mit entschuldigendem Lächeln ein paar Meter abseits stellte.

»Wie darf ich mir das vorstellen – man läuft durch den Wald und lässt die Drohne über sich kreisen?«, fragte Romy leise und trat einen Schritt näher an Furthmann heran.

»Theoretisch auch möglich, aber … wir sind meistens unten am Wasser. Dort sehen wir auch besser. Die Reichweite der Dinger ist schon beachtlich.«

»Verstehe.« Sie räusperte sich. »Hat Boris die Daten schon überspielt?«

Er lächelte verlegen und guckte kurz zum Ranger hinüber. »Ich glaube nicht. Wie gesagt, manchmal dauert das ein paar Tage, und manchmal spinnt das Programm und …«

»Und am Wochenende wird grundsätzlich nicht gefilmt?«

Zögerliches Kopfschütteln. »Nein. Da haben wir anderes zu tun. Und die Tage sind festgelegt, wie der Ranger schon sagte.«

»Und wenn mal jemand krank wird?«

»Muss jemand anderes ran. Das ist alles sehr genau festgelegt. Anders funktioniert es auch nicht.«

Romy nickte verständnisvoll. Der Student hatte seine Lektion offenbar gelernt, aber ganz wohl schien ihm nicht zu sein. Er öffnete den obersten Knopf seines Hemdes und grüßte einen vorübereilenden Kollegen.

»Wissen Sie eigentlich, dass ich einen Mord aufklären muss?«

»Ja, natürlich. Davon habe ich gehört.«

»Wir kriegen den Mörder nicht, wenn wir ihm nicht nachweisen können, dass er zur Tatzeit hier war.«

»Ja, ich verstehe.«

»Kann es nicht sein, dass Boris am Donnerstag und Freitag verpennt hat und doch am Samstagmorgen filmte?«, schlug sie mit abgesenkter Stimme vor. »So was kann doch mal passieren, auch in der Verwaltung eines hervorragend organisierten Nationalparks, wie es der Jasmund ohne Zweifel ist.«

Furthmann sah sie stumm an.

»Sie verstehen hoffentlich, dass es hier nicht darum geht, Ihren Job oder den von Boris zu gefährden oder dafür zu sorgen, dass Sie Ärger bekommen, weil Sie sich nicht an Vorgaben gehalten haben?«, fügte sie hinzu.

Furthmann atmete tief durch, während Grabold mit einer Handbewegung andeutete, dass er ins Büro müsste und gleich wiederkäme. Romy winkte ihm zu und wandte sich dann wieder dem jungen Mann zu.

»Also?«, hob sie erneut an.

Der Student trat von einem Bein aufs andere. »Wissen

Sie, Boris hat schon so oft Mist gebaut – Abschnitte gefilmt, die er nicht filmen sollte, einschließlich Aufnahmen von Leuten«, er tippte sich an die Stirn, »wenn Sie verstehen, was ich meine ...«

»So ungefähr.«

»Er ist ein Spaßvogel und findet so was witzig.«

»Aha. Und weiter?«

»Ich sollte für ihn einspringen, weil er Donnerstag verpennt hatte und Freitag keine Zeit. Tja, und am Donnerstagabend kam meine Freundin, und ich habe am nächsten Morgen verpennt ...«

»Kurz und gut: Sie sind also Samstag früh los?«

»Ja, aber nicht nur das«, erklärte Furthmann zerknirscht. »Ich habe auch die Aufnahmedaten geändert – also Datum und Uhrzeit manipuliert, um die Dinge beim Namen zu nennen – und ihm die Videodatei dann zur Verfügung gestellt. Er kann sie nun als seine ausgeben, und wenn das rauskommt, fliegen wir beide: Boris und ich.«

Die Bürotür war immer noch geschlossen. »Wussten Sie nicht, dass wir hier weiter ermitteln?«, fuhr Romy fort.

»Ich hatte eine Woche frei und habe meine Arbeit über die Mehlschwalbe hier in den Kliffs fertiggeschrieben. Direkt nach den Aufnahmen bin ich nach Greifswald gefahren, habe meine Freundin rausgeschmissen und mich in meiner Bude eingeschlossen, um völlig ungestört arbeiten zu können. Erst gestern Abend bin ich nach Rügen zurückgekommen.«

Romy nickte. »Haben Sie sich den Film genauer angesehen?«

»Nein. Ich war nur damit beschäftigt, das Datum so zu ändern, dass es niemand mitkriegt. Das ist eine durchaus knifflige Angelegenheit. Die einzelnen Sequenzen habe ich mir nicht angesehen.«

»Und Sie haben auch nichts Auffälliges bemerkt, als Sie mit Ihrer Drohne unterwegs waren?«

Er schüttelte den Kopf. »Ich war todmüde und habe die Drohne in Richtung Sassnitz und wieder zurück fliegen lassen, ohne großartig die Einstellungen zu ändern oder zu zoomen.«

Ein einzelner Spaziergänger wäre ihm auch garantiert nicht aufgefallen, überlegte Romy, und selbst wenn … »Na schön. Ich brauche den Videofilm, und zwar mit den ursprünglichen Aufnahmedaten. Ich bin sicher, dass es die Originaldatei noch irgendwo auf Ihrem Rechner gibt. Ansonsten haben wir Profis für solche Recherchen.«

Furthmann blies die Wangen auf. »Ich kann das erledigen, aber ob Sie darauf …«

»Das lassen Sie bitte meine Sorge sein.« Sie reichte ihm eine Visitenkarte. »Sie haben eine Stunde Zeit, uns die Datei zu mailen. So lange schweige ich, verstanden?«

»Und Sie erwähnen nicht …«

»Ich sagte doch – so lange schweige ich und rette damit Boris' und Ihren Arsch.« Sie lächelte. »Schönen Gruß an den Ranger – sagen Sie ihm, ich musste wieder los.«

»Mach ich. Und: danke!«

24

Holger war zunächst nur als kleiner Fleck zu erkennen, aber das Bild ließ sich heranzoomen. Er stand an der Klippe und sah eine Weile übers Meer, verträumt, wie es schien. Plötzlich drehte er sich um, ein Gegenstand flog auf ihn zu, er stolperte zurück, fasste sich an den Kopf, ruderte mit den Armen und versuchte, das Gleichgewicht zu halten. Vergeblich, Sekunden später stürzte er in die Tiefe. In dem Augenblick betrat ein zweiter Mann die Szene - Schölter. Er sah Holger nach, warf etwas hinter ihm her und verschwand aus dem Sichtfeld.

Details würden in einer umfassenden Bildbearbeitung noch deutlicher werden, hatte Max versprochen, aber bereits jetzt gab es keinen Zweifel mehr daran, dass Schölter mit dieser Szene überführt war. Romy hatte sich auf den Weg nach Stralsund gemacht, um Schölters Festnahme gemeinsam mit Jan vorzunehmen. Als sie zum zweiten Mal an diesem Wochenende in der Villa eintrafen, stand Schölters Wagen auf der Straße. Im Wohnzimmer brannte trotz strahlenden Sonnenscheins an einem späten Juninachmittag Licht. Die Terrassentür stand auf. Romy spürte, wie sich ihr Herz zusammenzog.

Sie fanden ihn in der Badewanne. Er hatte sich die Pulsadern aufgeschnitten. Am Spiegel hing ein Zettel: *Sie hatten recht, Holger kommt immer wieder. Das ertrage ich nicht. Und ich ertrage auch nicht, im selben Gefängnis wie Tenna zu sitzen und vielleicht neuerliche Quälereien aushalten zu müssen.*

Sie saßen am Strand. Schweigend. Nah. Mit nach vorn gerichtetem Blick. Das Wasser umspülte ihre Füße. Eine Möwe schrie. Nie gibt es einen Weg zurück, dachte Romy. Egal, wie sehr man es sich wünscht, egal, wie gerecht und wichtig und wunderbar es wäre, eine neue, eine weitere, eine zweite Chance zu erhalten. Die bekommt keiner. Jan strich ihr über den Rücken. Sie nahm seine Hand.